ぼんくら

宮部みゆき

講談社

ぼんくら◆目次

装画・題字　村上　豊

装幀　緒方修一＋高橋清美

ぼんくら

殺し屋

誰かが走ってくる。

表通りの方から路地を通って、小走りに走ってくる。ひどく急いでいるような、乱れた足音がひたひたと聞こえてくる。

何かあったのだろうか。誰か病気だろうか。薄い夜着をはぐって、お徳《とく》は寝床の上に身を起こした。耳を澄ますと、足音がお徳の家の裏口の前を通り過ぎてゆくのがわかった。まだ夜明け前、外は真っ暗で、身をのりだしてのぞいて見ても、裏口の腰高障子《こしだかしょうじ》を横切る人影を見ることはできなかったけれど、足音からして身の軽い感じがする。

ひょっとするとお露《つゆ》ちゃんのところかもしれない——と思いついて、お徳は起きあがった。富平《とみへい》さんがいよいよいけなくなったのだ。寝間着《ねまき》の上に綿入れを羽織《はお》ると、裸足《はだし》に履《は》き物《もの》をつっかけて裏口から路地へ出た。そのとき、富岡八幡《とみがおかはちまん》様の鐘が遠く重く、夜明け前の暗がりのなかに響き始めた。明けの七ツ（午前四時）の鐘だった。

路地に立つと、ずっと左手の先の二階家の裏口に明かりが灯《とも》っているのが見えた。あれはこの鉄瓶《てつびん》長屋《ながや》の差配人《さはいにん》、久兵衛《きゅうべえ》の家だ。やっぱり何事か起こったのだと思った。寒さに震えながらお徳も小走りにそちらへ向かった。

久兵衛の家の裏口はきちんと閉められていたが、障子を照らす行灯《あんどん》の明かりのなかに人影がふたつ浮かんで見えた。低い話し声も聞こえてくる。

「ごめんください、差配さん」と、お徳も声をひそめて呼びかけた。

するとすぐに、障子が開いた。やはり寝間着の久兵衛が、こちらを睨《にら》みつけるような怖い顔をして立っていた。

「誰だい——ああ、お徳さんか」

「すみません、こっちに人が駆けてくるのを聞いたもんだから」

「あんた、さすがに耳ざといね」

「もしかして富平さんかと」

久兵衛はお徳の顔から目をそらすと、障子の内側に縮《ちぢ》こまっているもうひとりの人影の方に顔を向けた。お徳も一歩踏みだし、そちらをのぞきこんだ。

思ったとおり、それはお露だった。ほとんど色が抜けるほどに褪《あ》せてしまった縞《しま》の浴衣《ゆかた》を寝間着に着て、乱れた髷《まげ》から後《おく》れ毛《げ》をいっぱい垂らして俯《うつむ》いている。痩《や》せた顎《あご》を持ち上げてお徳の顔を見ると、お露の目が泳ぐように動いた。「お徳さん……」

日頃から青白く痩せこけたお露だが、今はそれに輪をかけて蒼白で、まるで絵双紙に見る幽鬼のような顔をしていた。お徳は思わずちょっと身を引いてしまった。亡くなって五年になる、亭主の加吉《かきち》の顔を思い出した。死ぬ直前の、病に責めさいなまれてやつれ果てていた顔を。

それは不幸の顔だった。凶事の顔だった。

「お露ちゃん、おとっつあんがいけなくなったんだね？」と、お徳は囁《ささや》いた。

お露の口元がわなわなと動いた。声は出てこなかった。お徳は思い切って彼女に近づき、その身体《からだ》に腕を回してやろうと思って、そのとき妙なことに気づいた。お露の薄っぺらい浴衣のあちこちに、点々と黒っぽいしみが散っているのだ。ちょうど、洗い物をしていて飛び散った水がひっかかったみたいに。

「お露ちゃん、これ――」

言いかけて、お徳は目を見張った。黒いしみは、お露の浴衣の袖口《そでぐち》にもついていた。こちらは飛び散っているどころではなく、真っ黒にべっとりと。

「どうしたんだい、あんた」

お徳がお露の袖をとらえようとすると、お露はさっと手をひっこめた。が、お徳の手には濡れた感触が残った。冷たいだけでなく、ぬるぬるした感じも。そして、お徳には馴染《なじ》みのある、ある独特な匂いもした。金気臭いような、生臭いような――

血だ。お露は浴衣に血をくっつけている。

久兵衛が、内緒話のような低い声で言った。

「死んだのは富平さんじゃない、太助《たすけ》の方だ」

「太助さんが?」

太助は富平の長男で、お露の兄である。富平の家は、表通りの三軒長屋のいちばん北側で、八百屋を営んでいる。一年ほど前に富平が卒中で倒れ、ほとんど寝たきりになってしまってからは、店の方は太助とお露の兄妹で切り回しているのだった。兄妹はよく助け合い、父親の面倒もかいがいしく見ていたけれど、富平は一向によくならず、もう長くはないだろうという噂だった。だからお徳も、何か変事が起こったらしいと思ったとき、すぐに富平のことを考えたのだ。

それなのに、これは一体――

「太助は殺されたっていうんだ」と、久兵衛が言った。台所の向こうの座敷の行灯の明かりを背負い、その顔は真っ暗だった。息を呑んでお徳がお露をのぞきこむと、彼女はゆっくりと、焦点の定まらない目を土間の上に泳がせたまま、操られるようにしてうなずいた。

「兄さんは殺されたんです」

「誰が殺したっていうの」

「殺し屋が」と、お露は言った。教えこまれた言葉をそらんじるような一本調子の口調だった。

「殺し屋が来て、兄さんを殺してしまったんです」

そうして、ぶるぶると震え始めた。開いたままのお露の目から涙がぼとぼとこぼれ落ちるのを、お徳は呆然《ぼうぜん》と見つめていた。

鉄瓶長屋は、小名木川《おなぎがわ》と大横川が交わるところ、新高橋《しんたかばし》のたもとに近い深川北町の一角にある。北町は南北に細長く、鉄瓶長屋はそのなかでも南側、小名木川寄りに建っている。大横川沿いにのびた表通りに面して、二階建て間口二間の三軒長屋が二棟、その南側、つまり新高橋にいちばん近いところに、行灯建ての二階家がひとつ。ここが差配人の住まいである。裏通りには、間口一間半の棟割《むねわ》りの十軒長屋が一棟。この裏長屋は、すぐ西側にある藤堂和泉守《とうどういずみのかみ》様の大きなお屋敷と背中合わせに建っており、お屋敷とのあいだには、小名木川から引き込まれた細い堀割が流れている。おかげで一年中何となくじめじめとした風が吹く。ただ、小名木川を行き来する物売りのうろうろ船が、この堀割まで入ってきてくれるという便利なところもあった。

鉄瓶長屋というのは、もちろん通称である。この地所に今の形の長屋が建てられたのは、十年ほど前のことだ。できたばかりのころは北町長屋と呼ばれていたのだが、初めて裏長屋の共同井戸の汲《く》みかえをやったとき、どういうわけか、大して深くもないその井戸の底から、赤く錆《さ》びた鉄瓶がふたつも出てきた。それ以来、鉄瓶長屋と呼ばれるようになったというのが由来である。

鉄瓶長屋の地所の持ち主は、築地《つきじ》の湊屋総右衛門《みなとやそうえもん》という地主である。湊屋は俵物《たわらもの》を扱う問屋で、お店《たな》も築地にあるのだが、総右衛門は他にもいくつか地所を持っているだけでなく、明石町《あかしちょう》で「勝元《かつげん》」という威勢のいい名前の料亭も営んでいる。古くからの地主ではなく、前身はどうもはっきりしない。実は、総右衛門が現在の財を築くに至ったいちばんの理由は秘密の高利貸しにある——という噂もある。鉄瓶長屋の地所も、そうした高利貸しのかたに取ったものだと囁く向きもあり、言われてみれば、築地の地主がぽんと離れた深川に飛び地のように地所を持っているのもいわくありげだし、鉄瓶長屋が建つ以前には、同じ場所に大きな提灯屋《ちょうちんや》があったのだが、ある時期に急に傾いて家も店も手放したということもあったりして、この噂には密《ひそ》かにうなずく者が多い。

まあしかし、間借りのその日暮らしである鉄瓶長屋の住人たちには、地主が誰であろうとそこにどんな事情があろうと、ほとんど関わりのないことではある。彼らにとっては、名主《なぬし》や地主よりも、いちばん身近に接する機会の多い差配人の人物こそが問題であるからだ。そしてその差配人である久兵衛は、鉄瓶長屋ができるまでは、ほかでもない「勝元」の番頭のひとりであった。長年住み込みで働いており、算盤《そろばん》もはじければ客あしらいも軟らかく、人を使うのも巧いというので重宝がられていた人物である。

江戸の町の町人の自治組織には、きちんとした階級がある。頂点に立つのは「町年寄《まちどしより》」で、これは東照神君家康公入国以来の制度であり、樽屋《たるや》・奈良屋・喜多村の三家が代々世襲で務めることに決められている。その仕事は、町奉行所からの御触《おふれ》を伝達したり、奉行所の依頼を受けて諸々《もろもろ》の調査をしたり、新地の開拓を手がけたりそれを地割したり、地代や運上金《うんじょうきん》を集めて上納したりと、市政の要《かなめ》とも言える重要なものであった。特に俸給というものがあるわけではなく、主な収入は、拝領した土地を貸すことによってあがる地代である。もっともこれが大変な額で、この三家は、下手な旗本など足元にも及ばないような富を誇り、姓を名乗ることも許されている。

町年寄三家の下には「名主」がある。家康入国当時からの家柄を誇る草創名主や、それに次ぐ歴史を持つ古町名主、平名主と呼ばれた江戸の町が開拓され広がってゆくにつれて登場してきた歴史の浅い名主など、格に上下はあるけれど、町年寄を手伝い市政に携《たずさ》わるというその役割に変わりはない。つまり、江戸の町を治めるのに、まず町奉行所だけでは手が足らずに町年寄という制度ができ、町年寄だけでは手が足りずに名主という制度が出てきた——という仕組みだ。名主たちは、町年寄が誰かを選んで任命するというわけではなく、それぞれの町で「この人ならば」という人物が自然に推《お》されてきたものだが、制度として固まってからは、町年寄と同じように世襲されるものとなっている。

さて、名主は町の束ね役だが、彼らが束ねているのはその町の地主や家持《いえもち》の階級の人々である。そしてさらにその下に、この人々の持っている貸家や長屋に暮らす、地借り・店借《たなが》り・間借りの人々がいる。だから今度は、地主や家持ちの人々がそれらの間借り人たちを束ねて監督し、名主を助ける——という形になるわけだが、江戸の町が大きくなり人口が増えてくるにつれ、ここでもまた地主たち家持ちたちだけでは手が回りかねる部分が多々出てきた。そこで、今度は地主や家持ちたちに代わって、店賃や地代を取り立て店子《たなこ》を監督する役割を担う人々が登場してきた。これが「差配人」である。家主・家守・大家などという呼び方をする場合もある。

それだから、差配人自身は家持ちでも地主でもなく、彼らに雇われて働く存在である。地主や家持ちが制度でないのと同じように、彼らも制度で決められた身分ではないから世襲制もない。もっとも、差配人の仕事は、ただ店子の世話を焼くことだけではなく、本来なら地主たちが組織することになっている自治制度の五人組を地主たちに代わってつくり、名主を補佐して市政を運営することこそが重要だった。いわば、町年寄を頂点とする自治の三角形の一番底辺のところで働いているのだ。実際、地主家持ち階級を飛び越し、名主と彼らとをひとくくりにして「町役人《ちょうやくにん》」と呼ぶ。

差配人たちは、月番を決めて自身番に詰め、その町で起こる様々な出来事に、相談しあって対処してゆく立場にある。連帯責任制でもあり、けして気楽な稼業ではないが、反面、住まいは地主たちから無料で提供され、決められた額を町費から報酬として受け取るほかに、近在の農家に自分の差配する地所や長屋の下肥《しもごえ》を売る権利もあり、なかなかおいしい立場でもあった。店子たちにとっては、顔を拝んだこともない名主や地主たちよりも、彼らの上に直《じか》に君臨する差配人の方がよほど偉い人であり、頼みにする人でもあり、また煙たい人でもある。差配人の側からすれば、これもまたなかなか気分の良いものだ。そんな次第だから、差配人の地位を金で売り買いすることは厳しく禁止されていた。

さて、鉄瓶長屋を建てたとき、誰か適当な差配人はいないかと、湊屋総右衛門はずいぶん頭を悩ませた。なにしろ大事な役割だから、迂闊《うかつ》な人物になってもらっては困るのだ。深川の名主の組合に相談を持ちかけ、あれこれと話し合った。

北町だけでなく、深川にはその土地になじんで長い差配人たちがいる。差配人は、ひとりでひとりの地主や家持ちの下につくわけではなく、いくつもの地主や家持ちの差配を掛け持ちで請け負っている者も多いから、鉄瓶長屋のことも、手っ取り早い方法としては、たとえば隣の地所の差配人に頼んでもいいのだ。しかし総右衛門は、それにはどうも気が進まなかった。人を使うことはするが人を信用することはせずに今の身代《しんだい》を築き上げたこの男には、自分の勝手のわからない町にある地所を、自分よりもその地所の在《あ》る町についてよく知っている人物の手に任せ切ることが、なんとも剣呑《けんのん》に思えたのだった。

そうして考えに考えた挙げ句、「勝元」の久兵衛に白羽の矢を立てたというわけだ。久兵衛も、そのころでもう六十に近く、「勝元」での忙しい日々が辛くなってきていたところだったから、主人からのこの命令には、喜んで従った。問題は、深川の名主の組合が承知してくれるかということと、よそ者の久兵衛をほかの差配人たちが快く受け入れてくれるかどうかということであったが、前者はすっきりと承諾を得ることができ、後者は苦労人の久兵衛の人柄がよかったのか、案ずるほどのことはなくすんなりと運んだ。

そういうわけで鉄瓶長屋は、久兵衛の差配のもと、表に六世帯裏に十世帯、これまでのところはつつがなく過ごしてきた。

だが、しかし——

長屋ができてからこっち、二、三度小火《ぼや》騒ぎがあったくらいで、これまで大きな事件など起こったためしのなかった鉄瓶長屋は、太助の唐突な横死《おうし》のために、煮えたぎった鍋をひっくり返したような騒動のなかに放り込まれてしまった。

事件のあらましは、火の粉《ひこ》のようにあっちへ飛びこっちへ飛びして瞬《また》く間に知れ渡ったが、肝心のお露は久兵衛に連れられて自身番へ行ったきり、一向に出てくる様子はない。御番所からお役人たちが駆けつけてくると、やがて久兵衛ひとりだけが引きつったような青白い顔で出てきて、検使のお役人が太助の亡骸《なきがら》をあらためるのに立ち会ったり、長屋のなかを案内したりしていたが、だいたいのことが済むと、またお役人たちと自身番にこもってしまった。長屋の住人たちは、はっきりした事情がしかとはつかめないまま、ひそひそ話をして肩をすくめたり顔をしかめたりするだけだった。

お徳は寝たきりの富平のことが気がかりだった。久兵衛が出てきたとき、お役人様たちが「八百富」を調べる間だけでも、富平を預かろうかと申し出てみたが、久兵衛はうち沈んだ表情で、富平さんにもいろいろ尋ねなきゃならないからそれは無理だろうと首を振っただけだった。しばらくして、太助の亡骸が戸板に乗せられ、外に運び出されてきた。むしろで覆《おお》われていたので、太助の身体はまったく見えなかったけれど、集まった長屋の連中も、このときはさすがに声もなく、ただ手をあわせることしかできなかった。太助は大柄で元気者だった。彼を乗せた戸板はたわんで見えた。

お徳は、表通りの南側の三軒長屋の真ん中で煮売屋《にうりや》を商《あきな》っている。加吉とふたりで興《おこ》した店だが、加吉の亡き後はひとりで切り回し、かなりの繁盛《はんじよう》をしていた。朝のうちから仕込みにかかるが、本当に忙しいのは昼から夕方までのあいだだ。深川のこのあたりで働いている職人や人足や船頭たちが、お徳自慢のこんにゃくや野菜の煮染《にし》め、炊き立ての飯でこさえた折り詰めの弁当や握り飯を買いに集まってくるからである。夕方になれば、近所のかみさんたちがおかずの足しにと煮染めを買いに来る。お徳の煮染めは味が良いのが売りで、ほとんど毎日売り切れてしまう。長屋で凶事があったからと言って、商いに手を抜くわけにはいかない。だが、やはり今日は気持ちが落ち着かず、昼の弁当用に炊きあげた飯が、いつもより強《こわ》くなってしまった。

お徳の北側の隣は魚屋の箕吉《みのきち》夫婦、南側の隣はあんころ餅《もち》が旨《うま》くて評判の駄菓子屋で、おしまというばあさんが娘とふたりで商いをしている。どちらの店も、やはりお徳と同じ気分なのか、今日は商いに身が入らない。おしまばあさんは娘とふたりで盛んに噂話、客が来ればその客も引き込んでしゃべりまくっている。箕吉ときたら、目と鼻の先で血なまぐさい騒ぎがあったばっかりだってのに生臭《なまぐさ》物《もの》なんか扱えるかと、今日は店を休んでしまった。おかげで盛大な夫婦喧嘩である。

お天道様《てんとさま》がだいぶ高くなったころ、お徳が両手を真っ赤にして熱い握り飯をこさえているところに、井筒《いづつ》の旦那がふらりと現れた。本所《ほんじょ》深川方の同心で、二日に一度は北町の自身番に見廻りに来る人だ。しかもそのうえ、この旦那はお徳の上得意客でもある。立ち寄るたびにお徳の弁当や握り飯で昼を済ませるからだ。これはお徳と加吉がここへ店を出してすぐからの習慣で、相手がお役人だから、お徳はてんからお代をもらうつもりはなかったのだけれど、旦那はいつもきちんと払ってくれた。逆にこっちが遠慮して、お代は結構ですと言ったことがあるのだけれど、すると旦那はからから笑って、たかりはもっと金持ち相手にするから気にするなと応じたものだ。

「おう、お徳、飯がまだなんだ、何か食わせてくれ」

着物の裾《すそ》をまくって土間に並べた腰掛けに座りながら、旦那はいつもと変わらない胴間声《どうまごえ》を張り上げた。歳は四十の半ば、ひょろりと長身、顎がこけていて目が細く、いつも髭《ひげ》のそり残しがあるせいで、なんだか病人みたいで風采《ふうさい》があがらない。しかし、えらい美人の奥様がいるという噂は聞いたことがある。

旦那のお供には、これまたいつものように、御番所の中間《ちゅうげん》の小平次《こへいじ》がくっついていた。ちんまりと顔も身体も丸っこく、いつも穏和そうな顔でにこにこしている男だ。しんばり棒みたいな井筒の旦那と、漬け物石みたいな小平次の組み合わせは、遠くからでもすぐ目につく。小平次は旦那の命令には犬のように忠実で、骨身を惜しまない。あの男なら、旦那が便所の糞壺《くそつぼ》にもぐれといったら、はいと返事して半日でももぐっているだろうという評判である。

「えらい騒動になったもんだな」

お徳がいれたお茶を旨そうに飲みながら、旦那は嘆息した。

「旦那はずっと自身番にいらしたんですか」

「うん。お露の話を聞いていた」

「それで――どうでしょう」お徳はつい、上目遣いになった。「お露ちゃんはなんて言ってるんですか」

旦那は細い目をちまちまとまたたいた。小平次は知らん顔をして茶を飲んでいる。そういえば、この男は自分から口をきいたり、話に割り込んできたりしたことがない。

「おまえ、お露が久兵衛のところへ駆け込んだときにそばにいたそうだな」

「ええ、足音が聞こえましたんで」

お徳はざっと事情を話した。お露が「殺し屋が来て兄さんを殺した」と言ったというくだりも。

「殺し屋って誰なんだろ。太助さんは誰に殺されたっていうんでしょう」

旦那はちょっと顎を撫《な》でた。「一昨年《おととし》のことになるかな。ここでちょいとばかり捕り物めいたことがあったのを覚えてるかい？」

「捕り物？」

「まあ、ひどくどたばたしたわけじゃねえが。そら、久兵衛のところに、若い男が怒鳴り込んできたことがあったろう」

お徳はぽんと手を打った。「ああ、あの男、名前はなんて言いましたっけ」

「正次郎《まさじろう》とか言った。『勝元』の奉公人で、板場で働いていたんだよ」

久兵衛が先《せん》は「勝元」の番頭だったというのは、鉄瓶長屋の住人には知られていることである。

「差配さんがその正次郎とかいう男の働きが不真面目《ふまじめ》で良くないって『勝元』に告げ口して、で、それで首になったんじゃありませんでしたか。それを逆恨《さかうら》みして、久兵衛さんの居所を探し当てて、殺してやるって——」

「出刃包丁を持って襲いかかってきたんだよ。なに、口ほどのこともねえ、へべれけに酔っぱらってまっすぐ立ってもいられなかった。ここの連中で袋叩きにして番屋へ引っ張っていったんじゃねえか」

そうそう、そんなことがあった。あのときは、久兵衛には怪我《けが》もなく、正次郎もまだ二十歳くらいの青二才ということもあり、井筒の旦那がさんざんお灸《きゅう》を据《す》え、二度と来るなと怒鳴り飛ばして追い返したのだった。

「あいつがまたやって来て、太助を殺したんだと。お露はそう言っているよ」

お徳はぽかんとした。話がよくわからなかったのだ。

「あの逆恨み男が太助さんを？」

「そうだよ。夜中に忍び込んできて、太助を刺し殺したってな」

八百富では、お露は寝たきりの富平と枕を並べて二階の六畳間でやすみ、太助は下の座敷で寝るようにしていた。今日の夜明け前、富平の世話をし続けていて眠りが浅くなっているお露は、階下で人の話し声が聞こえ、どたばたともみあうような気配を感じて、階段を降りていった。すると、兄の寝ている座敷から男がひとり飛び出してきて、あやうく鉢合わせをしそうになった。見ると、男は右手に血だらけの出刃包丁を握りしめており、恐ろしさに立ちすくんでしまったお露の胸ぐらをつかんでこう言った。

「ざまあみやがれ。次は久兵衛の番だって言っておきな」

お露は、いったい何の恨みがあるのだと問い返した。すると男は、俺は「勝元」にいた正次郎だと名を名乗り、

「この前は、久兵衛を叩きのめしてやろうと思ったのに、かえってあんな恥をかかされた。けっして忘れやしねえ。この長屋の連中に、目にもの見せてやるからそう思え」

それだけ言い捨てて、男は裏口から逃げていったという。我に返ったお露は、倒れている太助に駆け寄ったが、兄は身体を何ヵ所も刺されて、もうこと切れていた。お露は久兵衛に知らせるために外へ飛び出した——

なるほど、話はそういうことか。筋はわかったけれど、お徳はうなずけなかった。

「だけど、どうして太助さんを？　恨みを晴らすなら、まずは差配さんでしょうに」

「一昨年、野郎が久兵衛を襲いに来たとき、いちばんに駆けつけてきて奴を叩き伏せたのが太助だったのよ。それは俺も覚えている。太助が自慢していたからな」

「はあ……そういうことですか」

それが「殺し屋」の正体か。

「だけど、夜の夜中に、あんな男がどうやって八百富に忍び込んだっていうんです？　友兵衛《ともべえ》さんはなんて言ってるんです？」

友兵衛は新高橋側にある深川北町の木戸の番人である。夫婦で番小屋に住み込んでおり、夜は彼が町内を見廻る。

「夜も決まった時刻に見廻りをしたし、木戸もきちんと閉めた。見慣れない人間が通ったことはない、だいいち、一昨年の正次郎の騒ぎの時には自分も関わったから、あいつの顔なら忘れはしない、もしも来たって通しはしないと言い切っている」

「そりゃそうだわ。友兵衛さんはちゃんとした人だもんねえ。菊川町の方の木戸だって――」

深川北町はごく小さな町なので、町の南側にしか木戸がない。北にあるのは菊川町の木戸だ。つまり、菊川町と深川北町のふたつをあわせて、前後ひとつずつの木戸を設けてあるのである。ただ、菊川町は三丁目まであるので、二丁目と三丁目のあいだに中番という小さな番小屋を設けてある。

井筒の旦那は、わかりきったことだというように首を振った。「菊川の番小屋も、中番も、怪しい奴が出入りしたことはないと言っている」

そこでがぶりと茶を飲み干すと、

「しかし、お露は殺し屋が来たと言う」と、呟《つぶや》くように言った。「お露はな」

お徳はそっと旦那の顔をうかがった。旦那が何を考えているか、お徳にはよく判った。お徳に察しがついていることを、旦那も知っていると思った。いや、まともな頭の持ち主ならば、皆同じだろう。

「あの返り血がな」と、旦那はぼそりと言った。お露の袖についていた血のことを言っているのだと、お徳は思った。旦那はあれを、「返り血」と呼んでいる。

「お露ちゃんには、そんなことをする理由がありませんよ」思わず、お徳は口走っていた。「仲のいい兄妹だったんだから」

井筒の旦那はとぼけてみせた。「そんなことって、どんなことだい？」

「旦那……」

「とにかく、握り飯を食わせてくんな。それと、ほかにも頼みたいことがあるんだ。お露はしばらく自身番に泊めるから、富平の世話をしてやってくれねえか。小用にも立てないんで、むつきをあてているらしい。それに食い物を」

「ええ、ええ、わかってます」

「済まねえな。それと、太助を殺すのに使った刃物が、長屋のどこかに捨てられているかもしれねえ。どぶ板の下や井戸のなかまで、これからみんなで探すんだ。長屋にいる連中に声をかけて集めてくれねえか。ひとりでも多い方がいい。なんてったって、お徳はここのかみさん連中の束ね役だからな」

「おだてられなくたってやりますよ」お徳は言い返したが、それでも胸が重くなるような気がした。太助を殺すのに使った刃物。それが出てきたら――もしも出てきたら――

それが八百富の包丁だったなら。

「あの、旦那」

「なんだい」

「差配さんは、久兵衛さんはなんて言ってるんですか？」

旦那は握り飯を頬張《ほおば》って、「まだなんとも」と、もごもご言った。

その日の残りは、鉄瓶長屋中が総出《そうで》で刃物を探し回ることに明け暮れた。便所のなかまで手桶《ておけ》でかきまわして——これには本当に小平次が先に立ってやってくれた——一同へとへとになるまで頑張ったけれど、刃物のはの字も出てこなかった。

久兵衛は皆を指図して、てきぱきと動き回った。にこりともせず、さりとて怖い顔でもなく、なんだかくたびれたような、どこかが痛いかのような顔つきで、口数も少なかった。そうして、お徳が驚いたことに、長屋の連中を集められるだけ集めて捜し物に取りかかるその前に、彼は皆に謝った。お露が旦那に話したという事の次第をそっくり繰り返して語り、太助が命を落とすことになったのも、私が正次郎の恨みをかったからだ、太助は側杖《そばづえ》をくったのだと言った。

差配さん、本当にそう思っているのかいと、お徳は心のなかで思っていた。聞いている長屋の面々の顔にも、それらの疑問が浮かんでいるように、お徳には思えた。そうして、刃物を探す人たちの顔の奥に、見慣れない、誰の家のものでもない、いかにも人を殺すために持ってきましたというような刃の立った出刃包丁が、どこかからひょっこり現れはしないかと、期待する気持ちが隠れているのを感じた。

誰もがみんな、お露の話の嘘《うそ》を見抜いている。正次郎なんて男の話、どうひっくり返してみたって穴ぼこだらけなのだ。

けれど、お露には太助を殺す理由がない。兄と妹は、傍目《はため》に見ても感心するほどによく助け合い、商いを切り盛りし父親の面倒を見てきたのだ。あのお露が兄さんを憎むはずがない。これはきっと何か大きな間違いがあるのだ。それとも、よっぽどの事情があるのではないか――

　誰もがそう思っているのを、お徳は感じた。

　富平の方は、直に面倒を見てみれば、彼におかゆを食べさせたりおむつを替えたりしているのが、今はお露ではなくお徳なのだということさえ見分けが付かぬほどの有様になっていると、すぐにわかった。盆栽みたいにおとなしく、何を話しかけても返事をせず、なんの反応もない。目は開いているが何も見ていない。今朝、夜明け前の闇の中で、ひとつ屋根の下で兄と妹のあいだに何があったのか、とうてい判る状態ではなかった。それがせめてもの幸いかと、お徳は思った。

　そしてふと、腕に鳥肌が浮くような思いを嚙《か》みしめながら、お徳は考えるのだ。もし、殺されたのが太助でなく富平であったなら、お露の心の動き、彼女の気持ちもよく判るのだけど、と。

　お徳の亭主の加吉も、長患《ながわずら》いをして死んだ。ここに店を持って二年ほどして病みついて、一年以上も苦しんだ挙げ句に死んだ。医者の診立《みた》てもはっきりとはせず、判ったことは、どうやら腹のなかに悪いできものができて、それが加吉を苦しめているということだけだった。

　富平と違い、加吉は最期まで頭がはっきりしていたから、病の痛みと苦しみに負け、お徳に面倒をかけて済まないという気持ちに押され、一度ならず「俺を殺してくれ」と言った。この瘦せこけた病人のどこにそんな力があるかと思うほど強くお徳の袖をつかんで、頼むから殺して楽にしてくれ、と。

　そうして一度ならず、お徳はその説得と懇願《こんがん》に負けそうになった。

　あのとき、なぜ亭主の願いをかなえてやらなかったのだろうと、加吉の死後に、よく考えたものだ。怖かったから、悲しかったから。それは確かにそうだ。だが、それよりも何よりも、加吉は早く死んだ方が楽だ——などという理屈は、たとえそれが正しくても、結局は自分が楽になるための言い訳で、それが言い訳であることはほかの誰よりもお徳自身がよく承知していて、だからそんな理屈に従ったならば、一時はよくても、結局は長い一生を後悔しながら暮らすことになる——と判っていたからではないかという答を見つけた。そういう意味では、お徳はひどく臆病だった。加吉が本当に死んで楽になりたがっていたのなら、お徳は自分の臆病のために、亭主にひどく残酷なことをしていたことになる。

だから、もしもお露が、生きながら死んでいるような富平を哀れんで、富平を手にかけてしまったというのなら、お徳にはその気持ちが判らないではない。長屋のほかの連中だって、察しはつくだろう。だが、実際には殺されたのは太助だ。杖とも柱とも頼むたったひとりの兄の方だったのだ。

その太助を、どうしてお露が殺すだろう。そこが判らないから、納得がいかないから、どれほどお露の話が妙ちきりんでも、筋が通らなくても、居もしない「殺し屋」の話を、みんなして信じたようなふりをしているのだ。

それだけではない、表だってお露をかばうようなことを言う者も現れた。井筒の旦那がぽろりとこぼすように話したことだが、長屋の者たちから太助の殺された朝について話を聞きだしてみると、彼らがお露の申し状を聞く前と後とでは、その内容が違ってきているというのだ。お露の「殺し屋」の話を聞く前は、怪しい人影も見ていないし物音も聞いていない、さあ、何も心当たりはないと言っていた連中が、お露の話を聞いた後になって、そういえば旦那、あの朝、どぶ板を踏んで走ってゆく大きな足音を聞きましたよとか、二、三日前、目つきのよくない若い男が長屋の木戸の入口をうろついていたのを思い出しましたとか、いろいろ言い出すのだという。木戸番の友兵衛さえ、あたしも歳のせいかこのごろは居眠りをするから、そのあいだに誰か木戸を通ったかも——などと頭をかいたりするという。

「殺し屋は本当にいたかもしれねえな」と、井筒の旦那はもそりと話した。「お徳、おめえは何か見たかい」

お徳は黙って鍋をかきまわしていた。

そんな次第で、事件は一向に解決するきざしがなかったけれど、お露はまる二日を自身番で過ごしただけで、無事に八百富に帰ってきた。富平の世話をしてくれたことの礼を言いに、お徳のところへやって来た彼女は、この二日のあいだにさらに痩せさらばえて、軽くつつけば倒れてしまいそうなほどに弱り切っていた。

「しっかりおしよ、お露ちゃん」と、お徳は言った。けれども、励ますような言葉とは裏腹に、お露の目をまっすぐに見ることができないのだった。彼女の身体に手を触れることもできないのだった。

八百富はずっと店を閉めたまま、お露は商いを始める様子もない。商いものが腐ってしまうから、煮染めに使えそうなものだけでももらってくれないかと頼まれて、お徳は八百富に出向いた。かぼちゃやごぼう、里芋をざるに入れながら、お徳は横目でちらちらと店のなかをうかがった。つい、包丁を探してしまった。太助が、お露が、大根をふたつに切ったり、夏には西瓜《すいか》を割ったり、瓜《うり》を切って塩漬けをつくったりするときに使っていた菜切り包丁を。

「お煮染めをつくって、持ってきてあげるよ」

俯《うつむ》いて、両手を垂らして突っ立っているお露に、お徳はそっと言った。

「あんたと富平さんの分をね。食べるものをしっかり食べないとね、お露ちゃん」

お露は返事をしなかった。

その晩、お徳が湯屋のしまい湯に駆け込んで、温《ぬく》まった身体を腕で抱くようにして帰ってきたときのことである。久兵衛がお徳の家の裏口に、両手を懐《ふところ》にして立っていた。久兵衛もこの数日の騒ぎに疲れ、ひどく影が薄くなっているように見えて、まるで幽霊みたいで、お徳はどきりとした。

「お茶をいれますから、どうぞ」

久兵衛は座敷にはあがろうとしなかった。あがり口に腰をおろし、何か言い出しにくそうに顔をうつむけていたが、やがて目をあげると、静かに言った。

「お徳さん、あんたはこの長屋のなかじゃあ顔だ。もろもろのこと、あんたなら仕切っていけるだろうね」

「藪《やぶ》から棒に、何を言い出すおつもりなんですか、差配さん」

「なに、大げさなことじゃないんだ。ただ、今度のことでもあんたにはいろいろ力になってもらったからね」

「たいして役に立ちゃしませんでしたよ」

久兵衛は、こまこまと片づけられた座敷のなかをひとわたり見回すと、

「あんたはしっかり者だから」と呟いた。

「差配さんに誉《ほ》められるなんて、なんだか怖いようだね」

「そうかい、怖いかい」と、久兵衛は薄く笑った。それから唐突に、小さく言った。

「井筒の旦那は、お露を引っ張るおつもりらしい。引っ張って、本当のところを白状させるのだろうよ」

お徳は息を呑み込んだ。そうか、やっぱり。いくらみんなでかばいだてをしたところで、お露の話がおかしいのは判りきっている。それに、何と言っても袖に返り血がついていたということがある。そうか、旦那はやっぱりおかみの人か、だけどそれが旦那のお役目なんだ——

お徳が何も言えないでいるうちに、久兵衛は続けた。「太助に、夫婦約束をした女がいたことを知っているかい?」

初耳だった。太助は確か——二十二、三歳。そういう女がいてもおかしくはないのだが、今まで考えてみたこともなかった。

「一度、所帯を持ちたいんだがどうだろうと、相談されたことがあったんだよ。私は勧めなかったんだけどね。浅草の、水茶屋《みずぢゃや》の女だ。お参りに行ったときにでも知り合ったんだろう。ときどき、隠れて会ってたようだ」

「その女が、どうかしたんですか」

「どうもしないさ」久兵衛は、何かに腹を立てているみたいに短く言い捨てた。「そういう女がいたというだけのことだよ」

話はそれ以上続かなかった。何か名残《なごり》を惜しむみたいにお徳の顔を見て、久兵衛は帰っていった。

彼のそのときの胸の内を、翌日の朝になって、ようやくお徳は知ることになった。魚屋の箕吉が飛び込んできて、唾《つば》を飛ばさんばかりの勢いでこう言ったのだ。

「大変だ、お徳さん、差配さんが逃げた」

「なんだって？」

「差配さんが夜逃げしちまったんだよ。どっかへ行っちまったんだ」

「どっか行っちまったって——」

「書き置きがあるんだ。友兵衛さんが読んでくれるから、みんな集まってくれって」

「勝元」で鍛えた番頭あがりだけあって、久兵衛は達筆だった。上手《うま》すぎて読みにくいその手跡を、木戸番の友兵衛はつっかえつっかえ読んだ。鉄瓶長屋の住人たちは、聞くほどに口をあんぐりと開け、目をしばたたかせて立ちすくんだ。

——このまま自分が鉄瓶長屋にいたら、きっとまた正次郎が襲いに来るに違いない、太助のことだけでも申し訳ないのに、これ以上皆に迷惑をかけるわけにはいかない、自分はここを去る、久兵衛がここにはもういないということを、皆、心して世間に広めて正次郎を近づけないように。

久兵衛はそう書き残していた。わずかな手回り品だけを持って出ていったのか、家財道具はそっくり残されていた。

お徳は胸が波立ち、心が割れそうに痛むのを感じた。

昨夜、差配さんはあたしにお別れを言いに来たんだ。あとのことを頼むって。

正次郎のことなんて嘘なのに。殺し屋なんているはずがないのに。あれはお露のつくり話なのに。

——井筒の旦那は、お露を引っ張るおつもりらしい。

だから出ていったのか？　あの嘘をもっともらしくして、お露を守ってやるために？

なんてお人好しなんだろう。

狂気のようにぐりぐりとまわりを見回して、お徳はお露の顔を探した。人の輪のなかに、お露は居なかった。お徳は八百富に駆けていった。

表戸を閉じ、雨戸も全部閉めて、真っ暗ななかにお露はぽつりと座っていた。お徳が裏口を開け放って座敷に駆け上がり、息をはあはあ言わせながらどさりと腰を下ろしても、背中を向けて俯いたままじいっと動かない。

「差配さんが出ていっちまったよ」と、お徳は言った。

お露は何も言わない。のぞきこむと、裏口から差し込む光のなかで、ぐっと目を閉じたお露の顔が見えた。膝の上に乗せた両手の甲に、骸骨《がいこつ》みたいに骨が飛び出していた。

「昨夜、差配さんはあたしに挨拶《あいさつ》に来てくだすった。あんたのところにも来なかったかい？　自分が出て行くから、安心して嘘を吐《つ》き通せって」

お露が目を開き、まばたきをした。

「差配さんがここにいたら、いつまで経っても正次郎が現れなくて、おかしいってことになっちまうもんね。それでなくたってあんたの嘘なんか、みんなお見通しだったんだもの。ただ決め手がないだけでさ」

お徳は、誰に対して怒っているのかもわからないまま、ただ闇雲《やみくも》に怒鳴り散らしたい気持ちだった。

「あんた、なんで兄さんを殺したんだい？」

お露の肩がぴくりと動いた。

「そうなんだろ？　決まってるよ。口に出さなくたって、あんたが兄さんを手にかけたってことは、みんな判ってるんだ。そうとしか考えようがないもの。だけどどうしてなんだい？　あんなに仲が良かったのに。なんで兄さんを刺したりしなくちゃならなくなったのさ。後生《ごしょう》だから教えておくれよ。そうでないとあたし——ほかのみんなはどうか知らないけど、あたしはあんたをかばってやることなんかできゃしないよ」

お露はうなだれて、肩が落ちた。泣き出すかと思ったが、彼女の目は乾いていた。

やがて、かすれた声で言い出した。

「おとっつあんがあんな様子じゃ……お嫁さんなんか来やしないもの」

闇のなかに、裏口から差し込む陽の光だけが刃のように鋭い。その日差しに射抜かれながら、お露は決然と座っていた。

「嫌だって言ったんですって。寝たきりのおとっつあんのいる家に来るのは」

「え？」お徳は座り直した。「太助さんには女がいたっていうよね？」

「ええ」

「その女が、富平さんがいたら嫁にはこないって言ったのかい？」

「ええ……」

「だけどそれで——そうか、だから太助さんは八百富を出ていくって言ったんだね？ それであんたと喧嘩になったんだね？」

お露はゆっくりとかぶりを振った。

「出ていったりは、しないって」と、呟いた。

「あたしを独りにするわけにはいかないって」

「それじゃ、なんで」

言いさして、お徳にははっと判った。ぶん殴られて目が覚めたみたいに判った。富平がいては嫁がこない。だけれどお露を捨てて出ていくこともできない。それならば——

一語一語、歯のあいだから絞り出すようにして、お徳は問いかけた。「太助さんは富平さんを——眠らせようって言い出したんだね？」

お露の細い背中が、縛り上げられたようにぎゅうと強《こわ》ばった。それから、頭をぐらりと落として彼女は泣き始めた。

「その方がおとっつあんも楽だって。もう今だって死んでるようなものだからって。だけどあたしは——」

息を詰まらせながら、お露はしゃべった。

「何度も話し合ったんです。そんなことはできないって。だけど兄さんは判ってくれなかった。もうどうしようもない、おまえだって可哀想《かわいそう》だって。おとっつあんも判ってくれる、そう望んでいるはずだって。そんなの都合のいい言い訳だっていくら言っても駄目だった」

あの朝も、事件の起こる直前まで、兄妹で話し合っていたのだ、という。しかし折り合うことはできなかった。眠れないまま、お露は階下に降りていって、布団をかぶっている兄の枕元に座った。

兄さんは女の言いなりになってる。兄さんの頭だけで、おとっつあんを殺そうなんて思いつくわけがない。兄さんはとりつかれてる。こんなにあたしが一生懸命頼んでるのに、どうして判ってくれないの、どうして元の兄さんに戻ってくれないの——

「兄さんにおとっつあんを殺させるなんて、そんなことできなかった」と、お露は呟いた。

「それなら、あたしが兄さんを止めた方がいいって思ったの」

お徳は両手を握りしめ、かぼそいお露の背中を、うなじを、すり切れそうな肩を見つめていた。

殺し屋は本当に来たのだ、と思った。

ただ、それは太助のところに来たのではない。お露の元に訪れたのだ。お露の顔、お露の声、お露の手で、包丁を握って。

その殺し屋は、かつてお徳の元にも何度か訪れたことがあった。苦しむ加吉の枕元に座るお徳の肩を、そっと叩いたものだった。

差配さんは知っていたのだ。察していたのだ。そうしてあたしにも——

あたしには、この娘をおかみに突き出すことはできない。

「包丁は、どこに隠したの」と、お徳は低く聞いた。

「洗って、台所に」

「そう。知らん顔をして、そのままにしておくんだよ」

「お徳さん……」

涙でくしゃくしゃになった顔をあげて、お露はお徳を見た。お徳はお露を抱きしめると、そっと揺さぶってやった。

「いいかい、あんたはここから逃げたらいけないよ。今の話は忘れるんだ。差配さんだって、それを望んでいたんだからね。一度ついた嘘は、死んでもつき通すんだよ。いいね?」

泣きじゃくりながら、お露は何度もうなずいた。お徳は、闇を切り裂いて差し込んでくる陽光を、そのなかに仇敵《きゅうてき》が潜《ひそ》んでもいるかのように、きっとにらみ据えていた。

博打うち

井筒平四郎《いづつへいしろう》は迷信深い気質《たち》ではなかった。

これは子供のころからのことである。よく平気で敷居の上に足を乗せ、そのたびに母親にしたたか叱られた。敷居を踏むと、その家の当主の身に災いがかかるという謂《いわ》れがあるからだ。平四郎の父親は気むずかしい人物で、彼は父親に可愛がられるよりも邪険《じゃけん》にされることが多かった。子供心にもそれが面白くなくて、十歳ぐらいのときだったか、いっそあんな父上など死んでしまえばよいと思い、うんと敷居を踏んづけてその上で飛んだり跳ねたりしてみたが、その日もそれ以後も、父親の鉢《はち》の広い頭には何の災いも降りかからなかった。このとき、迷信などあてにならぬと、幼い平四郎は大いに不満に思いつつ悟ったのである。

その信念は、四十路《よそじ》の半ばを越した今に至っても変わっていない。朝、出がけに雪駄《せった》の鼻緒が切れても、歩いている最中に切れるよりは良かったじゃないかと思う。八丁堀の同心組屋敷のなかで、猫の額のような狭い庭に椿《つばき》の木を植えているのは彼ひとりである。井筒平四郎は椿の花が好きで、桜は大嫌いなのだった。

そんな彼のことだから、格別深く気にしたわけではない。深川北町の鉄瓶長屋の木戸の上に、今日で三日も続けて烏《からす》がとまっている——そのことを気に病んだわけではない。ただ場所が場所であるだけに、ふと口をついて言葉が出た。

「あの烏、昨日も一昨日《おとつい》もいやがったな」

すぐ後ろを歩いていた小平次が、丸い顔に小さな目をちょっと見張った。

「旦那がそんなことをおっしゃるとは珍しいですな」

「なに、かついで言ってるわけじゃねえ。しかし真っ昼間から町中に烏は珍しいだろう」

烏は何でも食べるし、そこそこ頭も良いので、「町」という人の集まるところには餌《えさ》があるということを承知している。だが、烏自身にはなんの咎《とが》もないところでくっつけられた「不吉だ」という迷信のせいで、人に疎《うと》まれて石や棒でもって追われることもまた多い。長年のあいだにこの賢い烏は、理由はともかく町の人々が自分らを嫌うということだけは理解したらしく、よほどの早朝か夕暮れでなければ、人目につく低いところで羽を休めたり餌をあさったりはしないようになっている。

小平次も鉄瓶長屋の木戸を見あげた。裏長屋に通じる入口の傾きかかった小さな木戸で、上の部分に住人たちの名前と商売を書き込んだ木札を並べて立ててある。烏はそのいちばん端の、「おけしょく　ごんきち」の札の上にちょこんととまっていた。

「わたしは気がつきませんでしたが、昨日も一昨日もいたんですか」と、小平次が訊《き》いた。

「ああ、いたよ」

「同じ烏でしたか」

「同じさ。そら」平四郎は手をあげて烏を指した。「右側の翼のところに、一筋だけ真っ赤な羽が混じってるだろう。大した洒落者《しゃれもの》の烏だな」

確かにそういう烏だった。漆黒《しっこく》の翼に一筋の赤い線がよく目立つ。指されても動じる様子はなく、黒い目をちまちまとまたたき、小首をかしげて平四郎と小平次の顔を見比べている様は、なかなか愛嬌《あいきょう》があった。

どうも人に慣れている鳥のようじゃねえかと、平四郎は考えた。しかし小平次は暗い顔をした。

「井筒さま、もしかして昨日も一昨日も同じ札の上にとまってたなんてことはありませんか」

「さあ、それぱっかりはいくら俺でも覚えてぃねえ」

平四郎は骨張った手で首筋をぼりぼりとかきながら、笑って小平次を見おろした。

「心配なら、どうせここまで来たんだ、桶屋《おけや》の権吉の様子を見ていこうか」

小平次は笑わなかった。「そういたしましょう。鳥がうろうろしているなんて、わたしは嫌な気持ちがいたします。権吉は確かだいぶ前から背中を病んでいたはずですし、ここには差配人《さはいにん》がいませんからね。ひょっとして寝付いていたりしたら気の毒です」

「まあ、何かありゃ近所の連中がなんとかするだろうけどよ」

かつぎ屋め——と内心苦笑しながらも、平四郎はうなずいて、どぶ板を踏んで長屋の奥へと歩き始めた。

小平次の言うとおり、この鉄瓶長屋には差配人がいない。店子《たなこ》がいないことはあっても差配人がいないことはないはずの長屋にあって、鉄瓶長屋だけが差配人不在なのである。むろん、先《せん》からいなかったわけではないのだが——

「久兵衛さんがいなくなって、もうまるひと月を越しました」

うつむいてどぶ板の上を歩きながら、小平次が言った。久兵衛とは、いなくなった先の差配人の名前である。彼が消えたのは梅の花の咲き初《そ》めるころ。今はもうずいぶんと暖い。

「いなくなった事情が事情なのに、あとに誰も寄越《よこ》さないまま放っておいて、湊屋《みなとや》さんはいったい何を考えているんでしょうかね」

湊屋とは鉄瓶長屋の地主のことだ。いわば長屋の管理人である差配人を雇うのは地主の役目だから、小平次が非難するのも無理はない。

「人手が足りないんだろう。まあ、仕方ねえよ」

口うるさい差配人がいない割には、鉄瓶長屋はいつ来ても小ぎれいに掃除されている。表長屋の方で煮売屋を商《あきな》っているお徳という女が先頭に立ち、住人たちを束ねているおかげだ。お徳は勝ち気なしっかり者で、平四郎は彼女に信を置いていた。お徳がいる限りは、差配人抜きでも、鉄瓶長屋にそう困ったことは起こらないだろう。いっそのことお徳を説きつけて、彼女を女差配人に雇うという手もあるじゃないかとさえ考えることがある。しかしそうなると、お徳の暮らし向きは楽になるだろうけれど、彼女のつくる旨い煮物や弁当が平四郎の口に入らなくなるわけで、それはちょっとばかり残念である。

久兵衛がいなくなった直後、平四郎のところには、湊屋の当主総右衛門から使いの者が来て、丁重な挨拶があった。この度の不始末を詫《わ》び、速《すみ》やかに次の差配人を手配したいと思うが、それまでのあいだは何分にもよろしくご配慮を賜《たまわ》りたいという口上だった。これには悪い気がしなかったし、久兵衛の失踪《しっそう》には表向きにできない事情がからんでいたこともあり、あとがまが決まるまでは鉄瓶長屋をこのままそっとしておくことを、平四郎は請け合った。そうして日に一度、深川北町の自身番に立ち寄るついでに鉄瓶長屋にも顔を出し、直に住人たちに声をかける習慣をつくりあげた。どうせお徳の店に寄るのだから、たいした手間ではない。久兵衛がいなくなったために、月番の負担がひとり分多くなってしまった他の長屋や貸家の差配人たちにも、このことで鉄瓶長屋とのあいだに諍《いさか》いを起こさないよう、噛んで含めるようにして話をしてある。小平次の非難がまっとうなものだとしても、平四郎としては、今のところ、鉄瓶長屋の差配人不在に、それほど大きな不便も不安も感じていないというわけである。

桶職人の権吉の住まいは、長屋のいちばん奥まったところにある。路地を通り抜けてゆくと、亭主が稼ぎに出ているあいだ負けじと内職にせいを出すかみさんたちから、口々に挨拶の声を投げられた。どの顔も忙しそうで、額にうっすらと汗を浮かべている。子供らなど、もう半裸ですっ飛んで歩いている。しかし、権吉の住まいの前まで来ると、それまでの明るい雰囲気が消し飛んで、なんだか妙に静まり返っているようだ。

「おう、ごめんよ。権吉はいるかい」

声をかけて障子を開けると、家のなかは外より暗かった。その暗がりの、ごたごたとものが並べられた座敷の隅で、誰かがはっと顔をあげてこちらをのぞいた。

「お律《りつ》じゃねえか」と、平四郎は黒い人影に声をかけた。「なんだ、おめえひとりかい。権吉はどうした」

お律は権吉のひとり娘である。父親の仕事を手伝っているはずだ。いえちょっととあいまいに返事をして、お律は入口のところまで出てきた。

桶職は地味な手仕事だが、権吉のようにひとりきりでやっている職人はあまりいない。自分が親方になって人を雇ったり、親方に雇われたりしている者の方がずっと多い。その方が仕事を分担できるし、商品もさばきやすく、結局はあがりも多くなるからだ。権吉も十年ほど前まではそういう雇われの職人だったらしいのだが、親方と上手くいかず、あちこち転々としているうちに今の形に落ち着いてしまったらしい。昔つながりのあった親方のところから、請負《うけおい》の形で品数を限って材料を渡され、できあがったものを届けるのである。それだけでは父娘《おやこ》ふたりの口を養うことは到底無理なので、お律はどこかの茶屋で仲居をして働いていると、平四郎はお徳から聞かされていた。

お律は平四郎の顔を間近に見るまで、相手が誰だかわからなかったようだ。彼だと知ると、ひどくびっくりして恐縮し、急いで頭を下げた。

「井筒さま、あいすみません」

「いきなり謝ることはねえやな」

笑って応じて、暗がりから出てきたお律の顔を見たとたん、今度は平四郎が仰天した。先にお律を見たのは——ざっとひと月ほど前になるだろうか。あのときと比べるとげっそりと頬がこけ、眉毛が薄くなり髪も痩せたようだ。どんな貧乏所帯でも、若い娘というのはそれなりに美しいものだし、お律は深川北町一の器量よしと謳《うた》われる娘で、平四郎もそれには異論がない。そのお律が、どうしてか骸骨《がいこつ》のようになってしまっている。

「とりたてて用があったわけじゃねえんだが、小平次が——」と、平四郎は後ろの小平次をちょっと見返った。「権吉が背中を患っていたことを思い出してな。どうしてるかと思ったというわけだ」

「そうですか、ありがとうございます」お律はまた頭を下げた。「おとっつあんなら元気です」

「元気でないのはおまえの方だな」平四郎はまっすぐに言った。「病気でもしたのかい？」

お律は目に見えておろおろした。「はい、ちょっと風邪《かぜ》を引きました」

「そいつはよくねえな。まだ治りきってないようだ。ずいぶんと窶《やつ》れたぜ」

お律はもじもじしている。

「困ったことがあったら、お徳に頼んでみな。久兵衛さんがいないあいだは、お徳がなんでも仕切るから」

お律はしおらしくはいと答えた。小さくなってしまって、平四郎の目を見ようともしない。仕方がないので、じゃあなと声をかけて踵《きびす》を返すと、逃げるみたいに背後で障子が閉じられた。

——何かあったな。

平四郎は思ったが、お律に問いただすよりはお徳に訊いた方が早い。足を早めて路地を戻り始めた。

「あの痩せよう、もう半分死人みたいですよ」小平次が後ろを見返りながら呟く。「やっぱり烏はげんが悪い」

その烏は、まだ長屋の木戸の上にとまっていた。小平次がしっと声を出して追っぱらうと、文句を言い返すように一声かあと啼《な》き、ひらりと飛びあがった。

「博打《ばくち》ですよ」と、お徳は言った。「しばらく前から、権吉さん博打に夢中になってるんです」

平四郎はお徳の店の腰掛けに座って、串にさしたこんにゃくを食っていた。食いながら言った。

「権吉が小ばくひをうつって話は初耳じゃねへよ」

こんにゃくは熱かった。「むかひのなかまとつるんで打ってるんらろう?」

お徳は両手を腰に当てた。「それは昔っからだけど、今度のは別口らしいんですよ」

「べつふちってえのは——」平四郎はこんにゃくを飲み下した。「旨い。旨いけど舌が焼けそうだ」

「あわてて食べるからですよ。麦湯をあげましょうか？　小平次さんも」

小平次もこんにゃくを食いながら頭を下げた。不思議なことに小平次は、平四郎とふたりきりならよくしゃべるのに、平四郎の前で町の人々と口をきこうとはしない。彼は平四郎付きの中間《ちゅうげん》で、身分としては御番所の者だ。いばろうと思えばいばることもできるのに、そういうこともない。無駄口はきかないのだ。かといって無礼ということはなく、特にお徳には丁寧《ていねい》に接している。

「別口ってことは、もっと悪い仲間に入っちまったのか、それとも賭場《とば》にでも出入りしてるのかい？」

「旦那はあっさりそういうことを言うからおっかないよ」お徳は笑って麦湯の入った湯飲みを差し出した。「はい賭場に出入りしていますなんて答えたら、権吉さんをとっつかまえちまうだろ？」

「そうとは限らんさ。賭場はあっちこっちにある。そこで博打を打つ連中もたくさんいる。俺たちは知らないことになっているがな」

丁半博打の隠れた賭場としては、武家屋敷の中間部屋が使われることが多い。町奉行所の手が届かないからである。

「で、そういうことなのか？　権吉は、俺の知らないことになっている類《たぐい》の場所へ出入りしてるのかい」

お徳は前掛けで手をぬぐうと、ため息と共に腰をおろした。

「出入りしてるどころか、首までつかってますよ」

「儲《もう》けてるのかい」

「もうけてるなら、なんであんなじめじめしたところに住んでます？」

井筒平四郎は麦湯を飲みながら顔をしかめた。お律の窶《やつ》れた顔が思い起こされた。

「それでお律が困っているわけか」

「可哀想に、器量よしが台無しですよ。あたしも権吉さんをつかまえちゃあ怒鳴ってるんだけど」

「怒鳴られたくらいじゃ博打はとまらねえ」

「おともさんが生きてたらね。ちょっとは違ったんだろうに」

おともは権吉の亡妻である。亡くなって三年ほど経つ。生前はお徳と仲がよかった。

「女房がいたって博打はとまらん」

「じゃ、どうすりゃとまるんですよ？　何かいい案はないですか」

平四郎はちらりと小平次を見た。彼の言いたいことが、小平次の顔に書いてあった。「妙案などないね」と。

「博打は治らねえ病だと思った方がいい」

「そんならお律ちゃんはどうなるんです？　親父さんを見捨てるわけにもいかないじゃないですか。あの子は本当に親孝行の娘なんだからね」

いくら娘だからって、博打狂いの親父を見捨てていけないというわけはないと思うんだがなと、平四郎は顎《あご》をひねりながら考えた。子供のころ、父親の頭を割ってやろうと敷居の上で飛んだり跳ねたりしたことのあるこの男には、そもそも孝行心というものがどうにも胡散臭《うさんくさ》く感じられて仕方ないのである。世間に孝行者と呼ばれる者たちのなかに、心から望んでそうしている者の、いったい何人いることだろうかと、平四郎は考える。大半は、何かの拍子に一度孝行者と呼ばれてしまったがために、その看板を下ろせなくなっているだけなのではないかと思うのだ。

しかし、お徳の前でうっかりこんなことを言ったら後が怖い。文句ひとつ言わずに因業《いんごう》な舅《しゅうと》姑《しゅうとめ》の世話を焼き、寝たきりの亭主を看取《みと》って気丈に働き続けてきたお徳は、世の中には彼女のような人間ばかりが住んでいるわけではないということを、今ひとつもふたつもわかっていないのである。たとえば平四郎自身のことでも、十年前に父親が逝《い》ったとき、その死に顔を見ながら、あれだけ賄賂《わいろ》をとったりさんざん弱い者いじめをしたりしてきた親父が天寿をまっとうし、さして苦しみもせずに死ぬなんて、結局この世には神も仏もねえんだなあと思った——などという打ち明け話をしたならば、お徳は驚愕《きょうがく》し、狼狽《ろうばい》し、そんな話は嘘だろう、誰が自分の親のことをそんなふうに思うもんかい、ねえ嘘だよねと、泣き出しそうな顔をして、平四郎が「ああ、嘘だよ」と言うまで食い下がってくるに違いない。

平四郎が黙っているので、お徳は立ち上がり、煮物の鍋をかきまわし始めた。

「久兵衛さんがいてくれたらね」と、こぼすように言った。「権吉さんによく意見して、博打をやめさせてくれただろうに」

権吉が、あんなふうにやせ細ったお律を間近に見ていてもとまらないほど博打に狂っているのなら、たとえ久兵衛でも手に負えなかったろう。しかし平四郎は黙っていた。お徳が妙に愚痴《ぐち》っぽくなっている今は、取り扱いが難しい。

「久兵衛さんで思い出したが——」と、話題を変えることにした。「新しい差配人のことで、湊屋から何か言って寄越したかい?」

「言っては寄越さないけど——」

お徳はちらっとあたりを気にして、杓子《しゃくし》を持ったまま平四郎に近づくと声を落とした。

「このところ『勝元』から若い衆が来て、久兵衛さんの荷物を片づけたりしてるんですよ」

「いつごろからだ？」

「つい二、三日前から」

「今日も来てるか」

「さあ、わからないけど」

「ちょっとのぞいてみるか」

平四郎は立ち上がった。久兵衛の住んでいた二階家は、表長屋の棟のすぐ南側にある。ぶらぶらと歩いてゆくと、往来の反対側から一台の大八車が来て、ちょうど平四郎の目指す家の前で停まった。大八車を引いている若い衆は、「勝元」のはんてんを着ていた。

どうするのかと足を止めて見ていると、若い衆は車に積んでいた行李《こうり》や布団《ふとん》包みを荷下ろしし、家のなかに運び入れ始めた。大した量の荷物ではない。家具も家財道具も見あたらなかった。

「勝元」は、湊屋が明石町で営んでいる料亭である。久兵衛も昔はそこで働いていた。どうやら新しい差配人が来たらしいと、平四郎は髭《ひげ》を抜きながら考えた。また「勝元」の人間だろうか。

見守っているうちに、大八車は空荷で来た方向へと帰っていった。平四郎は久兵衛の住まいだった家へと近づいた。うしろから小平次がついてくる。

「新しい差配人ですね」と、彼も言った。平四郎がうんと応じようとしたとき、真上でばさばさと羽音がした。驚いて見上げると、烏が黒い翼を広げ、彼らの頭の上を飛び過ぎてゆく。そしてふうわりと、差配人の家の軒先に降り立った。

「さっきの烏だ」小平次が怒ったように言った。「羽に赤いところがある。奴め、どうでもこの長屋に祟《たた》りたいようですね」

彼はころころと平四郎を追い越して走ってゆくと、烏を追おうと拳《こぶし》を固めて頭上に振り上げた。そのとき、誰かがひょいと差配人の家から出てきた。小平次はその人物に殴りかかるような形になった。

「おっと」と、相手は声を出した。若い男であった。着流しではなく、職人風に股引《ももひき》をはいている。上も下も黒ずんだ色合いの衣服で、ひょろりと背が高い。ちょっと後ろにのけぞって、小平次を見おろす格好になった。

小平次も驚いて後ろに飛び下がった。ふたりは間の抜けた様子で顔を見合わせた。若い男は、近づいてくる平四郎の姿にも気づいたのか、おやという顔をした。

ばつの悪い格好になっている小平次の方が先に口を開いた。

「烏を――」と、固めた拳を開いて軒先を指さし、「追っ払おうと思ったんだが」

若い男は軒先を見あげて笑顔になった。

「なんだ、官九郎《かんくろう》じゃないか。ここにいたのか」

「官九郎？」

「はい、うちで飼っている烏なんで」

「飼ってるって？」

「はい。雛《ひな》のときから育てましたんで、よく馴《な》れてるんです」

丁寧な口調で小平次にそう言うと、平四郎に向かって、落ち着いた様子で深々と頭を下げた。

「井筒の旦那でございますね」

「ああ」平四郎は気軽に応じた。「『勝元』の衆かね。ご苦労さん。あらかた片づいたかい?」

「はい、おかげさまで」

「新しい差配人が来るんだね」平四郎は、開け放してある引き戸から、ちらっと家のなかをのぞきこんだ。ごたごたした様子はなく、きれいになっている。

「久兵衛さんの荷物は『勝元』で預かるのかい?」

「はい、ひとまずはそういたします。細かな道具はそのまま使わせてもらいますが」

「で、新しい差配人はいつ来るんだい?」

平四郎が尋ねると、若い男はまたちょっと間の抜けた顔をした。格別いい男ぶりというわけではないが、よくものの見えそうな、きれいに澄んだ目をしていた。

「はあ、それが申し訳ございません」

「なんだい」

「旦那にきちんとご挨拶に伺う前にお目にかかることになってしまいまして」

今度は平四郎の顔が間の抜けたそれになった。小平次が「へ?」と言った。

「実は、私が新しい差配人です」と、若い男はまた頭を下げた。「佐吉《さきち》と申します。どうぞよろしくお引き回しのほどを」

佐吉は二十七歳だという。三十路《みそじ》にかかってもいないのである。その夜湊屋からの使いが大急ぎで挨拶に来て、平四郎は彼の身元を聞いた。

なんでも、湊屋の主人の遠縁にあたる若者なのだそうである。元は植木職だという。ずっと小石川の方に住んでいた。家族は誰もいない。

「ぜんたい――」

湊屋の使いが念入りに口上を述べて置いていった菓子折をにらみながら、平四郎はひとりごちた。

「湊屋総右衛門はどういうつもりなんだ？」

佐吉では若すぎる。あんな若い差配人など、これまで見たことも聞いたこともない。深川北町の月番を務める差配人は六人いるが、そろって五十半ばか還暦《かんれき》にかかった男たちばかりだ。そもそも差配人という役回りは、老人の世間知がなくては務まらないものなのである。

湊屋の言い分は、一応筋が通っていた。ほかになり手がないというのだ。その理由は、先の差配人の久兵衛が姿を消した事情にある。彼はある人物の逆恨みをかい、そのために長屋の住人のひとりの太助という若者が、側杖《そばづえ》をくって殺されることになってしまった。自分がこのままここにいては、さらにひどいことが起こるかもしれないと考えた久兵衛は、自分自身と鉄瓶長屋の住人たちの身の安全を守るために、突然飛び出して姿を消した。そんな危ない事情のある長屋の差配人という地位につくために、喜んで来てくれる者などいない。遠縁とはいえ身内のよしみで、佐吉を口説いてやっと承知させたのだというのである。幸い、深川の名主連も事情を察して佐吉を雇うことを認めてくれた、なによりでございますという。

しかし、しかしだ。ここが平四郎の苦しいところなのだが、今述べたような「事情」は、これすべて本当のことではないのだ。太助を殺したのは彼の妹のお露で、久兵衛の話はお露を助けるためにでっちあげたものなのである。平四郎もお徳もそれを知っている。長屋の連中のなかにも、薄々気づいている者はたくさんいる。みんな知っていて知らぬふりをしているのである。

そして今日の今日まで平四郎は、湊屋もこの裏の事情を知っているものだと思いこんでいた。久兵衛がきっと知らせたに違いないと考えていたのだ。あれは律儀《りちぎ》な奉公人あがりで、総右衛門に対しては絶対に忠実な男だった。店子をかばうためとはいえ、主人に本当の理由を告げないまま出奔《しゅっぽん》したりするはずがない。

しかし、一方ではこういうことも考えられる。平四郎は湊屋総右衛門という男の気性を知らない。ひょっとすると、久兵衛の話を聞いたとたん、どんな理由であれ人殺しをした娘をかばうのはまかりならん、すぐにお露を自身番に突き出せと怒鳴りつけるような男なのかもしれない。だから、どこまでもお露をかばい通してやりたい久兵衛は、本当のことを言えなかった。従って湊屋は表向きの作り話を信じたまま、本当に新しい差配人が見つからなくて往生したのかもしれず――それともまた、総右衛門も本当の事情を知っているのだが、表向きの話はあのとおりにつくろわねばならず、だから新しい差配人が見つからず――

「こんがらがりそうだぜ」と、平四郎は呟いた。

試みに、菓子折を持ち上げて振ってみた。上等な木箱だが、かさこそと軽い音がする。包みを見ると、日本橋の有名な菓子屋の干菓子だ。まいないの重さはなかった。うちの店子のことで目をつぶってくだすってありがとうございますという気持ちがないのか、それとも、何も事情を知らないからありがとうという気持ちを抱くべくもないのか、それともありがとうとは思うが単にしわいやだからまいないを包まないのか――

「やめた」と、平四郎は言った。おおいと手を打って細君を呼んだ。いっしょに干菓子をつまもうと思ったのである。

菓子は旨かった。そう入り組んだ味はしなかった。ほのぼの甘いだけであった。

さて、鉄瓶長屋である。

場違いに若い差配人がやってきたことで、いったいどんな騒ぎが起こるか。平四郎は実に興味があった。用もないのに、日に二度も三度もお徳のところや深川北町の自身番に立ち寄るようにもなった。

北町の差配人連中は、おしなべてみんなびっくり仰天、仰天がさめると怒髪天《どはつ》を衝《つ》くという様子で、平四郎は心配になった。年輩者には、あまり急激な感情の上げ下げは身体によくないのである。

「あんな若造、あれならうちの倅《せがれ》の方がよっぽど役に立つ」といきまく差配人あり、「店子たちにしめしがつかないですよ」と渋い顔の差配人あり。とはいえ、名主連が承知した以上、彼らがいくら反対しようと、佐吉から差配人の座を取り上げることはできないのだ。

しかし、そこは敵もさるものである。佐吉を除く残り六人の差配人たちは、当分のあいだ、まだ仕事に慣れていないからという理由で、佐吉を月番からはずすことを取り決めた。決めたと言っても、佐吉の方は一方的に結論を申し渡されただけで、反対する余地はない。

「けど、別に文句も言わなかったようですよ」

と、お徳は平四郎に説明をした。

「佐吉って人ときたら、まだ差配人がどういうものかわかってないんじゃありませんかね。始終、ほうきを持って掃除ばっかりしてるもの」

へえ——と、平四郎は顎を撫でた。

「そういやあ、いつにも増して路地がきれいだ」

お徳はぎろりと彼をにらんだ。「いつだってきれいですよ。それに掃除なら子供にだってできます」

だいたいあの人は、職人みたいな格好ばかりしていると、文句を垂れ続ける。

「羽織を着てどこかへ行かなくちゃならないようなことがあったら、いったいどうするつもりでしょうね？」

もめ事の仲裁や訴え事の付き添いなどの折に差配人が「羽織を着る」というのは、単に服装をあらためるということだけに留まらない。自分が公的な存在であることを明らかにするという意味があるのだ。町役人《ちょうやくにん》である立場を、傍目にもはっきりと見えるように主張するのである。しかしそれを知っていて、平四郎はわざとまぜっかえした。

「心配しなくても、佐吉だって羽織ぐらい持ってるだろう」

お徳はふんと盛大に鼻を鳴らした。平四郎はへらへら笑った。

「そう怒るな。佐吉がここへ来ることになったのは、回り回ってもともとはお露のためだ。あの娘はどうしてる？」

八百富のお露は店をたたみ、病気の父親を連れて、鉄瓶長屋を離れていた。久兵衛と親しかった猿《さる》江町《えちよう》のある差配人が請《う》け人《にん》になって面倒を見てくれている。暮らしはかつかつなので、どうやらお徳がかなり力を貸しているようだ。

「お露ちゃんなら大丈夫ですよ」お徳の口調が少し優しくなった。が、すぐに盛り返したみたいにぷりぷりして、「そういえば、八百富の後は空き家になってるんですよ。佐吉とかいう人は、あれをどうするつもりなんでしょうね？　ずっと空き家のまんまじゃ、ぶっそうでしょうがない」

「いちいち佐吉とかいう人なんて呼び方をして、よく舌を嚙まねえな」

「あんな子供、差配さんとして認めるわけいきませんからね。久兵衛さんに悪いよ」

おやおや、子供ときた。佐吉も災難である。

平四郎としては、鉄瓶長屋のうちうちのことに口をはさめる立場ではなく、佐吉に同情はしても、何もしてやることはできない。ただひとつ、官九郎のことで忠告してやった。

「おめえには可愛い鳥かもしれねえが、鳥ってのはやっぱりげんが悪い。嫌う連中が多いから、どこかに預けちゃどうかね」

しかし佐吉は首を振った。「旦那のご心配はありがたいですが、今さらそれも可哀想で……」

それだとおまえさんの方こそどんどん可哀想になるんだがなあと、平四郎は内心で呟いた。まあ、すぐには何事も起こらないと思うがな——

しかし、その見込みは甘かった。もめ事が起こったのである。


佐吉が鉄瓶長屋にやってきて、半月ほど後のことである。桶職の権吉のところに、数人のならず者が押しかけてきた。昼日中《ひるひなか》から大声を張りあげて、障子を蹴倒しての狼藉《ろうぜき》である。用向きはほかでもない、借金の取り立てであった。

自身番から使いがきて、井筒平四郎は急いで鉄瓶長屋に走った。着いたときにはならず者たちは引き上げたあとで、権吉の住まいの前には割れた茶碗が散乱し、水瓶《みずがめ》が倒れて地面はびしょ濡れ、お律がそこに座り込んで、袖《そで》で顔を覆って泣いていた。権吉は土間で頭を抱えて小さくなっていた。

「十両ですってさ」

到着した平四郎に、お律の傍らにたちはだかり、仁王のような顔で権吉をにらみつけていたお徳が、噛みつきそうな勢いで言った。

「借金がか？」

「そうですよ。みいんな博打で負けたんです。相手は証文持ってるんですよ。そうだよね、権吉さん？」

権吉はびくっと縮こまった。

「きつい取り立てにあって、先《せん》から困ってたんですよ。十両なんてお金、どう逆立ちしたって都合できやしない。それで今度という今度はこの馬鹿親父が」

お徳は権吉に指をつきつけ声を張り上げた。

「十両のかたに娘を売り飛ばす約束をしてきちまったんですとさ。それであの連中が来たんです。お律ちゃんを連れにきたんですよ」

ありそうな話である。

「しかし、それならよく連中が引き下がったな」

「あたしがいましたもの」お徳は右手につかんだしんばり棒を振り上げた。「こんなこと、黙って見過ごすわけいかないでしょう？　どうしても連れていきたいなら、権吉さんを連れていきなって言ってやりました。てめえの借金なんだからね」

しかし権吉では、どう白粉《おしろい》を塗っても岡場所の赤い格子《こうし》の向こうに座って客を引くことはできまい。お茶も挽《ひ》けねえだろうと平四郎は笑った。

「旦那、なにがおかしいんです？」

「いや笑ってねえよ、俺は」平四郎はきょろきょろした。「佐吉はどこだ？」

「いやしませんよ。肝《きも》っ玉《たま》が縮んじまって、どっかへ隠れてるんでしょう」お徳はしんばり棒をぶんぶん振った。「久兵衛さんなら頼りになったのに。まったくもうどいつもこいつも」

確かに佐吉の姿が見えない。どっちにしろ新米の差配人の手には負えないかと、平四郎はため息をついた。

「権吉、ちょいと自身番へ来い」と、縮こまっている親父に向かって顎をしゃくった。

「ちょっとばかり、おめえの出入りしている賭場のことを聞かせてもらおうじゃねえか」

小平次が進み出て、権吉の腕をとって連れ出した。権吉は嫌がるそぶりを見せたが、小平次の丸くてぷよぷよした腕は、存外な力を秘めているのである。うんとつかんで引っぱり出すと、水たまりをものともせずに自身番の方へと歩き出した。

そのあいだに、お徳がお律を慰《なぐさ》めながら助け起こした。集まっていた長屋の連中も、大丈夫だよあたしらがついてるからねと、口々に声をかけている。

自身番では、権吉はすっかり恐れ入ってしまっていて、平四郎の訊くことによく答えた。しかし平四郎は不愉快だった。権吉が始終、博打に深入りしたのは誰々が誘ったせいだとか、誰々がいかさまをしたんだとか、他人のせいにばかりするからである。

賭場の開かれている旗本屋敷がどこであるかを聞き出すこともできたが、これは大した役には立たない。連中がひとつところにばかりいるわけはないからだ。権吉の借金もまっとうな金貸屋からしたものでこれにも文句をつけようがない。押しかけてきたならず者たちは洲崎《すさき》の「岡崎」という遊郭《ゆうかく》の男たちで、権吉の話では、お律を年季奉公に出す約束で、岡崎ではすでに彼の借金の肩代わりをしているのだそうである。先方としても、金は払ってやったお律はいつまで待ってもやって来ないで、怒鳴り込む理由があるというわけだ。

どうしようもねえ——これが平四郎の感想であった。

「絵に描いたような袋小路だな、権吉」

苦り切って、平四郎は言った。近くで見る権吉の手の指が、すでに職人の堅い指ではなくなっていることにも、げっそりする思いだった。

権吉が押し黙っているところへ、小平次がお律を連れてきた。彼女は濡れた着物を着替え、顔を洗っていた。それでも両の目は腫《は》れぼったく、くちびるががさがさに荒れている。お徳がかたわらにくっついて、励ますように肩に手を置いていた。

「気の毒にな、お律」

娘を座らせて、平四郎は声をかけた。

「ざっと話を聞いた限りじゃ、俺にはなんともしてやることができねえ。どうしたもんかね」

「旦那、そんな殺生《せっしょう》な」と、お徳が乗り出した。「賭場を開いてるやつらをとっつかまえてくださいよ」

「すぐには無理だ。たとえ連中をつかまえたとしても、そのことと、権吉の借金とそれを岡崎が肩代わりしたってことは、話が別なんだ」

「じゃ、十両工面《くめん》しない限り——」

お律は岡場所へ行くことになるだろう。

「あんまりじゃありませんか」

権吉はお徳に叩かれるのを恐れるように、じりじりと後じさりしている。しかしお徳はもう権吉のことなどどうでもいいようで、お律の背中を抱きしめて目をうるませている。

すると、またひと筋新しい涙を流しながら、お律が小さく言った。

「あたし、岡崎へ行きます」

「お律ちゃん！」

「いいんです、お徳さん」

「だってあんた――」

「岡場所へ行くことは、先《せん》からおとっつあんに頼まれてました。だけど心が決まらなくって……」

「そんなに窶《やつ》れちまったというわけか」

「でも、今日で決心がつきました。年季が明けるまでの辛抱ですから、あたし、平気です。おとっつあんを見捨てるわけにはいかないもの。あたしが約束を果たさなかったら、おとっつあん、あいつらにどんな目にあわされるかわからないでしょう？」

痩せこけた娘の顔を、権吉は見ないようにしている。お徳が声を張り上げた。

「おやめよ、お律ちゃん。なんであんたがそんな我慢をしなくちゃならないんだい？」

「お徳さんだって、ひとりで苦労してきたじゃないですか」

「だけどあたしは、苦労をおっつけられたわけじゃなかった！」お徳は太い腕を振って権吉を指した。「あんたのおとっつあんみたいに、自分の道楽のつけを娘にまわしてしゃらっとしてるような奴のために苦労してきたわけじゃないよ！」

お律はぼろぼろ泣き出した。「だけど、おとっつあんが可哀想だもの」

そのとき、別の声が割り込んできた。

「お律さんの言うとおりだ。行かせたらどうですか」

一同は振り返った。そこに佐吉が立っていた。やはり黒っぽい職人風の身なりで、手に風呂敷包みを抱えている。「勝元」の名入りの風呂敷だった。

「あいすみません、ちょっと旦那様に呼ばれて明石町に行っていました」と、佐吉は平四郎に会釈《えしやく》した。「話の大方は外で聞いてきました」

「今ごろ何しに来たんだか」と、お徳が毒づく。「あんたなんか役に立たないよ。出ていっておくれ」

「お徳」と、平四郎は声を厳しくした。

しかし佐吉にひるんだ様子はなかった。彼の目はお律を見ていた。

「泣くのは先行きのことを考えて辛いからですか」と、彼は問うた。「そういうのはよくないですよ。本当に辛くなってから泣いた方がいい」

「ちょっとあんた！」飛び上がって佐吉に殴りかかろうとしたお徳を、平四郎はすんでのところで引き留めた。

「お律さん」と、佐吉は娘に話しかけた。

「あんたが岡場所に行くのが嫌で、行かなきゃならない理由はないと思うなら、行かなければいい。権吉さんのことなんか、放っておけばいいんです。いくら父親だって、やっていいことと悪いことがある。娘だからって、親のために何でもしなくちゃならないなんて決まりはねえ」

頰に涙の筋を残したまま、お律は啞然《あぜん》と佐吉の顔を見ている。

「けれどね、お律さん。あんたが岡場所に行かないで、あとあとまでその行かなかったことを後悔するようになるんだったら、話は違う。あんたはあんたのために岡場所へ行った方がいい。その方が結局は、あんたの気持ちが楽になるだろうから」

「あたしの……ために？」お律がぼんやりと繰り返した。

「そうです。あんたのためだ。権吉さんがどうのこうのじゃない。あんたがしたいようにすればいいんです。今あんたが、おとっつあんを見捨てるわけにはいかないから岡崎に行くと言ったのも、そういうことでしょう？　権吉さんを見捨てたら自分の気が済まないから、だから行くと決めたんでしょう？　だったら行くべきだ。私はそう思います」

平四郎に止められてじたばたしていたお徳が、拳骨《げんこつ》がそのまま入ってしまいそうなほどにあんぐりと口を開けた。それから怒鳴った。

「この馬鹿！　人でなし！　なんてことを言うんだよ！」

「お徳、うるさい」平四郎はお徳の頭をおっぺした。

臆病そうに引っ込んでいた権吉が、えへらえへらと笑い出した。お律が父親を振り向いた。

「そうかお律、そうだったのか」娘の顔を上目遣いに見て、彼は言い出した。「佐吉さんの言うとおりなのか。おめえはおめえがそうしたいから岡場所へ行くんだな？　おとっつあんが無理じいしたわけじゃねえんだな？　そういうことだったのか」

えへ、えへへと、権吉は笑っている。笑いながら平四郎やお徳の顔色を横目でうかがい、それでもにやにや笑いをとめることができないでいる。

お律のくちびるがぽかんと開いた。まじまじと父親を見つめる目から、ものが落ちるようにして涙の粒が落ちた。

「ええそうよ、おとっつあん」と、彼女は言った。「そうなのよ」

瘦せた肩をさらにぐったり落として帰ってゆくお律の後ろ姿と、そのお律の前をひょこひょこと歩いて行く権吉の背中を見届けて、井筒平四郎は自身番を出た。お徳が佐吉を殺してしまいやしないかと心配だったので、彼を家まで送り届けた。

平四郎は無言であった。佐吉も黙っていた。格別、動揺している様子もなかった。平四郎は、おまえの言葉は筋が通っていると俺は思うと言いかけたが、まだ早いような気がして口をつぐんでいた。

それでよかった。結果は翌日の朝に出たからだ。お律が父親を残して家を飛び出したのだった。

「おめえ、こうなると判っていて、昨日お律にあんなことを言ったんだな？」

知らせを受けて、平四郎はすぐに佐吉を訪ねた。彼はどぶ板の一枚が割れてしまったのを直すとかで、土間に下りてしきりと金槌《かなづち》を使っていた。

「さあ……」と、釘《くぎ》を口に含んだまま首をひねった。「思ったとおりを言ったまでです」

あのとき、佐吉の言葉に対して、権吉が笑った。肩の荷を降ろすようにして、悪いのはおとっつあんじゃねえ、おめえはおめえのために岡場所へ行くんだなと言った。あの一言が、孝行娘のお律をして、背中にしょった重い荷物を放り出す決心をさせたのだ。

彼女はがっかりしたのだ。失望したのだ。あの場では、たとえ嘘でも芝居でも、権吉はお律に泣いて謝るべきだった。そうすればお律も、泣いて親父の手をとって、喜んで岡場所へ行ったろう。権吉の涙は、お律に張り合いを与えるからだ。

しかし権吉はへらへら笑った。それでお律の目からうろこが落ちた。

平四郎は考えた。権吉は確かにどうしようもねえ穀潰《ごくつぶ》しだが、彼のあの手前勝手な言葉が、結果としてお律を救うことにつながった。泣いて謝りながら娘を売り飛ばす男より、ひょっとするとましだったんじゃねえかな？

平四郎は、どぶ板をとんとん叩いている佐吉を見おろした。笑みが浮かんできた。

「おめえ、面白い男だな。差配人に向いてるかもしれねえぞ」

佐吉はにこりともしなかった。「それはどうでしょうか。私はまたひとり、店子をしくじってしまいましたからね。権吉さんだって、そう長くはここにいられないでしょうし」

「目当ての娘がいなくっちゃ、どう責め立ててもしょうがねえ。岡崎の連中も、権吉を連れていって客をとらせるわけにもいくまい。権吉は大丈夫だろう」

「借金はどうなりますか」

「無い袖は振れねえ」

俺たちがあいだに入って、月々少しずつでも岡崎に金を返すよう、話をまとめてやろうじゃねえかと平四郎は言った。佐吉は安心したようにうなずいたが、

「お律さんは……」と言いよどんだ。

「それこそ、あの娘の気の済むようにするさ。大丈夫だよ、仲居でもお運びでも住み込みの女中でも、働くところはいくらでもある。ただ、あの娘の消息がわかったら、すぐに俺にも教えてくんな」

「わかりました」

佐吉を残して家を出ると、平四郎は権吉の住まいに足を向けた。開けっ放しの油障子《あぶらしょうじ》の内側で、彼はふぬけのようにぺたりと座り、台所の縁にかけてあるお律の前掛けをぼんやりと見つめていた。

「どうだい、権吉」と、平四郎は声をかけた。

権吉はぼうっと平四郎を見た。何も言わないまま、またぼうっと首を戻した。

「おめえ、佐吉に感謝しろ。あいつのおかげで娘を売り飛ばさずに済んだんだ」

権吉はぼそりと言った。「あんな若造、差配人なんかであるもんか」

「そうかな。あいつは存外、いい差配人になるかもしれねえぞ」

すると、丸まっていた権吉の背中が伸びた。急に目が輝いた。

「そんなら旦那、賭けますかい？」

「何を？」

「佐吉がここに居着けるかどうか、ちゃんとやってけるかどうかですよ」

平四郎は面白くなってきた。

「いくら賭ける？」

「そりゃ、十両ですよ」

両腕を組んで、平四郎は空を向いて笑った。

「おお、いいぞ。やってみようじゃねえか。俺は佐吉が続く方に賭ける。おめえは続かない方に賭ける。但《ただ》し、だ」平四郎は権吉に指を突きつけた。「賭に勝ちたいがために、おめえが何かいたずらをして佐吉を追い出そうとしたら、俺はただじゃあおかねえぞ。なんとでも口実をつけて、おめえを牢《ろう》に放り込んでやるからそう思え。いいな?」

いい気分になってきて、平四郎は口笛を吹きながら路地を引き返した。木戸の上に官九郎がとまっているのが見えた。

「おう官九郎、おめえ、せいぜい気張って権吉の頭の上に糞《ふん》でも垂らしてやってくれ」

平四郎はからから笑った。烏は小首をかしげていた。

通い番頭

井筒平四郎には細君はいるが、子供はいない。所帯を持って二十年を過ぎたが、とうとう恵まれなかった。四十路《よそじ》を半ば過ぎの今となっては、もうとうに諦《あきら》めの気分にも達している。

自分の跡継ぎを得ることができないという寂しさはあっても、しかし彼は、元来子供好きの男ではなかった。広い世の中には、いい大人の男でも、子供が木に登っていたり、枯れ枝を振り回してやっとうのごっこをして遊んでいたりするのを見かけると、頬を緩《ゆる》めていそいそと寄っていき、一緒になって遊んでやったりするような者がいるが、平四郎はまったくその口ではなかった。

そのくせ、妙に子供に好かれる。これは平四郎の細君に言わせると、彼自身が子供だからだという。彼ばかりではない、広い世の中には、子供好きではないくせに子供に親しまれる大人の男というのがよくいるが、こういう手合いは皆決まって、自身が子供なのだ。つまり、子供らは仲間を見つけて寄ってくるのだというのである。

俺のどういうところが子供なのだと、平四郎は口を尖《とが》らして細君に問いただした。彼女はころころと笑って、あれこれ並べ立てた。ご飯のおかずのなかから自分の好きなものばかりを選《よ》って食べること。いただきものをすると、その場でさっそく開けること。柿の実がなっているのを見つけると、周りの人びとがいくら「あれは渋柿だからよしなさい」と止めても、自分でもいでかじってみなければ気が済まないこと。犬猫を見るとかまうこと。甘いものが好きで、餅菓子など、いくつか並んでいるもののなかからいちばん大きそうなものを選って手を伸ばすこと。

「なんだ、食い物がらみのことばかりじゃねえか。そりゃあ俺が食い意地が張ってるってことだ」

だから子供なんですよと、細君は面白そうに笑う。

「そうそう、それにあなたは、どこへ行くにも小平次さんを連れていかないと行かれないでしょう。それも子供です」

「馬鹿なことを言うな。小平次は俺の中間《ちゅうげん》だ。だから連れて歩かなきゃしょうがねえんだ」

「朝湯にもわざわざ連れて行かれるでしょう」と、細君も引き下がらない。「わたしもそうやって花見にくらい連れて行っていただきたいものです」

「なら、おまえも小平次くらい気が回るようになってくれ」

朝飯を食いながらそんな話をして、早々に組屋敷を逃げ出してきた今日の井筒平四郎である。

——花見か。

春の空は薄青く、風は湿り気を帯びてほの暖かい。桜の咲き誇る季節が、今年もまた到来したのである。

しかし彼は、桜が嫌いだ。

桜の花というのは、枝をもいでよく見てみると判るが、みんな下を向いて咲いているのである。なんと景気の悪い花だろうと、平四郎は思う。

それに気だてもよくないじゃないか。百年このかた——いや百年どころかもっともっと遠い昔から、この花は名だたる文人墨客《ぶんじんぼっかく》たちに延々と褒《ほ》めそやされてきたのである。それなのに、未だに下を向いて咲きやがる。謙遜《けんそん》も度が過ぎれば嫌味だということを知らないのだ。

「旦那って、本当に子供だね」

と、それでなくても大きな目をぐりぐりさせたのは、鉄瓶長屋のお徳である。表長屋の方で彼女が営んでいる小さな煮売屋は、ほとんど平四郎の第二の家のようなもので、毎日の見廻りの途中、一度ならず立ち寄ることになっているのだが、今朝はとりわけ早くに寄った。細君との口論で朝飯を早くかきこみすぎたため、喉《のど》が渇いたからである。

確かな年齢を訊いてみたことはないが、お徳は平四郎よりも歳上で、働き者らしく堅太りに太り、腕っぷしも強い。彼女の店が平四郎の別宅のようなものだと言っても、お徳のつくる煮物に煮崩れがなく、煮汁に野菜のかけらが浮かんでいないのと同じように、そこにはひとかけらの色気もない。少なくとも平四郎は感じていない。だから安心して細君のことも話せるのである。

そしてひとしきり平四郎の愚痴話を聞き終えて、お徳は言ったのだ、旦那って本当に子供だね。

「この世のどこに、さんざっぱら誉められてるんだからいい加減に上を向いて咲きやがれなんて桜にけんつくくらわせる人がいるだろ。あたしゃ呆《あき》れたよ、旦那」

「嫌な花だと思わねえか？」

「思いませんよ。それより、あたしゃ旦那のおつむりの中身の方が不安だね」

細君に輪をかけて、お徳は言いたい放題である。しかし平四郎は怒らないし、彼の行くところならどこでも——お徳が言うには「便所のくそ壺の底までも」——一緒に行く中間の小平次も、店の隅にちんまりと腰かけて白湯《さゆ》をすすっているだけで、怒りも笑いもしないのだった。

お徳は芋の皮をむいていた手を休めて、大げさにため息をついた。

「旦那の奥様はえらいよ。よくつとまってるよ」

「そいつは相身互《あいみたが》いだ。俺だって偉い」

平四郎は頭のうしろをぼりぼりとかく。小平次は澄ましてそれを見ている。小平次にも妻や子があり、大事にしていることは平四郎も知っているのだが、こういうときに話を向けても、小平次はいっさい口を開かないし、何も白状しないということもまたよく知っていた。

「だけど旦那、変わってるよね」

お徳は、たすきがきついのか、太った肩を動かして緩めながら、妙に感心したような声を出した。

「噂で聞いたけど、旦那の奥様って、そりゃもうきれいな人だそうじゃないか。ひと目見ただけでぼうっとなっちまうくらいの美人だって。そんな美人の奥様持ってて、自慢したいと思わないのかい?」

「自慢になるもんか。俺が美人なわけじゃねえ」

「またそういう言い方を……」

「それに、俺がどうかしてもらった嫁じゃねえからな。年頃だから嫁でも持たせろって、勝手にまとまった話だ。祝言《しゅうげん》まで、俺はあいつの顔も見たことがなかった」

「へエ、本当?」

お徳は平四郎よりも小平次の方に訊いた。

「小平次さんは旦那の若い頃から知ってるんだろ? 奥様ってそうやってきたの?」

小平次は丸い顔に生真面目《きまじめ》な表情を浮かべ、きちきちと返答をした。

「旦那のお若い頃は、わたしではなくわたしの親父がお仕えしておりましたんで、存じませんです」

お徳はぷうとむくれた。「あらそう。小平次さんて、返答に困るといつもそう言うんだよね」

平四郎は白湯を飲み干して湯飲みを傍《かたわ》らに置くと、刀を取って立ち上がった。

「お徳、芋をむいちまえ。夕方廻ってくるときまでに、よく煮込んでおいてくれよ」

「判ってるよ。それと、若菜漬けをこしらえたからさ、包んでおくから持って帰っておくれよ。奥様に召し上がってもらってくださいよ」

軽く手をあげて、平四郎はお徳の店を出た。敷居をまたいだ途端に、何かすごい勢いで走ってきたものに衝突した。それは小さくて細くてすばしっこく、平四郎の帯にむしゃぶりついてきた。

「ん？　何だなんだ？」

痩《や》せこけた子供だった。男の子だ。すり切れた着物に足は裸足《はだし》、顔は垢《あか》で黒ずんでいる。何かに怯えているのか、ものも言わずにしがみついてくる。

「こらこら、離れなさい」

小平次があわてて子供を引き離しにかかった。

「誰かに追われてでもいるのかい？　それならもう大丈夫だから、こら、そんなにしがみついたら旦那が身動きとれないだろうが」

ようやく引き離して、よくよく顔を見てみる。しかし見覚えのない子供である。平四郎も小平次も、鉄瓶長屋や近所の長屋や商家の子供たちの顔ならだいたい覚えているのだが――

店から出てきたお徳も首をひねる。

「あんた、どこの子だい？　こっちへおいで、顔を洗ってあげよう」

お徳も知らないとなると、この子はまったくのよそ者なのだ。

「あんた迷子かい？　迷子札もしてないね。名前はなんていうの？　どこから来たの？　この鉄瓶長屋に用があるのかい？」

　顔を拭いたり着物の着付けを直してやったりしながら、お徳はきびきびと尋ねる。男の子はお徳に帯を締め直されては右へよろめき、顔を拭かれては左によろめきしていたが、落ち着きなくまばたきを繰り返しているだけで、何も返事をしようとしない。

「こりゃあ参ったなあ」と、平四郎は頭をかいた。

「すっかり怯えちまってるみたいだ」

　お徳は母親の顔になりきっている。

「何かおまんまを食べさせてあげようか。あんた、おなか空《す》いてるんだろ？」

　子供は目をしばしばさせるだけだ。

　とにかくあがりなさい、と子供の手を引くお徳を押しとどめて、平四郎は言った。

「ちょっと待て。この子はとりあえず、差配人《さはいにん》のところへ連れていこう」

　お徳は目をむいた。「差配人？　鉄瓶長屋には差配さんはいないよ」

「いや、いるよ」平四郎は苦笑した。「おまえだって知ってるだろう、ちゃんといるじゃねえかよ、佐吉が」

「あんな小僧っ子、差配人のわけがないよ。自分の面倒だってみれないじゃないか」

「それでも、今はあいつがここの差配人なんだ。地主の湊屋《みなとや》がそう決めて、名主連の許しももらってるんだからな」

「湊屋の旦那って、何考えてんだか」お徳は手厳しい。「得体が知れないね」

　確かに湊屋総右衛門は、名前ばかりが有名で、本人の顔を見た者はごく少なく、謎の人物なのだが、ともあれ、町廻りの平四郎でも一目《いちもく》置かねばならないだけの力のある商人であることに間違いはない。

「佐吉はそう悪い奴じゃねえよ。頭もいい。あいつがこの子をどうさばくか、お手並み拝見といこうじゃねえか」

平四郎がうなずきかけると、小平次が進み出て子供の手をとった。お徳は不満そうに両手を腰に当てる。

「湊屋さんが久兵衛さんを見捨てたって、あたしらは見捨てやしないんだから」

佐吉の住まいであるしもたやへと足を向ける平四郎たちを、お徳の怒った声が追いかけてきた。

「あたしらにとっては、ここの差配人は久兵衛さんだけなんだからね!」

佐吉は家にいた。

日当たりのいい窓際に座り、何やら大福帳のようなものを広げて読みふけっていた。

「おい、学問かい?」

平四郎のからかう声に顔をあげると、佐吉はつと笑顔になった。

「旦那――」

確かに、差配人になるには若すぎる顔である。ひょろりと背が高く、全体に顔も手足も細長い感じで、あまり頑丈そうな体格ではない。

佐吉はここの差配人として落ち着いてからも、ずっと職人風の身なりをしていた。これもまた「貫禄がない」とお徳の怒るところなのだが、先の差配人の久兵衛だって、年がら年中羽織を着ていたわけじゃないのだから、まあいいじゃねえかと平四郎は思う。

佐吉は格別いい男ぶりというわけでもないが、人好きのするいい顔をしている。小平次がみすぼらしい男の子の手を引いているのに気づくと、その顔から笑みが消えた。彼はさっと立ち上がった。

「迷子ですか」

「どうもそうらしいような、そうでねえような」

平四郎は狭い座敷にあがると、先ほどの様子を話して聞かせた。佐吉は熱心にうなずき、子供の様子を見守っていたが、肝心の男の子の方は黙ったまま、ただ落ち着きなくまばたきを繰り返し、手足をもぞもぞ動かしているだけだった。

「それにしてもひどい垢だな」

佐吉はかがみこみ、子供の身体《からだ》をざっと点検して顔をしかめた。

「野宿をしたんだな。腹は減ってないか?」

子供は返事をしない。飛び回る羽虫を目で追いかけているかのようにあちこちへと動く黒い瞳は、佐吉も、平四郎も、小平次も、誰のこともまっすぐに見つめようとしていない。名前を訊いても、歳を訊いても、黙ってそわそわしているだけである。

「なにしろこの黙《だ》んまりだが、ここはやっぱり差配さんに預けるのがいちばんと思ってよ」

佐吉はうなずいた。「とりあえずは俺が面倒をみます」そして苦笑すると、平四郎を見上げた。「お徳さんは怒ったでしょう」

「まあな」平四郎も笑った。「おめえも苦労するな」

佐吉は子供と目の高さを合わせると、そのか細い両肩に両手をのせ、言い聞かせた。

「俺がここの差配人だ。名前は佐吉っていう。おめえがどこの子で、なんて名前か、そんなことは今はどうでもいい。気が向いたら俺に教えてくれ。とにかく、おまえは今日からここの家に住むんだぞ。いいな？　もう他所《よそ》へふらふら出ていったり、道ばたで寝起きしたりしなくていいからな。おまんまもちゃんと食わせてやる。だから安心しろ」

平四郎は満足した。お徳はああ言うが、佐吉はこれでなかなか頼りになるのだ。

名無しの男の子は、佐吉の言葉も上の空で聞いていたが、井戸端で水を浴びて来い、着替えを出しておいてやるからと言われると、素直に従って外へ出ていった。

「水をはね散らかさないようにするんだぞ」と、その背中に佐吉が声をかけた。

すると小平次が言った。「大丈夫でしょう。さっきわたしどもが来たときには、井戸端ではおえんが洗い物をしていました。世話を焼いてくれるでしょう」

おえんは裏長屋のとっつきに住んでいる駕籠《かご》かきの女房である。歳は佐吉と同じぐらいだが、四人の子供の母親だ。そしてここが肝心なところだが、彼女は数少ない佐吉に対して好意的な店子の一人だった。

平四郎と小平次は、名無しの男の子がおえんに連れられて、素っ裸で戻ってくるまで待っていた。おえんは男の子の着ていたボロ切れのような着物をきちんと洗濯してくれていた。佐吉は丁寧に礼を言ってそれを受け取った。

「ま、任せておいて大丈夫なようだな」

「あの子が早く何かしゃべってくれるといいんでございますが」

しかし名無しの男の子はしゃべらなかった。平四郎は毎日佐吉の家を訪ねたが、一日のうちのどんな時刻に顔を出しても、男の子は座敷の隅にちんまりと膝《ひざ》を抱え、ぼうっと天井を見上げているだけだった。

「飯は食うのか？」

「ええ。でも……」

佐吉も日毎に心配が募るようだった。

「箸《はし》がうまく使えないんですよ。手も震えるようで」

どうも、あの子はひとりでは身の回りのことをうまく始末できないようだ、という。

「ひょっとすると何か、重い病にでもやられたのかもしれませんね」

佐吉はあちこちの木戸番や商店に鉄瓶長屋で男の子を預かっていることを話し、何か聞きつけたら知らせてくれるように頼んで廻った。近場の迷子石にも貼り紙を出した。

だが、結果ははかばかしくなかった。十日経っても、男の子は相変わらず名無しのまま、探しに来る親も親戚もいない。

「捨て子じゃねえのかな」

十一日目の昼時、平四郎は子供の好きそうな餅菓子をぶら下げて佐吉の家に寄ってみた。子供は餅菓子を喜んで食べたが、相変わらずの無言だ。それに、確かに佐吉の言うとおり、ものを食うときの仕草があぶなっかしい。痛ましいながめだった。

「親がこの子を見捨てて行ったっていうわけですか」

「うん……」

「でも、ここへ来たときのあの子は、昨日今日家をなくしましたという様子じゃなかったですよ。半月ぐらいは、ひとりで町中をうろうろしてたんじゃねえかな」

最初に子供を見たとき、佐吉が「野宿をしたんだな」と言ったことを、平四郎も覚えている。

「おめえ、そういうことに詳しいのか」

からかい半分でそう尋ねると、意外にも佐吉はきっぱりうなずいた。

「ええ。俺もずいぶんと野宿をしましたから。親方のしつけの厳しいのが辛くって、逃げ出すたびにね。お稲荷《いなり》さんや神社の境内にもぐりこんでね。かっぱらいもやったし、お賽銭《さいせん》やお供物《そなえもの》も盗みましたよ。連れ戻されると、それでまた叱られて」

言いながら、笑った。

「こんなことを言うと、旦那に捕まりますか」

「何年前の話だ。御番所もそれほど暇じゃねえ」

しかし平四郎は驚いていた。佐吉の子供時代のことなど考えてみたこともなかったが、湊屋縁故の植木職人というのだし、それなりの暮らしをして育ったのだろうとばかり思っていたからである。

「……おめえも大変だったんだな」

「いえ、よくある話ですよ」

佐吉がこの男の子のために親身になってやるのも、自分の子供時代を思い出すからかなと、平四郎は思った。

いずれにしろ、佐吉はよくやっている。なにくれとなく手を貸しているおえんも、佐吉さんは偉いと誉めている。

「独りもんの男が子供の世話をするなんて、本当にたいへんなんですから」

ひとしきり誉め言葉を聞かされた平四郎は、そんなに感心するなら、せめておめえだけでも「佐吉さん」をやめて「差配さん」と呼んでやれと言ったものである。

「旦那――下手な素人《しろうと》考えかもしれないんですがね」

呼びかけられて、平四郎ははっとした。佐吉が言いにくそうな顔をしている。

「なんだい、言ってみな」

「あの子が着ていた、ボロ着なんですが」

おえんが洗濯して乾かしてくれたのを、調べてみたという。

「つぎはぎだらけなんですがね、そのつぎあてのなかに、商売屋の名入りの手ぬぐいの切れっぱしが使ってあるんです。ほんのちっぽけなものなんですが」

差し出されたボロ着を、平四郎も調べてみた。なるほど、つぎあての布のなかに店の名が見える。

「牛込《うしごめ》通り下　風見屋《かざみや》、か」

遠いな、と思った。

「この風見屋に行ってみようかと思うんです。手ぬぐいを頼りに、この子の親元のことが何か判るかもしれない」

小平次が何か言いたそうな顔をしている。先回りして、平四郎は言った。

「それは俺が引き受けよう。調べごとならこっちの得意だ。何かつかめるかもしれねえ」

佐吉に送られて平四郎と小平次が外へ出ていくと、名無しの男の子は出入口のすぐ脇にしゃがみこみ、棒きれで地面にしきりと絵を描いているところだった。目をこらすと、どうやら鳥の絵のように見えた。

「そういやあ、官九郎はどうしてる？」

佐吉が飼っている烏である。雛《ひな》のときから育てているので、とてもよくなついている。

「気ままにその辺を飛び回ってますよ」と、佐吉は笑った。「そういえば、この子も官九郎のことだけは気に入ったみたいです。近くにとまっていると、手をのばしてなでようとしたりしますからね」

「つつかれねえか？」

「官九郎なら大丈夫ですよ」

長屋の木戸を抜けて出ていくとき、ちょうど官九郎が高い空からぐうんと舞い降りてきて、いつ見ても感心するあの器用さで、木戸の真上でくるりと向きを変え、すとんと着地をした。平四郎が見上げると、かあと啼《な》いた。

さして期待もせずに命じた探索だったが、風見屋の手ぬぐいは、意外にしっかりとした綱となって、名無しの子供の身元と結びついていた。調べ始めて三日目に、牛込の方に明るい朋輩《ほうばい》に頼んで走らせた小者《こもの》が、牛込の長屋の差配人の卯兵衛《うへえ》という男が、行方《ゆくえ》知れずになっている店子の子供を探し廻っていると報《しら》せてきた。

牛込は古着屋の多いところだが、風見屋もそのうちの一軒である。三年前の春先に小火《ぼや》を出し、店の一部と商い物を少し焼いた。そのとき、近隣の古着屋仲間たちにうんと助けられたというので、後に、御礼にと特に誂《あつら》えた手ぬぐいを配ってまわった。あの子の古着のつぎあてに使われていたのはその手ぬぐいに間違いない——それがとっかかりだった。

小者はこつこつと牛込の古着屋を聞き歩き、やがて、古着屋街に出入りして仕立て直しの賃仕事をしていたおこうという女にたどりついた。彼女は早くに亭主と別れ、女手ひとつで幼い男の子を育てていたが、半年ほど前に流行病《はやりやまい》で死んでしまった。身よりのなくなった男の子は、長屋の差配人の元に引き取られていたが、やがて男の子自身も病にかかり、高い熱で頭をやられてしまったという。

その男の子が、十四、五日前に差配人卯兵衛の家からいなくなった。ひとりで遠くまで行かれるような子供ではなくて、川にはまったのじゃないか、人さらいにつかまったのではないかと、卯兵衛は心配で夜もおちおち眠れない様子だ――という。

「こりゃ、間違いねえな」

平四郎はすぐに、佐吉に事情を話した。彼は大喜びをして、とりあえず男の子をおえんに預け、その日のうちに牛込まで卯兵衛を訪ねていった。卯兵衛の方も喜んで、佐吉と一緒に鉄瓶長屋へと足を運んできた。

平四郎はお徳の店で、卯兵衛の来るのを待った。お徳はまだ不満たらたらだが、少なくとも男の子の身の上には同情しており、佐吉が男の子のために骨を折っているという事実は認めざるを得ず、むくれっ面《つら》で煮物の鍋をかき混ぜている。

すでに日は暮れかけていた。お徳の店に陣取る平四郎に、一日の仕事から戻ってくる男たちや女たちが、口々に挨拶の声をかけて通り過ぎる。平四郎がすっかりこの長屋の馴染みで、しかも気さくな人柄であるせいか、なかには挨拶がぞんざいな者もいて、機嫌のよくないお徳に怒鳴り飛ばされたりする。

そのなかで、実に折り目正しく文句のつけようのない挨拶をする者が、ひとりだけいた。裏長屋に住む、善治郎《ぜんじろう》という男である。富岡八幡《とみがおかはちまん》の門前町にある「成美屋《なるみや》」という小間物屋の通い番頭で、歳ももう五十を過ぎている。

「井筒様には、お見廻りご苦労様にございます」

平四郎が照れくさくなるような、深々としたお辞儀である。

「おう、ありがとうよ。今日は帰りが早いんだな」

善治郎が日暮れ前に家に帰るなど、めったにないことだとお徳から聞いている。

「働き者で真面目で、お店《たな》でも重宝されているらしいよ」

善治郎はまだ十ぐらいのときに成美屋に奉公にあがり、以来忠勤一筋で生きてきたという。努力のかいあって番頭にまでなった。成美屋はすこぶる繁盛しているお店で、本当ならば出来物《できもの》の番頭を住み込みでおいておきたいところなのだけれども、善治郎の健気《けなげ》な働きぶりに報《むく》いるために、所帯をもたせて通いにした。それがやっと三年ほど前のことである。妻の名はおしゅん、今年二歳の娘がおみよ。どちらも、今の善治郎にとっては自身の命よりも大切な家族であろうと、お徳は言う。

――善治郎さんがおしゅんさんやおみよさんと一緒にいるところを見ると、なんだかこっちまで心があったかくなるんだよね。あの人くらい、女房子供を大事にしている男を、あたしゃほかに知らないよ。

御家人《ごけにん》のなかでは軽い身分と見おろされることの多い同心の平四郎だが、侍《さむらい》は侍だから、商人のことはよく判らない。しかし、四十年以上もお店のために働きづめに働き、やっと許されてつくった家庭だ。それは大事だろう。愛《いと》しいだろう。しかもおしゅんはまだ二十五、六という年齢で、善治郎から見れば娘のような若い妻だ。彼が夢中で愛しても、無理のない話である。

平四郎に声をかけられて、善治郎は嬉しげに、いかにもくすぐったそうに身を縮めた。いい親父がこんな態度をとるところ、普通ならばお笑いものなのだが、やっとつかんだ善治郎の幸せを思えば、ここでからかってはいけない。

「おみよが少し風邪気味でして、旦那さまが薬湯をもたせてくださいましたもので」

「そうか、そりゃ心配だな。大事にしてやんな」

そう言ったとき、かわたれ時の街角を折れて、急ぎ足で佐吉がやってくるのが見えた。すぐ隣に、やはり小走りの年輩の男がいる。あれが卯兵衛だろう。きちんと羽織を着て足袋《たび》を穿《は》き、若い佐吉の大股の足取りに遅れないよう、懸命についてきている。

「おう、ここだここだ」

立ち上がって、平四郎は声をかけた。佐吉が気づき、傍らの卯兵衛の肘《ひじ》に触れて声をかける。卯兵衛はすぐに謹厳《きんげん》な差配にふさわしい顔になり、小腰をかがめてお辞儀をしながら平四郎の方へ近寄ってきた。

「佐吉から話は聞いたろうが、子供は長屋のかみさんが預かってる。元気で機嫌良くしてるから――」

そう言いかけて、平四郎はひょっと言葉を呑《の》んだ。

卯兵衛は卵形の顔をした小柄な老人で、ほとんど髪がなく、髷《まげ》も申し訳程度の形しかない。今、夕闇の薄明かりのなかでも、つるつるのその広い額から、見る見る血の気が失《う》せてゆくのがよく見える。そしてその顔は、歯がみでもしているかのように険しくなる。

何事かと、平四郎は目をむいた。佐吉も仰天している。だが彼は卯兵衛を見ているのではなく、別のものに目を向けていた。平四郎は佐吉の視線の先にあるものを見た。

善治郎だった。そして善治郎もまた、卯兵衛に負けず劣らず真っ白な顔になっていた。

「ああ、あんた――」と、卯兵衛が口を開いて言った。「そうか、あんたがここに居なすったのか」

善治郎は真っ青な顔で、一歩二歩と後ずさりをした。そしてがくがくと頭をうなずかせると、「わたしは――わたしは失礼いたします」と、足元に言葉を落とすようにして呟《つぶや》くなり、くるりと身を翻《ひるがえ》して逃げ出した。

「おい、ちょっと！」

佐吉が呼び止めたが、善治郎は振り向かなかった。鬼から逃げるように逃げて行く。

井筒平四郎は卯兵衛の方を振り向いた。卯兵衛は血の気を取り戻し、今度は茹《ゆ》で蛸《だこ》のような顔色になっていた。

「こりゃ、どういうことだい？」と、平四郎は訊いた。

頭に血がのぼっている卯兵衛は、町方役人《まちかたやくにん》に対する差配人のへりくだりも忘れて、鼻息荒く言い捨てた。

「どうもこうもありませんよ。あの男が、長助《ちょうすけ》の父親です。ええ、口をきかない迷子の、垢だらけで飢えきってこちらに助けられたあの長助の、実の父親でございますよ」

牛込で亡くなったおこうは、かつて成美屋で女中奉公をしていたことがあるという。

「長助が今年八つですから、少なくとも九年は前のことでございますかね」

佐吉の住まいで、行灯《あんどん》の明かりを脇に、卯兵衛は語った。「善治郎さんはおこうと親しくなって、所帯を持つ約束をしたそうです。したが、成美屋さんのご主人がそれを許さなかった。番頭の分際で、あるじの目を盗んで女中と通じるとは何事かと、そういうことですわ」

どうしても成美屋の怒りは解けず、結局おこうはお店を出されることになった。

「善治郎さんは残されました。成美屋さんも、あの人がいなくちゃ困ったんでしょう」

おこうはひとり、昔の奉公仲間を頼って牛込へ行った。そこで卯兵衛は初めて彼女に会った。住まいを探し、賃仕事を世話しているうちに、彼女の身の上話を聞き、同情を寄せたがどうすることもできない。

「そうこうするうちに、おこうは身ごもっているということが判りました」

むろん、善治郎の子である。

「おこうはひとりで産んで育てるつもりだったようですが、わたしの意見は違いました。おこうの請《う》け人《にん》として、成美屋に参りまして、事情を話しました。何、怒鳴り込んだわけじゃない、善治郎さんとおこうが所帯を持つことを許してやってほしいとかけあいに行ったんです」

しかし成美屋は頑固に許さない。

「善治郎さんが憎いのか、それともおこうが憎いのか、とにかく話にならんのです。しかも善治郎さんがまただらしない。なんでも成美屋の旦那のおっしゃるとおりで、切れっぱしでも自分の意見を言おうとしないんですわ。おこうとまちがいを起こした自分が悪かった、お店のなかで粗相《そそう》をした、所帯を持とうなどという贅沢《ぜいたく》な考えは持ってないと、そればかりでしてね」

日常のすべてにおいて主人に生殺与奪《せいさつよだつ》の権利を握られており、どんな切ない理由があっても主人を傷つけたり殺したりすれば問答無用で打ち首獄門と、奉公人の立場はきわめて弱い。善治郎はたまたま所帯を持ったが、むしろ彼は例外で、お店のために生涯を捧げて働き、自分自身の生活や幸せなどかけらもないという番頭や大番頭が、この世には掃《は》いて捨てるほどいる。

しかし、それで彼らは幸せなのだ。彼らを決定的に縛り付ける「お店《たな》の恩」というものは、それほど強いものなのである。

「おこうはしっかり者でしたから」と、ため息まじりに卯兵衛は続けた。「じたばたしませんでした。善治郎のことは、お店の許しを得られなかった時点で、もう諦めていたようです。以来、牛込のわたしの長屋で、かつかつの暮らしながら元気に長助を育ててきたんですがね……」

しかしそのおこうは病で死んだ。

「長助も、病のせいでいくぶんぼうっとするようになってしまいましてね。わたしはあれを引き取って、ずっと面倒みていくつもりでした。わたしも家内に先立たれまして、この歳で子供の面倒をみるのは難儀なんですが、善治郎さんをあてにしようなど、考えてもみませんでしたよ」

「それでも、長助はここへ来た」

考え込むようなゆっくりとした口振りで、佐吉が言った。

「偶然じゃないでしょう。長助は、実の父親がこの鉄瓶長屋にいることを知っていたんだ。だからこそ手間暇かけて、あんなどろどろになっても、わざわざここまでやってきたんですよ」

「おこうが話してたんですかね」と、卯兵衛は呟いた。

行灯の明かりが揺れると、老差配人の顔の半面が真っ暗になり、残りの半面が明るくなる。

「わたしが善治郎さんの話を持ち出すと、いつも笑ってさえぎって、もう済んだことだと言っていました。あの人を怨《うら》んではいない、あの人も気の毒だと、そう言ってましたな」

「しかし、長助がここへ来たっていうことは、少なくともおこうが、善治郎がここに住んでいることを知ってたということになるだろう？」

平四郎は言って、懐《ふところ》で腕を組んだ。おこうはどうやってそれを知ったのだろう？　成美屋の奉公人の誰かから聞き出したのだろうか。どんな気持ちで知ったのだろう？　知ってどう思ったろう。鉄瓶長屋では、善治郎はひとりではないのだ。おこうの時には、あんなに頼んでも許されなかったのに、今の善治郎は成美屋の主人のはからいで妻を持ち、子供も得ている。

それを知って、諦めたはずの善治郎への想い――いや、つかめたかもしれないはずの幸せへの憧れが、おこうのなかに生まれたのかもしれない。だからおこうは、息子に――長助に教えた。あんたの本当のおとっつあんは、大きなお店の番頭さんで、深川北町の鉄瓶長屋というところに住んでるよ。

初めて出会ったとき、長助は闇雲に平四郎にむしゃぶりついてきた。少し弱っているあの子の頭では、侍も商人もすぐには区別がつかず、見えたのはただ父親の姿だけだったのではないか。

「長助は半月近くも佐吉のところで暮らしていたのに、善治郎は長助が――差配人に引き取られている迷子の男の子が自分の子だとは気づかなかったんだな」

平四郎が言うと、佐吉がうなずいた。

「長助も、善治郎の顔を見分けたわけじゃありませんでしたよ」

卯兵衛が広い額をつるりと撫《な》でた。目尻が赤くなっているようだが、よく判らない。

「どちらにしろ、もう長助をこちらにおいていただくわけにはいかないでしょう。私が連れて帰ります。本当にお世話になりましたね、佐吉さん。またご挨拶にうかがいますが、おとっつあんによろしく伝えてくださいよ」

佐吉が両眉をあげた。平四郎も卯兵衛を見た。卯兵衛はきょとんとした。

「鉄瓶長屋の差配さんは、佐吉さんのお父さんじゃないんですかな」

佐吉は吹き出した。平四郎も笑った。卯兵衛ばかりが驚いている。

「俺が差配人なんです」と、真顔に戻って佐吉は言った。「それで相談なんですが、卯兵衛さん、もしも長助さえ嫌がらなかったら、あの子を俺の家においてくれませんか。さっきもおっしゃってたが、卯兵衛さんも大変でしょう。もしもよかったら、俺に長助の世話をさせてください」

卯兵衛は小さな目をぱちぱちとまたたいた。

「そりゃいいが……しかし、善治郎さんがいい顔をするわけがない」

佐吉は肩をすくめてあっさり言った。

「あの人たちは、他にいくらでも住まいが見つかりますよ」


卯兵衛が長助の顔を見に行くと、彼はおえん夫婦の家で眠っていた。おえんの子供たちと顔をくっつけあい、手足を温めあうようにしていた。

それを見て、卯兵衛は安心したようだった。おえんが進み出て挨拶し、長助は本当に素直でいい子だと、自分の子と同じように可愛いから、あたしも佐吉さんを手伝いますと約束した。

「長助ちゃんも——あら、やっと名前が判ったと思ったらうちの上の子と同じ名前ですよ、ヤダわねえ——佐吉さんにはなついてるみたいですよ。それに官九郎と仲良しで」

「官九郎？」

「烏です」と、佐吉と平四郎は声を揃《そろ》えた。

「長坊は、絵がうまいんです。官九郎の絵をいっぱい描きましてね。羽根を広げてこう、飛んでいるところをね」

卯兵衛はちょっと、怪訝《けげん》な顔をした。平四郎はそれに気づいたが、どうしたのかと訊こうとする前に、卯兵衛は目を伏せてしまって、神妙に言った。

「わたしも時々寄らせてもらいます。どうぞ、長助をよろしくお頼みします」


それから数日のあいだに、平四郎と佐吉は、何度か善治郎と話し合った。善治郎は打たれた犬のようにしおれており、しきりと謝り、しかし頑として、長助を引き取るとは言わなかった。それどころか、家内や娘にこのことを知らせないでくれと、泣くようにして頼んだ。

佐吉は厳しいことは言わなかった。うんうんとうなずきながら、善治郎の話を聞いていた。お店には絶対の恩がある――ほんの子供の善治郎、そのままではのたれ死にしていたかもしれない善治郎を拾い上げ、一人前の商人に鍛え上げてくれた成美屋の言うことには、どうしても逆らえないのだと言う善治郎の声を聞いていた。

「しかし、おめえは所帯を持ったじゃねえか。おこうは駄目で、なんで今の女房ならよかったんだ？」

成美屋も勝手な奴だと、平四郎が怒ろうとしたとき、静かな口調で佐吉が言った。

「そりゃ、今の善治郎さんの奥さんは、成美屋の主人のお手つきだからですよ」

たちまち、善治郎の顔が、洗い立ての白菜みたいな色になった。

「ついでに言うが娘さんも成美屋の子だ。お内儀さんの悋気《りんき》がきついんで、囲うわけにもいかなくて、結局善治郎さんは、腹の子と一緒に、成美屋の主人のお下がりを押しつけられたわけですよ」

善治郎は震えだした。膝に置いた手もわなわなと震える。

「それだって……わたしは……満足してるんだ」

「それならいい。誰も文句はつけません」

それから三日ほどして、善治郎たちは鉄瓶長屋を離れていった。


しかし、平四郎は不思議でしょうがない。

「おめえ、なんであんなことを知ってたんだ？」

「あんなことって、何です？」

「善治郎の女房が成美屋のお手つきだってことさ」

「ああ」佐吉は微笑した。「久兵衛さんが知ってたんです。それを書いて残しておいてくれた」

平四郎は、長助を連れて佐吉の家を訪ねたとき、彼が何か書き付けのようなものを読んでいたことを思い出した。

差配人てのは、恐ろしい。

「まるで間者《かんじゃ》みてえだ。油断ならねえ」

「なかなか、久兵衛さんもね」

「おめえもだ、馬鹿野郎」

長助の件は、これで落着だった。あの子が鉄瓶長屋で暮らしやすくしていればいい——桜の盛りに平四郎は忙しく、それ以上あれこれ思うことはなかった。

たった一度、ほんの偶然に、成美屋の前を通りかかるまでは。

今までにも、何度となく通りかかったことはあった。だが、小間物屋など、格別事がなければ平四郎の注意を引くものではなく、気に留めてもいなかった。今回気がついたのは、長助のことが頭にあったからだ。

「あれ、まあ……」

小平次も、それに気づいた。

成美屋の看板の屋号の脇に、翼を広げた鳥の絵が描いてある。くちばしの形からして、たぶん鳶《とび》だろう。

平四郎はぶらぶらと店に立ち寄った。愛想のいい奉公人に、別段用はねえが教えてほしいと声をかけて、看板の鳶の謂《いわ》れを聞いた。

「あれは、先代の主人《あるじ》が金色の鳶の夢を見まして、それを絵に描きましたところ、店が急に繁盛するようになったという話がございまして、以来、縁起をかついで描いてあるものでございます」

平四郎は懐手《ふところで》をして路上に戻った。そしてもう一度看板を見上げた。

長助がしきりに描いていた鳥の絵は、官九郎ではなかったわけだ。卯兵衛が怪訝な顔をしたわけも、これで判った。

判ったところで、なんにもならない。

「ふん」と、平四郎は声を出して言った。

話を聞かせてくれた成美屋の奉公人が、何をどう気を回したのかいくらか包んで寄越したから、それで長助に菓子でも買っていってやろう。うん、それがいい。

「行こうか」と、小平次に声をかけると、彼は言った。

「長命寺《ちょうめいじ》の桜餅《さくらもち》にいたしましょう」

平四郎は憮然《ぶぜん》とした。小平次もけっこう、油断がならねえ。

そそくさと歩き出す。そのあとを、小平次が小走りでついてゆく。桜は満開である。

ひさぐ女

井筒平四郎は朴念仁《ぼくねんじん》でも石部金吉《いしべきんきち》でもないが、これまで金で女を買ったということがない。念のため先回りして断りを入れておくが、すこぶる男ぶりが良くって女の方から寄ってくるので、金を出して買うまでもない——というのではない。井筒平四郎は働き疲れた馬があくびをしたような顔をしている。背丈は高いが猫背なので、どうかすると四十六という年齢よりもさらにじじむさく見える。定町廻《じょうまちまわ》り同心の巻《ま》き羽織《ばおり》は粋《いき》でいなせと誉められる江戸の風物のひとつだが、それだって人によるというものだ。平四郎の巻き羽織はいつも、彼の痩せた身体の両脇に、景気の悪い旗印のように垂れ下がっている。

役人の常で身を固めるのが早かったから、女に金を使う必要がなかったのだ——というのとも、ちょっと違う。女遊びが好きな男は、女房が怒ろうが子供が泣こうがおふくろ様が寝込もうが、委細かまわず好きなその道に邁進《まいしん》するものである。踏まれても蹴られても死ぬの殺すのと脅《おど》されても、白粉《おしろい》の匂いの漂ってくる方向へと小鼻をひくひくさせずにはおられないものである。

平四郎は思う。要するに俺は怠惰《たいだ》なのだと。女と嬉し事をするにも、そもそも女にかまってやるにも、金と同じくらいに熱意が要《い》るものである。それが面倒くさいのだ。

女だけでなく、万事において、俺は怠け者だと自覚していた。実際、御番所の同心という今の立場だって、面倒でたまらないのである。

そもそもが、望んで継いだ家督ではない。同心や与力のお役目は、形の上では一代限りだが、実質は世襲制である。平四郎はその名の示すとおり井筒家の四男で、末っ子であった。順当に行けば彼が父の跡を継いで同心になる目は薄かった。で、そのことを、彼は大いに喜んでいたのである。貧乏な同心の家の子沢山など笑い話で、跡継ぎ以外は米食い虫だから、井筒の家だって早いところ俺を厄介《やっかい》払《ばら》いしたいだろうと思っていた。早い内に家を出て町人たちに混じり、彼らに手習いややっとうを教えたりしながら気楽に世渡りしようと目論《もくろ》み、楽しみにしていたのである。

ところが、上の三人の兄がそれぞれに病弱だったり早世したり他家の養子に望まれたりと、ぼろぼろと脱落していってしまって、平四郎にお鉢が回ってきそうな雲行きになってきた――これが元服直前の話である。

繰り返して言うが、平四郎は家督など欲しくなかった。同心のお役目など、まっぴら御免だった。なんとか他に押しつけてしまえないものかと考えた。

そこで思いついた。平四郎の親父殿は、すこぶるつきの女好きであった。あの親父殿ならば、どこか余所《よそ》の女に子を産ませていないとも限らない。その子を見つけて家督を押しつけてしまおう――

平四郎は熱を入れて探し始めた。しかし、まだ前髪だての若者が、親父殿が遊んで歩いた女の匂いのする場所ばかりを熱心に聞き込んで歩いたのだから、これはもう目立たないわけがない。すぐに親父殿や親父殿の朋輩《ほうばい》・上役に知られるところとなり、平四郎は襟首《えりくび》を後ろから捕まえられてとっちめられることになってしまった。

このとき、親父殿の上役の与力に気の利《き》いた人物がいて、平四郎の、父親の隠し子を探そうという思いつきと、その探し方とに「素質」を見てしまった。つまり、同心向きの素質をである。こうなるともう逃れようはなく、家督という望まざるぼた餅は平四郎の頭の上に落ちかかってきた。

そういう次第で、実を言えば平四郎は一時、この与力をかなり怨《うら》んでいた。ところが、折があったら何かやり返してやろうかと思いつつ、それも面倒くさいなあとだらだらしているうちに相手は隠居して、すぐにみまかってしまった。家督は彼の嫡子《ちゃくし》が継いだ。それが今は奉行所の上席にいる。こういうのを悪因縁《あくいんねん》というのだと、平四郎は小平次にこぼしたものだ。小平次は平四郎付きの中間《ちゅうげん》だが、そういえば彼が平四郎のために働いた最初の機会は、あの親父殿の隠し子探しだった。こっちもこっちで因縁である。

井筒平四郎は気さくなので――というより、これもまあ怠け者だからもったいをつけるのが面倒くさいだけなのだが――自分のことでも尋ねられればよくしゃべる。だから、四男坊の彼が家督を継いだこのいきさつについて、聞き知っている者は多い。鉄瓶長屋のお徳もそのひとりである。

お徳は平四郎より歳も上であるし、平四郎に対して憚《はばか》るところはほとんどなく、ざっかけない口ばかりきいている女だが、そのお徳が、何を思ったのか急に、持ち前のその遠慮のなさで、ねえ旦那、旦那のお父上はずいぶんお盛んな人だったんだものさ、旦那だって、一度ぐらいは余所に女を囲おうと思ったことはないんですか――と、訊いた。

これが、そもそもの発端であった。

それは春の長雨の日のことであった。鉄瓶長屋の板葺《いたぶ》き屋根に生えたぺんぺん草もしっとりと雨に濡れ、耳を澄ますと裏長屋のあちこちの家から、雨漏りの滴《したた》りが床や畳の上に据えた茶碗やどんぶりのなかにぽとりぽとりと落ちる音が聞こえてくる。

井筒平四郎はお徳の煮売屋の店先に腰をかけ、こんにゃくの田楽《でんがく》を食っていた。甘味の強い味噌《みそ》をたっぷり載せたこの田楽は彼の大好物のひとつで、時おり顔に降りかかる細かな雨の滴《しずく》も気にせずに、平四郎はすっかりのんびりとくつろいでいた。

見廻りの途中、一日一度はこの店に立ち寄り、何か食わせてもらうのが彼の愉《たの》しみなのである。このために町廻りのお役目をやっていると言ってもいい。幸せな気分で熱いこんにゃくをはふはふ食った。すると、お徳が女を囲うとかなんとか訊いたのであった。

平四郎は、こんにゃくの湯気を吐きながら吹き出した。そしてこう切り返した。

「なんだ、お徳おめえ、味なことを訊くなあ。謎をかけてるんじゃねえだろうな？　独り寝が淋しいんなら、悪いが余所をあたってくれ」

無論、軽口のつもりであった。お徳が亭主を亡くして久しいやもめ暮らしだから、ちょっとからかっただけである。平四郎は田楽に集中したかった。

しかし、お徳はいきなり、しかも猛然と腹を立てた。

「何がどうしたって、あたしゃ旦那なんか相手に選びませんよ！　なんですよ、あたしのことからかって、言っていいことと悪いことがあるんだからね！」

形相《ぎょうそう》が変わっていた。平四郎は大慌《おおあわ》てに慌てたが、もう遅い。

「何もそんなに怒らなくたっていいじゃねえか、俺だって本気でそんなこと――」

と、弁解する暇もない。

「出てってくださいよ！　あたしゃ旦那なんか大嫌いだ！」

お徳は顔を真っ赤にして平四郎とお供の小平次を店先から追い出しにかかった。ぐずぐずしていたら、売り物の熱々の煮汁を頭からぶっかけられるかもしれない。平四郎はあわてて道の反対側へ逃れた。お徳は店の奥に入ってしまい、煮物の鍋だけがぐつぐつと湯気をたてている。

平四郎は、田楽の串を持ったまま呆然とした。

「ありゃ、なんだ？」

同じく田楽の串を手に、小平次もぽかんとして応じた。

「なんでございましょう」

お徳の店は三軒並んだ表長屋の真ん中で、北隣には箕吉《みのきち》夫婦の魚屋が、南隣にはあんころ餅が旨くて評判の駄菓子屋が商いを張っている。どちらの店先からもびっくりしたような顔が突き出して、平四郎と小平次と一緒になって目をぱちくりさせていた。

「旦那」と、魚屋の箕吉が声をかけてきた。

「大丈夫でがんすか？」

平四郎はこんにゃくを嚙んだ。「何が何だか判らねえ」

「お徳さん、何を怒っていたんです？」

平四郎は答えかけたが、口を開いてみて、こいつはなんとも説明のしにくいことであると気がついた。なんでお徳があんなことを訊いたのか、それが判らない以上、迂闊《うかつ》に言い触らしていいことではなさそうだ。

「だから、俺にもよく判らねえ」

箕吉はしょぼしょぼと口をすぼめた。隣で彼の女房が、あんまりびっくりしたんで煮こごりの鉢をひっくり返しちまった、ああ損をしたとこぼしている。だいたいがこの夫婦は怨みがましい。店が今ひとつはやらないのもそのせいだ。愚痴っぽい魚屋など、怒りっぽい米屋と同じくらい始末に困る代物《しろもの》である。

（――それにしても、なあ）

どう考えても、お徳の様子は変だ。何かあったんだろうか。

食い終えた田楽の串を道ばたにひょいと突き刺すと、平四郎は小平次に向かって顎をしゃくった。

「どれ、佐吉に会ってみよう。変わったことが起こってるなら、あいつが知ってるだろうから」

佐吉は彼の住まいにいた。長助とふたり、畳の上に木箱を据えたにわかづくりの机を囲み、手習いをしているところだった。

「おお、感心だな、読み書きはしっかり習っとけよ」

長助の頭をひと撫でしておいて、平四郎は佐吉を脇に呼んだ。心得た彼はすぐに手習いをしまい、木戸番の店まであめを買いにいっておいでと言いつけて、長助を外に出した。

平四郎がさわりをちょっと話しただけで、佐吉の目が晴れた。

「お徳さんがそんなことを」と、考え込むような顔で言う。

「なんだ、やっぱりお徳の身の回りでなんかあったんだな？」

平四郎はやれやれとうなじをさすった。

「普段なら、あんな軽口の判らねえ女じゃないんだ。なんであんなに怒るんだって、俺はもう肝《きも》が冷えたぜ」

「はあ……井筒の旦那でも、お徳さんに怒鳴られると肝が縮みますか」

「なんだよ、旦那でもとはご挨拶だな」

「どうも俺からはちょっと話しにくいことなんです」と、今度は佐吉が首のうしろを撫でながら言った。

「お徳にとって、まずいことなのかい?」

「まずいというか……」

「それにしても急だな。俺は毎日ここへ顔を出してる。昨日の今頃までは、お徳には変わった様子なんかなんにもなかったぜ。てえことは、お徳にとってまずくって、おめえにとって決まり悪いその話は、今朝のお天道様《てんとさま》と一緒におでましになったってわけかね?」

「まあそういうところなんです。もっとも、今日は朝から雨だったから、お天道様は拝んじゃいないけど」

「揚げ足をとるなよ」

佐吉はあははと笑って、違いねえやと言った。そして笑みを消すと、

「そこの南辻橋のたもとに、幸兵衛長屋というのがありますよね?」と、声をひそめた。

「ああ、知ってるよ。柳原町三丁目だな」

毎日、ここより後に見廻るあたりである。差配人の名前が幸兵衛というので、この名がついている。鉄瓶長屋よりは戸数の少ないこぢんまりした長屋だ。

「あっちから、うちの方へ家移りをしたいという人がいましてね。今朝、幸兵衛さんに連れられてやってきたんです。ほら、八百富のところも、善治郎さんのところも、ずっと空いていますからね」

「どういう店子《たなこ》だ？」

「それが……」

佐吉はまたうなじを撫でながら苦笑した。

「こんなことを言っちゃ何だけど、幸兵衛さんも食えない人ですね。鉄瓶長屋ぐらいの大きさでふたつも空き家があっちゃ困るだろうって、親切に言ってくれたもんだから、最初のうちは俺も喜んでたんだけど」

ここへ来たときの前後の事情が事情だし、慣れないから無理もないのだが、佐吉はこのところ続けて二軒も店子をしくじったり、店子の家から家出人を出したりしてしまっているのである。湊屋の手前、バツが悪いことは確かだ。新しい店子の入来は、嬉しい話だろう。

「ははあ、全部言うな。読めた」と、平四郎はうなずいた。「幸兵衛のやりそうなことなら見当がつく。要するにあのじじい、てめえんところで持て余している店子をおめえに押っつけにかかったんだな」

「どうもそのようです」

幸兵衛はもう七十をだいぶ過ぎているはずで、見かけはすっかり干からびているが、頭の方はまだまだ滑らかに働くものらしい。

「油断のならねえじじいだ」

家移りを望んでいる店子は、歳のころは三十ぐらいの女だという。名をおくめという。

「幸兵衛長屋のおくめ」平四郎は呟き、思い出してみた。「ひょっとすると、女郎あがりの女じゃねえか。こう、狐のようなつり上がった目をしたさ」

平四郎が両指で両の目尻を引っ張り上げてみせると、佐吉はぽんと手を打った。

「そうです。なりは地味ですが、白粉の匂いがしみついているような女です」

「そうか……。俺も、名前までは確かに覚えちゃいないんだ。ただ、あの顔は一度見たら忘れようがねえからな」

「それと、あの声もね。頭のてっぺんから出るような声ですよ」

「うむ。幸兵衛長屋の連中は、力をあわせてあの女を嫌っているんだよ。まるで便所の虫を見るような目で見てるぜ」

「ただ、店賃《たなちん》の払いは悪くないと、幸兵衛さんは言ってます」

「どうかねえ……」平四郎は顔をしかめた。

「金払いがいいのなら、いくら厄介者でも、幸兵衛があっさり手放すわけがねえ。あのじじいの心の臓はそろばん玉の形をしてるんだからな。歩くとぱちぱち音がする。それに、幸兵衛長屋ってのは、みんなでおくめを嫌うことで団結してるってところがあるんだ。長屋ってのはそういうところがあってよ、憎まれ役がひとり居た方が、ほかはうまくいくんだな」

「そうか……そうすると、ここじゃあ俺が憎まれ役なんだな」

平四郎は笑い出した。「なんだ、今日はえらく弱気だな」

「いえ、そんなことはないですよ。いささか毒気は抜かれちまったけど」

まだ墨の乾ききっていない長助の手習いに目を落としながら、佐吉は言った。手習いの半紙には「ちょうすけ」と書いてある。まずは自分の名前をちゃんと書くことができるよう、教えているのだろう。

「おめえは頑張ってるよ。そのうちみんな、打ち解けてくれるさ」

「だといいんですが」

おくめは、最初から佐吉に対してずいぶんと馴れ馴れしかったという。おまけに、あら、深川一いい男の差配さんだわなどとしゃらしゃらと袖を振り、あたしは明日にでも鉄瓶長屋へ移ってきますと、すっかり乗り気になっている。

「危ねえなあ」平四郎は顔をしかめた。「さっきも言いかけたが、幸兵衛はたぬき親爺《おやじ》だ。がっちりしてるからな。おくめの家移りには、何かもうひとつ裏がありそうな気がするな」

「あの人の、生業《なりわい》はなんですか」

「表向きは一応、東両国の——店の名前はなんて言ったかな、水茶屋《みずぢゃや》で働いてることになってるが」

「ええ、本人もそう言ってましたけど、本当のところはどうなんですか」

「なあに、女中だ仲居だなんて、表向きの話さ。中身は隠し売女《ばいた》だよ」

茶屋や料理屋が、お上《かみ》に内緒でお抱えの女に春を売らせる——規模の大小はあれど珍しい話ではないが、無論、見つかればお咎めを免れられない後ろ暗いことである。

「女郎あがりの女だ。勝手知ったるその道だろうからな。かなり稼いでるはずだ。そうでなきゃ幸兵衛が——いやだからこそ、幸兵衛がおくめを追い出しにかかってるってのは気になるな。だがそのことと、お徳があんなふうにイラついていることが、どうして結びつくんだ?」

佐吉はううんと唸《うな》って天井を仰いだ。彼は歳の割に落ち着いた男で、今までも、あまり動じたり不安がったりしたところを見せたことがない。それが今日に限っては妙に困っているようだ。平四郎はおかしくなった。

「おめえ、おくめみたいな女は苦手か？」

平四郎は自分がそうなものだから、気楽に尋ねたのだ。「そうなんですよ」という答えが返ってくるものだとばかり思いこんでいた。

ところが、佐吉はかぶりを振った。

「そうでもないですよ。俺はあのおくめさん、悪い女《ひと》じゃないと思った。苦手でもないですよ」

平四郎も驚いたが、それ以上に、土間の入り口でおとなしく待っていた小平次がびっくり仰天してしまったらしい。大きな声で、

「うへえ」と言った。

「ああいうのは、判り易い人ですよ」と、佐吉は続けた。ちょっと笑っている。「そんなに意外ですかね」

小平次は家のなかでなく、外の方を見ている。そしてまた「うへえ」と言い、立ち上がって、

「うへえ――さん」と、つなげて言った。

「あん？　なんだ？」

首をよじって戸口の方を振り返った平四郎に、小平次は額を拭いながら説明した。「今のは合いの手じゃないんですよ。牛込の卯兵衛《うへえ》さんが来たんです」

その言葉が終わらないうちに、長助の手を引いた卯兵衛が顔をのぞかせた。彼は、以前牛込で長助と亡くなった彼の母親の面倒をみていた差配人である。長助が佐吉に引き取られてからも、こうしてときどき様子を見に来るのだった。

「ごめんくださいよ」と、塩辛い声を出す。

「近所まで来たんで、長助の顔を見に来たんです。おじゃましてよろしいかね――おや、井筒の旦那じゃありませんか。お役目ご苦労さまでございます」

こうなってしまうと、それでなくても佐吉が「言いづらい」と言っていたお徳とおくめの一件を聞き出すことは難しくなり、仕方がないので平四郎は腰を上げた。お徳から聞き出すこともまずできない――田楽の串を目ん玉にぐさりとやられかねない――から、平四郎は南辻橋の方へと足を向けた。直におくめから聞いてみればいいと思ったのである。

本当に明日にでも鉄瓶長屋に移ってくるつもりならば、今頃は支度《したく》に忙しがっているはずだ。つましい長屋暮らしでも、女は思いの外《ほか》荷物を持っているものだから。

その勘は当たった。幸兵衛長屋のどぶ板を踏んで入ってゆくと、おくめの家の戸口の腰高障子が開け放ってあるのが見えた。当の本人は上《あ》がり框《かまち》のところで大きな行李《こうり》に荒縄をかけているところだった。

「おくめ、ひとりで家移りの支度かい？」

声をかけると、女は細い目をぱちぱちさせながら振り向いた。相手が井筒平四郎と判ると、

「あら、まあ、たいへん」と、きりきりと声をあげた。

「旦那、何しにいらっしゃったんでございます？」

平四郎は土間に踏み込むと、懐《ふところ》手《で》をして女を見おろした。

「おめえが鉄瓶長屋に越してくると聞いたんでな。ここからあっちまで、大した距離じゃねえが、それでも家移りは大仕事だ」

「助《す》けてくださろうっていうんですか？　まあ、お優しいこと」

ちらりと小平次にも愛想笑《あいそ》いを投げて、

「あらまあ、嬉しいじゃありませんかね」と身をくねらせてみせた。

おくめは器量好しではない。身体つきも骨張っている。こうして近くでよく見ると、髪が痩せて薄くなってきているようで、髷《まげ》も小さくなっている。長年の不自然な暮らしが、歳よりも早くおくめを老《ふ》けさせているのかもしれなかった。

とはいえ、彼女は元気をなくしているわけではなく、怪我《けが》をしている様子もなかった。てきぱきと平四郎と小平次を招き入れ、なかなか上等な器で茶をふるまってくれた。

湯をわかすのに、彼女は自前の七輪《しちりん》を使った。長屋では七輪の使い回しは普通のことで、うまく飯時をずらせば、十軒やそこらの家に二台ばかりの七輪があれば用が足りる。だから普通は何軒かで金を出しあい、一台買って大事に使うものだ。そのなかで、自前の七輪の存在は、おくめが存外裕福であることの印だった。

「おめえ、鉄瓶長屋のお徳ともめたんだってな」

こりゃあ旨い茶だな——と内心感心しながら、平四郎は言った。

「煮売屋のお徳だよ。声の大きい女だ」

「ああ、はいはい」と、おくめは笑ってうなずいた。笑顔になると、ますます目が細くつり上がり、おきつねさんそっくりになる。

「いえ今朝方ね、ちょっとばかり」

「何を揉《も》めたんだ？　差配人が困ってたぜ」

「佐吉さんが？　そりゃあ気の毒だったですねえ。なんかお詫びをしなくちゃ」

くねくねしながら「お詫び」と言われると、何をするのだろうと気を回してしまう。

「お徳は気の強い女だが、ことを分けて話せばよく判る頭を持ってるから、めったに喧嘩《けんか》なんかしねえ。おめえ、何をやったんだ」

「喧嘩なんかしてませんよ」と、おくめはけろりとしている。「ただね、あら懐かしいわねって言ったんです」

「なにが懐かしいんだ」

「あたし、お徳さんのご亭主の加吉さんを知ってたもんですからね。いいお客さんだったんですよ。だから昔はあたし、ときどき、知らん顔をして煮物を買いに行ったもんだったんです。加吉さんの顔を見にさあ」

おくめははにかんだように袖を噛んだ。平四郎は飲みかけていた茶を吹き出しそうになり、小平次はまた「うへえ」と言った。

「そりゃ、本当か？」

「ホントですとも。加吉さん、いい男だったわねえ」

「あいつがおめえを——その、おめえの店に行ったことがあったってのか？」

「ええ、何度も。ひと月に一度ぐらいだったかしら。病みついちまう前まで、けっこう長いことご贔《ひい》屓《き》にしてもらいましたよ」

小平次が「うへえ」と言って、あわてて付け加えた。「今のは本当に恐れ入ったという合いの手ですよ、旦那」

平四郎はがぶりと茶を飲んだ。

「それでおめえ、今朝鉄瓶長屋へ行ったとき、それをお徳の前で言ったのか？」

おくめは手をひらひらさせた。「最初《はな》っから言いやしませんよ。だけど、あたしが『懐かしい』って呟いたら、お徳さんが『何が懐かしいんだよ』って怖い顔をするもんだから——」

「話したのか？」

「ええ、すっかり」おくめは悪びれる様子もない。「だって加吉さんはもう死んじまってるんだから、いいじゃありませんか。あたし、あの人があたしにそりゃあ良くしてくれて、『もうちっと店が大きくなって稼げるようになったら、おくめさんを囲って楽さしてやれるんだがなあ』って言ってくれたこととかも——」

「しゃべっちまったのか？」

「はいな」

これでは、お徳が荒れて当然である。

それでさっき、平四郎でもふと血迷って金で女を買ったり、すっかり入れあげてしまって（この女を囲いたい）と思うようなことがあるか——と訊いたのだ。男とはそういうものなのだろうかと。そこへ平四郎が良くない軽口を返したものだから、それでなくても混乱していたお徳は逆上してしまったのだ。

お徳と加吉は仲のいい夫婦で、ふたりしてさんざん苦労してあの店を興し、繁盛させ、やっと楽ができるようになったかと思ったら加吉が倒れて寝付き、お徳は寝たきりの彼の面倒をみながら店を切り回し、彼が死んだ後にはひとりで頑張り通してきた。加吉の病は過酷なもので、彼の臨終は安らかなものではなかった。お徳はそれを全部見てきた。ひとりで背負ってきた。それができたのは加吉への想いがあったからだし、信頼があったからだし、何よりも彼らふたりのあいだには誰にも負けない強い絆《きずな》があると、信じていたからだろう。

それなのに、加吉が死んで五年も経つという今頃になって――

「いけなかったかしらねえ」と、おくめは無邪気に袖をいじりながら呟く。

「いけねえも何も――おめえも酷な女だな。だから嫌われるんだ」

おくめは捜し物を見つけたみたいな顔をした。

「あら、あたし嫌われてるんですか。どうりで、家移りするって言ったらみんな愛想がよくなったわけだわ」

ケロケロと笑っている。平四郎は小平次と顔を見合わせた。

「なあ、おくめ。おめえ、このまんま鉄瓶長屋に行ったって、うまいことといくわけがねえぜ。俺から幸兵衛に話をつけてやるから、このままここにいたらどうだ?」

おくめはあらかた片づいた室内を見回すと、首を振った。そういう動作をすると、首のしわが目についた。

「旦那、あたしはもうここには居られないんですよ」

「なんでだ? 店賃はちゃんと払ってるんだろう? 幸兵衛がそう言っていたって、佐吉から聞いたぞ」

「あら嫌だよ、旦那。あたしは店賃なんか払ったことありゃしませんよ」

今度こそ、平四郎も小平次も合いの手さえ入れられなくて、まじまじとおくめの顔を見た。

「幸兵衛さん、あたしから店賃をとったことなんかなかったんですよ」と、彼女は続けた。

「そのかわり、あたしも幸兵衛さんからお金とらなかったんですの」

平四郎はおうむ返しに言った。「お金とらなかった——」

「ええ。一度もね」

「それはつまり、幸兵衛がおめえと——遊んだときに」

「はい」

おくめはにっと笑った。そのとき初めて気づいたが、歯並びがとても美しかった。小粒にそろっていて、まるで子供のそれのようだった。堅気でない女だからこそ白い歯のままで通しているのに、おくめに限っては、それが見る者に無垢《むく》な感じを与えることに、平四郎は新鮮な驚きを覚えた。

「もう十年このかた、そうやってきたんです」

おくめの甲高《かんだか》い声に、後ろめたそうな響きはなかった。あくまで商いの話をしているという口調だった。

「だけどこの一年ぐらい、幸兵衛さんすっかり弱くなっちまって……。あっちの方がね。それで取引が成り立たなくなってきちまったんですよ。しばらく様子を見てたんだけど、やっぱりもう無理みたいでね」

「ははあ」と、小平次が合いの手を入れた。

「そうするとね、まっとうに行くならば、あたしはこれから、店賃を払うようにしなくちゃならないですよね？　だけどあたし、それは嫌だったんですよ。なんか……幸兵衛さんに悪くて。あの人があたしから店賃を受け取るってことは、受け取るたんびに、なんか情けない、老けた気分を味わうってことでしょう？　誇りが傷つくじゃありませんか。あの人にだってまだまだ男の面子《メンツ》ってもんがあるでしょうから、あたしから店賃なんか受け取りたくないでしょう」

それで、家移りしたいと持ちかけてみたのだそうだ。幸兵衛は賛成したという。

「鉄瓶長屋がいいって言ったのは、幸兵衛さんですよ。ほら、あすこは差配さん若いもんねえ。あたしより若いくらいじゃないですか。それで幸兵衛さん、真面目くさった顔して、あたしに言いましたよ。あの佐吉なら、長持ちするよって」

おくめはくすくす笑い出した。平四郎もつられて笑いそうになってしまった。

「幸兵衛さんとしちゃ、あたしを幸兵衛さんと同じ歳くらいの差配さんの仕切ってる長屋に行かしたくないんですよ。あたしがそこでも店賃とあたしの代金をとっかえっこにするかどうかなんて、幸兵衛さんには判ることじゃないんだけど、それでもやっぱり嫌なんでしょう。いろいろ考えちまうからね。けど、差配さんが佐吉さんみたいにうんと若けりゃ、腹の煮え方も違うんでしょうよ。諦めがつきやすいっていうか、今はどんなに若くたって――」

平四郎が後を引き取った。「歳とりゃ俺と同じようになるって思えるからな」

「そうそう、ねえ」

ふたりは声を揃えて笑った。小平次は、それが中間の役目と心得ているのか、なんとか真面目な顔を保っていた。

「それで、おめえはどうなんだい？　鉄瓶長屋でもここと同じようにするつもりなのかい？　店賃と、おめえのその――代金とを引き替えに？」

「そりゃ、あたしが勝手に決められることじゃありませんよね？　それに佐吉さん、堅物みたいだしねえ」

「まあな」

だが佐吉はおめえのこと、嫌ってはいなかったぞと言いかけて、平四郎はやめた。それに、俺も今までおめえのことを誤解していたようだ――俺もちょっぴり、おめえを気に入ってきたようだと、言いかけてまたやめた。

「あたし、家移りしてもかまいませんよねえ？」

おくめは初めて、平四郎の顔をうかがうような表情をした。科《しな》をつくっているのではなく、あたしは間違っているんでしょうか旦那と、本気で知りたがっているのだった。

「まあ、俺が止め立てすることじゃねえな」

と、平四郎は言った。

「そんなら安心です。嬉しいわ、旦那」

「だがな――」平四郎は眉毛《まゆげ》を下げた。「このままじゃお徳が可哀想だ。おめえは知らないだろうが、あいつは加吉のために本当によく尽くしたんだよ。それなのに、その加吉に裏切られてたんだなんて……」

「嫌だわ旦那、あたしはべつに、加吉さんがお徳さんを裏切ったなんて言っちゃいませんよ」と、おくめはびっくりしたような声を出した。「ただ加吉さんが、あたしと遊んだことがあったって言っただけですよ」

平四郎は嘆息した。「それはなあ、おくめ、女の考え方じゃねえんだよ」

「そうかしら。だけど女はあたしで、旦那は男じゃないですか。それなのにどうして、女のあたしが考えることが女の考えじゃないんです？」

「うん……」

平四郎はちょっと考えたが、旨《うま》い言葉を思いつかず、しょうがないから適当なことを言ってやれと腹をくくった。

「おくめ、おめえ、どれくらい長いこと春を売ってる？」

おくめは素直に首をかしげて考えた。「かれこれ二十年になりますかね。十三のときからだから」

ほんの子供のころからじゃねえか。

「おめえ、苦労したんだな」

「旦那、優しいこと言うんですね」

おくめはぽんと平四郎を叩《たた》いた。小平次が目をそらした。

平四郎は空咳《からぜき》をした。「二十年か。それだけ長いこと春をひさいでりゃ、いい加減、女の部分を売りつくしちまってるんだよ。だからもう、女の考え方はできないんだろう」

おくめは感心したような顔をした。「あら、旦那ってうまいこと言うんですね。そりゃいいわ。判り易いもの」

そしてまた、コロコロ笑った。

「それで行くと、お徳さんはまだまだたっぷり女だよねえ、旦那？」

平四郎はお徳のふくれっ面を思い浮かべた。なんとなく愛おしいような気がした。

「そうだな。お徳は女だ。だからな、あいつに、おめえと加吉のことは嘘だ、あれは作り話だって、言ってやってくれねえか？　そうでないと、お徳は立ち直れねえよ」

おくめはちょっと首をすくめた。「ええ、いいですよ。だけど、はい嘘でしたごめんなさいじゃ、お徳さんだって信じないよ。女は疑い深いんだから。あれを嘘だというのなら、なんでそんな嘘をついたのか、もっともらしい理由をつくらないとね」

「じゃあ、どうすりゃいいかね？」

「あたしに任《まか》してくださいよ、旦那」と、おくめは笑った。また白い歯がのぞいた。「任してくれたら、大丈夫だからさ」

なんだか知らないが自信たっぷりのおくめに、平四郎は任せてみるかと思った。肩の荷が下りたような気分にもなった。実際、お徳との喧嘩を自力でおさめることは、彼のような怠惰な男にはできないことだったから。

幸兵衛長屋の木戸のところで、当の幸兵衛とすれ違った。

「これはこれは旦那、どういう御用向きでございましょうか」

あわてて足を止めると慇懃《いんぎん》に一礼し、幸兵衛は丁重にうかがいをたてた。

「いや、大した用じゃねえんだ。おめえに話すまでもない」

「左様でございますか」

何か公用で出向いていたのだろう。幸兵衛は羽織を着ていた。ちまちましたまばたきの仕方に、金に細かい気質が現れているし、慇懃無礼の話し方は好いたらしくもないが、さっきまでのおくめの話を思い出し、平四郎はふと、この男に対して優しい気持ちになった。

――あの人にだってまだまだ男の面子ってもんがあるでしょう。

――あの佐吉なら、長持ちするよ。

「幸兵衛」と、平四郎は呼びかけた。

「はい、何でございましょう?」

「長生きしなよ」

そして平四郎は歩き出した。小平次があわてて従う。残された幸兵衛は、狐につままれた——いや、おくめにつままれたような顔をしていた。


結局、おくめが鉄瓶長屋に家移りしたのは、それから三日ほど後のことだった。元は善治郎たちのいた空き家に住み着いた。

平四郎は毎日鉄瓶長屋に見廻りに行ったが、お徳の店には寄らないようにしていた。ようやく顔を出したのは、おくめが越してきて、見廻りに寄った平四郎を見つけて駆け寄ってきて袖を引き、

「例の話、うまくでっちあげておいたから、もう大丈夫。今までどおり、お徳さんに会いに行ってあげてくださいよ」

と言ってくれた後のことである。お徳が大荒れしたあの日から、たっぷり十日は経っていた。

煮売屋の店先に、お徳はいつものように頑張っていた。平四郎の顔を見ると、

「おや、旦那」と声をあげ、正直に照れくさそうな顔をした。

「このあいだはすみませんでした」

「なに、気にすんな」

ほっとした平四郎だが、それでもなんだか、以前とは居心地が違うような気がした。お徳が妙に——はにかんでいるような感じがするのだ。

となると、気になるのはおくめの「もう大丈夫」という言葉である。加吉との話は嘘だと訂正する

代わりに、いったいどんな作り話をでっちあげたのだろう？

　尋ねると、おくめはこう答えた。「簡単ですよ。あのね、あたしが旦那に惚《ほ》れてるって言ったのよ」

「なんだと？」

「このおくめさんは、もう井筒の旦那にぞっこんなんだって。だけど旦那は、あたしには目もくれない。どうしてかっていったら、旦那が気に入ってるのはお徳さんだから」

「なんだと？」

「それであたしは焼き餅が焼けて焼けて、お徳さんに意地悪して辛い思いをさせてやろうと思って、亡くなったご亭主と寝たことがあるんだなんて嘘を吹聴《ふいちょう》したんだよって、そう言ってあげたのよ」

「なんだと？」

　おくめは得意そうに鼻の下をこすった。きつねのような細い目が、きらきら光った。

「ねえ旦那、あたしだって、女の気持ちが全然判らないわけじゃないのよ」

　小平次が吹き出した。平四郎は振り返って睨みつけた。「なんだと？」

「旦那、汗かいて可愛いわねえ」

「なんだと？」

　こうして空き家はひとつふさがったが、鉄瓶長屋はまた新しいもめ事の種を抱え込んだ——ようであるらしいのだった。

拝む男

井筒平四郎は信心をしない男である。信心が嫌いだとか、信心深くないとかいうのではなく、はっきりとすっぱりと信心をしない男なのである。

なぜ信心せんのだと問われたら、この男ははっきりとすっぱりと答える。面倒くさい割に効き目がねえからだ、と。それはもう自信を持ってそう答える。

そういうことを問う相手は、たいていの場合、信心深いか信心好きの人物だから、平四郎の返答を聞いて嫌な顔をする。神仏を奉じるのに、面倒くさいとは何事かというのである。平四郎も、相手がそう言って責める気持ちはよく判る。

だが、実際に面倒くさいのだからしょうがない。なんだか知らないがやたらに早起きをしたり、冬場に冷たい水をかぶったり、江戸を離れて遠くまでえっちらおっちら歩いて行ったり、食い物を断ったりするのは手間がかかる。だから不信心を責められると、謝ったり、これからは心を改めますと言うかわりに、こんなふうに言う。俺はおまえさんの（あるいは私は貴君の）信心を邪魔するようなことはしないから、おまえも（貴君も）俺の（私の）面倒くさがりのところは放っておいてくれ（給え）。

これは言い訳ではなく、実際に平四郎は他人の信心を馬鹿にしたり邪魔したりすることはない。平四郎の中間《ちゅうげん》の小平次という男がいて、これは平四郎と逆に、実に信心深い気質《たち》である。女房とまだ小さな子供と三人で八丁堀の長屋に住んでいるのだが、この長屋のすぐ裏手に薄暗い稲荷《いなり》の社《やしろ》がある。小平次は神仏なら何でも大切にするが、とりあえず深く傾倒するのはこのお稲荷さんである。毎朝掃《そう》除《じ》と参拝を欠かさない。

ところで、この稲荷社がなぜ薄暗いかというと、小さな社を囲んで柿の木ばかりがなぜか五本も六本も枝を茂らせているからである。この柿の木はよく実をつけるが、痩せた渋柿ばかりで芸がない。お稲荷さんの柿の実なので誰もとろうとしない上に渋柿だから、人間はおろか鳥や獣たちからもてんでお見限りでかまってもらえず、枝にぶらさがったまままつるし柿になっていく可哀想な柿たちである。

平四郎はしばしばこの稲荷のそばを通りかかるので、一昨年の秋口、柿の実が赤く熟す季節に、いっぺん小平次に持ちかけたことがある。全体、ああして柿をぶらさげた枝が周りにわさわさしていたんじゃ、お稲荷さんだって鬱陶《うっとう》しかろう、きれいにもいで、枝も刈ってやっちゃどうかね、と。すると小平次は真面目な顔で、あれはお稲荷さんのお供物になっている柿だから、もぐわけには参りませんと抗弁する。しかしなあと平四郎は重ねて言った。あれは全部渋柿だし、順々に熟《う》れて熟れすぎて腐って地面に落ちるころになると、何とも嫌な臭いがする。お稲荷さんだって、本当は迷惑がっておられるんじゃねえのかね、と。

すると小平次は、出し抜けに冷たい濡れ手拭いを押しつけられたみたいな顔をして、なるほど、それはそうでございますね、旦那の仰《おっしゃ》ることには理《ことわり》がありますなどと言いだし、神妙に頭を下げた。

平四郎の方は、それきり柿の木のことなど忘れてしまった。ところが、十日ばかり経って、何かの用で稲荷社の前を通りかかると、柿の枝がきれいに刈り込まれているのを見つけて驚いた。小平次に訊くと、あれから長屋の面々と相談し、旦那の仰ることは至極もっともだと一同納得したので、枝に手を入れ柿の実ももいだのだという。もいだ柿の実は、かみさん連中が手分けして干し柿にしているという。できあがったらまずお稲荷さんにお供えしますが、お裾分けで旦那にもお持ちしますとこれまた神妙に言う。平四郎は干し柿が好きなので喜んだ。

と、ここまでは何ということもない話だ。ところが次の年——ということは去年の秋口だ——不思議なことが起こった。さんざん渋柿ばかりをつけてきた稲荷社の柿の実が、今年は揃って甘柿を実らせたというのである。

小平次はいたく興奮し、お稲荷さんのお力だと感動し、なおさら信心を深くした。柿の木の枝をはらうことを最初に思いついた旦那にも、きっといいことがありますよなどと、子供のように頬を赤くして報告に来た。

平四郎は無精ひげの生えた顎をぼりぼりかきながら生返事をした。腹の底ではこう考えていたのである——ご神威で渋柿を甘柿に変えられるものならば、もっと早くにそうすりゃいいじゃねえか。たいした手間でもあるめえによ。

しかし、口に出してそれを言うことはしなかった。稲荷詣《もう》でを欠かさない小平次を、からかうようなこともしなかったし、今もしていない。それにもともと、お稲荷さんというのは判り易くできていて、願ったことを願ったようにかなえてもらったら、約束した分だけ御礼をしたらいいというので、それが本当に効き目があるかどうかはさておき、妙な小理屈がついていない分、平四郎も気分良くながめていられる神さんなのである。町中のそこにもあるここにもあるどこにもある神さんなので、拝むのに手間がかからないのもいい。

ときたま、井筒平四郎が信心をしないということと、彼が八丁堀の同心だということを両の手のひらに載せて、判ったような顔をする御仁《ごじん》にぶつかることがある。なるほど井筒さまは、世の中の不浄なこと、罪の在りよう、人の業《ごう》を目《ま》の当たりに見るお仕事で、こんな悲惨な事どもの多い世の中に、神も仏もあるものかとお思いになるわけですな、納得、納得——と勝手にうなずくのである。

平四郎から見れば、それは考えすぎである。平四郎はそれほどたいそうなお役目をしているわけではない。また、こういうことを言う輩《やから》に限って、本当に悲惨な貧乏暮らしなど知らなかったりするので、実を言うと平四郎はこの手の解釈好きの人間が嫌いである。

というようなことを考えながら、八丁堀の家の縁側で、到来物の鶯餅《うぐいすもち》をもぐもぐ食っていた。すると、さっき餅を運んできた台所の小女《こおんな》がまたやって来て、お使いが来ていますという。小さな男の子だという。

かまわねえからこっちに連れてこいというと、小女は律儀《りちぎ》にも子供を連れて庭へ回った。見覚えのある顔である。平四郎がおやという顔をすると、おいら鉄瓶長屋の豆腐屋のさぶですという。それで判った。

深川にある鉄瓶長屋の表長屋は三軒一組が二列並んでおり、南側の三軒には、お徳という働き者の後家が切り回す煮売屋をはさんで、愚痴っぽい魚屋と、あんころ餅のうまい菓子屋が並んで商いを張っている。この三軒の後ろに裏長屋があるのだが、表長屋に近い部分には食い物屋ばかりが入っていて、そのうちの一軒が豆腐屋なのだ。むろん、裏店だから店を開いているわけではなく、振り売りだが、自分のところで豆を浸し蒸して潰して漉《こ》してこしらえているから立派なものだ。ここの主人夫婦はそろって三十半ばだが、ふたりとも平四郎の肩口にさえ届かないほどの小柄で、しかも頰のあたりがちょっとくびれたような豆の形によく似た丸顔のものだから、長屋の皆に「豆夫婦」と呼ばれている。

ところがこの豆夫婦、子だくさんなのである。十三を頭に八人兄妹だ。べつだん、子宝が多いと言って責める筋合いはない。だが、豆腐屋の仕事は夜遅く朝早いのが身上《しんじょう》で、そうでなくては商いにならない。

豆腐屋の　夫婦はそれから　すぐに起き

という川柳もあるくらいのものである。それがまあどうやって八人もこしらえたものだろう。豆夫婦だけに、子供たちも仲良く莢《さや》に入って、一度のお産で三人ずつ産まれてきたのかもしれない。実際、子供たちも豆の顔だ。

それはともかく、さぶは豆夫婦の三男だ。だからさぶなのである。この子は確か十になるはずだ。

「おや、どうしたい」平四郎はさぶを手招きした。「まあ、こっちへ来て座れ。深川から来たんじゃ喉が渇いたろう。水を飲むか。鶯餅もあるぞ」

平四郎が縁側の隣を叩くと、さぶは素直に寄ってきて座った。目は餅の方に吸い寄せられているが、なかなか躾《しつけ》のいい子供で、食い物に手をのばす前に、ちゃんと使いの用を果たした。ぺらぺらの着物の襟口から手をつっこむと、一枚の紙切れを取り出したのだ。

「これ、差配《さはい》さんにたのまれました。旦那のところにお届けするようにって」

手習い用の半紙をたたんだものだった。広げると、鉄瓶長屋の差配人、佐吉の文字で何か書いてある。読み始める前に、さぶに餅を食っていいぞと言ってやると、子供は猛然とかぶりついた。

佐吉が八丁堀の家まで使いを寄越すようなことは初めてだ。だいたい、鉄瓶長屋なら、今日も見回りに行ってきたばかりなのである。当の佐吉にも会った。熱心にどぶ掃除をしていたので、声だけかけて帰ってきたのだ。

あとでわざわざ使いを寄越すということは、その場ではできない話だったのだ。何だろう？　平四郎は手紙を読んだ。そして、海苔《のり》を張り付けたような眉毛をつり上げた。さぶはすっかり鶯餅を食ってしまって、しきりと甘いげっぷをしている。


「参ったな」と、井筒平四郎が言う。

「参りました」と、佐吉が受ける。

新高橋の近く、小名木川《おなぎがわ》に面した団子屋の腰掛けに並んで座っている。このあたりにはやたらと大きな寺があるので、風のなかに線香の匂いが混じっている。川を行く荷船の舳先《へさき》がすいすいと切ってゆく水の色が涼し気だ。

平四郎はぱくりと団子を噛んだ。佐吉はため息をつく。

「これぱっかりは、頭ごなしにやめろというわけにもいきません。理屈で説き伏せようにも、俺にはそれほどの知恵はないし」

平四郎は団子を呑み込んだ。「そんなことはねえ。おまえはなかなか知恵がある。だがな、信心かぶれを説き伏せるのは、ちっとやそっとでできることじゃねえからな」

鉄瓶長屋の裏長屋、井戸に近いところに、八助《はちすけ》という男が住んでいる。歳は五十も半ばを過ぎて、髷《まげ》も鬢《びん》もごま塩になり、顔は干し柿といい勝負のしわくちゃだ。真面目な気質で働き者だが、少しばかり気の弱いところがあるとかで、世渡りに損をしたのだろう。その歳で、まだ半端《はんぱ》仕事をもらって歩く手間大工で暮らしを立てている。女房はおしゅうという名のやはりおとなしい女で、夫婦のあいだに娘がひとり。名をおりんと言って、これは歳が二十二になる。

おしゅうとおりんの母娘は、ふたりして方々に通いの女中として働きに出ている。先に佐吉が聞いた限りでは、得意先は三十軒をくだらないという話だ。独り者の男や夫婦で稼ぎに忙しい家と約束をとりつけて、掃除洗濯や飯の支度を請け負い、いくばくかの賃金をもらうのである。一軒一軒は大した額にならないが、まとまれば馬鹿にならない。

こうして大人三人が真面目に働いているのだから、暮らしも苦しくはない。だから八助の一家は、鉄瓶長屋のなかではまず差配にやっかいをかけない安心な家のなかに数え上げられていたのである。

ところが、ここの一家が、なんの弾みか、妙な信心にかぶれてしまったのだという。

「最初は八助さんだったらしいんですよ。ひと月ばかり前のことでしてね」頭をかきながら、佐吉が話す。「どこからか壺を持って帰ってきて、拝み始めたっていうんです。最初のうちは、朝晩拝んでいたそうなんですが、熱が入ってくるうちに、仕事にもいかないようになっちまって」

当然のことながら、家のなかはもめた。ところが、これが信心の強さか恐ろしさか知らないが、何度か喧嘩を重ねてふと気がついてみると、おしゅうもおりんも一緒になって壺を拝むようになっていたというのである。

家のなかのことだから、このへんの事情は、まだ佐吉の知るところではなかった。三人丸ごと信心にはまりこんでしまってからは、暮らしの方も大切だということで、それぞれまた仕事に出るようになっていたから、なおさらである。そのまま、壺信心が八助一家三人だけのことでおさまっているのなら、今も気づいていなかったかもしれない。

ところが、そうはいかないのが信心の常である。

「ご存じと思いますが、豆腐屋の豆夫婦は、もともと八助さんたちと仲が良かったんです」と、佐吉が言った。「おしゅうさんと豆腐屋のかみさんが遠縁にあたるとかで」

片や大人ばかりの稼ぎ所帯、片や子供八人の食い盛り所帯である。豆夫婦が困っているときに、八助たちが助けたことも、一度ならずあったらしい。

「だから、一緒になって壺を拝めと言われたら、むげには断れねえというわけか」

「そうなんです」

豆夫婦だけではない。八助たちは、いよいよ鉄瓶長屋全体に壺信心を広めようと思い立ったようで、毎日夕飯時になると、これと思った家を訪ねては、熱心に説いているという。説き伏せられて信心がうつってしまった家も、どうやら二、三軒あるらしい。

「旦那が見廻りにいらしたときに、うっかりこの話を持ち出すと、なにしろ信心事ですからね。どうかすると言いつけ口みたいに聞こえるし、悪いことをしているわけじゃない。差配は邪魔をするのか、お上が口を出すのかというふうに受け取られると、かえって火に油を注ぐようなことになりかねないと思いまして。それでさぶにお使いを頼んだんです」

「うん、それでよかった。こいつは厄介《やっかい》だ」

平四郎は腕組みをすると、川面《かわも》に目をやった。川鵜《かわう》がひとつふたつ、気持ちよさそうに滑ってゆく。ときどき出し抜けにずぼんと水に潜《もぐ》るのは、魚をとっているのだろう。

「豆夫婦は、まだその壺信心にかぶれちゃいねえんだな？」

「ええ。そういううろんなものはごめんだと言っています」

「ぜんたい、壺信心てのは何なんだい？　なんで壺が有り難いんだ？」

佐吉はまたため息をついた。「どうもよくわからないんですがね……」

豆夫婦の話では、八助が興奮して話すことによれば、壺に邪心を封じ込め、それをこの世からきれいさっぱり消してくださいませと拝むというのが、そもそもこの信心の勘所なのだという。封じ込めるには、自分のなかにあるよこしまな願いを紙に書いて壺のなかに入れるだけでいい。そして十日のあいだ、定められた呪文をとなえて熱心に壺を拝めば、あら不思議、壺の中には白紙ばかりが入っていて、書いた文字は消えている。つまり、これで邪心も消えたということになるのだそうだ。

「よこしまな心が消えるとどうなるんだ？　縦縞《たてじま》ができるのか？」

「いえ、福が来るんだそうですよ。良いことがあるんです。福の神は、清らかな者のところにしか訪れないわけだから」

平四郎は盛大に顔をしかめた。「俺は、清らかな心を持っていたから福の神のお恵みを受けたなんて奴には、一人も会ったことがねえがな。たいていは、その逆だ」

「はあ……。ですが、紙に書いた字は本当に消えるようなんですよ」

「そんなのは簡単なからくりだ。字を書いた紙を壺に入れたら白紙が出てきたなんていうのは、手妻《てづま》じゃねえか。両国の見世物小屋で見たことがある。だがその手妻じゃ、十日もかからなかったぜ」

「そうですか」

今回は、妙に佐吉の歯切れが悪い。

「ひょっとして、おめえもその信心にかぶれかかってるんじゃねえのか？　やめておけよ。同じかぶれるにしても、もうちょっともっともらしいものにしといた方が身のためだ」

「とんでもない、俺は何にもかぶれちゃいません」佐吉はふるふると首を振った。しかし、物思わし気な顔はそのままである。

ふと、平四郎は思いついた。思いついたまま、口に出した。「ひょっとすると、長助が——」

佐吉は平四郎の顔を見ると、ひどく疲れたような目を伏せてうなずいた。「そうなんです。どうやらおりんさんに教えられたらしいんですが、壺信心にかぶれて。熱心に拝めば、あんたのなかの悪いものが消えてなくなるから、頭がよくなって一人前の知恵がつくと言われたようなんで」

平四郎は腹が立って、思わず茶碗を投げそうになった。こういう話は、彼がもっとも嫌うところである。

「年端《としは》もいかねえ子供を、それも知恵の遅い子供を騙《だま》すなんざ、許せねえ」

長助は長助なりに、他の子供と同じくらいに賢くなりたいと願っているのだ。そういう弱い部分をついてくるとは、なんという卑怯《ひきょう》な手口だろう。

「それでなんだ、どうせお決まりの手口だ、壺を拝むには布施をしろと言うんだろう？　よこしまな心ひとつを消すにつき、手数料はいくらなんだ？」

「それが……金はとらないようなんです」

これには平四郎も驚いた。

「無料《ただ》なのかい？」

「ええ。だから、みんなころりと行くわけですよ」

確かに……考えてみれば、貧乏長屋で高い金をとる信心が流行《はや》るわけはない。だが、まるっきり無料というのも珍しい。

「何か他に狙いがあるのかもしれねえな」

佐吉は川面に目をやって黙っている。この男のこんな憂鬱《ゆううつ》そうな顔を、平四郎は初めて見た。

「こんなとき……久兵衛さんならどうしたでしょうね」と、ぽつりと呟いた。

「どうって、どうもしねえよ。やっぱり困って、俺に相談を持ちかけてきたろう」

「そうですかね。あの人なら、もうちょっとうまくおさめられたんじゃないですか。いや、そもそも久兵衛さんがいたら、妙な壺信心なんかが入り込む隙《すき》はなかったんじゃないですかね」

しげしげと、平四郎は佐吉の顔を見た。

「おめえ、今回は妙に弱気だな」

わざと、ちょっと笑ってみせた。

「ははあ、読めたぞ。おめえ、このことでお徳に叱られたな。それで応えてるんだろう。無理もねえ、あいつに怒鳴られたら、俺だって意気阻喪《いきそそう》する」

佐吉は一緒になって笑いもせず、首を振った。「いえ、お徳さんは、この壺信心には関わりがありません。何も知らないと思いますよ。このごろ、ちょっと元気もないようだし」

柄にもなく、平四郎はひるんだ。「おくめの一件のせいかな……」

おくめというのは、鉄瓶長屋に家移りしてきた水茶屋勤めの女である。お徳とは、鳥と虫ほどに生き方が違っている。実はこのふたりの女をはさんで、先達《せんだつ》て、平四郎はちょっと気まずい思いをした。

佐吉が、足元のぺんぺん草をちょっとつま先でもてあそびながら、ひょいと言った。「お徳さんは、なんだかんだ言っても旦那に惚《ほ》れているんですよ」

平四郎は腰掛けから落ちそうになった。

「おめえ、凄いことを言うな。やめてくれ、夢見が悪くていけねえ」

「でも、本当のことです。旦那だって気づいていなさるはずだ」

白状すれば、お徳が自分を憎からず思っていることくらい、平四郎だってとっくに気づいているのである。だが、気づいてどうなるものでもないし、どうしようという気もない。少なくとも、平四郎の側には。

「お徳も寂しいんだろうな。後添いの口を探してやった方がいいかな」と、笑って言ってみた。「やっぱり、独りというのはよくねえかもしれねえ。特に、お徳のような女にはな」

「俺もそう思います」

そう言って、佐吉は腰掛けから立ち上がった。川の縁へとぶらぶら歩いていくと、足元から小石を拾い、この男らしくない投げやりな仕草で、ぽんと放った。

小石は川に落ち、波紋を広げた。近くを泳いでいた川鵜《かわう》が驚いて向きを変え、遠ざかっていく。

井筒平四郎も立ち上がり、佐吉の隣に並んで立った。川風が顔に快い。

「まあ、そう気に病むな。壺信心のことは、ちょっくら俺に任せておけ」と、胸を張ってみせた。

「怪しげな信心だが、手妻の仕掛けを使うなんざ、粋《いき》なところもある。とうてい、八助ひとりで思いつくようなものじゃねえ。誰かが八助に吹き込んだんだろう。だとすると、壺信心話は、鉄瓶長屋だけじゃなく、きっと余所《よそ》でも広がっているはずだ。そのへんを調べてみるからよ」

判りましたと、佐吉は頭を下げた。「どうぞよろしくお願いいたします――」

簡単な仕事だと思っていた。信心話というのは疫病《えきびょう》のようなもので——という喩《たと》えを使ったら、小平次に叱られたが——ひとつところでとどまっているということがない。水の上に墨の滴を落としたときのように、ゆるゆるゆらゆらと広まっていくものだ。鉄瓶長屋の八助は、その広がっていく輪の上にいるのであって、輪を小さくしてたどっていけば、遅かれ早かれ最初の墨の滴が落ちた場所にたどりつくことができる——平四郎はそう信じていたし、ある意味たかをくくっていた。

だが、何をどう調べても、調べる範囲を深川や本所の外にまで広げても、見つからないのである。壺信心のお話の起点が。

「八助がつくったにしちゃ、できすぎた話なんだ。きっと出所があるはずなんだ」

御番所でも、他の定町廻り同心たちに聞き回ってみたが、皆そんな話は初耳だという。そして皆一様に、金をとらないというところに引っかかる。

「あるいは、案外まっとうな信心なのかもしれんし、だいいち、金をとられたり騙されたりした者がいない以上、町方としては口をはさむ余地はないだろう。静観していた方がいい」

朋輩にそう宥《なだ》められて、平四郎は困った。心情的には、長助が騙されていることに対する腹立ちがあり、彼を不憫《ふびん》に思う心があるから、静観などできるはずもない。

しかし朋輩は、なおも重ねて言うのである。

「壺信心をすることで、ひょっとするとその長助という子供は、本当に今よりも利発になるかもしれないぞ。信心では何も良くなりはしないと決めつけるのも考えものだ。効く者には効くのだよ」

そんなものだろうか。だから、鰯《いわし》の頭も何とやらという言葉があるのか。

鉄瓶長屋を見廻りに行っても、見てすぐに異常が見つかるという類のものでもないし——幸い、長屋の木戸のところに大きな壺を据えて皆で拝んでいるということはない——佐吉にああ言った手前、平四郎がいきなり八助の家に乗り込んで壺を取り上げるわけにもいかない。

「八助たちがいないあいだに、壺を見ることはできないかね？」

佐吉に持ちかけてみた。しかし、彼はすぐにそれは無理ですとかぶりを振る。

「壺信心を始めて以来、一家三人がそろって家を空けることはなくなりました。いつでも、誰かひとりが残って、壺の番をしているんですよ」

策に詰まって、平四郎はお徳のところに顔を出してみた。お徳は確かに——少しばかりしおらしくなって威勢を欠いているようなむきもあるが、それは先のあの騒動以来のことで、少しばかり平四郎に対してはにかんでいるのであり、とりたててぎこちない雰囲気にはならず、平四郎は彼女自慢の煮物を馳走になった。

佐吉の推測とは違って、お徳は八助たちの壺信心について、かなり詳しく知っていた。金を取ったり、嫌がる者を無理に引っ張り込んだりはしていないようなので、咎めることもないと考えているらしい。

「しかし、佐吉は差配人だからな。知らん顔はできねえよ。現に、豆腐屋の豆夫婦は誘われて困っていたんだし」

「だけど、無理強《じ》いをされたわけじゃないでしょうに」

お徳のにらんだところでは、表長屋六軒、裏長屋十軒のこの鉄瓶長屋のうち、壺信心にかぶれているのは、八助一家の他に、もう二軒あるという。どちらも夫婦に子供というありふれた組み合わせの職人の家で、これまで平四郎の網には一度も引っかかったことがない家族であった。つまりは、おとなしい家族なのである。

「一時は、もうふた家族ぐらいいたんだけど、途中で醒《さ》めたみたいだね」

「やっぱりお徳は詳しいな。なんで醒めたのか判るかい？」

「さあ、そこまではね。ただよこしまな心が消えるというだけじゃ、目に見える有り難みが少ないからじゃないんですかい？」

「長助はどうだ？」

「信心してるようだけど、でもあの子には佐吉がついてるんだから、大丈夫でしょうよ」

平四郎は横目でお徳を見た。思わず、からかいの言葉が口をついて出た。

「ずいぶんいいことを言うじゃねえか。おめえ、佐吉を見直すようになったのかい？」

お徳はふんと鼻を鳴らし、煮汁をぐるぐるかき混ぜた。

「見直したわけじゃありませんよ。鉄瓶長屋の差配さんは、久兵衛さんだけだからね。ただ、佐吉も、長坊の面倒をみることについちゃ、ちゃんとやってると思うだけさ」

頑固な女だと、平四郎は笑った。

ところが、それから三日も経たないうちに、笑っていられないような出来事が起こってしまった。八助一家と、彼らに感化された後のふたつの家族——壺信心の三家族が、そろって鉄瓶長屋からいなくなってしまったのである。

夜逃げではなかった。夜は木戸を閉じ、木戸番が見廻りをする江戸の町では、夜逃げはそう易しいことではない。三家族はそれぞれに、しばらく前から、つましい身の回りの家財道具を分けて持ち出していたのだろう。そして、朝仕事に出かけるふりをして長屋を離れ、そのまま晩になっても帰らない――という形での出奔だ。平四郎がのぞいてみると、それぞれの家のなかに、残っているのは布団と茶碗ぐらいのものだった。

「判らねえ……」

懐手《ふところで》をして、平四郎は呟いた。知らせを聞いて駆けつけて、まず心配だったのは長助のことだった。しかし彼はちゃんと佐吉の元にいると知って、胸をなで下ろすと、安堵《あんど》と共に、どうにもきつねにつままれたような気分ばかりが募《つの》ってくる。

壺信心の連中、これほどきれいに立ち退いて、さてどこへ行こうというのだろう。

「事が信心ですから、抜け参りのようなものかもしれません」と、小平次が言った。

抜け参りとは、商家の使用人や奉公人などが、主人に無断で伊勢参りに出かけることである。許可を得ないから抜け参りというのだが、たいていの場合数人で集い、背中に抜け参りの旗を立て、それぞれにひしゃくを持っているからすぐわかる。このひしゃくで、道々布施を募って路銀に充《あ》てるのである。抜け参りと判ったら、咎めたり止めたりすることはできない。神に曳《ひ》かれてはるばる詣でるのだから、人間の算段で邪魔だてしてはいけないのだ。

なるほどと、平四郎も思った。壺信心の神様のおわします土地はどこだか知らないが、みんなしてそこへ向かったということか。

八助の家に、壺は残されていなかった。無論、彼が抱いて行ったのだろう。ひとり残った長助の話では、大人なら片手で持つことのできるくらいの、小さな壺だったというのだから。

「おめえはなぜ、一緒に行かなかった？　熱心に信心していたんだろう？」

しゃがみこみ、目の高さを合わせて平四郎が尋ねると、長助は泣き顔になって、それでも泣くまいとしゃにむに手で目をこすりながら、途切れ途切れに言った。

「こわーい、から。おいら、にいさんと、いないと、こわーい」

長助が「にいさん」と呼ぶのは佐吉のことである。賢くはなりたいが、佐吉と離れるのは寂しくて辛かったのだろう。それを聞いて、佐吉が長助の頭を引き寄せ撫でてやると、長助はわっと泣き出した。

自分たちの意思でいなくなった者は、もうどうしようもない。佐吉はとりあえず、三家族の店子《たなこ》がいなくなったということを、地主の湊屋《みなとや》に報せに行った。留守番の長助は、お徳が飯を食わせて預かった。ついでに平四郎もご相伴《しょうばん》にあずかることになった。

佐吉が湊屋から帰ってきたら、その顔を見てから帰ろうと、平四郎はお徳のところで油を売って午後を過ごした。実際、またも店子を失ったというので、佐吉がひどく叱られて戻ってくるのではないかと気がかりだったのだ。あまりとっちめられるようだったら、仲裁に入ってやろうかとも考えていた。

案の定、一刻ばかりで戻ってきた佐吉は、打ちのめされたような顔をしていた。

「どうした、どうした、まるで便所紙みてえな顔色だ」と、平四郎はわざとからかった。「そうしおれるな。おめえだって、店子の首に紐《ひも》をつけてくくっておけるわけじゃねえ」

佐吉は平四郎を見ると、人違いで知らない者に声をかけられたときみたいな、ぽかんとした顔をした。そしてしばしばとまたたきをすると、心配そうに佐吉の顔を見上げている長助の方を見おろし、かろうじて笑みを浮かべて、言った。

「お徳さんによくお礼を言って、うちへ帰っておいで。手習い帳を出して、昨日のところをさらっておいで」

長助は素直にうなずき、

「おとくおばさん、ありがとう」

「あいよ、いつでもおいで」

走って差配の家に戻っていった。それを見送ってから、佐吉はお徳に長助を預かってくれたことの礼を述べ、丁寧に頭を下げた。なんだかその様子がぎこちなくて、平四郎もお徳も突っ込みの入れようがなかった。

「なんだ、えらく神妙だな」

笑う平四郎の横で、小平次も目を丸くしている。それほどに、佐吉の様子が四角張っているのである。

「あんた、なんかあったのかい？」

お徳の邪険な問いかけに——しかし、その口調からは、わずかに心配や同情の気持ちが感じられた——佐吉は首をめぐらせて三人の顔を見た。そして、なんだかたまりかねたような感じで息を吐くと、その息と共に言った。

「八助さんは、壺信心なんかしてないだろうっていうんですよ」

平四郎もお徳も小平次も、いっせいに「え？」と問い返した。その声に押し被《かぶ》せるようにして、佐吉は首を振りながら、

「湊屋の旦那に事の次第を説明して、俺としちゃ、うんと頭を下げてお詫びするつもりだったんですが、旦那は笑っていらして、気にすることはないって、俺のことも全然叱らないんです」

「じゃ、良かったじゃねえか」

「良くないですよ」

珍しく、佐吉は色をなした。

「だって、壺信心なんて八助たちの言訳だ、店子は家移りしたくなると、角が立たないようにそんな言訳をつくって言い散らすものだっておっしゃるんですよ。だから、壺信心がこれ以上広がるような心配はないって。出ていった店子たちのことも、放っておけって」

平四郎はふうんというような声を出した。そんな方向には考えてみたことがなかった。

佐吉は言い募る。「だけど、もしもそうなら、かえってまずいじゃないですか。八助さんたちが、壺信心なんて作り話をしてまで家移りしたくなったとしたら、それは俺が差配人として至らないせいなんだから、もっと笑い事じゃないはずでしょう？　だのに、湊屋の旦那は気にするな気にするなって――」

平四郎は呟いた。「それはおめえを慰めようとしてるからじゃねえかなあ」

佐吉は手で頭を押さえた。

「俺、よくわからなくなってきた。湊屋の旦那は、俺なんか、最初《はな》っからあてになさってないんじゃないかな。だったら俺、ここでいったい何をやってるんだろう？　なんで俺、ここにいるんだろう？」

そして、長助の後を追うようにして、差配人の家の方へと駆けていってしまった。

しばらくのあいだ、お徳の店の煮物がぐつぐつという音だけが聞こえていた。

「旦那……いったいどうなってんの？」

ようやっと、お徳が呟いた。

平四郎も首を振るだけだった。そして、そのとき初めて、今までは、佐吉が鉄瓶長屋に送り込まれて来たことの意味を――地主の湊屋の腹づもりについて――本気で考えてみたことがなかったということに気がついたのだった。

長い影

思ひ出すとは　忘るる故よ
思ひ出さぬよ　忘れぬは

——小唄の一節

一

井筒平四郎の身分は南町奉行所の同心である。三十俵二人扶持《ぶち》の軽輩ながら、市中ではなかなかに幅をきかせることのできる町方役人《まちかたやくにん》という立場である。

ひと口に奉行所の同心といっても、外役だけでも多種多様な役目がある。材木だの商家の積荷などが乱雑に積み上げられていないかどうか監視するのがお役目の高積《たかづみ》見廻り、火事場に出張する町火消し人足検め《にんそくあらため》、市中の橋を見廻り点検する定橋掛り《じょうばしがかり》、小石川の養生所を担当する養生所見廻り、江戸市中の諸式つまり物価を監視するのが役目の諸式調掛り《しょしきしらべがかり》、そして今の平四郎がその一端に連なる、新開《しんかい》地《ち》本所深川の治安を与る《あずかる》本所深川方などなど——である。

見習い同心のうちは、すべての役割を少しずつ体験し、しかる後に上司である与力の指示で、ひとつの役目を拝する。平四郎が親父殿のあとを継いで最初に拝命したのは高積見廻りで、これは市中の地理や人の流れ、商家の力関係など、江戸の町の生き生きとした動きを身体で覚えるのに最適の役割ではあった。新米の同心にとっても、それほど難しい役割ではなく、平四郎のごくざっかけない人柄も幸いしたのか、市中の人びとにも親しまれ、大過なく務めて六年を過ごした。細君をもらったのもこのころである。

高積見廻りは、どう見てもぱっとしたお役目ではない。だが平四郎はこのお役目が好きだった。一日市中に出ているのが仕事だから、さぼってごろ寝をするのも楽なもので、実際、このままずっと高積見廻りでもいいと、本人も思っていたほどである。

が、そんな働きぶりを見抜かれてしまったのか、次には町火消し人足検めを拝命した。このお役目、火事場に出ると言っても、別に火を消すわけではない。それは町火消しの仕事である。だがしかし、この町火消しの者どもは、まるで油紙のように火がつきやすくて喧嘩早いし、集まる野次馬もまた興奮しやすいときているから、油断がならないのである。時には火事そのものの被害よりも、町火消し同士の喧嘩に野次馬が加わって起こった大乱闘の被害の方がずっと深刻であったりするのだ。それを抑えたり捌《さば》いたりいなしたりするのが町火消し人足検めの仕事であるから、実は結構な命がけである。

平四郎は一年で音《ね》をあげた。その一年のあいだに二度も火事場で昏倒し、戸板で運ばれるような始末を起こしていたから、上司である与力も否とは言わなかった。なるほど人には向き不向きがあると、上司は言ったそうである。

次には諸式調掛りに回された。このお役目は、先のよりはずいぶんとましだった。諸式の監視といっても、よほどあくどい値上げでもない限り荒事にはならないし、町の人びとと親しむし、大きな商人《あきんど》からはそれなりに大事に扱われるしで、なかなか居心地のいいお役目であったのだ。

海千山千の札差《ふださし》や大問屋を相手にせねばならない米の価格の監視は北町奉行所の分担で、平四郎のいる南町奉行所はもっぱら野菜など青物と魚の価格の見張りをしておればよかったから、それも気楽だった。この時期に覚えた事柄を、うろ覚えで披露《ひろう》すると、今でも煮売屋のお徳が驚いたりする。平四郎は食い物が好きだから、食い物の知識が増えるこのお役目が、実はいちばん楽しかったかもしれない。

平四郎はこのお役目を十五年務めた。いったいに、諸式調掛りには、長く務めている同心が多い。少なくとも五年は物の流れと価格の高低を見ていないと、正しい判断をくだすだけの知識が身につかないからである。ただ、それだけ商人側との癒着《ゆちゃく》も起こりやすくなるので、上役である与力はくるくる変わる。この与力の人柄で、諸式調掛りの座り心地も決まる。

そうやって過ごしてきて、ぼつぼつ四十というころに、平四郎は突然、臨時廻りという役目を拝命することになった。これには正直、驚いた。このまま諸式調掛りで過ごすものと思い込んでいたからである。

臨時廻りというのは、江戸の町が大きくふくらみ、そこに住み暮らす人間の数が多くなるに従って、定められた定町《じょうまち》廻り同心の人数だけでは手が回り切らなくなったために、それを補うために作られた役職である。つまりお手伝いの遊軍役だ。役名が違うから格下の感じがするし、実際そうなのだが、役割は定町廻り同心とほとんど変わらない。

定町廻りは、外役のなかでは花形である。しかしその反面、町火消し人足検めと同じくらい向き不向きがあり、若いときから馴染んで経験を積んでいないと、なかなか務まるものではない難役でもある。ということは、これは一種の抜擢《ばってき》だ。平四郎は大いに困惑した。

しかも、よくよく話を聞いてみると、臨時廻りとして本所深川方のお役目を助《す》けろという仰《おお》せなのである。御府内《ごふない》に組み入れられてまだ数十年しか経っていない本所深川は、万事において開幕以来の朱引きのうちである市中とは別勘定で、町火消しの組織も自分たちで願い出て作り上げ、擁《よう》しているほどだ。新開地だから活気はあるが、名主や地主の歴史も浅い。そうなると必然的に、奉行所の本所深川方は、この土地内で起こる事柄に対しては大きな力を持つことになり、時には役職の垣根を越えて、何でも屋のように万事を仕切る。だから、この役職は多忙であると同時にたいへん実入りが多い。

そんなところへ、平四郎に行けというのである。どう考えても話が旨すぎる。当惑した平四郎は、何故またワタクシにと、上役を訪ねて率直に問うてみた。

――おぬしのような、世情に通じた、適度にいい加減な男がひとり欲しいのだ。

と、上役の与力は答えた。

――しかし臨時役とは言え定町廻りの役割を果たすには、探索事などにも長《た》けておらねばなりません。私にはとてもとても。

すると上役はかっかと笑った。

――真に探索が要り用な事柄には、隠密《おんみつ》廻りがおるわ。

隠密廻りというのは、読んで字の如く、同心という真の身分を隠して密《ひそ》かに探索を行う役目のことである。

――いえ、そこまで角張ったものでなくて、日々の探索事の話です。私のような呆《ほう》け者《もの》が、鼻毛を抜き抜き自身番を廻っていては、民草《たみくさ》にも軽んじられ、思わぬ大事を見逃すことになりますまいか。

上役はまったく動じない。

――鼻毛を抜き抜き自身番を廻るおぬしの目にも、これは大事と映ることがあったなら、それこそ本当の大事ということになろう。空騒《からさわ》ぎがなくて、かえって良いではないか。どうも若い者たちは、きりきりし過ぎて目まぐるしい。小うるさい。おぬしぐらいが、ちょうどいいのだ。

そこまで言われると、平四郎としても後ずさりのしようがなくなってしまう。はははと平伏し、新しい役目を拝命したという次第であった。

――まあ、実状はどうあれ肩書きは軽いしなぁ。

臨時廻りはあくまで臨時廻りだ。気軽な身分と言えないこともない。

ただ、もうひとつだけ問題があった。それは平四郎がまったくの金槌《かなづち》だということだ。本所深川は堀割や水路が多く、日常生活の交通や物の流通に、舟が大きな位置を占めている。それだけに水難とは縁が切れない。だから本所深川方の町方役人と町役人《ちょうやくにん》は、いざという時には鯨船を駆って走り廻らねばならないのだ。金槌では用が足りないだろう。

ところが本所深川方の役人たちに話を聞いてみると、いやそれがしも水練はまったく苦手でござるというのがいたのである。一向にさしつかえはござらん、何、ひとたび大水が出たの舟が覆《くつがえ》ったのという大事が起きれば、少々水をかけるぐらいではおっつきません、まったく気になさらんでよろしいという。

そういう次第で、平四郎は今に至る。役職は何かと、もしも人に訊かれれば、「定町廻り」と短く答えて済ませるし、小平次でもそう答えるだろう。しかし少々詳しく述べるならば斯様《かよう》なことになる。日々ぶらぶらと本所深川一帯を歩き回りながら、さほど忙しくもなく、他の仕事に心をわずらわされることもなく、お徳の煮物を楽しみにしていられるのは、面倒くさいことが嫌いな平四郎のような気質の男にとってはまことに結構な、この位置どりのしからしむるところなのである。

　こうして六年ばかりが過ぎた。

　これまでに平四郎は、大きな悪事を暴《あば》くことも、隠された悪事を陽光の下に引きずり出すことも、一度もなかった。しかしそれで肩身の狭い思いをしたことも、恥を感じたこともない。平四郎を抜擢《ばってき》した上役の与力も健在で、機嫌良く吟味《ぎんみ》方を務めている。小言をくらったこともない。

　同じ定町廻りの同心たちには、確かに上役の言うとおり、少しきりきり些細《ささい》なことにこだわりすぎるきらいがある。やる気がそうさせるのかもしれないが、平四郎の目には、いちいちそんな細々《こまごま》したことに深入りしていては身がもたないと感じられることが多々あった。やめとけ、やめとけと、声をかけたくなることがある。

　人は寄り集まらねば暮らせぬ生き物だが、集まれば必ず諍《いさか》いを起こす。理想を言うならば、その諍いのひとつひとつを丁寧に拾いあげ、双方の言い分を聞き、裁きを下すのが正しい役人のあり方であろう。

　しかし、果たして一年じゅう、ひとかけらの遺漏《いろう》も間違いもなしに、そんなことができるだろうかと平四郎は思う。双方の言い分を聞いたからといって、いつもいつもさあ右が正しい左は悪いと判断できるわけではないのだ。

　青菜一束の値段さえ、橋の向こうとこっちで違うことがある。そして、それぞれに理屈がくっついている。こっちのは葉が多い。いやこっちのは茎がしまっている云々《うんぬん》だ。どちらの理屈が正しいか、いちいち気にしていては、青菜のおひたしひとつをつくる前に腰が曲がってしまうだろう。それぐらいなら、懐具合と相談して買える方を買い、さっさと橋を渡った方がいい。

差配人《さはいにん》をその末端とする江戸の自治組織が、最も重くその役割として背に負っているのが、そうした日々のささいな争いや諍いを仲裁したり、宥《なだ》めたり諌《いさ》めたりすることである。たいがいのことは、町役人たちに任せておけば丸く収めてくれるものだ。

収まりきらずに町役人たちが定町廻りの同心にうかがいをたててくるのは、ひとつには事がよほど重大である場合、もうひとつには、事を収めるのに、差配人だ大家だという権威の「おっかなさ」だけでは足らず、形だけでもお上という権威の「おっかなさ」が必要になった場合である。そして前者よりも後者の方が圧倒的に多い。

つまり定町廻りの同心は、犯罪の端緒《たんしょ》をかぎつけるなどという大仰《おおぎょう》な役割を果たすよりも、町役人の言うことをちゃんと聞けよと、市井《しせい》の人びとにうんとにらみをきかせるためのお目付役として、日々江戸中をふらふら歩いているのだ。にらむのを通り越して、いちいち解決に乗り出していては、身体がいくつあっても足りない。それどころか、にらんで通り過ぎておけば、相手も恐れ入って平伏するだけで済むところを、徒《いたずら》に手を出したばっかりに、出奔《しゅっぽん》だの刃傷《にんじょう》だの相対死《あいたいじ》にだのというところにまで追いつめてしまうことさえあるのだ。

――おぬしのような適度にいい加減な男。

上役の言葉は、あながち嫌味だけではない真実を含んでいるのではないかと、平四郎は思う……。

いや、思っていた。ついこのあいだまではの話である。

このごろの平四郎は、ふと後ろ首に冷たい息を吹きかけられたように、ヒヤリと考えることがあるのだ。

――俺は間違っていたんじゃないのか。

彼をそんなふうに悩ませているのは、言うまでもない、鉄瓶長屋での一連の出来事である。

壺信心の八助を始めとする三家族が鉄瓶長屋を勝手に立ち退き、それを地主の湊屋《みなとや》に報せに行った差配人の佐吉が、今にも首をくくりそうなほどに気落ちして帰ってきた。そして心配して問いかける平四郎に、

——俺、よくわからなくなってきた。

そう呟《つぶや》いた。きっかけはそれである。

わからなくなってきた——というのは、今まではわかっていたつもりだが、八助たちのことが起こってみると、わからなくなってきたということだろう。では、八助たちの壺信心騒ぎが起こる以前、佐吉は、まだ尻の青い彼が、世慣れてそれなりの貫禄もあれば因業《いんごう》さも身につけてからでなければ務まるはずのない差配人として鉄瓶長屋に送り込まれてきたことの意味を、どう「わかって」いたのだろう？

いや、というよりも、佐吉は自分の意志で鉄瓶長屋の差配人になったわけではなく、地主の湊屋総右衛門の命《めい》に従ってやってきたのだから、湊屋総右衛門がどんなふうに佐吉に「わからせて」いたのかということが問題である。

もちろん、佐吉がやってきた当時、湊屋側は説明をした。先の差配人である久兵衛の出奔の事情が事情であるだけに、あとがまが据えにくい、佐吉は湊屋の遠い縁故の者で、説き伏せて差配人になることを承知させた云々——名主連も、その話を聞いて、致し方あるまいと納得したのである。

不自然な話ではない。井筒平四郎も、当時はそう思った。久兵衛は店子《たなこ》の人望を集めていた差配人

だったから、後に来る奴は誰であれやりにくかろうと察していたし、やって来た佐吉が佐吉で、苦労はしながらも、なかなか真面目な差配人ぶりを見せた――少なくとも平四郎はそう評価している――だから、湊屋が佐吉を送り込んできた事情について、深く考えることはなかったのだ。

ほうっておけ。ほうっておけば、そのうちうまくいく。そう思ってきた。店子たちも今にお前を受け入れてくれるようになると、佐吉にも言い聞かせてきた。

だが、平四郎一流の呑気《のんき》さを一枚はぐって冷静に考えてみるならば、やはり、この件は最初からおかしかったのではあるまいか。まだ三十路にさえ届かぬ歳の、植木職人あがりの佐吉が、鉄瓶長屋の差配人をつとめられるわけはない。彼の店子たちへの対し方、世話の仕方、こまめに働く様子、それは確かに感心至極のものであるけれど、結果としてはどうだろう？　佐吉はこれで四軒も店子をしくじり、鉄瓶長屋には空き家が目立ってきた。

――ここでいったい何をやってるんだろう？

八助たちの出奔からしばらく日をおいて、少しは佐吉の気が落ち着くのを見すましてから、その言葉の意味を、平四郎は佐吉に問いただしてみた。すると彼は、ほんの少し狼狽《ろうばい》したように目をしばたたき、首を振って答えた。

「俺、そんなことを言いましたか？　手前《てめえ》じゃ覚えていないんですが」

「言ったさ。まるで日陰の幽的みたような青白い顔で言ったもんさ」

「旦那は面白いことを仰《おつしや》る。幽霊は、もともと日向《ひなた》には出ないでしょう？　というより、陽のあるうちは出ないんじゃねえかなあ」

佐吉はあははと笑い、笑いにまぎらして平四郎の目を避けた。平四郎は、それが何よりも雄弁な答であるような気がして、それ以上は問いを重ねずにおいた。

佐吉と湊屋のあいだに、どんなやりとりがあったのだろう？

そもそもの始めっから、湊屋は、何を考えて鉄瓶長屋に佐吉を送り込んできたのだろう？

――湊屋は、俺が、細かいことに目くじらたてねえことを知っていて、承知の上で何かやってんじゃねえのか。

俺ももうちっと、きりきりうるさい定町廻りであるべきだったのかなあ……という井筒平四郎の反省の依《よ》って来《きた》るところは、まあ、こういうことなのである。


八助たちの出奔から半月ほど後、八丁堀組屋敷の井筒平四郎の家に、紙屑買《かみくず》いが呼ばれて参上した。数日前から平四郎は朋輩《ほうばい》たちに、納戸《なんど》のなかを調べていたら、馬鹿にならない嵩《かさ》の古紙が出たので、紙屑買いを呼ばねばならぬと話していた。

紙屑買いは埃《ほこり》よけの手ぬぐいですっぽりと頭から顔を覆い、てんびん棒の前後に大きなざるをぶら下げて現れた。平四郎はせっかちに、庭へ回れ、荷はそこへ置いてあがってこい、やれ足を洗ってからあがらぬと俺が女房に叱られるなど、うるさく騒いだ。家の外回りを掃除していた小平次は、すぐ隣の組屋敷の小女《こおんな》が、洗濯物を干しながら袖で口を押さえて笑っているのに気づいて、きまり悪いながらも一緒に笑った。

平四郎が紙屑買いを連れて納戸へ入ると、ようやくあたりが静かになった。小平次が掃除を終え、勝手口にしゃがんで一服をつけると、遠くから菖蒲《しょうぶ》売りの声が近づいてくる。晴れ渡った良い日和《ひより》であった。

井筒の家のいちばん北側にある納戸は、およそ三畳分くらいの広さで、床は板張り、窓は小さな明かり取りがひとつあるだけ、出入口も唐紙《からかみ》ではなく板戸である。短い廊下を回ってすぐのところに厠《かわや》があるので、そろそろ温かくなってきた昨今の季節では、いくら細君や小平次がまめに掃除をしようとも、なかなかかぐわしくない香りがそこはかとなく漂っている。

しかし平四郎と紙屑買いは、その納戸に入って板戸を閉めると、明かり取りの窓から差し込む真っ直ぐな明るい陽光の下で、互いの顔と顔を確かめあい、実に晴れやかに笑いあった。

「何年ぶりでありましょう」

手ぬぐいのほっかむりを取り去り、埃に汚れた顔をようやくあらわにして、紙屑買いは言った。

「六年――いや、七年になるかな」平四郎は指を折って数えた。「そら、浅草の観音堂のそばで会ったのが最後だ。あの当時、俺はまだ諸式調掛りだった」

「そうなりますか」紙屑買いはにこやかに笑った。薄汚れた顔に不似合いなほど、両目が明るく輝いている。

「ところでいくつになった」

「私ですか」

「おぬしも、おぬしの子供たちもだ」

「私は三十五になりました。長男は十二に、次男は八つに、末の娘は五つになります」

「娘？　おぬしに三人目の子ができたことは知らなんだ。では、なみ殿も息災《そくさい》なのだな」

「はい。いささか太りじしになりましたが」

紙屑買いは、頭を覆っていた手ぬぐいで顔を拭《ぬぐ》った。埃がとれて、こざっぱりした表情になる。改めて板張りの床に座り直すと、平四郎に再会の挨拶《あいさつ》をした。

「そう改まるな。俺はそういうのは苦手だ」平四郎はあわてて手を振った。「それに、あまり長いことおぬしをここに引き止めておくわけにもいかん。手早く話をしよう」

うなずいて、紙屑買いは顔をあげた。懐に手を差し入れて、一通の書状を取り出す。三日ほど前、平四郎が書き綴《つづ》ったものである。

「拝読しました。事情は、あらかた呑み込んだつもりでおります」紙屑買いは言って、平四郎に書状を差し出した。「これは一旦、お返しいたしましょう」

平四郎は書状を受け取った。

「それで、おぬしはどう思う?」

紙屑買いは口元を引き締め、つと平四郎をまともに見つめた。平四郎は緊張した。が、ひと呼吸もしないうちに、紙屑買いは微笑した。

「まず、あまり思い悩まれないことです。今の平四郎殿は、少々思い過ごしの気味があるのではありませんか」と、穏やかに言った。

「そうだろうか」

「そうですとも」紙屑買いは深くうなずく。

「築地の湊屋も、明石町《あかしちょう》の『勝元《かつげん》』も、ごくまっとうな商いをしています。ここ数年、私は日本橋の札差ばかりを探索しておりますから、俵物問屋や料亭にはさほど詳しくありませんが、書状をいただいてすぐに、そのあたりに通じている小者の二、三人に話を聞くことができました。彼らが言うように、湊屋に何か黒い影があるとしたら、それは主人総右衛門の女好きということだけだろうということです」

「女好き、か」

「はい。総右衛門は確か、平四郎殿より十は歳上であるはずですが」紙屑買いはまた、くすりと笑った。

珍しく神妙な顔をして懐手をしている井筒平四郎の前に端座《たんざ》するこの紙屑買いは、むろん、本物の紙屑買いではない。名は辻井英之介《つじいえいのすけ》、平四郎と同じ、れっきとした南町奉行所の同心である。

英之介と平四郎は十も歳が違うが、父親同士が親しい友で、そのために幼いころから兄弟のようにして育った。英之介は辻井家の嫡男《ちゃくなん》で、たいへん遅い子供であったがために、父母には舐《な》めるように可愛がられたが、生来がきかん気のわんぱく坊ずで、一年中真っ黒に日焼けしていた。子供のときには身体が小さかったので、平四郎は彼を〝黒豆《くろまめ》〟と呼び、ずいぶんと可愛がったものである。

平四郎と同じく亡父の跡をとって同心となった英之介は、名前に恥じない英明さと胆力をかわれ、奉職《ほうしょく》して数年で隠密廻りを拝命することになった。そして今も、その職にある。

隠密廻りの同心は八丁堀には住まない。同じ同心であっても、他の役職の同心たちには名前も顔も知られない。平四郎のように、幼なじみでたまたま知っているということもあるが、そういう場合でも、相手が隠密廻りを拝命して以降は、気軽に家を訪ねるなどということもできないし、表向きどういう職につき、どういう名前で暮らしているかも、定かでない場合もある。

隠密廻りの同心は、自身の家族にさえ、今の自分の居所や世間での通り名や職業を知らさず、一度家を空けたら半年も戻らぬということもあるほどだ。またその家では、表向きお上とはまったく関わりのない生業《なりわい》をしていることになっている。英之介の表看板も、確か薬の行商人だったはずである。

湊屋と佐吉の件が心に重くのしかかるようになって、平四郎はすぐに英之介の力を借りることを思い立った。誰よりも率直に事情をうち明けることのできる〝黒豆〟であり、隠密廻りの仕事柄、もっとも的確な言葉で平四郎を助けることのできる人物でもあったからである。

その英之介が、口元に笑みをたたえ、平四郎は取り越し苦労をしているという。平四郎は、ここ半月ほどのあいだで初めて、肩から荷がおりるような気がした。

「そうか……俺は考えすぎているのか」

後ろ首をぼりぼりかいて、彼は呟いた。

「平四郎殿は、定町廻りの同心として、決して間違ったやり方をしてきたのではないと、私は思います」と、英之介は言った。「鉄瓶長屋のことにしても、平四郎殿がしてきたように、店子を宥《なだ》め、若い差配人を励まして、事が収まるのを待つというやり方が、何よりも正しいでしょう。平四郎殿がぼんやりしていたがために、何かとんでもないことが目と鼻の先で進んでいるというようなことは、私には思われませんし、感じられません」

うんと、平四郎は腕組みをしてうなずいた。

「平四郎殿がそんなふうに思い悩まれるのは、湊屋から帰ってきたときの佐吉という若者が、あまりにも打ちひしがれて、混乱しているように見えたからでしょう?」

「そうなんだ……」

あのときの佐吉は、普通ではなかった。たとえば湊屋で、またも店子をしくじったことで叱りとばされたというのでも、あんなふうにはならなかったろう。そのうえ、

——なんで俺、ここにいるんだろう?

あの言葉が、平四郎には引っかかってどうしようもないのである。

「それで俺は、ふっとな、佐吉が、湊屋に利用されて、あいつ自身も知らないうちに、何か良くない企《たくら》みに加担させられてるんじゃねえかと思ったんだよ」

「鉄瓶長屋を舞台とする企みですか」

「そうなるよな」

「あの長屋を舞台に、どんな悪巧《わるだく》みができるでしょうか」

平四郎は考えた。

「どこにでもある長屋だからなあ」

煮売屋のお徳や、子沢山の豆腐屋や、あだっぽいおくめの顔が、頭のなかに浮かんでは消える。

「何ができるというわけではないでしょう」と、英之介は言う。「湊屋は大商人《おおあきんど》です。よほどの大金がからんだことでない限り、悪巧みなどしませんよ」

その理屈は俺にも判るんだが……と、平四郎は心の内で思った。それでも、佐吉の取り乱した様子が、気になってしょうがない。あいつは騙《だま》されているのかもしれないし、利用されているのかもしれないし、あるいは俺たちに隠し事をしているのかもしれない。少なくとも、ただの無心な植木職あがりの若者が、縁続きの地主に頼まれて、仕方なしに差配人となることを引き受け、苦労しながら一人前になってゆく——というだけのお話では、この件は収まらないんじゃないかと感じられるのだ。

果たして、平四郎の考えを見抜いたように、英之介は言った。「確かに、何か裏がありそうですね」

平四郎は鋭く顔をあげた。

「なんだよ、やっぱりそうじゃねえか」

「いえいえ、あわてないでください」英之介は手を振った。「ただ、この裏というのは、湊屋の商いや身代《しんだい》そのものに関わるような、大きなものではないだろうと思いますよ」

英之介は言って、わずかに首をかしげて考えるような顔をした。

「何か裏がある……事情がある。ただそれは、湊屋という大看板よりも、むしろ、湊屋の家の事情に関わることのような気が、私はしますね」

「家の事情？」

「はい。そもそも、佐吉というその若者は、湊屋の遠縁だというのでしょう？　彼が誰に利用されているんであれ、何を隠しているんであれ、それは湊屋という〝家〟に関わることなんですよ。指一本で百人千人の人間を動かすことのできる湊屋が、わざわざ遠縁の若者を引っぱり出してくるというのは、ゆっくり考えてみればおかしなことですよ。仮に、佐吉が遠縁の若者だということも嘘であったとしても、そういう口実をもってきてまで、わざわざ彼を連れて来たというのはね。これは、悪巧みというよりはむしろ、事情や理由がありそうじゃないですか」

平四郎はゆっくりとうなずいた。確かに、英之介の言うとおりのような気がする。今まで、そういうふうには考えたことがなかったが。

「今後も、私は平四郎殿の探索のお手伝いをいたします」と、英之介は言った。「佐吉という若者の身元や、今の湊屋の家のなかで何か目覚ましいことが起こっていないかどうか、調べること、知っておいた方がいいことはいろいろありますよ。そして、調べたことを平四郎殿にお渡しいたします」

「だが、俺は――」

平四郎が言いかけると、英之介はつと目を見張って彼の言葉を待った。そう改まられると、平四郎は先を続けにくくなって口をつぐんだ。

「俺は、何です?」と、英之介は先を促した。

平四郎はきまり悪くなって、顎をごしごしこすった。

「知っての通り、俺はこういう、怠惰で無能の男だ。うまく佐吉を助けてやれるかなあ」

英之介はちらと笑った。「やってみなければ、わかりますまい」

「そりゃそうだが、失敗したらどうする? 相手は湊屋だぞ」

「湊屋が相手だと決まったわけではありませんよ。ひょっとしたら、佐吉が相手なのかもしれません」

「おいおい――」

英之介は楽しそうに笑った。

「平四郎殿は、ちっとも変わっておられない。私は嬉しい」

「俺が変わっていない?」

「はい。少しも」

「無能だから、変わり様がないんだろう」

「さあ、それはいかがなものでしょうか。しかし、お人好しも相変わらずです」

英之介は、たたんで脇に置いてあった手ぬぐいを取り上げた。ほっかむりをするために、ぱんと広げた。そしてもう一度、つと目をあげて平四郎を見た。

「よろしいですか。平四郎殿は、今までの平四郎殿のままでいなければなりませんよ。佐吉という若者と湊屋との関わりや、鉄瓶長屋の今後のことなど、難しいことを考えて、私を手下《てか》にあれこれ探らせているなどということは、ちらりとも顔に出してはいけませんよ」

「俺はお前を手下になどしていないぞ、〝黒豆〟」狼狽して、平四郎は叫んだ。「そんな図々しいことは、いくら俺でもできん」

英之介はにっこりと笑うと、さっとほっかむりをした。途端に、訪ねてきたときと同じ、紙屑買いの顔に戻った。

「さあ、そろそろ外へ出ましょう」と、彼は立ち上がった。


その晩、夕餉《ゆうげ》の膳に初鰹《はつがつお》が載った。それなのに平四郎はあまり食が進まず、細君が驚いて平四郎の顔色を確かめていることにも気づかなかった。

——湊屋の、家の事情。

——やってみなければ、わかりますまい。

俺などが関わるには、面倒くさすぎる事柄ではないかしらん。

——ほうっておけ。

だが、今度ばかりはほうっておいてはいけないわけで。

「あなた」と、細君が呼んだ。「あなた」

平四郎はまばたきをした。

「うん？」

「お箸が進みませんが、ご気分でも悪いのですか？」

平四郎は膳を見て、細君の顔を見て、また膳に目を落とした。

「いや、なんでもない」

そう言ってから、あらためてつくづくと細君の顔を見直した。

「おまえも、よくまあ俺のような怠惰で無能な男のところに嫁いできたものだ」

細君は目を見張った。

「突然に、何をおっしゃるかと思えば」

そして、急に生き生きした顔になって膝を乗り出した。

「そんなにもわたくしをねぎらってくださるのならば、新しい着物の一枚も仕立ててくださりましょうか？」

平四郎は黙って飯を食った。

細君も黙って給仕をした。飯をしまって茶を飲んでいると、膳をさげた細君が、台所で声を忍ばせて笑っているのが聞こえてきた。

それで、平四郎も少しばかり笑った。細君は平四郎に聞こえるように笑っているのだった。

――明日は、鉄瓶長屋に顔を出してみるとするか。

平四郎は、がぶりと茶を飲んだ。

二

井筒平四郎のもとへ〝黒豆〟からの分厚い手紙が届いたのは、紙屑買いに扮した彼と対面してから、およそ二十日後のことであった。月は替わり暦は移って、平四郎の住まいである同心長屋の薄い屋根を、梅雨の雨の細かな滴がするすると滑るように濡らしている。

手紙を運んできたのは平四郎の細君であった。同心仲間のあいだではさして珍しいことではないが、細君は内職をしている。三日に一度、日本橋小網町《こあみちょう》の桜明塾《おうめいじゅく》というなかなか格式ある名前の寺子屋へ出掛けていって、子供たちに手習いを教えるのが仕事である。今日もその日であったのだが、昼過ぎに帰ってきて、手習いのお手本帳や硯箱《すずりばこ》などを包んでいた風呂敷包みを解《ほど》いてみると、そこに一通の書状が忍ばせてあるのを見つけた。宛名を見ると平四郎に向けたものなので、急いで持ってきたという次第である。

この日、平四郎は自分の寝間で伏せっていた。ごろごろ寝ていることを気取って表現しているのではなく、本当に寝込んでいたのだ。実はひとりでは小用に立つのもままならぬ。

いわゆる「ぎっくり腰」というのに襲われたのであった。

「あなた、少しは痛みがとれましたか?」

枕元に寄った細君も、いささか心配そうな面《おも》もちである。今日は寺子屋へ教えに行くのもやめようかと言っていたのを、小平次がいるから大丈夫だと手を振って行かせた。うんうん唸《うな》っているのを聞かれるのも面目ないというような含羞《がんしゅう》が、いささかあったからである。

「昨夜《ゆうべ》よりは大分いい」

そう言って、平四郎は細君の話を聞き、手紙を受け取った。布団の上に、右を下にして横になり、両足を少し縮めて、まるで赤ん坊のような格好である。この姿勢がいちばん楽なのだ。そのまま手紙を広げる。

「やあ、〝黒豆〟からだ」

平四郎が声をあげると、細君はあらと言った。「確かあなたと仲良しだった、辻井さまのことですね？」

「そうだ」

「何かお頼みになったのですか？」

細君も、〝黒豆〟こと辻井英之介が現在は隠密廻り同心であることを承知している。

「なに、大したことじゃない」

「でも、手紙を見つけたとき、最初は驚きました。手妻《てづま》でも見たようでしたわ。わたくしが道具をしまって帰るときには、風呂敷包みのなかには手紙などなかったのですから」

「〝黒豆〟は本当に手妻を使うのさ」平四郎は手紙を開けながら言った。「ついでながら、あれは弱点の少ない人間だが、字だけは子供のころから下手くそのままだな」

細君はちらりと文面に目を走らせた。

「そう下手なお手筋ではありませんよ。少しクセがあるだけです。それより、あなたそんな格好でお読みだから、文字も歪《ゆが》んで見えるのですよ。起こしてさしあげましょうか」

とんでもないと平四郎はわめき、腹が減ったから何か食わせてくれと、細君を台所へ追いやった。昨日は何も食べる気になれず、ただ転がっているだけでやっとだった。食欲が出てきただけ幸せだ。

手紙の書き出しは簡にして要を得ていた。前置きはほんの少しで、本題は三つあるという。ひとつ目には、鉄瓶長屋の佐吉の身元について書き記してあった。

佐吉が湊屋の遠縁の者であるという申し状に、どうやら嘘や間違いはないらしい。〝黒豆〟が聞き込んだ話によると、佐吉は湊屋の当主総右衛門の兄のひとり娘の子供なのだという。つまりは姪《めい》の子供だ。

湊屋の身代は、総右衛門が一代で築きあげたものである。彼の前身や生まれ育ちには知られていない部分が多い。従って彼の兄という人も、どこで何をしていたどういう人物なのか、湊屋の発展に力を貸したのかどうかも、今のところはまだ判らないと〝黒豆〟は書いている。湊屋や「勝元《かつげん》」の古参の奉公人のなかにも、総右衛門の兄の顔を見知っている者はほとんどいないらしい。

この兄の娘である女性は、名を葵《あおい》と言ったそうだ。素《す》っ町人の娘には洒落《しゃれ》すぎた名前である。この人が総右衛門の近くに現れたのは、およそ二十年ほど前のことだという。そのときすでに彼女は佐吉の手を引いていた。当時の佐吉は五歳か六歳ぐらいだったろう。

二十年前と言えばちょうど、湊屋が立派な俵物《たわらもの》問屋として築地に今の店を張ったばかりのころだ。総右衛門もぐんと羽振りがよくなっていた。だからこそ葵はその彼を頼って、文字通り着の身着のまま、佐吉を連れて駆け込んできたものであるらしい。

葵は誰から逃げてきたのか。これはどんなバカでもあたりがつけられるというものだ。亭主であろう。湊屋に逃げ込んできた当時の葵や佐吉の顔や身体には、殴られたり叩かれたりしてできたらしい傷痕がたくさんあったという。〝黒豆〟は、この話は、先年亡くなった湊屋の女中頭から今の女中頭が聞き込んだ話を教えてもらったものだと、わざわざ書いていた。

総右衛門は葵と佐吉を翼の下に入れると、家族同様に待遇したらしい。このころは総右衛門自身がおふじという妻を迎えて一年足らずで、葵たちを受け入れてからほんの数ヵ月後には、長男が誕生している。このころが、湊屋の家のなかがもっとも明るくて賑《にぎ》やかだった時期だと、古参の奉公人が話しているという。

佐吉は湊屋で元気に成長した。もちろん彼は湊屋の跡取りではない。総領息子《そうりょう》はちゃんといるし、湊屋には長男から二年後れて次男も生まれているから、佐吉の出る幕はどこにも無いのである。しかし総右衛門はこの子を気に入ったらしく、まるで自分の息子のように扱い、時には寄合や問屋仲間の家にも連れて行くので、周りでは佐吉が湊屋の長男だと勘違いする向きがあったそうだ。

こういう場合は往々にしてありがちなことだが、総右衛門が佐吉を可愛がれば可愛がるほど、彼の細君のおふじと、佐吉の母親である葵のあいだには険悪な風が吹くようになっていった。

おふじは嫁入り前には小町と呼ばれた器量よしで、実家は格式のある料理屋である。実際、彼女が総右衛門に嫁いだから、明石町に湊屋資本の料理屋「勝元」ができたのだ。「勝元」の包丁人はおふじの実家が鍛え上げた者だし、商いのいろはもすべておふじの実家直伝《じきでん》だ。そんな娘が、一代で財を成したとはいえ、どこの馬の骨とも判らない総右衛門に嫁いできたのは、もちろん好いた惚れたもあったろうが、何よりも、おふじの父親が総右衛門の器量に目をつけ、この男ならばと見込んだからだった。これは築地界隈《かいわい》では有名な話であるそうだ。おふじの父親は婚礼の当時、俺は娘を嫁にやったのではなく、総右衛門という男の将来を買ったのだと豪語してはばからなかったそうである。それだけに、湊屋がまだ若い問屋であるこのころには、ずいぶんと力を貸し、保証もし、後ろ盾となってくれたものであるらしい。

つまりおふじは、父親の威光を背負った上で、総右衛門の元に嫁いできたわけだ。そういう誇り高い女が、おのれの亭主の保護の下でぬくぬくとしている葵と、跡取り同様の扱いを受けている佐吉とに、いい感情を抱くわけがない。軋轢《あつれき》が生まれて当然である。

もっとも、この険悪な雰囲気も、ずるずると長く続きはしなかった。湊屋に駆け込んでからちょうど四年目、佐吉が十歳の年の秋、葵は突然姿を消す。出奔してしまったのである。

〝黒豆〟が聞き込んだ話によると、葵は総右衛門宛の書き置きを残していったという。これまで世話になったことへの感謝を綴り、残してゆく佐吉のことをくれぐれもよろしくお願いするという内容であったらしい。つまり、葵はひとりで湊屋を出た。佐吉はここで、母親から捨てられた形になる。

湊屋のなかには、葵の出奔を、おふじにいびり出されたと見る向きと、余所《よそ》に男ができてその男について行ったのだと見る向きと、ふたつの見方が混在している。それは今でもそうであるようだ。しかし、前者の葵に同情的な見方はいささか分《ぶ》が悪い。もちろん、いびられて辛くなったというのなら、佐吉ひとりを置いてけぼりにするわけがないからである。

長い巻紙を巻き取りながら、平四郎はうーんと唸った。佐吉は子供のころから苦労をしてたんだなあと思ったのである。そんなふうに唸ると腰に響き、今度は腰が痛いという意味でもうひとつううんと唸った。

台所でなにやら煮炊きをしている気配がする。青菜でも茹《ゆ》でているのだろうか。小平次が何かしきりにしゃべっている声も聞こえる。

湊屋総右衛門のふたりの息子のことなら、平四郎も知っていた。父親の名前から音《おん》をひとつ取って、長男次男の区別だけ付けた、宗一郎、宗次郎という若者たちである。ふたりとも、湊屋の父の元で働いている。宗一郎の方はゆくゆく父親の跡を取り、そのときは総右衛門の名も受け継ぐのだそうだ。だが、町場の噂では、ふたりとも父親の器量には遠く及ばない凡々たる器で、取り柄といえば派手な女遊びや博打《ばくち》に興じることのないおとなしい人柄だけだという。もっとも平四郎は、二代目というのは案外そういう安全な人間の方が良かったりするものだから、他人がそうそう心配してやることはないだろうと思っていた。

佐吉は、年齢的にも彼等よりも上である。兄さん格だ。直系ではないが、総右衛門の血縁でもある。かつて総右衛門がそれほどまでに佐吉を可愛がっていたというのならば、彼が湊屋の跡取りになったとしても――そりゃまあいろいろと騒々しいことにはなるだろうが――まったく納得がいかないということはない。もともと湊屋は総右衛門一代のものなのだから、跡継ぎだって彼の意向で決めても良さそうなものだ。

だが実際は、佐吉は「ただの湊屋の遠縁の者」というだけのふれこみで、差配人として鉄瓶長屋に送り込まれており、湊屋の跡取りは宗一郎ということで衆目が一致している。

――やっぱりおっかさんの出奔が響いたんだな。

平四郎は手紙を読み進んだ。〝黒豆〟のクセの強い字は、まだ延々と続いている。

葵が湊屋を去って間もなく、佐吉は湊屋出入りの植木屋へ奉公に出されることになる。決めたのはおふじだろう。母親という味方を失った十歳の子供など、煮て食おうが焼いて食おうが、思うままだったろう。こういう事柄では、家のなかでは女の権限が強い。総右衛門は反対したかもしれないが、結局は折れるしかなかったろう。恩知らずの姪の子供と自分の息子たちのどっちが大事なのだと詰め寄られでもしたら、もうお手上げである。

それきり、佐吉は湊屋とは関わりのない人生を送る。彼が植木屋に奉公に入って二年後、十二歳のときに、湊屋に三人目の子供が生まれる。これは娘で、みすずという名前だ。初めての女の子の誕生に大喜びをした総右衛門は「勝元」で盛大な祝いの席を設けるが、その場にも、もう佐吉は呼ばれることがなかった。

今年十五歳になるこのみすずという娘は、母のおふじの娘時代よりももっと美人だということで知られている。平四郎はまだそのご尊顔を拝したことはないが、小平次は見かけたことがあるそうで、お雛《ひな》様のようだったと目を輝かせてしゃべっていたことがある。もちろんおふじの自慢の娘で、行儀見習いのために大奥へあがるのだとか、さる大身《たいしん》のお大名のお部屋様に望まれているのだとか、いろいろと噂が飛んでいる。〝黒豆〟の手紙にはそのへんのことは書いてないが、母親の薫陶《くんとう》よろしくかなり権高《けんだか》に育ったらしいみすずが、父親とも兄たちとも仲が悪く、てんで彼らを尊敬していないようだということだけは添え書きしてあった。

しかしこれは、親父殿と兄上たちの側に、尊敬されないだけの理由がある。〝黒豆〟は湊屋総右衛門は女好きだと笑っていたが、身内は笑って済ませられないだろう。次から次へと女をこしらえる父親と、その父親に意見をするどころか口答えひとつすることのできない気弱な兄たちに、みすずが憤然とするのも仕方がない。

鉄瓶長屋に佐吉がやってくる以前から、地主である湊屋総右衛門のお盛んな噂は、平四郎の耳にも入っていた。成り上がり者には珍しく、彼はもっぱら自分より身分の低い女を拾い上げては遊ぶのだという。湊屋は確かに裕福な店だが、それだって、吉原で小判を撒《ま》き、花魁《おいらん》を抱いて夜明かしをするような遊び方をすれば、たちまちのうちに店は傾いてしまうだろう。だがそれにしても、総右衛門が選ぶのが、いつもいつも、小唄の師匠とか蕎麦屋《そばや》の後家さんとか、薹《とう》がたって馴染《なじ》み客の少なくなった辰巳《たつみ》芸者などばかりであるというのはいったいどういうことかと、噂する人々は首をひねってきた。

彼はそういう女たちを、短いあいだ慰《なぐさ》み者にして捨てるわけではなかった。時には一度に三人の女の元に通い、それぞれに金を与えて面倒を見ていたこともあるらしい。別れるときには、彼と切れた後にも暮らしが立つように、なにがしかのまとまった財産なり店なり家なりを残してやり、後腐《あとくさ》れも無いようにはからう。総右衛門の女で、彼を恨んで死ぬような者はひとりも居ないだろう。

おまけに、女たちが子供をはらむことがあると、総右衛門はあっさりと産ませるのだという。ただ、姪の子供である佐吉のときでさえあんなにゴタゴタしたのに懲《こ》りたのか、生まれた子を湊屋に入れるようなことはしない。また、その子が将来湊屋に乗り込んできて身代を乗っ取るようなことがないように、女から一筆を取る。また女たちも総右衛門にはよくしてもらっているから進んでそういう一筆を書く。したがってもめ事は起こらない。が、そういう子供たちは母親から、「あんたのお父さんは湊屋総右衛門だ」と教えられて育ち、それを隠すこともないから、湊屋の宗一郎宗次郎兄弟とみすずには、江戸じゅうに、こちらは顔も名前も知らず、先方だけが一方的にこちらを知っている異母兄弟姉妹がごろごろいることになるわけで、これが面白いはずはなかろう。

〝黒豆〟は、みすずが、今年の春先に王子の七滝を見物に出かけたとき、立ち寄ったお不動様門前町の茶店の小女《こおんな》に「姉さん」と声をかけられ、怒りのあまりその小女の顔を平手で打ったという事件について書いていた。彼の調べでは、この小女は十三歳のおみつという少女で、確かに総右衛門の子供であるようだ。母親は二十歳のときに浅草の茶店で働いているところを総右衛門に見初《みそ》められ、すぐに彼に囲われておみつを得たが、彼女を産んですぐに亡くなった。おみつは伯父《おじ》夫婦に引き取られて、現在は過不足のない暮らしをしているようだが、それも総右衛門の援助あってのことらしい。

平四郎は手紙を読みながら、肘《ひじ》がしびれてくるのを感じた。これでようやく巻紙の半分を越したところだ。長いこと書いたものだ。まあしかし、湊屋の事情も事情だ。これまでは漠然と噂でしか耳にしなかったことをあらためて知らされて、平四郎は少しばかり憮然《ぶぜん》とした。湊屋総右衛門とはどういう男だろう。元気な時に聞かされても呆《あき》れるような腹の立つような話だが、ぎっくり腰の痛い今、なおさら向かっ腹が立つのである。

ぐりぐりと巻紙を巻き、先を読む。二、三行読んで、平四郎は「お?・」と声をあげた。〝黒豆〟が王子の茶店のおみつの顔を確かめに行ったとき、店先で立ち働く彼女の近くで、しきりと烏《からす》の鳴く声がしたのだという。見上げると、上空をぐるぐると鳥が舞っている。あまり気味のいいものではないので気にしていると、やがて一羽の鳥が舞い降りてきて、茶店の茅葺《かやぶ》き屋根にとまった。するとおみつは嬉しそうに駆け寄り、かんくろう、と呼んだという。

――烏を飼う小娘も一興に候《そうろう》。

〝黒豆〟はあっさりとそう書いているが、平四郎は読み捨てるわけにはいかなかった。

先に会ったとき、〝黒豆〟には佐吉の人柄だの働きぶりだのについていろいろ話したが、彼が官九郎という烏を飼い慣らしていることについてはしゃべらなかった。とりたてて大事なことではないと思ったから言わなかった――というよりも、そもそも頭に浮かばなかったのだ。だから、〝黒豆〟が官九郎のことを知っているはずはない。これは本当に、たまたま見かけたのだろう。

官九郎などと呼ばれて人になついている烏が、そうそうどこにもいるわけはない。おみつの呼んだ烏は、佐吉の飼っている官九郎だろう。そして佐吉は湊屋総右衛門の姪の倅《せがれ》であり、おみつは総右衛門の妾の娘だ。

知り合いなのだろう。そうとしか考えられない。官九郎はふたりのあいだを行ったり来たりしているのだ。歳の離れた兄妹のようなふたりのあいだを。

平四郎は、昔読んだことのある軍記物の一節に、伝書鳩というのが出てきたことを思い出した。鳩は賢いので、遠くへ連れ出しても一度飛び立たせれば、過《あやま》たず自分の元いたところに帰り着く。その賢さを利用して、鳩の足に書状を結びつけ、戦場から味方の陣地や城の殿様のところに送るのだ。

鳥にも、鳩と同じようなことができるのだろうか。ただ官九郎が飛んできたり飛んで行ったりするだけでは、何も伝わらない。やはり手紙でも持たせなければ話は通じまい。

佐吉とおみつは、そうやって手紙のやりとりをしているのだ。だからこそ、おみつは官九郎を見つけて嬉しそうに呼び寄せたのだ。母親を亡くして寂しい少女に、かつて同じような身の上だったことのある縁続きの若者の存在は、さぞ嬉しいものだろう。色恋にしては歳が離れすぎているが、肉親の情に近いものがわくのは当然過ぎるほど当然だ。

——それにしても、なあ。

いささか驚いた。佐吉と湊屋の家族の事情について判ったことは、今のところはこれぐらいだと〝黒豆〟は結んでいる。続く二つ目の内容に取りかかる前に、平四郎は昼飯を食うことにしようと思った。旦那、旦那と声をかけながら、小平次が近づいてくる足音が聞こえる。

井筒平四郎はなんでぎっくり腰になどなってしまったのか。

小平次はその場を目撃している。しているが武士の情けで黙っている。いや実際、平四郎が柄にもなく細君に対して面目ないような恥ずかしいような気分になっているのは、偏《ひとえ》にこの「ぎっくり腰になってしまった事情」というやつが、実に情けないものだからなのである。

つい昨日の午後のことだ。いつものように鉄瓶長屋に見廻りに行った平四郎は、いつものように煮売屋のお徳のところで油を売っていた。今にして思えば、この日のお徳は最初《はな》っからあまり元気がなかった。話題と言えば、彼女と並んで表長屋で菓子屋を営んでいた一家が森下町へ家移りをしてしまったことで、お徳はそれもこれも若造の佐吉が差配人として頼りなくて、店子《たなこ》が安心して住まっていられないからだと毒づいていた。だがその言葉付きにも、いつものような勢いはなかった。

菓子屋の家移りには、平四郎も少なからず心を痛めていた。なにもそこのあんころ餅が旨かったから残念だというだけではない。八助一家の壺信心と家出騒動以来、佐吉はひどく狼狽《うろた》えている。このごろでは落ち着いたような顔をして、表向きは普通にふるまっているが、心のなかは相当に動揺し、あれこれと思うことでいっぱいになっているのが平四郎には見てとれる。

——なんで俺、ここにいるんだろう?

あとで問いかけたら、そんなことを言った覚えはないと惚《とぼ》けていたが、平四郎は確かにこの耳で聞いた。佐吉が思わず吐き出したこの言葉は、彼が異例の差配人としてこの鉄瓶長屋に送り込まれてきた裏の事情と、きっとからみあっているに違いない。

平四郎はそれを探り出したい。だがそのために、無用に佐吉を傷つけることはしたくない。佐吉のために、鉄瓶長屋がこれ以上寂しくなることも望ましくはないと思っていた。その矢先に、またまた櫛《くし》の歯が欠けるような家移りである。さぞかし佐吉はがっくりきていることだろうと思っていた。

それだから、こちらに背中を向けて竈《かまど》に向かい、鍋のなかの煮汁を杓子《しゃくし》でかきまわしながら、気のない様子で佐吉をけなす言葉を連ねているお徳をなだめるように、適当な相槌を打っていた。ところが、平四郎がお徳のいれてくれた番茶に口をつけたそのとき、お徳の手から杓子がぽろりと離れた。

杓子は煮汁の上に落ち、芋《いも》だの揚げだの筍《たけのこ》だののあいだに隠れてゆっくりと沈んでいく。

それから、いきなりお徳がどうと横に倒れた。

こういうとき、よく「棒を倒すよう」という言い回しを使うが、なにしろお徳は太っているので、いっそ丸太が倒れるような光景であった。平四郎は飛び上がった。あやういところで、倒れたお徳が土間に頭を強く打ちつける寸前に飛びつくことができた。

しかしお徳は重すぎた。平四郎はお徳を抱き留めるというよりは、お徳の下敷きになって倒れた。まあしかし、結果としてはお徳が頭を打たなくて済んだので同じことだろう。

小平次が駆け寄ってきて、すぐにお徳を抱き起こした。彼女は白目をむいていた。すっかり動転した小平次は「癪《しゃく》だ、癪だ」とわめいたが、癪でこんなふうになるわけはない。平四郎はまだ半分お徳の下敷きになったまま、大声をあげて、誰か佐吉を呼んでくれと呼ばわった。店の前を通りかかった女が、きゃっというような声をあげて走っていくのが見えた。

佐吉が駆けつけてくるまでのあいだに、平四郎は小平次の手を借りて、なんとかお徳の身体の下から抜け出していた。彼女の着物が乱れ、胸は半分がたあらわになるわ、裾が割れて内腿《うちもも》が見えるわで、平四郎はたいそう決まり悪い思いをした。普段なら、こんな大変なときにそんなことは考えないのだが、これは佐吉のせいだ。あいつが、

――お徳さんは、旦那に惚れているんですよ。

なんてことを言わなければ、平四郎だって平気だったのである。

駆けつけてきた佐吉は現場をひと目見て、とにかくお徳さんを座敷に運びましょうと言った。三人がかりなら、そっと運べるでしょう。

平四郎と小平次は合点《がってん》と引き受けて、それぞれにお徳の身体を持ち上げられるように手をかけた。そしてせえのと声をかけた。

その瞬間、平四郎の腰がぎくりと鳴った。

あまりの痛さに、平四郎は思わずお徳の身体を支えていた手を離してしまった。あとのふたりはおっとっととよろめいた。お徳の着物の片肌が完全に脱げて、下着のあいだから思いのほか真っ白できれいな胸乳《むなぢ》がはみ出した。本人は気絶しているから何も判らないのだろうが、笑うに笑えず怒るに怒れず、謝ればかえっておかしい。おまけに平四郎は痛さに息もできない。

結局平四郎はその場で固まってしまい、佐吉と小平次のふたりでさんざん苦労して、お徳を座敷へ運び込んだ。それから小平次が高橋《たかばし》の幸庵《こうあん》先生を呼びに走り、押っ取り刀で駆けつけた先生は、旦那のことはお徳を診《み》てからかまってやるから、それまでそのまんま転がって唸っとれと豪快に笑った。小平次までついでに笑いやがった。同情して背中をさすってくれたのは佐吉だけである。それだってほんのわずかのあいだのことで、そのうち煮売屋にお客がやってくると、佐吉が相手をせねばならず、平四郎は土間の隅で鉤《かぎ》形に固まったまま半刻ほど放っておかれる羽目になった。

お徳の昏倒は、要するに溜まりに溜まった疲れからきたもので、大きな病ではないと幸庵先生は言った。やがて本人が目を覚ましたので聞き出してみると、この一月ぐらいから、時々ふらりと目が回ったり、寝起きに頭がぼうっとして気持ちが悪くなったりすることがあったのだそうだ。歳も歳だから無理はいけないと、お徳より十は年上の幸庵先生はしかつめらしく言って聞かせた。お徳は神妙に聞き入っていた。下着の襟元をかきあわせて俯《うつむ》いているその横顔は、なにやら少女のようにも見えたと小平次は言う。そのころ平四郎はまだ床の上で鉤形になっていたから子細は知らない。

幸庵先生が平四郎のぎっくり腰の治療を始めたころ、誰かから話を聞いたのか、おくめが風呂敷包みを抱えて走ってきた。お徳さんは大丈夫かと、真剣な顔で佐吉に尋ねる。先生は呼んだの？　ああ、もう診てもらったの？　男手じゃこういうときは駄目だから、あたしが看病する。これ？　着替えよ、楽な格好にさせてあげないと。佐吉さんあんた、お湯を沸かしてよ。え？　お産じゃなくたって、病人が出たらまずお湯を沸かすのよ、判ってないわね。けたたましくいろいろなことを言いながらおくめが土間へ踏み込んできて、あら幸庵先生そんなとこにしゃがんで何してんのさと声をかけた。平四郎は目をつぶった。

おかげで、おくめの爆笑する顔を見ずに済んだ。それでも声は聞こえたが。

――お徳さん、あら目が覚めたんだね。起きなくっていいよ、今着替えさせたげる。身体も拭いてあげるからね。あたしも昔さ、うちで倒れたことがあってね。そのときの冷や汗かいて気持ち悪かったことったらさ。髷《まげ》も解いたげるよ、その方が楽だよ。ところであんた、果報者だね。井筒の旦那ったら、あんたを助けようとして腰をくじいちまったよ！

平四郎としては、今までおくめを便所虫のように嫌っていたお徳が、彼女の気立ての優しいところに気づいて、気持ちを変えてくれたら喜ばしいと思う。だが、おくめの開けっぴろげなからかいの言葉に、お徳が耳まで真っ赤になるの図を見るのは勘弁してもらいたかった。

平四郎は恥ずかしかった。子供のころに、母親よりもおっかないと思っていた女中頭が、たらいで水浴びをしている姿をちらりとのぞいてしまい、その裸身があまりにも豊満で美しくて、いつも平四郎を叱りとばしている女と同一人物とは思えないほどに艶《つや》っぽくて、しばらくのあいだまともに顔を見ることができなくなってしまった――そんな思い出がよみがえった。

恥ずかしいから、細君にもぎっくり腰になった詳細を言いづらく、なんとなくもごもごと、鉄瓶長屋で足元に寄ってきた子供を抱き上げようとした拍子にぎくりときたのだ、間が悪いとそんなこともあるもんだなあ、あっはっは――などという嘘をついたりしているのであった。

小平次が寝間まで膳を運んできてくれて、平四郎は遅めの昼食をとった。痛んでいるのは腰だけなのだが、細君はまるで食中《あ》たりの者に与えるような柔らかい物ばかりを用意していた。平四郎はちょっと腐った。食い物ぐらい、しっかり食いたい。が、横向きのままそれを食べ始めると、横たわっているとしっかりとは物が噛めないことに気づき、やはり柔らかい物の方が楽だと判った。

食事が終わるころになって、細君が姿を見せた。平四郎が鉤形になって寝込んでいるところをあまり見られたくなさそうだと、ちゃんと判っているようだった。

「幸庵先生のところに、お薬を取りに参ります」と彼女は言った。「小平次がいますから、大丈夫でございますね？」

普通なら、小平次を使いにやって、細君がそばについていそうなものである。だが、今は逆の方が有り難かった。そのへんも、細君はちゃんと読んでいる。女房というのは偉いもので、恐いものだと平四郎は思った。

「手紙のお返事などは……」

「まだ書けねえからいいよ。それどころか、まだ読み終えてねえんだ」

「あらまあ」細君はにっこり笑った。「お返事をお書きになったら、わたしがお預かりしましょうか。硯箱と一緒に風呂敷に包んで桜明塾へ行きましたら、今度はいつの間にかなくなっているかもしれません」

「〃黒豆〃ならやりかねねえな」

細君が出かけていくと、小平次が呟《つぶや》いた。

「奥様は、幸庵先生に何かお尋ねになるおつもりでしょうか？」

本当に子供を抱き上げようとしてぎっくり腰になったのか、などと尋ねるだろうか。

平四郎は横向きのまま首を振った。「何も訊かねえだろう」

小平次は黙って平四郎の腰をさすっていた。


小平次は台所の片づけにかかり、平四郎は辻井英之介の長い長い手紙の続きを読みにかかった。

意外にも、八助一家の凝《こ》っていたという、壺信心について書かれていた。〃黒豆〃の調べたところによると、そもそもこのおかしな信心が始まったのは、何と湊屋からだというのである。

といっても、湊屋の誰かが壺信心の理屈を考え出したというわけではない。もともとは上方《かみがた》で生まれたお話で、あちらの方で流行《はや》っていたのは二年ほど前のことだという。それが物の流通と一緒に江戸にも入ってきて、湊屋という港で錨《いかり》をおろしたのだ。他の俵物問屋や回船問屋のあいだにも、一時この話がしきりと流布《るふ》して、奉公人たちのなかに信心にかぶれる者が出始め、往生した店もあったという。

八助たちが鉄瓶長屋を出奔した後、湊屋を訪ねて帰ってきた佐吉は、うちひしがれたような困惑したような顔をして、こう言った。

——八助さんは、壺信心なんかしてないだろうっていうんですよ。

〃黒豆〃は、湊屋でも「勝元」でも、今は壺信心の話をきちんと覚えている者を探す方が難しいと書いていた。信心というよりは、一種の通りもののように来たりて去っていったのだという。しかし、手間大工の八助が、ちょうど湊屋で壺信心の話がささやかれているころ、ちょっとした普請《ふしん》に駆り出されて、店に出入りしていたことがあると続けている。だから八助が本当に壺信心をしていたのだとしても、あるいは信心しているふりをしていたのだとしても、そもそもの源は湊屋だと考えて差し支えないだろう、と。

平四郎は、横たわったまま痩せた顎をぼりぼりかいた。

——こりゃいったい、どういうことだ？

湊屋は、佐吉が八助たちの一件を報せに行く以前に、すでに壺信心のことを知っていた。しかも八助たちに関しては、自分のところが火元であるかもしれないと察するだけの材料を持ってもいた。

——なのに、総右衛門は佐吉に、そんなのは店子の作り話だから気にするな、なんてことを言っていやがる。

湊屋のなかを通りもののように過ぎた壺信心騒ぎのことを、主人の総右衛門が知らないはずはない。なんで佐吉に一言、うちでも以前そういうことがあったよと教えてやらないんだ？ 八助たちが実際どうだったのかはともかく、あったことはあったと教えてやるのが親切だろう。

——ヘンじゃねえか。

むきになって、平四郎は顎をかく。

八助一家と、彼と一緒に消えた二家族。今、どこに住んでいるだろう。前の住まいの差配人の書いた差し状がなければ、家移りというのは難しい。誰がどんな職に就き、どこで誰と暮らしているのか。ほかの何よりも治安のために、お上はそれをちゃんとつかんでおきたいのだし、町役人《ちょうやくにん》制度というのもそのために出来ている。

八助一家が信心に染まって鉄瓶長屋を捨てたのならば、同じ信心仲間のところに転がり込むとか、いろいろ手段はあるだろう。だが、もしも信心が芝居だったのならば、行き先もなしに鉄瓶長屋を離れるのは不安だったはずだ。何かの保証を与えられていなければ、おいそれと動きはしないだろう。

〝黒豆〟は、八助の消息を追っていると書いていた。彼を見つけるのはそう難しいことではないだろう、彼から何か聞き出すことができれば、壺信心と出奔の件の謎は解けるだろう。

三つ目の本題にとりかかったとき、平四郎は腰が痛むのも忘れて思わずぐいと起きあがりそうになった。おお痛てえと叫ぶと、奥から小平次がちりとりを持ったまま飛んできた。どこを掃除していたのか判らないが、せっかくかき集めたちりを平四郎の頭の上に撒いてしまいそうなので、怒鳴って外へ追い出した。

〝黒豆〟は長い文《ふみ》を書き疲れた様子もなく、文字にも乱れはない。だが、それを読んだ平四郎の心は大いに乱れた。

佐吉の前の、お徳が今でも「あの人だけが本当の鉄瓶長屋の差配さんだ」と敬う差配人久兵衛を、つい半月ほど前に、それも鉄瓶長屋の近くで見かけた者がいるというのである。

鉄瓶長屋のすぐ裏手の堀割を、野菜売りの小舟の舳先《へさき》に乗って、するりと滑っていったという。見かけた者は久兵衛とは古い付き合いのある別の町の差配人だったが、その日は雨模様で彼は笠をかぶっており、小舟の舳先の人物も頭に笠を載せ背中に蓑《みの》を背負っていた。しかもこちらは堀割の脇を歩きながらすれ違いに見ただけだから、本当に久兵衛かどうか確信が持てず、いたずらに周りを騒がせるのも剣呑《けんのん》なので、黙っていたというのであった。

――それにしても〝黒豆〟の奴、こんな話をどこから拾ってくるんだ？

隠密廻りというのは大したものである。鉤形になって斜に天井を見上げながら平四郎は、自分以外のすべての者に感心する気分になってしまう。

長い手紙の末尾には、この件についてはまだまだ調べる甲斐《かい》がありそうなので、折を見てはつついてみる、平四郎殿は今までどおりに、佐吉の力になってやっておられるのが、今のところ最善の道と思われますと結んであった。

平四郎は読み終えた巻紙を巻きながらため息をついた。横向きで深いため息をつくのは難しい。と、そのとき、平四郎が背中を向けている窓の方で、ばさばさと鳥の羽音が聞こえた。近い。とても近い。鉄瓶長屋を訪ねた時、表で佐吉と立ち話などしていると、空の高いところから官九郎がきりもみしながら舞い降りてきて、一寸も過たず正確に佐吉の肩にとまり、驚かされることがある。そんなときの羽音とそっくりだ。

平四郎はどきりとした。しかし、悲しいかな寝返りを打ってそちらを向くという簡単なことが、今はできない。小平次を呼ぼうかと思ったが、大声を出したら鳥が逃げてしまい、何も判らなくなるからぐっとこらえた。

ぎくしゃくと足を突っ張って、窓に背中を向けたまま首だけを懸命によじり、平四郎は呼びかけた。

「おまえ、官九郎か？　官九郎が来てるのか？」

再び羽音がした。さっきよりもっと近く、ほとんど耳元だった。平四郎は真っ黒な翼が身体の上に舞い降りて来るのを見た。

官九郎は、平四郎の脇腹に止まっていた。子細らしく首をかしげ、真っ黒な瞳で平四郎を見おろしている。その足に、丸く筒に巻いた小さな紙が結びつけられていることに、平四郎は気づいた。

三

官九郎は仰向いて、

「がァ」

と、ひと声啼《な》いた。

「そうかそうか」平四郎は鉤形になって横たわったまま、目玉だけ動かして、腰のあたりに止まっている官九郎に声をかけた。

「ご苦労、ご苦労」

なんとかして手を伸ばし、烏の足にくくりつけられている小さな紙の筒を取ろうとするのだが、あと一寸、指が届かない。

官九郎はまた「がァ」と啼いた。

「わかった、わかった」平四郎は烏をなだめた。「しかし俺はぎっくり腰だ。動けねえ」

官九郎はかくかくと首をかしげると、真っ黒な瞳で平四郎を見た。心なしか小馬鹿にしたような視線である。いくら烏のなかでは賢い方だとしても、烏にはそもそも腰というものがなさそうなので、この痛みが判らなくても仕方がない。怒ってはいけない。

「おまえ、もうちっとこっちへ来てくれねえか」平四郎は烏を手招きした。「そら、俺の頭の方に回ってくれ。そうすりゃ話は早い」

官九郎はさっきと反対の側に頭をかくかくとかしげ、ますます冷たい目で平四郎を見た。

平四郎は愛想笑いを浮かべた。

官九郎は「アホぅ」とひと声啼き、パッと飛び立った。鳥の力で蹴られただけでも、一瞬がくんと固まるほどに痛かったので、平四郎は声が出せなかった。官九郎は一旦天井まで舞い上がると、くるりと向きを変えて平四郎の顔の脇に舞い降りた。

ようやく、平四郎は紙筒を手にした。荷物を下ろすと、官九郎はやれやれとでもいうように首を左右に振って、窓から外へと飛び立った。鳥が視界を離れ、まったく姿が見えなくなってから、平四郎は彼が消えた方向に向かって思い切りあかんべえをした。こういうことをするから細君に子供扱いされるのである。

紙筒を広げると、神社のおみくじほどの大きさだった。ちまちまと字が書いてある。どうやら佐吉の字のようだ。

「岡っ引き　仁平《にへい》親分　急ぎ参る」

たったそれだけである。平四郎はそれを二度繰り返して読んだが、佐吉がよく漢字を知っているということと、男の割には線の丸い字だということと、ふたつの感想しかわいてこなかった。

——仁平なんて岡っ引き、俺は知らねえな。

もともと、井筒平四郎は岡っ引きが嫌いである。どんな役職についているときでも、極力、彼らと付き合わないようにしてきた。周囲もそのことはよく知っている。

といっても、岡っ引き連中には後ろ暗い過去がある者が多いからだとか、いくらきれい事を並べたって、結局は仲間を売ってお上の手下になった連中だからだとか、あれは御定法《ごじょうほう》の外側の存在だからだとか、難しい理屈があって嫌っているのではない。ただ面倒くさいから嫌なのだ。

だいたい、奉行所から押しつけられて仕方なく使っている中間《ちゅうげん》の小平次だって、時には厄介に感じる平四郎なのである。人を使うというのはもともと難しいことだし、気も遣えば金もかかる。何も好きこのんでそんな面倒の種を抱えることはないというのが平四郎の身上だ。定町廻りを拝命してからも、怠惰を決め込んで探索事など無縁に過ごしてきたから、岡っ引きを抱える必要に迫られなかったという事情もこの身上を助けている。

朋輩たちも平四郎の岡っ引き嫌いを承知しているから、未だかつて誰ひとり、

——なあ井筒、ちょっとおまえの手下《てか》を走らせて、これこれについて探るのを手伝ってはくれないか。

などと持ちかけてきたことはない。おかげで、ずいぶんと無駄働き無料《ただ》働きをせずに済んでいる。平四郎が朋輩たちに貸し出すことのできる人材は小平次ただひとりであり、それはたいていの場合、飯炊き水くみ子守の助っ人としてである。小平次は平四郎に輪をかけて探索事が苦手だ。

それで困ったということはない。それでもって、いざとなれば、

——俺には〝黒豆〟がいるからな。

という、気楽な井筒平四郎なのであった。まことに、持つべきものは幼なじみの友人である。

それだから、岡っ引きにはとんと縁がない。ただ「仁平がそっちに行くぞ」と知らされても、まったくぴんと来ない。どうせなら佐吉の奴、仁平が何をしに来るのかも書いてくれりゃよかったのだ。紙には白いところが余っている。

察するに、この仁平という岡っ引きが、何の用があってか知らないが、まず鉄瓶長屋へとやって来たのだろう。そして佐吉と会った。彼と話し、井筒の旦那は今日はこっちへ廻って来なさるかと尋ね、いえ、旦那はご病気で今日は来られませんと佐吉が答え、それなら、なにしろ急ぎの用だから、俺の方から旦那のお屋敷に出向いて行くとしよう——という次第なのではあるまいか。そこで佐吉は、仁平親分がそっちへ行きますよ、気をつけてくださいと、平四郎に知らせて寄越した。いつものように豆腐屋の子供たちに手紙を持たせて走らせなかったのは、あの子豆たちがとととと走るよりも、官九郎をさっと飛ばせた方が速いと判断したからだろう。それほどに、佐吉は平四郎に早く知らせたかったのだ。岡っ引きの仁平がそっちへ行きますよ、と。

ところが、知らされた方は、一向に緊張感を覚えない。てんでぽかんである。いや、まことに申し訳ない。

——まあその、なんだな。

平四郎は顎をぼりぼりかく。

——おっつけ本人がやって来ればわかるだろう。

佐吉の努力を無にするのは悪いが、ま、世の中そんなものである。平四郎は小さな文を畳んで懐に入れた。少しばかり眠い。仁平が来るんじゃ居眠りはまずいよなあ、しかし眠いな、来るなら早く来いよ——などと考えているうちにやっぱりとろりとろりとしてしまい、小平次に起こされた。

「旦那、お客です」

おうよ、と答えて平四郎はぱちりと目を開いた。自慢じゃないが、まったく居眠りなどしていなかったかの如く居眠りから覚めてみせることにかけては天下一品である。

「誰が来たか、あててやろうか。岡っ引きの仁平だろう?」

背中を向けているので顔はわからないが、小平次の声がひっくり返った。「どうしてご存じです?」

「おめえ、知らなかったのか? 俺は千里眼だ」

小平次は素直にうへえと恐れ入った。彼は平素平四郎を軽んじることもないが、めったに尊敬もしない。従って恐れ入ってもらうのは気分がいい。

「こっちに通しな。遠慮は要らねえ」平四郎は言って、頭をすっきりさせるためにごしごしと目をこすった。


小柄な男であった。

別段、雲をつくような大男が来ると予想していたわけではない。だが、事前の事情が事情だけに、いかにも手強《てごわ》そうな野郎がのしのしとやって来るのだろうと思っていた平四郎は、正直言って拍子抜けした。

岡っ引きの仁平は、〝黒豆〟とおっつかっつの体格であった。骨細で痩せ気味、しかも猫背ときているので、どうかすると〝黒豆〟よりも小粒に見える。年齢は平四郎よりだいぶ上だろう。髷のなかにひと筋ふた筋、光の加減で銀色に光って見える白髪が走っている。小作りの顔はどちらかと言えば整っている方で、若いころには女どもに騒がれたかもしれない。よくよく目をこらさないと見えないほどの細かい縞《しま》の着物は真新しい仕立てで、ぴんと糊《のり》がきいている。

平四郎が勧めても、仁平はけっして座敷にあがろうとしなかった。失礼しやす、と慇懃《いんぎん》に言って、庭先の縁石のところに膝をつこうとしたので、平四郎は笑って止めた。

「俺もこのざまで、寝転がったままおめえの話を聞こうというんだ。そう堅苦しくされちゃ、かえって気が揉《も》める。それに、おめえはもともと俺の手下でも何でもない。客だよ。せめて縁側に座ってくれや」

「それじゃあ、お言葉に甘えまして」仁平は縁側に尻を乗せた。「それにしても、旦那はどうなすったんです?」

「なに、色気のない話よ。ぎっくり腰さ」

するとに仁平は、薄いくちびるをぺらぺらとはためかせて、やれどこそこの膏薬《こうやく》がよく効くの、誰々の指圧がいいの、そもそもぎっくり腰とはこれこれこういうはずみで起こるものだのと、いや、しゃべるしゃべる。幸い、あいだに茶を出しにやってきた小平次がその流暢《りゅうちょう》なしゃべりに感じ入り、そのまま居着いてしきりと相手をしてくれたので、平四郎は聞いているようなふりをしていればよかった。

岡っ引きという呼び名は、同心や与力の仕事を、その脇にいて手引きして手伝う者——というところからつけられたものだ。だからこの「岡」は、意味としては「岡目八目」や「岡惚れ」の岡と同じである。

平四郎などまだ生まれてもいない昔、そういう役割をする者たちは「目明かし」と呼ばれていた。そして、お上がこの目明かしを、かなり厳しく禁止した時期があったのだ。もっとも、結果的にはこの禁令は長く続かず、ただ「目明かし」という呼び名だけがなくなって、代わりに「岡っ引き」という呼称が登場することになった。ほかにも、「手先」とか「小者」という呼び方もあるが、「小者」というのは、岡っ引きがそのまた手下を呼ぶ場合に使うことが多いようである。

長い期間ではなかったにしろ、お上が岡っ引きを禁止したのは、やはり彼らの存在から生まれる弊害が大であると見なしたからだろう。なかにはそう、たとえば、平四郎の知っている限りでも、深川の大親分として皆に仰がれ、奉行所からの信任も篤《あつ》い、回向院《えこういん》の茂七のような素性正しい岡っ引きもいるが、どちらかといえばそれは例外で、大方は自身も罪人あがりなのだから、そのなかから、「俺はお上の御用をつとめているんだ」という言葉を盾に、弱い者いじめをしたり、強請《ゆすり》たかりまがいのことをやる不心得者が出てくるのも仕方ない。しかし、あまりに目に余るので、ええい、いっそのこと全部禁止にしてしまえ——と、こういうわけだったのである。

しかし、江戸の町は、南北あわせて数百人の与力同心だけで守るには余りに広く、余りに人が増えすぎていた。町役人《ちょうやくにん》制度もあるにはあるが、捕物や探索のたびに差配人や木戸番を呼び出すわけにはいかない。おまけに、蛇の道は蛇というわけで、先《せん》は凶状持ちでしたなどという岡っ引きほど、使いようによっては、善良そのものの町役人よりは役に立ったりする。そこで禁止令は実質骨抜きになり、目明かしの実体はなくならず、そうなると今度は禁止令そのものが意味がなくなって、結局は禁止令自体をやめてしまったという、ぐるりと廻って元の場所に戻ったような事の次第だった。

このあたりの話を、平四郎は親父殿の口から聞いた。直に聞いたわけではない。親父殿が跡目と期待していた長兄に話して聞かせているのを、ちらっと漏れ聞いたという程度である。親父殿は長兄に向かって、

——岡っ引きを使うのは難しい。あれらはどうかするとおまえよりもはるかに目先が利き、市井《しせい》のことに通じているから、よくよく気をつけていないと、意外なところで足をすくわれる。本当に信頼

できる者はごくごく少ないから、よいな、岡っ引きには、ゆめゆめ気を許してはならないぞ。

こんこんと説教していたものである。実は親父殿も岡っ引き嫌いで——というより苦手だったのだろうが——懇意《こんい》にし頼みにする者は、とうとう一人もつくらなかった。親父殿のそばで終生働いてくれたのは、中間である小平次の父親だけであった。

長兄は身体が弱く、二十歳を前に、親父殿よりも先に、胸を病んで亡くなってしまった。今考えれば長兄とて、親父殿の説教をどのくらい気をいれて聞いていたのか怪しいものである。身体は華奢《きゃしゃ》だが頭はすこぶる切れる人だったから、案外、自分の寿命がそう長くないことも悟っていたかもしれぬ。親父殿の機嫌を損じないようにふるまうコツは心得ていたが、その実、けっこう自分の好きなことに時間を割《さ》いていた。そのひとつが、絵を描くことである。

長兄はなかなかの腕の持ち主だった。彼が亡くなった後、竹に雀だの、恵比寿《えびす》鯛釣りの図だの、竹林の賢者だの、描いてはとっておいた作品を喜んでもらってゆく者がいたほどだ。平四郎はさっぱり絵心がなく、鑑賞する目も持っていなかったが、長兄が墨をするときからもう楽しげにしていたことは承知していたから、遺作を見るとそれなりに何かが痛んだり何かを悼《いた》んだりしたものである。

墨絵の題材には一定の決まり事があり、そう突飛なものを描いてもあまり喜ばれない。そのなかで、長兄は好んでだるまを描いた。ぎろりと目をむいているのから、微笑《ほほえ》んでいる姫だるままで、実にさまざまな形や表情のものを描き続けた。どの顔も、井筒家に関わりのある誰かに似ていたり、特に知人の誰と名指すことはできないが、世の中にこういう顔をしている人はいるなあと思わせる表情を浮かべていたりして、なかなかに長兄の画才を偲《しの》ばせる出来映えのものが多かった。

ところが、亡くなる直前に描いただるまは、ずいぶんと荒《すさ》んだ顔をしていた。ひとつのだるまがころころと転げてゆく様を写したものか、六つのだるまがあっち向いたりこっち向いたり、時には逆立ちをしたりしているのだが、六つが六つとも皆、目つきが良くないのである。

当時平四郎は、あれは兄上の胸の病が、兄上の筆を通って、紙の上で形を成したものだろうと考えていた。それほどに、人間離れした嫌らしい顔のだるまだったのである。

そのだるまを正面から見つめると、だるまも見る者を見つめ返す。そうやってにらめっこをしているうちに、だんだんと居心地が悪くなってくるのだ。まるで、見つめ返すだるまの二つの目はまったくの囮《おとり》で、第三の、本当のだるまの目が顔のどこかに隠れていて、それがこちらに気づかれないのをいいことに、あからさまな悪意を露《あら》わに、じいっと冷たく見据えているように感じられてきて、見る者は首筋がすうっと冷えるような心持ちになるのであった。

ぎっくり腰を抱えて横になり、岡っ引き仁平の長広舌《ちょうこうぜつ》を聞き流しながら、なんで今さらこんな時に、亡き長兄の描いただるまのことなど思い出すのだろうと、平四郎は我が事ながら不思議に思った。が、二、三度まばたきをして、降り続ける雨を見上げ、また仁平のぺらぺらよく動くくちびるの上に視線を戻したとき、ふと、目に入ったごみがとれたかのようにすっきりとして気がついた。

仁平の顔は、あの嫌らしいだるまの顔に似ているのだ。

「ああ、そうか」と、思わず声が出た。

「ええ、そうなんですよ、旦那」と、仁平は請け合った。むろん、平四郎の内心などまるでご存じなく、彼は彼の話の流れで、平四郎の合いの手に応じたのである。

「ですからぎっくり腰というのはね、ならねえ奴は一生ならねえわけで。だが、一度ご縁ができるともういけねえ。悪女の深情けってやつと同じでね、二度三度と見舞われちまうわけなんです」

「私も気をつけなくては」と、小平次が真面目に受け止める。「いや、これはいけない。お急ぎの御用でおいでになったのに、親分、とんだお邪魔をいたしました」

まっとうに考えるならば、平四郎の中間である小平次と、平四郎の手下でも何でもない仁平のあいだには上下関係などあるわけもなく、小平次がへりくだることもないのだが、この男はどうも他人様にへりくだる趣味があり、小平次が低頭して引っ込んだことでどうやら仁平は気分が良くなったらしいから、まあいいか。

「ところで、ねえ旦那」仁平はひと膝にじり寄るようにして尻をずらした。「お加減の悪いところにお屋敷の方まで押しかけましたのは、ちょいと急用がありましたもんでね」

うん、なんだと、平四郎はいい加減な声を出した。

「ほかでもねえ、深川北町の鉄瓶長屋のことですよ」

平四郎は耳をほじろうと持ち上げた手を途中で止めた。「鉄瓶長屋?」

「へい。旦那はよくご存じでしょ。煮売屋の女のところへよくおいでになるそうで」

お徳のことである。しかし、今の仁平の言い方では、平四郎がお徳のところに立ち寄るたびに、彼女の煮た芋やこんにゃくをぱくつく以外のことに耽《ふけ》っているみたいに聞こえる。滅相もない。

「お徳だろ。あれの煮物は旨いんだ」と、平四郎は言った。「それにあいつは面倒見がいいんで、鉄瓶長屋の女差配人みたいなところもあるからな」

委細承知というふうに、仁平は細かくうなずいた。「先の差配人の久兵衛が逃げてから、もう四月《よつき》ばかりになりますね。後に来たのはとんだ役立たずの若造だ」

「佐吉はけっしてでくの坊じゃねえよ」

「それにしたって貫禄が足りませんやね。あっしもさっき会ってきたばかりだが、まあ、人はいいにしても、とても差配人の器とは思えねえ」

平四郎は鼻毛を抜きながら訊《き》いた。「おまえの縄張《しま》じゃ、若い差配人というのはいねえか」

「まずありませんねえ。お天道様《てんとさま》が許しゃしねえや」

「そうかね。どこだったかな、おまえの縄張は」

「まあ、あっしの縄張というのはおこがましいが――」

ちっともおこがましいなどと思っていないくせに、口ばかりはそんなことを言う。嘘つきなのは仁平なのか仁平の口なのか。

「佐賀町からぐるっと下がって、佃町《つくだちょう》のあたりまでです。でも、いざ働くときにはそのなかだけに収まってはいられませんよ。深川一帯のいちばんてっぺんには茂七という大親分がいるが、なにしろもう歳だし、八幡様の門前町のあたりは富蔵《とみぞう》が仕切っていますがね。あっしもよく助《す》けてる」

そのあたりのことに暗い平四郎は、ふうんご苦労なことだと言って鼻毛を抜いた。

「ですからね、深川北町は本来はあっしの縄張の外ですが、深川の岡っ引きの一人としては放ってお けませんや」

「それはつまり、鉄瓶長屋で何か起こってるってのかい?」

仁平は渋く笑い、横目で平四郎を見た。ますます、長兄が死に際に描いただるまに似てきた。

「旦那も人が悪いなあ。ご存じでしょうに」

「何が」

「櫛の歯が欠けるように、次から次へと店子《たなこ》が逃げ出してるじゃねえですか。ありゃいったいどういうわけです？」

なんだそのことかと、平四郎は笑おうとしたが、口を開いた拍子にあくびが出てしまった。どっちみち、仁平のいかにも深刻そうな口振りに水をかけられることに変わりはないから、心おきなくあくびを楽しんだ。

「――どういうわけもこういうわけも」と、あくびを引きずりながら言った。「それぞれ事情があるにはあるが、みんな大したことじゃねえ。たまたま重なったからちょっとばかり目立つだけで、あの長屋には何事もねえよ」

そうは思えねえと、仁平はぱきりと枯れ枝を折るように言い切った。「あっしもいろいろと事情を聞いて歩きましたからね。これでも詳しく知っているんですよ」

その言葉に嘘はなかった。久兵衛が逃げ出さなければならなかった事情を振り出しに、孝行娘のお律のことも、転がり込んできた長助と通い番頭の善治郎一家の繋《つな》がりも、壺信心の八助一家の出奔の事情も、つい最近、お徳の並びで駄菓子屋をやっていた一家が家移りしてしまったことまで、仁平はよく知っていた。よくまあ、一文にもならないことを、これだけ熱を入れて調べ上げたものである。

「確かにまあ、それだけの人間が出ていった」

「そうでしょう？」

「だが、おくめのように、入れ替わりに移ってきた者もいるからな」

「あの淫売」と、仁平は吐き捨てた。「あんなのは人の数に入らねえですよ、旦那」

平四郎は鼻毛を抜いてくしゃみをした。兄貴の描いただるまの絵はどこにしまってあるだろう、取り出して見てみたい、いや本当によく似ていると考えながら。

仁平は縁側に斜《はす》に腰掛け、憎々しげに雨だれをにらみつける。「あっしは気になって仕方ねえ」

「案じなくても、地主は湊屋だ。多少店賃のあがりが減っても痛くも痒《かゆ》くもねえだろうよ」

「それですよ」と、仁平は目元を歪ませて平四郎に向き直った。「湊屋総右衛門は、いったい何を企んでいやがるのかってことです」

「企む？」

「だってそうじゃありませんか。あんな尻《ケツ》の青い男を差配人に送り込んだら、店子が嫌がって家移りしちまうことぐらい、地主なんだから百も承知でしょう。つまりはね、旦那。野郎は最初《はな》からそれが狙いなんですよ」

野郎というのは湊屋総右衛門のことだろう。いくら本人がこの場にいないからと言って、ずいぶんと大胆な呼び方をするものだ。

「何が狙いだね」

「ですから、鉄瓶長屋から店子を追い出すことですよ」

平四郎は、ついさっきそこに官九郎が止まっていた、自分の腰のあたりに目をやった。俺は何か悪いものにたばかられているのかもしれない、ひょっとすると腰のあたりに、今度は狐が憑《つ》いているのかもしれないと思ったからである。仁平だと思って言葉をやりとりしている相手は、実は石のお地蔵さんだったりするのではあるまいか。

「旦那、何を見てるんです？　蠅《はえ》でもいますか？」

小うるさく突っ込む仁平に目をやると、はしこそうな目つきでちくりと平四郎を見つめている。やっぱり仁平は仁平で地蔵さんではない。だいたい、こんな地蔵さんがいたら、縄で縛って川へ放り込んでしまいたくなるだろう。

「しかしなあ」平四郎は腰をさすった。ここはいちばん起き上がり、仁平のおかしな言い分をまともに投げ返してやりたいところだが、いかんせん動けない。「おまえの言うことは、少し突飛過ぎやしねえか？　自分から進んで店子を追い出す地主がいるかね？　しかも、今までの店子の出奔や家移りが、全部湊屋の仕組んだことだとしたら、こりゃずいぶんと手が込んでるぜ」

言いながら、しかし頭の片側で、平四郎はふと考えていた。

八助たちの壺信心は嘘だったらしい。しかも、壺信心話の出所は湊屋だった。今の仁平の考えを取り入れるならば、八助たちは湊屋か湊屋の身内の者に、壺信心にはまってしまったふりをして鉄瓶長屋を立ち退くようにと因果を含められたということになる。その場合には、八助たちが素直に言われたとおりにすることができるよう、立ち退き先についても湊屋側で案配するだろうから、次の住まいの心配も要らない。

平仄《ひょうそく》があうじゃねえか。

ほかの店子たちの件にも、同じ理屈があてはめられるだろうか。哀れなお律と借金だらけの父親の権吉。彼を博打に引き込んだのが、湊屋の手の者だったとしたら――

長助に、実の父の善治郎が鉄瓶長屋で暮らしていると吹き込んだのが、湊屋の手の者だったとしたら――

今度の駄菓子屋の家移りも、実は湊屋の手の者に説得されて、後の住まいも約束された上でのものだったとしたら――

しかし、それでも疑問は残る。日本橋の白木屋が、正月に店先に据えるお鏡餅《かがみもち》よりもでっかい疑問だ。

そんなことをして店子を追い払って、湊屋にどんな得がある？　何が目的なのだ？

あ、そうかと、平四郎は額を叩いた。仁平もそれがわからないと言っているのだ。だがしかし、平四郎は、理屈の上では平仄があっても、そんな目的のはっきりしないことを湊屋がやるわけはないと考えるのに対して、仁平は、湊屋のことだから、きっとそこには何か企みがあるに違いないと考えているわけである。

「おめえ、湊屋が嫌いなようだな」

仁平は不意をつかれたのか、正直に目を見開いた。「いや、そんなことは」

「何か恨みでもあるのかい？」

「と、とんでもない。旦那も何を言い出すんだか」

「地主が店子を追い出したくなることが、まったくないとは俺も言わねえよ。そういうことはあるだろうさ。その土地に、貧乏長屋じゃなくて、もっと高い店賃のとれる建物を建てたくなったとかな」

「だけどお上の手前、むげに追い出すわけにもいかねえ」

「そうだ。だから企みをする」

「そういうことじゃねえですか？」

平四郎は笑った。「湊屋は金持ちだ。そんなことに手をかけるより、店子に金を包んでやって、家移り先を見つけてやって、穏便に済ませるさ」

「その金が惜しいとしたら？」仁平も食い下がる。「だから、店子たちが自分から進んで出ていくようにし向けていやがるんでさ」

それでは、さっき平四郎が頭のなかでこねあげた筋書きから外れてしまう。表立って払おうと、裏から細工しようと、八助たちや菓子屋の一家に家移りの因果を含めるには、同じようにいくばくかの金が必要だろうから。

「湊屋が、そんな金を惜しむかねえ」

「じゃ、金じゃねえんだ。とにかく店子を外に出すことなんだ」唾《つば》を飛ばして仁平は言うのである。

「しかも、世間様には、湊屋が店子を外に出したがっているということを悟られないようにしたいんだ。そうですよ旦那、そうに違いねえ」

平四郎はしげしげと仁平を見た。姿勢を変えずにずっと彼の相手をしているので、いささかくたびれてきた。

「おめえ、考えすぎだよ」

「しかし旦那——」

「湊屋はそれほど暇じゃねえ。おめえだって暇な身体じゃねえ。おかしな詮索はやめときな」

とどめに、俺は腰が痛えんだよと呻《うめ》いてみせると、仁平は渋々みこしをあげた。

「じゃ、旦那は本当に何もご存じないんですね？」

「ご存じないねえ」

だけどあっしは放っておけねえ、何かつかんだらまたお邪魔しますと言い置いて、仁平はようよう引き上げていった。平四郎は、しばらく放心してから小平次を呼んだ。

「何でございます？」

「寝返りを打ちたいから手伝ってくれ」

はいはいと、小平次は寄ってきた。よっこらしょと身体の向きを変えながら、平四郎は訊いた。

「小平次、何か臭《くさ》くねえか？」

「は？」丸顔の中間は、犬のように空に向けて小鼻をひくひくさせた。「梅雨時ですから、厠《かわや》が臭《にお》うのでございましょう」

「そうだなあ。恨みつらみが便所に落ちて腐ると、鼻も曲がるような臭いがするからな」

「は？」

平四郎は、仁平は湊屋にどんな遺恨を持っているのだろうかと考え始めていたのである。

三日経つと、平四郎はどうにか腰を伸ばして歩けるようになった。それでも幸庵先生の薦《すす》めで、しばらくは杖《つえ》をついて歩くことにした。実際、急に老けたようできまりは悪いけれど、杖で支えられていると、安心して歩けるような気がする。幸い、梅雨の晴れ間で青空がのぞき、傘が要らないし足元も乾いている。

仁平のことがあったので、どこよりも先に鉄瓶長屋に出かけて行くと、佐吉は長屋の連中を指図して、長雨で傷《いた》んだ屋根の修理に大わらわになっていた。頭上を官九郎が舞っている。

「旦那、もうぎっくり腰はいいんですか？」

「おうよ。お徳の具合はどうだ？」

「当分、煮売屋は休みですが、身体の方はだいぶよくなってきているようです。おくめさんが世話をやいてくれてます」

「そりゃ良かった。だが休業続きじゃ、口が干上がりゃしねえかね」

「あの人のことですから、大丈夫でしょう。いざというときの蓄えぐらい、ちゃんととってありますよ」

佐吉の家で待つあいだ、長助がなかなかしっかりした手つきで淹れてくれた茶を飲み、小平次が彼の手習いの手伝いをするのを横目でながめていた。屋根の修理には、仕事にあぶれた亭主たちと、元気者のかみさん連中がみんな出張っているようだ。存外、佐吉の人望も捨てたもんじゃねえと思うと愉快である。実際、やれ修理だ修繕だというときには、座って指図するだけの爺《じじい》よりも、先にたって働いてくれる若い差配人の方が、店子たちにとってても頼もしいはずなのである。

やがて戻ってきた佐吉は、気持ちよさそうに汗をかいていた。このところの憂鬱《ゆううつ》顔も、今日はどこかに消し飛んでいる。やはり、皆がそろって協力してくれたことが嬉しいのだろう。

平四郎は仁平のことを持ち出した。佐吉はいの一番に謝った。

「すみません、官九郎にあんな思わせぶりな文を持たせたりして」

「なかなか芸のある鳥じゃねえか」

「賢いでしょう。でも、後で後悔したんです。ちょっと早まったかなとね。いくら仁平親分に悪い噂があるからといって、旦那のところに出かけてゆく以上、ちゃんとした用事かもしれなかったですからね。俺、少しばかり気を回しすぎたかもしれない」

平四郎は驚いた。「仁平には悪い噂があるのかい?」

今度は佐吉が驚いた。「ご存じないんですか?」

「俺は岡っ引きを使わねえからな。まあしかし、あの男の悪い噂といったら、だいたい察しはつく。自分以外の世の中の人間を丸ごとひっくくって伝馬町《てんまちょう》にぶちこんでしまわないと気が済まねえというような目つきをしてるからな」

そうなんですよと、佐吉はにわかに暗い顔をした。「あの親分は、若いころにいろいろ苦労をした人らしいんですがね。苦労人らしい優しさがなくって、とにかく厳しいというか……。ちょっとばかり理屈にあわないことや、ささいないたずらに近いような悪事でも、見つけた以上は容赦《ようしゃ》をしない、それどころか、重箱の隅をつついて罪人を出すという、もっぱらの評判です」

「その仁平が、おめえには何を言いに来た？」

佐吉は肩をすくめた。「俺が続けて店子をしくじっているのはどういうわけかと」

「湊屋に頼まれて、わざとやってるのかとでも言いやがったか？」

平四郎の気のせいか、佐吉がぎくりと強《こわ》ばったように見えた。すぐには返事をしない。

「俺にはそう言いやがったぜ。湊屋には、店子を追い出したい事情があるんだとさ。それが何なのか、きっと突き止めてみせると息巻いて帰った」

ちょうどそのとき、長助が硯《すずり》を袖に引っかけて墨をこぼすという粗相《そそう》をした。おやおやと小平次が雑巾《ぞうきん》を取りにゆく。それに紛《まぎ》れて、佐吉は平四郎のそばから離れた。平四郎は、彼が今の筋道の話を打ち切りたがっているのだと感じたので、この場は無理押しをしないことにした。

「ま、あんまり気にするな」

ちゃぶ台を拭いている背中にそれだけ言って、外に出た。お徳のところに回ると、戸口は閉まっており、平四郎に気づいて出てきたおくめが、お徳さんなら眠っていると教えてくれた。彼女は両手いっぱいに洗い物を抱えていた。

「お徳さん、寝汗をかくんだよ」

「そりゃ、あまりいいことじゃねえな」

「でも、ご飯は食べるようになったからね。ひと安心さ。旦那、腰はどう？」

「もう大丈夫だ」

「良かったねえ。腰がいかれちゃ、男はね。立つもんも立たないよ」

「おめえはそういうことを言うからお徳に嫌われるんだ」

おくめは悪びれずにあははと笑った。平四郎が長屋の木戸の方へと歩き始めると、ちょっと腰に手をあてて見送って、それから一旦家のなかに戻り、今度は走って追いついてきた。

「ねえ旦那。その杖、短いね」

確かにおくめの言うとおり、ほんの気持ちだが短めだ。

「これでどう？　こっちの方がいいんじゃない？」

差し出された棒を支えにして歩いてみると、なるほど具合がいい。しかし見覚えのある棒である。

「何だ、こりゃ」

「お徳さん家《ち》のしんばり棒」

おかげで、平四郎は次に訪ねた先で、なんとも奇異な目で見られることになった。

「井筒の旦那、杖術《じょうじゅつ》でもお始めになったんで？」

首をかしげて問いかけたのは、深川の大親分、岡っ引きの茂七の一の手下《てか》、政五郎である。茂七は今年で目出度《めでた》く米寿を迎える。頭の方はまだまだ達者だが、さすがに動きが鈍ってきており、ここ十年ほどは、この政五郎が万事において茂七の代理をつとめている。

平四郎の方は知らなくても、先方は八丁堀の旦那のことなら委細承知である。丁寧に奥へ通された。それなりの構えと庭のある家で、一階の表通りに面したところでは蕎麦屋を営んでいる。これは政五郎の女房が切り盛りしている店で、小平次の話では、深川でいちばん、出汁《だし》を奢《おご》ったつゆを出すそうである。

茂七の抱えている手下の数は、十人はくだらないはずである。全員がここに住み込んでいるわけではないが、それだけの人数が出入りするだけでも賑《にぎ》やかなことだ。

店が忙しいだろうに、政五郎の女房はわざわざ茶と菓子を出しながら挨拶に来て、愛嬌を振りまいて出ていった。政五郎はおしゃべりで困ると苦い顔をしたが、どうしていい女じゃねえかと平四郎は本気で羨《うらや》ましがった。

「それにしても、お珍しいですね。旦那はあたしらとはあまり関わりを持ちたがらないお方だと承知しておりました。何かございましたか」

政五郎が切り出した。平四郎はうんと唸った。「大親分に教えてもらいたいことがあってなあ」

「それは生憎《あいにく》だ。親分は先月から箱根に湯治に出かけたきりです。足がだいぶ、弱りましてね」

私ではお役に立てないことですかと、政五郎が遠慮がちに訊いた。平四郎は思案した。

茂七が信頼できる男だということに、異を唱える者は奉行所にはいない。彼は金座の大秤《おおばかり》よりきっちりしているという評判を、平四郎はずっと耳にしてきた。その大親分に育てられた跡継ぎならば、同じように信用していいだろう。思い切ってうち明けた。

「佐賀町の仁平と、築地の湊屋総右衛門とのあいだに、昔からの遺恨があるんじゃねえかと思ってね。何か知ってないかね」

ははあと、政五郎は感じ入ったような声を出した。ぽんと手を打つ。

「旦那、そういう昔語りなら、うってつけの者がいます」

「今ここにか？」

「はい」政五郎は身軽に立ちあがり、唐紙《からかみ》を開けて奥に向かって声を張りあげた。「おーい、おでこ、おでこ、ちょっと来い」

「おでこ？」

政五郎は元のように正座しながら笑った。

「まあ、ごらんください」

ややあって、ぱたぱたと足音が近づいてきた。失礼しますと声がしてから、唐紙がするりと開く。と、そこには、本当におでこが座っていた。

歳のころは十二ぐらいの、つるりと可愛い顔をした男の子である。目鼻立ちも身体つきも役者のように整っている。

ただしかし、額が広い。異様に広い。

「これがおでこです」

政五郎に促されて、少年はぺこりとお辞儀をした。「よろしくお頼み申します」

平四郎は毒気を抜かれて、ぽかんと口を開いた。

「親にもらった名前は三太郎というのですがね」と、政五郎が言う。

「三男坊なんです」と、少年が受ける。

「おでこの方が通りがいい」

「あい」と、少年は笑顔でうなずく。

「それでこの、おでこさんが何を？」と、平四郎は訊いた。

「いくらうちの大親分が達者でも、仙人じゃありません。いつかは寿命も尽きるでしょう。で、その前に、まだ頭がはっきりしているうちに、後々のために残しておいた方がよさそうな話の切れっぱしや人の名前、出来事のあれこれを、みんなこいつに覚えさせているんです」

「あい」と、また少年がうなずく。「あたいは物覚えがいいんです」

「おでこ、旦那がお尋ねだ。大親分から、佐賀町の仁平と築地の湊屋の旦那の因縁について、何か話を聞いているかい？」

おでこの三太郎は、目と目を寄せるようにして少し考えた。それから、ぱっと顔を明るくした。

「あい、あります」

「あるかね？」平四郎は身を乗り出した。

「あい。もう因縁のてんこ盛り」

そしておでこは語り始めたのである。

四

話は三十年近くも昔にさかのぼる。

湊屋総右衛門は、財をなす以前の人生があまりはっきりしない男であるということは、平四郎も知っている。それでも人間のことなのだから、さすがに、べったりと墨で塗りつぶしたようにわからないというわけではない。本人がしゃべったり、昔の知り合いがしゃべったりで、とぎれとぎれではあるが、過去の様子がつかめる部分もあるのである。

ついでに言えば、彼は昔から総右衛門という名前だったわけではない。若い時分には、その場その場で違う名前を使い分けたりしていたようである。いつかはどこかで一山あてようと、渡り奉公をするような連中には、これはけっして珍しいことではない。ただ、そういう連中のなかから、本当に総右衛門のように一山あてる者が出てくることが珍しいのだ。実は彼が遠島《しま》帰りであるという噂や、主《ある》人《じ》一家を皆殺しにし、財産をかっさらって逃げ出した恩知らずの奉公人であるとかいう噂が、ときおり思い出したように流布《るふ》するのも、そのへんに理由があるのだろう。

総右衛門本人が認めている、若いころに彼が名乗っていた名前を、総一郎という。総の字を宗に替えると彼の長男の名前になるところからも、これは嘘ではなさそうだ。そしておでこの三太郎の語る話は、湊屋がその総一郎であった、二十代半ばの出来事であった。

「そのころ湊屋総一郎さんは、本郷三丁目の萬屋《よろずや》というお店《たな》に奉公をしていたんだそうでござんす」

おでこは、舌っ足らずだが妙に愛嬌のある調子をつけて話し始めた。

「萬屋さんというのは当時の主人で二代目で、もともとは紙問屋ですが、この二代目さんのときからお店の半分でお茶も扱うようになりました。どちらも湿気を嫌う商物《あきないもの》ですから、まあ扱いよかったんでござんしょう。二代目さんは商い上手で、茶問屋としてもすぐに繁盛するようになりまして、萬屋さんは人手が足りない。それで新しく雇い入れた奉公人のなかに、湊屋総一郎がいたというわけでござんす。早くに人手が欲しかったので、やれ請け人の紹介状のという難しいことは言わずに入れた奉公人だったようでござんすが、総一郎はこれが初めてのお店暮らしではないらしく、若いのに物慣れた感じがしたという話でござんした。しかも仕事の覚えも早ければ算盤《そろばん》にも長《た》けていて、人をそらさず如才ない。なかなかの拾い物だと、二代目さんは総一郎を、たいそう高く買っていたという次第。なにしろ、雇って半年で手代にして、先代から仕えている大番頭のすぐ下につけて働かせていたというぐらいのものでござんすから、その気に入りようが目に浮かぶというくらいでござんすね」

ふんふんと、平四郎はうなずく。軍記物の講釈でも聞いているみたいな案配である。ちょうどいいことに、政五郎の女房が茶を替えてくれて、熱いのが来た。ますますお客の気分である。

「そのうちに萬屋さんは、先代からの紙問屋よりも、茶問屋としての方の儲けが多くなるほどの繁盛ぶり。そうなると、生え抜きの奉公人の多い紙問屋の側と、新参者中心の茶問屋の側が、どうしても対立するようになってきたわけでござんす。それでもまあ、番頭さんはそれぞれに苦労人でいい大人でござんすから、そんなつまらないことで表だって嚙みつきあったりはいたしませんです。何かというと角突《つのつ》き合わせてきゃんきゃん吠えあうのは、どうしたって若い者たちばっかりと、相場がきまってござんすね」

よくある話だ。それにしても、このおでこの話しぶり、謡《うたい》のような調子がついていて、しかも本人もしゃべりながら声の高低にあわせてゆるりゆるりと身体を上下に動かす。聞いている平四郎の方も、ついつい一緒になって動いてしまいそうである。

政五郎はと見ると、こちらは慣れているのか、腕組みをしてどっしりと正座したままである。なかなか貫禄がある。

「そんな形で人が集まって争い事をしようというときには、双方に、必ず頭《あたま》になる人間が出て参るものでござんす」と、おでこの三太郎は気持ちよさそうに抑揚をつけながら続けた。「お察しのとおり、茶問屋側の頭は総一郎。なにしろ聡《さと》い若者でござんすし、二代目さんのお気に入りでもござんすから、これは衆目の一致するところ。対する紙問屋側の頭となったのが、歳は総一郎よりも二歳上、ガキのころから萬屋さんで飯をいただいてきたという生え抜きの、仁平という手代でござんした」

「おいおい、ちょっと待て」平四郎は驚いてさえぎった。「その仁平が、あの岡っ引きの仁平かい？」

おでこの三太郎は、謡を続けようと息継ぎをしていたところだったのだが、そのまま止まってしまった。代わりに政五郎が答えた。

「そういうことなんですが、旦那、ここはちっと辛抱していただいて、先まで聞いてやってください」

「合いの手を入れない方がいいのかい？」

「へい、畏《おそ》れながらそうしていただけると助かります」

ひとつ頭を下げてから、政五郎は三太郎にうなずきかけた。おでこは息を整えると、またするすると謡いだした。

「さてこの総一郎と仁平の二人、二人ながらによく似た若者で、頭は切れる商いは上手《うま》い、甲乙付けがたい逸材だったのでござんすが、ただひとつだけ、仁平が総一郎にかなわないところがござんした。それは人気でござんすね。総一郎は仲間の男にも女にもよくもてた。それもやっぱり賢かったからでござんしょう。つまりは賢さの見せ方が上手かった。それだけ主人に気に入られていても、傲《おご》らず怠けず先頭に立って骨惜しみをせずに働いた。つまりは、他人様《ひとさま》への思いやりがあったんでござんしょう。お頭《かしら》だけでは人はいいかもの、足が働いてくれねば前に進めず、手が働いてくれねばまんまも食えない」

湊屋総右衛門だけに限らず、人の上に立つ者、人を使う者はみんなそうである。平四郎だってそれぐらいはちゃんと承知している。だからこそ、そんな面倒くさいことはしたくないので、お上から否《いや》応《おう》なしにあてがわれてしまった小平次だけしか使わずに、頭を低くしてだらだら暮らしているわけなのだ。

「ところが、仁平にはそれがわからなかったでござんすよ」にわかに声を重々しくして三太郎は続ける。「これというのは、頭はいいが、ただそれだけの人間によくある間違いでござんす。仁平は目下の奉公人たちを、徹頭徹尾バカにしていた。お店のなかばかりか、世の中じゅうで自分がいちばんよくものが見えており、自分がいちばん偉いんだぐらいの気分でいたもんだから、誰彼かまわず始終辛くあたっていた。また、頭はいいが人望のない人間の常で、相手がいちばん言われたら嫌だと思っていることを言って責めたり、理詰めばっかりで叱ったりするものだから、実はひどく嫌われ、怖がられていた。彼が紙問屋側の奉公人たちの頭になったのも、ひとつにはもちろん彼にそれだけの力があったからでござんすが、もうひとつには、誰も彼が怖くて文句が言えなかったからでござんした」

そういう次第だから、最初のうちは野良犬のようにむやみに嚙み合ってばかりいた紙問屋側と茶問屋側の対立も、だんだんと様子が変わってきてしまったのだという。

「争いを重ねるということは、間柄がより険悪になるということでもありますが、戦《いくさ》が続けばそれだけ敵方の大将について知る機会も増えるということにもなりんすね。つまり、次第次第に、紙問屋側の奉公人たちのあいだにも、総一郎の商才と人柄に惹《ひ》かれる気分が生まれ始めたわけでござんす」

萬屋の主人は、これを、お店のなかのもめ事を一気に収めてしまう良い機会だととらえた。

「二代目さんは、なんと、紙問屋側と茶問屋側の頭をとっかえてしまったんでござんす。総一郎を紙問屋側に、仁平を茶問屋側に。そしてこの企ては、実に上手く運んだんでござんすよ」

とっかえて二月と経たないうちに、紙問屋側の頑固な反総一郎組の奉公人たちも、すっかり彼に心酔するようになり、もめ事はしゅるしゅると収まってしまったというのである。それだけならば、めでたしめでたしというだけのことだったのだが、問屋の話でありながら、そうは問屋がおろさなかった。

「ほかの火種は全部消えても、厄介なものがひとつだけ残ってしまったんでござんす」

今やただの嫌われ者に成り下がった仁平その人である。

「嫌われ者が余計に人に嫌われるようなことばかりを重ねるのは、実は淋しいからでござんすね。けれども、本来は賢いはずの仁平、そこのところの理屈ばかりはどうしてもわからなかった。口を出してはまた嫌われ、手を出してはさらに嫌われる。また総一郎も、本当ならばここで割って入って、仲間の奉公人たちの仁平に対する悪い感情をなだめるようなことをするのが大事だったんでござんすし、賢い男のことですから、当然それぐらいわかっていたんでしょうに、何もせずに放っておいた。なにしろ若いころのことでござんすから、やっぱり仁平には腹に据えかねるものがあって、意地悪な気分になっていたんでござんしょうか」

まあ、わからないでもない。てっぺんに立ち、下の皆が自分の味方だということになれば、気に入らない奴に虐《いじ》めのひとつもしてやりたくなるのも人情だ。

「もともと奉公人が五十人も百人もいるという大きなお店の話ではござんせんから、二手に分かれて争うという形よりも、嫌な奴一人を皆でつまはじきにするという形の方が、格好としてもずっと落ち着くわけでござんして、仁平にとって萬屋は、針のむしろということになりました。ところが仁平も負けてはおりませんで、折に触れては逆襲を仕掛ける。それでまた仲間を怒らせると、良くない因果ができてしまいまして——」

あるとき、総一郎たちはちょっとした名案を思いついた。仁平が鼻にかけている彼の頭の良さを逆手にとって、ぎゃふんと言わせてやろうというのである。うんと痛い目に遭《あ》わせれば、さすがの仁平もしょげきって、自分からお店を出ていくだろうと考えた。

「萬屋の金の出入りは、二代目の主人と大番頭と、二人だけで仕切っておりました。ですから、信任の厚い総一郎でさえ目を通すことのできない大福帳なんぞもございましたわけでして」

今や仁平は意固地になって、総一郎よりも先に、それらの大事な大福帳を見ることのできる立場になることを目指していた。もっとも、大番頭も総一郎の方を可愛がっていたから、それは所詮かなわぬ野望だったのだが、かなわぬからこそしがみつき、またやってみせると口に出して強がるところが仁平の——いや、人間の愚かしさというものか。

「総一郎たちは、真っ白な大福帳を一冊用意しまして、その中身には何も書かず、ただ表裏だけを適当に汚したり手ずれをした感じをつけたりして、いかにも使い込まれた大福帳に見せかけたんでござんすね。そしてこれを、お店の〝内緒の大福帳〟だということにした——大番頭さんさえ知らない、ご主人しか知らない大切な大福帳。それを総一郎がこっそりと手に入れて、密かに調べ、勝手向きや商いの様子について、あれこれ詮索をしているという格好をつくったわけでござんす」

総一郎憎しで凝り固まっている仁平は、あっさりとこの餌《えさ》に食いついた。また、大勢で一人をおこわにかけるというのは、あくどいことではあるが面白いことでもあり、奉公人たち一同実に上手く芝居を打ったものだから、哀れな仁平はすっかりひっかかってしまったのである。

「総一郎たちは、中身のない大福帳そのものが仁平の手に入らないように気をつけながら、ただ、彼らがそれをどこに隠しているのかということだけは、上手い形で仁平にバレるように持っていったわけでござんす。仁平は大福帳の在処《ありか》を確かめると、勇んでそれを二代目さんにご注進したわけで――」

ご注進された方も放ってはおけない。何事かと驚く総一郎たちを取り押さえて、問題の大福帳を引っぱり出してみた。

「そうすると、これが白紙でござんしたわけで」

最初から真っ白だったのだから当たり前である。

「仁平は真っ青になりました。そして、これはおかしい、総一郎たちはあんなにこそこそしていたんだから、自分の疑いも故のないものではないと頑張りました。確かにそうでござんすね。しかし総一郎は利口者でござんすから、そういう問いにもちゃんと答を用意しておりました。真っ白な大福帳に、ちょこちょこっと、いくつか書き込みをしていたんでござんすよ。そして申しましたわけで。これは目下の奉公人たちに、手習いを教えていたんだ、ただ、いかにも教えていますという偉そうなやり方をしたくなかったので、内緒でやっていたんだとね」

平四郎はうーんと唸《うな》った。

「萬屋の二代目さんは、総一郎の言い分を信じました。仁平は叱られただけで済みましたが、十日もしないうちに、総一郎たちの目論見《もくろみ》どおり、勝手にお店を飛び出してしまいました。皆の笑いものにされたんですから、居辛くなって当たり前。可哀想ですが、まあ、半分は自業自得でござんすね」

さらに総一郎が見事だったのは、このあと半年ほどで、彼も萬屋をやめてしまったということである。

「本音としては、もう萬屋で学ぶべきことは学んだ、もっと大きなお店に移る潮時だ——ということだったんでござんしょうね。でも、あんなことで仁平をだまくらかして、その当座はみんなして笑い転げても、誰も根っからの悪人じゃないんでござんすから、だんだんに後味は悪くなるわけで、総一郎の人望にも、まったく傷がつかなかったわけじゃあござんせん。そういうところに長居はしないと。まったく賢いことでござんした」

賢いが、俺はあんまり好きじゃねえなと、平四郎は思った。思ったままを口にすると、政五郎がふくふくと笑った。

「まったくで。私も、もう少し世渡りの下手な者の方が好きでござんすね」

「ま、世渡りの上手い奴は、俺のような毒にも薬にもならない人間に好かれようが嫌われようが気にしねえんだから、どっちでも同じなんだがな」

「何を仰《おっしゃ》いますやら」政五郎は妙に楽しそうである。

「話はよくわかった」平四郎はおでこに笑いかけた。「それにしたってずいぶんと昔の話だし、聞いてみりゃ人の生き死にがかかってたわけでもねえ、ちょっとばかり度の過ぎただけの、ただの悪戯《いたずら》じゃねえか。それをいまだに根に持っているとは、仁平も執念深い奴だぜ。畏《おそ》れ入ったね」

政五郎の福々しい顔が、急に暗くなった。

「確かに旦那のおっしゃるとおりです。まっとうな人間なら、こんなような出来事で少々つまずいたところで、己を省みて、かえってそれを糧《かて》にして、真っ直ぐ生きてゆくものでしょう。ところがあいにく、仁平はそういう気質じゃなかった。萬屋を出た後、まあ腹立ちついでに暮らしが荒れたこともあって、奴さんにはしくじりが続きましてね。本人はそれを、あんなことで萬屋を叩き出されたせいだ、萬屋にさえいられたならば、自分の人生は違っていたのにというふうに、陰にこもって考え詰めていったらしいのです」

平四郎はうーんと唸った。「仁平が岡っ引きになった手続きは、つまり何だな、一度自分も罪人に身を落として——という、よくある手順だったわけだな?」

「はい」政五郎は緩みかかっていた背筋をしゃんと伸ばし直すと、声を低くした。「旦那が私らのような者をお好きではないということは、大親分からもよく聞かされて存じ上げています。ですから、仁平が岡っ引きになった事情だの、その後の彼奴《きやつ》の働きぶりなんぞについて、長々とお聞かせするような野暮《やぼ》は省きましょう。ただ仁平という男は、お上の御用をあずかる者として、これはどうかと思うような事を、今まで多々やらかして参りました」

「どんなことだ? 賄賂《わいろ》をとるとか——」

政五郎は首を振った。「細かい事をあげていったらきりがございませんや。ひとつ簡単に言うならば、要するに弱い者虐《いじ》めをするということです」

平四郎は顔をしかめた。治ったはずのぎっくり腰が、またずきんときたような気がした。

「私らのお役目は御番所の旦那方のお手伝いをすることで、自分たちには何の権限もござんせん。罪人を裁くことは、私らのできることじゃない——それどころか、今も旦那のおっしゃいました通り、私らの仲間には、かつて罪人だった者も混じっておりますからね。悪いことをした人間を見つけたときには、それはまあ言ってみれば、仲間に会ったようなものでございますよ」

律儀な口調で語る政五郎だが、そういう彼自身の過去にはどんなことがあったのだろうかと、平四郎はふと考えた。

「もちろん私らは旦那方お役人のお手先ですから、何をするにも旦那方のご命令に従います。ただ、罪を犯した者が哀れだったり、悪いことをするだけの気の毒な事情があったりしたら、それを旦那方に申しあげて、できるだけ穏便に扱っていただくよう、お願いすることもよくあります。町方のつまらないささいな事については、旦那方よりも私らの方がよく知っている場合もござんすしね」

「そりゃそうだな、もっともだ」

思い出せば、鉄瓶長屋の元の差配人久兵衛が長屋を出奔するきっかけになった事件だってそうだった。妹が兄を手にかけた——らしい——という話だが、憎くてしたわけじゃない。充分に納得のゆく事情があったのだ。もちろん人殺しはしてはならないことだけれど、やむを得ざる人殺しが次の人殺しを招くような扱いをしてはいけないということぐらい、半端役人の平四郎だって知っている。

「仁平はそこのところがわからない」政五郎は、出来損ないの身内について語るような口調でしみじみと嘆いた。「いや、わかっていても、悪いことをしたのが露見して弱い立場にいる人間に、温情をかけることができないんでござんしょうね」

「それが弱い者虐めの所以《ゆえん》かね」

「そうですねえ。まったく、仁平ぐらい罪人に容赦のない岡っ引きはいません。私はふっと、彼奴は罪人を見つけて引っ立てることが楽しくて仕方ないんじゃないかと、大親分に申し上げたことがありましてね。すると大親分は、残念ながら、この世の中に、そういう人間はいるんだなあと言っただけで、あとは黙ってしまいました」

若いころに仲間ぐるみのぺてんを仕掛けられてお店を追われ、それで人生を誤ったと思っている。

バカにされ嗤《わら》われたことばかりが、今でもくっきりと思い出されるのだろうか。だから、その腹いせに、表だっては自分に刃向かうことのできない弱い罪人に、かさにかかって酷《むご》いことをするのだろうか。

「てめえは誰よりも頭が切れて偉いんだということを、罪人をあぶり出して虐めては、確かめているのかもしれませんな」

平四郎はひょっこりと、思ったことを口に出した。「頭が切れると何か良いことがあるもんだろうかね？」

「は？」と、政五郎は首をかしげた。

「そもそも、頭が切れるってことと、他人にあいつは頭が切れると思われるってことは、まあ、別物だよなあ？」

「ああ、それはそうでございますね」政五郎は膝を打つ。

「どんなに頭が切れても、それが他人にわからなければ、頭が切れるってことにはならねえわけだ。逆に、実はなまくらな頭でも、よく切れるように見せかけることさえできれば、それは頭が切れるってことになるわけだな……ああでも、なまくらを切れるように見せかけるなんてことは、やっぱり頭が切れなきゃできねえか」

「それは頭が切れなくたってできますよ。狡《ずる》ければいいんです」と、政五郎は大真面目《おおまじめ》に受けた。

「旦那は良いことをおっしゃる」

「やめてくれよ。俺の口から出ることなんざ、益体《やくたい》もねえことばっかりだ」平四郎はへらへら笑った。「おめえみたいな貫禄のある岡っ引きに誉められたんじゃ、きまりが悪くってしょうがねえ。それよりも——」

笑いを引っ込めて、

「仁平のそういう気質はわかったよ。なるほど面倒だ。だがそれが、湊屋にとっても災いになるのかね？」

政五郎は、火を吹き消した直後の行灯《あんどん》のような真っ暗な顔をした。「仁平は昔の恨みを忘れず、これまで長い年月かけて、萬屋で彼をおこわにかけた者たちの消息を追い求め、彼らのうちの不運な者が少しでも隙《すき》を見せると、すかさず攻め滅ぼしてきたんでござんすよ」

ごく当たり前の人間ならば、真面目に普通に暮らしていても、一生に一度ぐらいは、たとえば借金をして返せないとか、女の色香に迷って足を踏み外しそうになるとか、カッとなったはずみで怪我人《けがにん》の出るような喧嘩《けんか》をするとか、気配りが足らなかったばかりに人に怪我をさせるとか、そんな些細な間違いをすることがあろうというものだ。仁平はそういう隙を見つけると、一のことを百にして大げさに罪人扱いし、彼らを引っ立てたのだという。

「萬屋で総一郎の側につき、仁平を騙して笑いものにした中心人物たちは、男ばかり四人おりました。四人のうち三人は、一人前の商人になって萬屋を出まして、自力で小さいながらもお店を興したり、ほかの仕事についたりしました。残りの一人は、萬屋の二代目に見込まれて婿《むこ》に入りました。しかし今はその四人が四人とも、ほとんどまともな暮らしをしてはおりません。獄死した者もおりますし、財産を失《な》くして貧乏長屋のドン底暮らしに落ちた者もおります。子供を亡くした者もおれば、妻に去られた者もいます。萬屋自体も婿の代で傾いて、今は影も形もござんせん」

平四郎は目をむいた。「それがみんな仁平の仕業《しわざ》だっていうのかい？」

政五郎は落ち着き払って言い直した。「いえ、仁平の手柄でございますよ」

「なんてこった……」

「本所深川を縄張にしているうちの大親分が、こうした仁平の所業について知ったのも、実は彼奴に滅ぼされた四人目の萬屋の男が、もう七年ほど前のことになりますが、その当時相生町《あいおいちょう》に住んでいましたもので、それで事情がわかりました。大親分としては、事が大げさにならないようにずいぶんと骨を折ったんですが、これがよりにもよって酒の上での喧嘩で人を傷つけたという一件だったもので、どうにも引き合いの抜きようがなかったんでござんす。気の毒なことだったと、大親分はずいぶん長いこと悔しがっておりました」

茂七の苦虫かみつぶした顔が目に浮かぶようである。

「今や、仁平にとっては、残るは本丸のみ。総一郎——湊屋総右衛門ただ一人というわけでございますね」

「当の総右衛門は、このことを知ってるんだろうか?」

「それは知っているでござんしょうね。昔の仲間の消息が耳に入ることだってあるはずですから。あの人のことですから、用心おさおさ怠りないはずで、ですからめったなことではつけ込まれたりしないでござんしょうが」

平四郎はうそ寒くなってきて、思わず懐手をした。「いろいろありがとうよ。大いに参考になった。ところで、相生町にいたその四人目の男な、名前はなんていう？　当時の事件について知っている者が、まだそこらに残っているかね？」

政五郎はおでこの三太郎の顔を見た。おでこはまたぞろぎゅっと目を真ん中に寄せ、なにやら口の中でぐじゅぐじゅと早口に呟き始めた。どうやら、覚えている事柄をおさらいしているらしい。

「おやまあ」と、平四郎は呆れた。「このおでこさんは、話を覚えてるんじゃねえ、聞いたとおりに、そっくりそのまま順番にそらんじてるだけなんだな」

「左様でございまして」政五郎が首を縮めた。

「少しご辛抱ください。もうすぐ四人目の男の事件のところまでたどりつきますから」

やがて三太郎のぐじゅぐじゅが止まり、両目が元の位置に戻り、愛嬌のある声があがった。

「相生町で煙草屋をやっておりました清助という男です。喧嘩相手を殴りつけたことでお咎《とが》めを受けて遠島になりまして、二年ほど後に八丈で死にました。妻と子供が二人おりましたが、清助が罪を受けました後、長屋を立ち去りまして、行方はわかりません。清助に殴られて大怪我をしたという喧嘩相手も、間もなく家移りをしましてどこへ行きましたかわかりません。本当は大した怪我ではなかったのを、仁平親分に因果を含められて嘘をついていたのだということで、長屋におられなくなったようでございました」

「それじゃあしょうがねえな」平四郎はため息をついた。「まあ、今さらその男に会ってどうなるということでもねえだろうし」

「確かにそれはそうでございますが」

「もうひとつだけ訊いていいかい？　仁平は誰の手札を受けて働いているんだ？」

彼を使っている同心は誰だということである。政五郎はしかし、思いがけないことに首を横に振った。

「知らねえのか？」

「いえ、そういう旦那はいないのです」

「旦那がいなくて岡っ引きだけがいる？」

「まあ便宜上、どなたかの手札を受けてはいるのでしょう。でも、仁平はいつも一人です。特定の旦那に、しんから仕えているわけじゃあござんせん。これと目をつけた、面白そうな手柄のタネを見つけると、買ってくれそうな旦那のところに持ち込む——彼奴《きやつ》はそういうやり方をしているんでござんすよ。もちろん誰でもいいというわけではなく、ある程度馴染みの旦那はおられるのでしょうが」

つくづく変わった野郎だが、今まで聞いた話から推すと、それほど不思議な話でもないかと平四郎は考えた。仁平は誰の手下《てか》にもならない。いつでも自分が主人なのだ。

帰り道、湊屋総右衛門はときどき悪い夢にうなされたりしないもんかねえと考えながら、平四郎は心持ち首をすくめて歩いた。

——俺だったら、仁平のような執念深い仇《かたき》を持ってしまったら、ひと月だってのうのうとは暮らせないだろう。

湊屋総右衛門は、やっぱり大物だということだ。平四郎らしい感心の仕方をしたものであった。


数日後のことである。

起き抜け、平四郎はだいぶ腰の具合がよくなっていた。もう屈《かが》んでもひねっても、腰はぴくりとも痛まない。またぎっくりくるのではないかという不安もない。そのせいか、妙にきっぱりと頭が冴えて、今日はひとつ佐吉と正面から話をしてみようという気持ちになった。

彼の出自や母親の出奔の事情、仕入れたばかりの湊屋をつけ狙う仁平の話——一人で抱え込んで、知らん顔をして佐吉と付き合い続けることができるほど、平四郎は人間が出来ていないのである。それは己がいちばんよく知っている。しゃべっちまおう、しゃべっちまおう。

小平次を連れて鉄瓶長屋に顔を出すと、まずお徳のところに寄った。驚いたことに店を開けている。のぞいてみると、竈《かまど》と煮鍋の前に立っているのは、おくめだった。

「あら、旦那」菜箸《さいばし》を振り回しながら、おくめは嬌声をあげた。「ここ何日かはお見限りだったね。見廻りをさぼったら駄目じゃないか」

「代わりに小平次を寄越したろう？　ところでおめえ、そこで何をやってんだ？」

「見たらわかるだろ？　店番だよ」

なるほど、鍋のなかでは煮物がぐつぐつ煮えている。間違いようのないお徳の煮物のかぐわしい匂いが漂っている。

「お徳は元気になったのか？」

奥の仕切の障子は閉じている。お徳の馴染みのすり切れた履《は》き物《もの》も見当たらない。

「幸庵先生のところに行ってるよ」

「じゃ、起きられるようになったんだな」

「それはとうに起きてたよ。だけど旦那に会うのが恥ずかしいから隠れてたのさ」おくめは菜箸で平四郎の肩をぽんと張った。「旦那ってば、女心がわからないね」

平四郎は顎をかいた。お徳が倒れたときのことを思い出すと、彼もかなりバツが悪いのである。

「それでおまえが店番を頼まれたのか。ずいぶんと株があがったもんじゃねえか」

おくめは口をとがらせた。「そうでもないんだ。旦那からもちょっと口添えしてやってくれない？

お徳さんはあたしのことなんか信用しちゃいないんだ」

「だって、鍋を預けてるじゃねえか」

「仕込みは全部、お徳さんがやるんだよ。あたしはなーんにもやらせてもらえない。店番を任してもらうまでだって、声をからして頼んだんだ。旦那信じられる？　このおくめさんが、煮物の鍋の番をさせてくれって頼んだんだよ」

「お徳は駄目だと言ったのか？」

「性根の腐った白粉《おしろい》の匂いのする淫売に、商売物は任せられないってさ」おくめは凄いことをさらっと言った。「だけどあの人、今だって仕込みをするのが精一杯で、鍋が煮立ち始めるころにはふらふらになっちまうんだよ。そんなんじゃ、店を開けたって物騒でしょうがないじゃないか。だけどどうしても、あたしには任せたくないんだって」

そこをなんとかと、佐吉が仲裁に入ってくれて、やっと話がついたのが昨日のことだという。

「ふうん」平四郎はにやりとした。「お徳は、佐吉とおめえと、大嫌いな二人の説得に折れたというわけかい」

おくめは煮汁に菜箸をつっこみ、芋をぐりぐり転がしながらまた口をとんがらかせた。「折れたわけじゃないよ。あたしのことだって佐吉さんのことだって、もうくそかすみたいに言ってるさ。可愛げってもんがないよね」

「まあ、そういうな。しかしおめえも人が好いな。お徳に腹が立たないのか？」

おくめはまだ芋をぐりぐりやっている。煮崩れてしまうじゃないかと平四郎は心配になった。煮崩れると汁が濁る。するとお徳はまた怒るだろう。平四郎はおくめの手から菜箸を取り上げた。

「まあ、面白くはないけどさ」おくめはたすきでくくった袖をぶらぶらさせながら、小娘のように拗《す》ねたふりをした。「だけど、確かにあたしは淫売だからさ。それは嘘じゃないもんね」

「まあなあ……」

「お徳さんはさ、淫売なんかしなくたって、あたしはちゃんと身を立てられたはずだっていうんだ。こうやって煮売りとか、仕立物とか、野菜の担ぎ売りとかだってできたはずだって。それをしないで春を売ってたのは、あたしが怠け者だからなんだって」

あははと声をたてて、おくめは大らかに笑った。

「そうだよね、あたしみたいな淫売は怠け者だよ。本人が言うんだから間違いないさ。でもあたし、重い物持ったり寝ないで働いたりするのが嫌だったんだから、しょうがないじゃないか」

「それでおまえ、今ごろになってそういう性根をお徳に叩き直してもらおうって腹なのかい？」

おくめは誰かほかの人のことを訊かれたかのように首をかしげると、「わかんないよ」とあっさり言った。

「だけどさ、旦那。あたしは長年ああいう商売してて、この勘だけは確かだけどね、お徳さん、あたしがいなくなっちまったらきっと淋しいよ。だからあたし、朝起きると真っ直ぐここへ来ちまうんだ。それでお徳さんがあたしの顔見て怒ると、なんだかほっとするんだよ」

「なんだか俺もほっとしたよ」と、平四郎は言った。「世の中の人間がみんなおめえみたいだったら、御番所も要らねえな」

おくめは大笑いすると、両手で平四郎をぶった。「嫌だね、旦那。世の中がみんなあたしみたいな女だらけだったら、なーんにも成り立たないよ。お天下さまのお城だって壊れちまうよ。あたしみたいなのはさ、たまにいるからいいんだよ。わかってないね、旦那」

おくめ一人では心配なので、小平次を留守番に残し、平四郎は一人で佐吉の家に向かった。戸が開いていたので声をかけると、彼は背中を丸めるようにして熱心に何か書き物をしていた。

平四郎はあがりこんで表の戸を閉めた。長助の顔が見えないので尋《たず》ねると、豆腐屋の豆坊たちと出かけているという。

「紀伊様のお屋敷が板塀を壊しているとかで、木《こ》っ端《ぱ》をいただきに行っているんです」

「湯屋と競争にならねえか？」

「その湯屋に薪《まき》を運んで、駄賃に木っ端をもらうんですよ」

佐吉がつけていたのは帳面のようなもので、訊けば、月々に長屋から出て行く金がどのくらいのものなのか、ずっと調べているのだという。

「細々《こまごま》した修繕が、途切れなくありますからね。夏前には井戸さらいもしないとなりませんし」

「なかなか几帳面《きちょうめん》だな」

「俺はつなぎの差配人です。後に来る人のためにも、ちゃんとしておかないと」

後に来る差配人——そういうことを考えているのか。平四郎は思わず彼の顔をうかがい見た。佐吉はちょっと驚いたように顎を引いた。

「なんです？」

「いや、実は今日はおめえに話があって来たんだ」

と言っても、何かを問いつめるということではない。今の佐吉の気持ちを訊いておきたいというだけで、本当のところは、別に黙っていたっていいことなのだ。

「おめえには悪かったが、少しおめえのことを調べさせてもらったんだ」

平四郎は、これまでに知り得たことや、それについて彼の考えていることを、開けっぴろげに佐吉に話して聞かせた。そもそも平四郎が佐吉の内心を疑い始めたのは、八助たちの壺信心騒動のとき、彼がふともらした言葉――なんで俺、ここにいるんだろう――それがきっかけだったということから、彼の生い立ちと今の立場、岡っ引きの仁平が湊屋総右衛門をつけ狙うその理由《わけ》に到るまで。話し終えるころには、喉《のど》がからからになっていた。

佐吉はずっと黙って聞いていた。平四郎の喉が辛そうだと察すると、白湯《さゆ》を注いで差し出した。動きといったらそれだけだった。彼は終始、首筋に重石《おもし》でも載せられたみたいにうつむいていた。

平四郎は白湯をすすると、なんだか急に照れくさくなって、ちょっと笑いが出た。

「おめえと深刻な顔を突き合わせるなんざ、初めてだなあ。まあ、今までだって、おめえにとっちゃ深刻なことは山ほどあったんだろうが、俺にはわからなかったからな。しかしな、佐吉」

佐吉はやっと顔を上げた。心なし、彼がほっとしたような目をしているのを見て、平四郎は安心した。

「別段、おめえに関しては、俺は何も心配しちゃいないんだ。つまり、おめえのことでは深刻ぶることはひとつもねえ。ただ仁平のことは気になるからな。奴が狙っている湊屋が、おめえの大叔父《おおおじ》だってことになれば、なおさらだ」

「旦那のお気遣いは有り難いです」佐吉は深く頭を下げた。「ホントのところ、俺が官九郎を飛ばして旦那に仁平親分のことを報《しら》せたのも、ここに差配人として来ることが決まった当時から、湊屋の旦那に、仁平という岡っ引きには用心しろと、うるさく言われていたからなんで」

佐吉としては、平四郎は当然、いろいろと悪い噂の絶えない仁平のことを知っているだろうと思っていたのだ。だから、あんな思わせぶりな手紙になったというわけなのである。

「そうか。湊屋総右衛門は、仁平の怖いことを知っているんだな」

「ええ。萬屋で一緒に働いていた仲間が根こそぎやられたことを、ちゃんと承知しておられます」

「おられます、か」平四郎は腕組みをした。

「さっきは〝湊屋の旦那〟と呼んでたな。水くさいんじゃねえか？　大叔父なんだ。子供のころにはひとつ屋根の下に住んで、仲良くしていた間柄じゃねえか。半分以上、親父みたいなもんだ」

佐吉はきっぱり首を振った。「昔は昔、今は今です」

「堅いなあ」

「それほど良くしてくれた旦那を、俺のおふくろは裏切りました」佐吉の目の色が、碁石《ごいし》みたいになった。「許されないことですよ」

「おまえがそんな荷を負うことはねえよ。おふくろさんだって、総右衛門さんを信用していたから、おまえを残して飛び出すことができたっていう見方もできらあな」

佐吉は吹き出した。「旦那らしいなあ」

「そうかねえ？」

「そうですよ。旦那は怒りませんか？　怒らないのかなあ。困っているところを拾って養ってやっていた姪に、ガキを押しつけられて、後足で砂をかけられたんです」

「砂をかけたって——」

「旦那のお調べは、ほんの少しですが足りません。それだけ湊屋の守りが堅いということですかね」

「何が足らないんだ？」

「俺のおふくろは、湊屋を飛び出すとき、金を盗んでいきました。しかも、一人で出奔したわけじゃなかった。湊屋の旦那が将来を見込んで育てていた、お店でいちばん若い手代と手に手を取って駆け落ちしたんです」

平四郎はあんぐりと口を開いた。「本当かい？」

「こんな恥ずかしいことで嘘はつきませんよ。本当です。俺のおふくろは、恩知らずでさもしい男狂いの女でした」

佐吉にしてはあけすけな言葉を口にしたものだ。平四郎は黙って白湯を飲んだ。

「ですから、あの当時、俺は湊屋を叩き出されたって文句が言えなかったんです。お内儀《かみ》さんはそのつもりだったようで——」

「総右衛門のかみさんのおふじだな」

「ええ。ずいぶん辛くあたられましたが、当たり前ですよ。それでなくたって、おふくろも俺も湊屋の旦那の気持ちに甘え過ぎていましたからね」

結局、総右衛門がおふじを取りなし、佐吉を出入りの植木職人の家に預けることになった。佐吉は感謝しているという。

「俺は一人前の職人に育ててもらって、自分の口ぐらい自分で養えるようになりました。全部湊屋さんのおかげです。ですから、旦那からお使いが来て、鉄瓶長屋の話を聞かされて、ほとぼりが冷めて差配人のなり手が見つかるまで、なんとか頑張ってくれないかって言われたとき、一も二もなく引き受けました。せめてもの恩返しですからね」

そういう気持ちでやってきたのに、次から次へと店子《たなこ》をしくじってしまう。俺はなんて駄目なんだろう——そう思うとたまらないと、うなだれてしまった。

「でもな、佐吉」平四郎は用心深く切り出した。「八助たちの壺信心騒ぎは、湊屋が仕掛けたもののようにも見えるんだ」

平四郎は事情を話した。佐吉はさして驚いたような顔もせずに聞き、それは旦那の考えすぎだと一蹴した。

「だいいち、湊屋の旦那に、ここの店子たちを追い出したい理由なんて無いですよ。百歩譲って、もしもそういう事情があったとしても、そんな遠回しな手を使う必要なんてないじゃありませんか」

お説ごもっともで、それは平四郎も同じように考えているのである。だからこそ不可解なのだ。

「俺としては、これ以上は店子が減らないように、なんとか頑張っていくだけです。仁平親分にも隙を見せないように気をつけますよ。とりわけ今は大事な時ですからね」

総右衛門の一人娘、みすずの縁談がまとまりそうなのだという。相手は商人ではない。西国の内証豊かな大名の跡取りだという。

「みすずさんを然《しか》るべき家柄のお旗本の養女にして、そこから嫁に出すという形になりますが、それにしたって湊屋にとっては名誉なことですよ」

「先方は湊屋の金が目当てなんじゃないかい？　今日日《きょうび》、大名家で金の余ってるところなんざ無いんだからよ」

佐吉は肩をすくめて笑い、それでもたいした出世だと言った。「湊屋の旦那は大喜びしていますよ。ああ、でもこの話、今はまだご内聞に願います」

「心配するな。俺にはそんな噂を流す相手がいねえよ」

あらかた話し終えたが、平四郎はまだ、佐吉に、みすずの異母妹であるおみつという娘と彼の交流について尋ねていなかった。官九郎を介して、二人は文をやりとりしているようなのである。だが、

──余計なことかな。

それこそ身内の話ではないか。当面の厄介事である仁平の執念とも、このことはあまり関わりがありそうにない。

平四郎は話を切り替えて、お徳とおくめのことを尋ねた。佐吉は笑いながら、二人の間に立って大骨を折ったことをうち明けてくれた。平四郎は大いに笑った。佐吉の出自がわかったところで、岡っ引きの仁平の目的が物騒なものだと知れたところで、何だっていうんだいというような気楽な気分が戻ってきた。帰り道にはしとしと雨に降られたが、それも苦にはならなかった。

五

井筒平四郎の妻は、美形であることで知られている。

もっとも平四郎本人は、「あれも若いころは美形だったんだが、今はだいぶ品下った」と思っている。

細君も同心を父親に持ち、八丁堀の組屋敷で生まれ育った。ただ、父親同士はそれなりに交流があったらしいが、あちらは北町こちらは南町で、家同士の付き合いはなく、平四郎はいよいよ祝言《しゅうげん》というときまで彼女の顔を見ることはなかった。まあ、美形だという噂は聞いていたので悪い気はしなか

ったし、期待もしていたし、実際にもらってみて美人だったのでさらに気分はよかったのではあるけれど、いずれにしろ昔の話だ。

細君は三女である。上の姉二人もそれぞれに美形だ。いや、美形だった。長女は父の跡継ぎの婿をとり、次女は商家へ嫁いだ。従って平四郎には同じ八丁堀同心の義兄がひとりいることになるのだが、またまたこちらは南町あちらは北町、おまけに役向きが違うので、平素はほとんど顔をあわせることがない。どうやらこの人は算盤に強いらしく、ひたすら御番所にこもって帳面の類のあいだに鼻先を埋めるのが仕事となっているという噂である。そうやってタチの悪い高利貸しをとっちめたり、大名貸しでがぽがぽ儲けている大店《おおだな》の首筋に、時々冷や水を浴びせてたがを締めつけたりと、なかなか敏腕の人であるらしい。やっとうはすたれても金勘定はすたれることのないのが世の中だから、これからは案外この手の町方役人の方が名を残すかもしれぬと、平四郎は鼻毛を抜きながら感心することしきりである。

そういえば子供のころ、算盤をふたつひっくり返して足の裏にくくりつけ、家の廊下を滑って吹っ飛んで歩っているところを父上に見つかり、がんと怒鳴られたかと思うと、いきなり耳たぶをひっつかまれて物置に放り込まれたという経験が、平四郎にはある。算盤は苦い思い出である。以来、近寄ろうとも思わない。あのぱちぱち珠《たま》の動く音を聞くだけで耳たぶが痛むのだ。

次女の嫁ぎ先は佐賀町の河合屋という藍玉《あいだま》問屋で、夫はすこぶる堅い人物だそうである。子供が五人もいるので、姉様はせわしなくて大変でしょうということは、平四郎も細君から聞いた覚えがある。とはいえそれも四、五年以上前のことだ。年月が過ぎれば子供は放っておいても大きくなるものだから、今ごろはかえって商いや家事を助《す》ける手が増えて、楽になっている頃合いかもしれぬ。それはなかなか羨《うらや》ましい話である。

平四郎と細君のあいだには子供がない。従って、井筒の家の跡取りはどうするのかという話になると、一族のあいだでは、はなはだ旗色がよろしくない。細君も嫁いで五年ばかりのあいだには、ずいぶんと居づらい思いを味わったようである。本来、与力同心は一代限りのお役目なのだから、跡取りの心配などするのはお上に対してさしでがましいはずなのだが、平四郎がそういう正論を持ち出しても、白い目でじろりと見られるだけである。八丁堀はいずれ口約束と慣例で成り立っているところだから、まあ、それも当然のことなのであるが。

そう遠くない将来に、平四郎と細君は養子をもらわねばならなくなる。平四郎があまりよいよいにならぬうちにその手だてをしておかないと、一代限りの御家人であっても、末期《まつご》養子が御法度《ごはっと》であることには変わりがないので、井筒の家にとっては、ちとまずいことになる。という次第で、平四郎が四十路《よそじ》に達したころから、折節《おりふし》そのあたりの話がそわそわと持ち込まれるようになってきた。どこから持ち込まれるかと言えば、親戚縁者のところからである。養子ばかりは、町中で気に入ったのを見つけて連れてくるというわけにはいかない。血縁のなかから選ぶことになる。

平四郎の二人の兄たちは、てんでに家を出て一家を成し、それぞれに子もできて、すでに孫まである者もいる。どこでも跡継ぎは一人で足りるから、たいていの家では子が余っている。余るほどつくることはないと思うが、なにしろ歳が七つを越えるまでは頭数《あたまかず》にかぞえるなというくらい、子供というのはよく死ぬものだ。風邪で死ぬ麻疹《はしか》で死ぬ疱瘡《ほうそう》で死ぬ腹を下して死ぬ。跡継ぎ必須の武家では一瞬も油断がならぬ。用心おさおさ怠りない。それでも死神にもって行かれるときにはもって行かれてしまうので、予備にたくさんつくるわけだ。これが全員無事に育ち上がると、今度はあぶれるという理《ことわり》である。こういう言い方をすると身も蓋《ふた》もないが、なに、当の平四郎自身がそういう無事育ってあぶれた身の上なので、なんのことはない、己《おのれ》のことを言っているだけなのだ。

兄たちはあぶれた子や孫を、それぞれに、井筒の家の跡継ぎにどうかと考えているらしい。彼らは一様に腹は黒くない。が、相当に人が悪い。将来的にあまり期待のできそうにない子や孫をおっつけてこようとする魂胆が見え見えである。だいたい、ちょっとでも気骨や才覚のある子や孫なら、己はあぶれているなと気づいたときから将来の算段ぐらいは自分でするものだ。売れ残りの大根にすが入っているのは世の習いである。

しかしここで平四郎はまた己のことを考える。自身も相当にすが入っているクチである。それでもなんとかかんとか町方役人が務まってきた。ということは、兄たちの家から回されてくる残り大根でも、同じようになんとかなるという理屈である。するてえとなんだ、同じことを繰り返すわけだな――という具合で、まあ誰を養子にもらっても害はねえなあというふうに結論が出る。

ところが、細君には異論があるらしい。ここでようやく話がひとまわりして、彼女が昔は美形であったというところに戻ってくるわけだ。

細君の次姉の五番目の子供に、弓之助《ゆみのすけ》という、今年十二になる男の子がいる。

役者のような名前だが、これにはちゃんと由来があった。母親が夢を見た――なんでも、那須与一のような強者《つわもの》の弓引きが、ひょうとばかりに朝日に向かって矢を放ち、その矢がお天道様に吸い込まれたかと思うと、やがてまばゆいような金色の光に包まれて落ちてきて、清らかな白い霧がたちこめ蒲《がま》の穂の茂る川縁に、はっしと落下したのだそうである。夢のなかの母親が、その矢を追って蒲の穂のなかに分け入ると、そこに産着にくるまれた赤子がいた、まあなんて可愛い子――と抱き上げた途端に目が覚めた。そしてにわかに産気づき、産み落としたのがこの子だというのである。

作り話のような逸話に包まれて産まれてきたこの子は、実にべらぼうな美形である。

そして平四郎の細君は、この子を養子に欲しがっている。次姉の方にも異存はないらしい。

前述したように、平四郎は誰が養子に来たってかまわないと考えている。嫁して三年子なきは去るなどと、ちくりちくりと自分を虐めた井筒の縁者から養子をとるよりも、懐かしい実家の血縁の者を入れたいという細君の気持ちもわからないではない。細君の方にだって八丁堀の血は流れているのだから、同心の家の跡継ぎとしてまずいということはなかろう。だから反対する気は毛頭ない。

ただ、細君のこの弓之助に執心する理由がちょっとばかりふるっている。

「なにしろ人形のようにきれいな顔形の子供でございますからね」と、彼女は憂い顔で言うのである。「こういう子供は、本当にたやすく人の道を踏み外してしまうものです。特に男の子でございますからなおさら危のうございます。迂闊《うかつ》に町場に置いておくよりは、町方役人の堅い務めを与えて、しっかりと八丁堀に根づかせてやった方が、いずれ幸せでございますよ」

姉様も同じ考えでございますと、日頃はおとなしい細君が妙に頑張る。これが平四郎には面白い。

「なるほど男前はそのまま女難の相ということもあるからな。おまえの言うこともわからないじゃないが」

しかし、町方役人というのは、立ち回りようによってはなかなか旨味のある立場なのである。そこへもってきて目のくらむような男前ときたら、余計に人の道を踏み外しやすくなるだけじゃないのか？

「ですから、あなたとわたくしで、しっかり躾《しつけ》をしたいと申し上げているのです」

「俺はそれほどの器じゃねえが」

「それでも悪いことはなさらないじゃございませんか」

細君は八丁堀から外に出たことがない。そのかわり、小役人の良いところも悪いところも隅々まで知っている。その彼女が、「あなたは悪いことをしたことがない」と断言するのを聞いて、平四郎は耳が痒《かゆ》くなった。

「河合屋で、商人《あきんど》として鍛えてもらった方が得策じゃないかねえ」

細君はぶんぶんとかぶりを振る。

「あの人は駄目です」

次姉の連れ合いを一刀のもとに切り捨てる。

「堅い商人じゃないか」

「女狂いです」

平四郎は顎が下がりそうになった。相婿《あいむこ》である河合屋の主人に、そんな癖《へき》があるとは知らなかった。

「世間様の評判など当てにはなりません。姉様が言うのですから、これ以上本当のことはございませんでしょう？」

細君は義憤に燃えるという顔をしている。

「あんな行状の悪い父親のところに置いておいたら、弓之助はろくな大人になりません。湯島あたりの陰間茶屋《かげまぢゃや》にでも出入りするようになったらしまいでございます」

平四郎は今度こそ顎を落とした。細君の口から陰間なんぞという言葉が飛び出してくるとは思わなんだ。

「それでなくても、見てくれの良さというものは、けっして人のためにはなりません」細君は切々と訴える。「わたくしも姉様たちも、それをよくよく存じておりますから、弓之助の行く末が心配なのです。ほかの子供たちは、姉様たちに似ずにそこそこでございましたから、安堵《あんど》していたのです。ですが、弓之助は尋常ではございませんからね。あの顔は」

ほとんど貶《けな》しているのと変わらない。

長年連れ添った細君の顔を、平四郎はあらためてしげしげと見直した。今でも、ちと古びた雛人形ぐらいの風情はある。

外見の美しい者は、それを自慢や誇りにこそすれ、厭《いと》うたり悲しんだりするはずはない、ましてや、それが身のためにならぬと考えることがあるなどと、平四郎は今の今まで一度も思ったことがなかった。妻はこの顔のおかげで気持ちの良いことこそあったろうが、損を被《こうむ》ったことなどあるわけがない。少なくとも平四郎の知る限りでは。

「あなたが何をおっしゃりたいかはわかります」と、細君は先回りするように言った。

「姉様たちもわたくしも、若いころには八丁堀小町ともてはやされたものでございます。お恥ずかしい話ですわ」

平四郎は顎を掻《か》いた。「八丁堀小町を嫁にして、俺は自慢だったがな」

細君はにやりと笑った。「そこでございますよ」

平四郎はちょっと寒くなった。「何がそこだね？」

「わたくしは、あなたのことなどろくに知らずにお嫁に参りました。もちろん、井筒の家と、あなたという人のことは存じていましたよ。ご近所でございますもの。でも、人となりなどまるで知らずに嫁いで参りました。あなただって、それはご同様でございましょ？　わたくしの気性や気だてなど、何もご存じなかったはずです」

平四郎はうむと言った。確かにそのとおりだ。だが、武家の嫁取りなど、どこでもそんなものである。家の釣り合いと年頃だけで決められる。

「それでもあなたは、わたくしを嫁にして自慢に思われた。それもこれも、わたくしの顔がきれいだったから。そうでございましょ？」

細君は口を尖《とが》らせ、細い目で平四郎をねめつける。ねちねち虐められているようである。

「まあ、そうだな」

「わたくしの気だてが良いから自慢だったわけではない」細君はため息をついた。「家の切り回しがしっかりしているから自慢だったわけでもない。心ばえが優れているから自慢だったわけでもない」

「しかしおまえ……」

「それでも当時はわたくしも自慢でしたの」細君は忌々《いまいま》しそうに吐き捨てた。「わたくしも、あなたがわたくしを嫁にして自慢に感じておられることを感じて自慢に思っておりましたの。鼻高々でございましたわ」

「おまえが？」

「はい。夫に自慢に思われているということが自慢だったわけですわ。たかが見てくれのことだけだというのに。あなたがわたくしを妻として真に認めてくだすっているわけでもないのに。ただ見てくれがいいというだけで自慢にされているだけでございますのに」

平四郎は思わず言った。「しかし、そりゃ人情というものだろう」

「ですからいけませんのです」細君はきっとなった。「何も努力をしなくても、何ひとつ身についていなくても、ただ美しいというだけで人はちやほやしてくれる。これが良いことであるわけがございませんでしょ？　それにねあなた、これはひっくり返せば、わたくしや姉様は、娘として妻として、どれほど真摯《しんし》に努めましても、思ったほどには報われないということでございますよ。まわりの人びとは皆、姿形がきれいだということばかりに目を向けて、わたくしたちの中身を見ようとはしてくださらない。そういうことが続きますと、あなた、わたくしたちだって気がくさくさして参りますのよ。いっそ見てくれの良さの上にあぐらをかき、楽をして世渡りをしようなどと、不届きなことのひとつも考えますわ」

そういうものかなあと平四郎は思ったが、反論すると面倒くさそうなので黙っていた。

「おなごでもこの有様なのでございますから、男の子ではなおのこと」

「ははあ」と、平四郎は恐れ入った。

「弓之助にまっとうな大人になってもらうには、町場に置いてはいけませんわ。あなた、井筒の家にあの子を迎えてやってくださいまし。わたくしからも姉様からもお願い申しあげます――」


というようなやりとりのあった、翌日のことである。

ようやく梅雨も明けた。夜明けは早く、日差しは強い。平四郎はまぶしさにしかめ面をしながら、埃っぽい道を歩いて鉄瓶長屋へと向かっていた。喉が渇いてたまらないので、佐吉のところに立ち寄り、茶の一杯も馳走になろうじゃないかという腹づもりである。小名木川《おなぎがわ》に沿ってぶらぶらと歩いてゆくと、橋を渡ったところで頭上高く官九郎らしい声がカアカアと啼き、振り仰ぐと木戸の先の火の見櫓《やぐら》のてっぺんで半鐘が陽を受けてぴかりと光った。夏である。

湿っぽい雨が通り過ぎると共に、煮売屋のお徳はすっかり元気になり、商いも元通りに繁盛している。ただ、旦那にはすっかり迷惑をかけてしまったと、しおらしい顔をしているのは相変わらずだ。平四郎はかえって気を兼ねてしまい、以前のようにずかずかとは、彼女のところに寄りにくくなってしまっている。彼としては残念なことなのだ。

それでもお徳は、さほどの寂しさを感じてはいないはずだった。店にはおくめがいるからだ。一緒に商いをしているのである。

床上げをして前掛けをきりりと締めると、お徳はおくめをそばに呼んで、きっぱりとこう言い渡したそうである。

——あんたにはすっかり世話になったね。

実際、やれ役立たずの淫売だのと罵《のの》られつつ、嫌な顔もせずに世話を焼いてくれたおくめがいなかったら、お徳はどうなっていたかわからない。

——だけどあたしは、あんたみたいな女はやっぱり嫌いだ。嫌いだから、あんたに借りをつくっておくわけにはいかないよ。

差配人の佐吉を始め、鉄瓶長屋の連中は、お徳がこんなきついことを、それもずけずけと大声で言っているのを聞きつけてハラハラしていたという。いくらおくめが人が好くても、これじゃああんまりだ。

——おくめさん、あんただって、いつまでも身体《からだ》を売って世渡りしていくわけにはいかないだろ？

ババアになったらおしまいさ。男にとっちゃ、おくめばあさんなんか、無料《ただ》でも高いってなもんさ。

お徳にこう決めつけられて、おくめはうつむいていたそうだ。

——それだからね、世話になったお礼に、あたしは今日から、あんたに煮売屋のいろはを仕込んでやろうと思う。鉄瓶長屋のお徳さん秘伝の煮物だよ。永代橋《えいたいばし》を渡って買いに来るお客だっているっていう煮物だよ。そのこつを教えてやろうっていうんだ、有り難く思いなよ。

こうして、お徳はおくめを鍛え始めたというわけなのである。

——お徳さん、前にもましてしょっちゅう怒鳴ってますよ。

先の見廻りで立ち寄ったとき、佐吉が苦笑いしながら言っていた。

——おくめさんは何を言われてもハイハイと素直に聞いていますがね。それでけっこう、二人で上手《うま》くやってるようなんです。

おくめがおくめなりに、先行きのことを考えたということはあるだろう。淫売は長続きしないというのは、おくめだってわざわざ言われるまでもなくわかっていたことだろうから。それにあれはいたって気のいい女だから、そういう説教くさい形でしか感謝の気持ちを表すことのできない、働き者で気丈なお徳の心をも、ちゃんと理解しているのだろう。

——おくめは、頭は悪いがバカじゃねえ。

平四郎はけっこう、彼女を高くかっている。

——ただ、弱ったな。

おくめが、存外早く煮売屋のこつを呑《の》み込んで一人前になってしまったら、次には一人立ちして商いを始めることになるだろう。その場合、鉄瓶長屋にいることはできなくなる。師匠格のお徳と並べて店を張るわけにはいかないからだ。

ということは、おくめが家移りするということであり、それはつまり、佐吉がまたひとり店子《たなこ》をしくじるということになる。

――しかし、こればっかりは止めるわけにもいかねえ。

櫛の歯が欠けるように、鉄瓶長屋が空いてゆく。そんな事態は避けたいと、ついこのあいだ、佐吉はあらためて気を引き締め直したばかりである。ここはひとつ考え方を変えて、新しい店子を連れてくる算段をした方がいいかもしれねえ……と思いつつ、佐吉の住む表長屋のとっつきのこぢんまりした二階屋の方へ目をやって――

足を止めた。

佐吉の住まいの前に、人だかりができている。ざっと見ただけで十人近くいるだろう。皆、佐吉の家の入口にへばりつき、背中をかがめ、いかにも怪しい様子だ。なかをのぞこうというのか、盗み聞きか。

ぼんやりと平四郎のうしろを歩いていた小平次が、平四郎の背中にぶつかって止まると、うへえと言った。その声に、人だかりのいちばん後ろにいた男が振り返る。豆腐屋のまめな主人である。彼の頭が退《の》くと、集まっている連中のなかに、お徳とおくめの後ろ頭も混じっているのがよく見えた。

平四郎は着物の裾をまくってさっさと彼らに近づいた。豆腐屋の主人がちぢこまる。

「何事だい？」

平四郎が小声で尋ねると、戸口にたかっている連中がいっせいに振り返って口元に一本指をあてた。

「しいー！」

平四郎も真似《まね》をして人差し指を口に当てる。それを見て、お徳が我に返ったみたいに目をぱちぱちさせた。

「なんだ、旦那じゃないか」

「なんだはご挨拶だな」平四郎は一同と同じ高さにしゃがみこんだ。「いったい何をやってるんだ？佐吉がどうかしたか？」

「お客なんだよ」と、お徳がささやく。彼女の脇で、わずかに開いた戸口の障子の隙間に目をおっつけながら、おくめが続けた。

「佐吉さんとこに、お客が来てるのさ」

「どんな客だ？」

「それがね——」

お徳が口を開いたとき、戸口の障子が出し抜けにガラリと開いた。一同はあっと叫んで将棋倒しに倒れた。土埃《つちぼこり》がどっと舞う。いちばん後ろにいた平四郎と小平次は、倒れ伏した長屋の連中を見おろしてにゅうと立ち、障子を開けて出てきた人物とまともに向き合う格好になった。

「うるさいわね」と、その人物は言った。

「そんなに見物したいなら、入ってくればいいじゃあない」

歳のころならまだ十四、五の、人形のように整った顔をした娘である。つきたての餅のように真っ白できめ細かな肌。絹糸を結《ゆ》い上げたような髪。つやつやした黒襟をかけた豪奢《ごうしゃ》な友禅は、涼しい水色を織り込んだ扇《おうぎ》の柄だ。澄んだ大きな瞳はくるりと動いて、平四郎を上から下までながめまわす。

「あら、八丁堀の旦那だわ」と、誰かに言って聞かせるように言った。実際、彼女は家のなかに向かって呼びかけていたのである。

「佐吉、八丁堀の旦那がお見えになったわよ。出ていらっしゃいよ」

娘がちょいと横に退くと、千鳥結びに結んだ彼女の帯の向こうに、佐吉が急いで立ち上がるのが見えた。泡をくって戸口へ出てくる。濃い両の眉が、驚いたというよりは、困ったような、恥ずかしがっているようなへの字の形になっている。

若い娘は口元を鉤針《かぎばり》のようにひん曲げて、足元でじたばたしている長屋の連中をひと渡り見おろすと、ころころと笑った。

「あたしが誰だか知りたいのなら教えてあげる」娘は言って、左の頬にえくぼを浮かべた。

「あたしはみすず、湊屋の娘よ」

平四郎のうしろで小平次がまた「うへえ」と言った。この男は、恐れ入ったときの合いの手をこれしか知らない。

みすずを間近に見て、こりゃまたたいへんな美形だと、平四郎は感心していた。巷《ちまた》の噂でも、〝黒豆〟からの話でも、湊屋総右衛門の一人娘が小町娘であることは聞き知っていたが、実物は噂以上に美しい。平四郎は一瞬、細君の娘時代をちらりと思い出し、思い出したことに少しばかり赤面した。

みすずは平四郎の照れ顔を見て、いっそうえくぼを深くした。「旦那はたしか、南町の井筒の旦那でございますよね？」

小娘らしくない仇《あだ》っぽい目つきである。瞳がうるうると潤《うる》んでいる。

「ああ、そうだ」平四郎は気を取り直し、せいぜい四角張ってそう答えた。「ところでお嬢さん、あんたここに、一人で来なすったのかね？」

　みすずのうしろでは佐吉一人が彼らしくない周章《しゅうしょう》狼狽《ろうばい》ぶりで手をつかねているだけで、お供の女中や下男らしい者が見当たらない。

「ええ、そうです」みすずは形の良い鼻先をつんと反《そ》らした。身構えたのだ。こんなお嬢様にとっては、町中の一人歩きなどとんでもなくはしたないことである。いずれ叱られるに決まっている。そこで、ふん叱れるものなら叱ってごらんと言わんばかりの顔つきをしてみせたというわけだろう。

　平四郎を囲んで地べたにへたばっていた長屋の連中も、期待をこめて平四郎とみすずの顔を見比べている。しかし平四郎は叱るつもりで尋ねたのではなかった。

「ところで中に入ってもいいかい？」

　みすずは正直に肩すかしをくったという顔をした。鉄瓶長屋の連中の緊張もよよよと崩れた。

「なに、佐吉に水を一杯もらいたいんだ。どうにも喉がからからでな。お嬢さんの邪魔をするつもりはないから、水さえ飲んだらとっとと退散するよ」

　お徳がげっそりした顔で立ち上がる。「あたしたちは引き上げようよ。お嬢さん、とんだ失礼をばいたしましたね」着物の裾をぱっぱと払う。おくめがそれに引っ張られて立ち上がり、いきなり我に返ったみたいに、「そうだ芋が煮崩れちゃうわ」と、そわそわ言った。それをしおに、鉄瓶長屋の面々はそそくさと立ち去っていってしまった。

「まあ、気の小さい人たちだこと」みすずは投げ出すようにそう言って、再び平四郎にえくぼを見せた。「さあ旦那、どうぞお入りくださいませ」

平四郎は、依然として困り切っている佐吉を横目に、小平次を従えて悠々とみすずの脇を通り抜けた。といっても狭い家のことだから、すぐに座敷への上《あ》がり框《かまち》にぶつかる。そこによいしょと腰をおろすと、小平次が勝手知ったる他人の家で、台所へと水を汲《く》みに回った。

佐吉は平四郎に背中を向け、えらく丁寧に戸口の障子を閉めている。みすずは彼と平四郎の真ん中あたりに突っ立って、袖をぶらぶらさせながら佐吉の背中を見ている。

「それでお嬢さん、佐吉に何の用があって来なすった？」と、平四郎はあっさり訊いた。

佐吉は、とっくにきっちり閉まっているはずの障子にまだ張りついている。みすずはちょいと彼を横目で見てから、しどけなく笑って平四郎に答えた。

「ただ会いにきたんでございます、旦那。いっぺん会ってみたかったから」

ようやく佐吉が振り返り、意味ありげな目で平四郎を見た。平四郎は空とぼけた顔をして笑ってみせた。

「そいつは佐吉には果報なことだなあ」

小平次が水を満たした湯飲みを捧げて戻ってきた。平四郎はがぶがぶと水を飲んだ。みすずは黙ってそれを見ている。

佐吉は胸の前で腕組みをすると、つくづく参ったというように太い息を吐いて、平四郎に言った。

「旦那、お嬢さんは俺をからかいにお見えになったようで」

みすずがおきゃんな声をあげた。「あら嫌だ、あたしそんなつもりはないわ」

「またそういうことを仰《おつしや》る」珍しく、佐吉は怖い顔をした。「お嬢さん、人をたばかるにも程ってもんがあります」

「だから、たばかってなんかいないわよ」

みすずはくるりと身体を回すと、さっと動いて平四郎の横に来た――いや、来ようとしたらしいのだが、そこでいきなり蹴つまずき、前のめりになったかと思うと、凄い勢いで上がり框にぶつかった。着物の裾がぱっとめくれて裾回しがひるがえり、履き物が片方脱げて宙を舞い、真っ白なふくらはぎが二本、ひらひらと平四郎の目に焼きついた。

息を呑むような光景であった。平四郎は唖然《あぜん》として、湯飲みを持ったまま固まった。小平次は土間に膝をついたままこれも固まっている。佐吉は戸口の障子を背にして、片手で顔を覆った。

「あ痛――」

土間にへたりこんだまま、みすずは子供のような声をあげた。実際まだ少女なのだから、地が出たというべきかもしれないが。

「ああもう嫌になっちゃう」

ぺたんと座ってしまったみすずに、ようやく佐吉が近づいて抱き起こすと、上がり框の平四郎の脇に座らせた。みすずは額をさすっている。ぶつけたらしい。

「なるほど」と、平四郎は謎が解けた。「お嬢さん、あんた近眼《ちかめ》なんだね?」

あのうるんだような瞳もそのせいなのだ。

「せっかく気取ってみせたのに」少女はぷうっと頬をふくらます。「台無しだわ。旦那ってばそんなに笑わないでくださいまし」

いかにも平四郎は爆笑していた。小平次まで笑っている。しかし、みすずには気を悪くしたふうはなく、しまいにはおでこをさすりながら一緒になってあははと笑い転げた。

「これだから、お一人で出歩くのは危ないんです」佐吉だけは渋い顔をしている。「お嬢さんに万が一お怪我《けが》でもあったら、俺は湊屋の旦那にお詫びのしようがありません」

「佐吉がおとっつあんに謝ることなんかないわ。あたしが勝手に来たんだもの」みすずはもう片方の履き物も脱いでしまって、気楽そうに足をぶらぶらさせる。

「佐吉、おまえはお嬢さんの近眼のことを知ってたのか？」

平四郎の問いに、みすず本人が先回りして答えた。「知ってたでしょ。湊屋でも勝元でも、お店のなかじゃ誰でも知ってることですもの。ね、佐吉」

佐吉は彼女の履き物を拾って揃《そろ》えながら「はあ」と言った。

「佐吉はあたしのこと知ってるけど、あたしは佐吉のこと、ほとんど何も知らなかった。だから来たんだけど」みすずは言って、着物の懐に手を突っ込んだ。「やっぱりこれが無いと駄目だわ。旦那、失礼いたします」

懐から引っぱり出したのは、見事にまん丸の鼻眼鏡である。みすずはそれを顔に当てると、しげしげと佐吉、平四郎、小平次の順に観察した。

ちょっとのあいだ、誰も何も言えなかった。みすずの観察がひと巡りして、佐吉の上に戻ったとき、平四郎はやっと言った。「お嬢さん、普段はそれがないと人の顔も見分けがつかないのかね？」

「ええ、そうなんです」みすずは眼鏡をかけたまま、平四郎に向かってうなずいた。「だけどね、あたしはこれをかけると、いっぺんに女が下がります。だからかけないようにして暮らさなくっちゃならないんです。小さい時からそう言いつけられて育ちました」

「するてえと、近眼は子供の時分からか」

「はい。最初の眼鏡は八つのときにこしらえてもらったくらいですもの。そのために長崎まで行ったんです」

小平次がまた「うへえ」と言う前に、平四郎が「うへえ」と合いの手を入れた。言うことがなくなった小平次はただ口を開いている。

「お針をするときなんかたいへんで」みすずは針をちくちくする格好をしてみせながら言う。「この眼鏡は重たいから、あたしはすぐに疲れてしまうんです。だけどいちばん辛かったのは、お琴を習い始めたときだったわ。おっかさんが、こんなみっともないものをかけてお琴を弾《ひ》いちゃいけないっていうもんだから、素《す》のままの近眼で習わなくちゃいけなくって」

「そりゃ難しかったろう」

「はい。でも今ではすっかり覚えちまいましたから」若干、得意そうである。

「旦那、感心してちゃいけません」佐吉が割って入った。「今ごろ湊屋じゃ、青くなってお嬢さんの行方を探してることでしょう。早く連れて帰らないと——」

「あら、まだ大丈夫よ。おもんはあたしが踊りの稽古《けいこ》をしてると思ってるから」

みすずはけろっとした顔で説明した。今日は五日に一度の踊りの稽古の日なので、越中橋のたもとのお師匠さんの稽古場へ、午過《ひるす》ぎに出かけていったのだという。お供の女中をおもんという。みすずは、踊りに限らずお稽古というとどこでも必ず彼女に付き添われ、短い道中を駕籠《かご》に揺られて行く。むろん、尋常ではない近眼のせいである。転んで大事な顔に傷でもついたら大変だという、湊屋夫婦の親心からの計らいだ。

ただし、みすずを稽古場に送り届けると、おもんはお稽古が済むまで他の用足しに回り、その場を離れてしまう。駕籠だけは稽古場の外で待っている。そこで今日は、おもんが行ってしまうとすぐに、みすずは稽古場へ入らず駕籠のところに舞い戻り、駕籠かき二人に小粒を握らせ因果を含め、とっとと鉄瓶長屋へ走ってきたと、こういう次第なのであった。

「それにしたって、踊りのお師匠さんだっておかしいと思ってるでしょう。早く帰るに越したことはない」

佐吉は咎めて譲らない。平四郎はぽんと膝を打った。

「まあいいさ、こうしよう。小平次、おまえこれから湊屋へ走れ。行って事情を説明して来るんだ」

小平次はバカ正直に困惑した。「でも旦那、なんと説明しましょう?」

「なんでもかまうもんか。適当につくれ。お嬢さんは無事だから、踊りの稽古は休んじまったけれど、帰りが遅くなっても、今どこにいるかわからなくても心配要らねえということだけ伝わればいいんだ」

乱暴な話である。みすずがまたけろけろと笑いながら言った。「鉄瓶長屋にいるってことがわかっても、あたしはちっともかまいません。だからそのとおりに言って頂戴」

「お嬢さん」佐吉が気色《けしき》ばんだ声を出した。

「いいじゃないの」みすずはくるりと振り向いて、くちびるをとがらせて佐吉を見る。妙に馴れ馴れしいというか、

——乙女乙女していやがるな。

平四郎はちょっと面白くなってきた。少しばかり、この滅法美形で近眼のお嬢さんが気に入ってきたような気もする。

とにかく小平次を使いに追い出してしまうと、ちょうど折良く、川沿いの道の方から、甘酒売りの声が聞こえてきた。これぞ天の助けというものである。

「佐吉、甘酒だ」と、平四郎は上機嫌で言った。「俺は甘酒が飲みたい。お嬢さんも飲みたいな?」

みすずもハイと大喜びである。

「でも旦那——」

「いいから行ってこい。そら、暑いときにはやっぱり固練りの甘酒に限る。長屋のみんなにも俺のおごりでふるまってやってくれや」

財布から金を抜き出して佐吉に押しつけると、とっとと行けと追い立てた。佐吉は天を仰ぐようなそぶりをしたが、やいのやいのとせき立てる平四郎に負けて、仕方なく外へ出て行った。

甘酒売りの呼び声が切れ、へい毎度ありがとうございます、おいくつで——という商いのやりとりが始まるのを、耳を澄まして確かめてから、平四郎はみすずに向き直った。

「さてお嬢さん、この旦那に教えてくれ。あんたここに何しに来た?」

みすずは眼鏡越しに平四郎を見た。近眼のままだと色気に潤んでいるだけのように見えるこの美少女の瞳が、艶消《つやけ》しな丸眼鏡をあいだに置いて対峙《たいじ》すると、途端に生き生きと賢そうに輝く。不思議なものだと、平四郎は素直に驚いた。

「さっきも言ったとおりです。本当に、佐吉に会ってみたかったんです」みすずは明るい声で答えた。「おとっつあんもおっかさんも、家でしょっちゅう佐吉のことを話しているから」

湊屋夫婦が、しきりと佐吉を話題にしている——平四郎には聞き捨てならない話である。

「それはなんだ、ここの先《せん》の差配人の久兵衛が出奔して、佐吉が後がまにやって来てからこっちのことかい?」

「そうですね。でも、以前からもときどき話に出ていたけれど」みすずは遠くを見て何かを思い出すような顔をした。「だからあたし、佐吉があたしと縁続きだってことは、ずっと前から知ってました。昔はおとっつあんおっかさんたちと一緒に湊屋に住んでたこともあるんだって」

「ああ、そうだ。佐吉にとって、お嬢さんのおとっつあんの総右衛門さんは、大叔父にあたるからな」

「佐吉のおっかさんが、うちのおとっつあんの姪なんですね。葵さんていうお名前で」

「うむ。それでお嬢さんは、葵さんと佐吉が湊屋に来て、また出ていったくだりの事情は知っているのかい?」

みすずはちょっと口元を引き締めた。笑顔になったときだけでなく、こういう表情をしたときにもえくぼができる。なかなか愛らしい見物《みもの》である。

「詳しいことは知りません」と、ふるふると首を振る。「ただ葵さんとうちのおっかさんが仲悪くって、結局はおっかさんが葵さんを追い出したような格好になってるって——」

「ほう。それは誰がそう言ってる?」

「おとっつあんが。ただ、あたしは直《じか》に聞いたわけじゃありません。昔話がちらちらと持ち出されているときに聞きかじったのを集めると、そんなふうになるんです」

なるほど。だとすると、湊屋総右衛門は、自身の家のなかの思い出話の段階でも、あくまでも葵をかばおうとしているということになる。実際には、葵は湊屋の若い手代と駆け落ちしているのだが。

——いや、しかし。

平四郎は腹の底で首をひねった。

葵は本当に手代と駆け落ちしたのだろうか。こうなってくると、この話を頭から丸呑みするのも剣呑だという気がしてくる。

もしも駆け落ちが真実ならば――しかも金まで盗んでいるらしい――いくら総右衛門が葵びいきでも、思い出話のなかでまで、彼女のしたことをかばいだてするだろうか。事実としての駆け落ちや、金の持ち出しは認めた上で、葵がそんなことをしでかしたのには、湊屋側にも間違った点があったからだというふうにもってゆくのがせいぜいのところ――いや、常識的な線ではないかと平四郎には思われる。てめえから駆け落ちしたのと、折り合いの悪かった義理の叔母に追い出されたのとでは、天地ほどの差があるではないか。

そもそも駆け落ち話の出所は、今のところ佐吉だけである。〝黒豆〟の調べでは、こんな筋書きは出てきていないのだ。

なるほど佐吉は、自分の母親がそういう淫奔《いんぽん》で恩知らずなことをしでかしたと信じているのだろう。あの口振りにウソはあるまい。だがしかし、事が起こった当時の彼は、まだ十歳かそこらの子供であった。だから、彼のこの信念は、彼自身の頭に残る記憶を拠《よ》り所にしたものではなく、当時の周囲の大人たちから言い含められた事柄によって成り立っているのだと考えた方が筋が通る。

葵は男と駆け落ちなどしていない。

だがしかし、何かしら理由《わけ》があって、佐吉にはそう説明する必要があった。

葵が佐吉を置いて湊屋を出るに至った事情は、「葵と総右衛門の女房のおふじの折り合いが悪かったからだ」という説の方が本当なのではないか？　それが真実だからこそ、湊屋夫婦は、今でも、断片的ではあるが娘のみすずにも察知できるくらいには筋道たてて、このことについて話しているのだ。

——どうにもこんがらがってきやがった。

平四郎は腕を組む。

と、みすずが妙にきっぱりした声で、しかし拗《す》ねる子供のように口を尖らせて言い出した。「あたしはおとっつあんもおっかさんも大嫌いなんです」

平四郎は、頭のなかのごちゃごちゃした考えから離れて我に返った。「え？　何て言ったね、お嬢さん」

「おとっつあんもおっかさんも大嫌い」みすずは繰り返して、ぎゅっと宙を睨んだ。

「おとっつあんはあたしのこと、余所様《よそさま》に贈って喜ばれるきれいなお人形みたいに思ってる。おっかさんはあたしのこと、あたしが葵さんに似てるからって憎んでる」

平四郎は大いに驚き、思わず上がり框から転げそうになった。

「あんた、葵さんに似てるのかい？」

みすずはこっくりした。「おとっつあんもそう言ってるし、久兵衛も言ってました」

「久兵衛ってのは、先の差配人の」

「ええ、そうです」

久兵衛は昔は「勝元」で働いていたのだし、差配人としても、湊屋に出入りすることは多かったろう。みすずの顔を見知っていてもおかしくはない。しかし、みすずが葵に似ているというのは——

混乱の度を深める平四郎を置いてきぼりに、みすずはからりとした口調で続けた。

「実の親と娘が嫌いあうなんて、すごく哀しいことだけど、でもうちはそうなんです。おとっつあんとおっかさんも、夫婦仲はもう氷室《ひむろ》みたいに冷え切ってるし。あたしもう、湊屋にはいたくありません」

「でもお嬢さん、あんた近々お嫁に行くそうじゃないか」平四郎は思い出した。「佐吉から聞いたよ。なんでも西国の大きな大名家へ嫁ぐことになったって――」

みすずは鼻先に思い切りしわを寄せ、美少女にあるまじききちんくしゃな顔をした。

「おとっつあんが決めた話です。あたしは嫁《ゆ》きたくありません」

「しかしなあ」

「おっかさんもおっかさんで勝手なことばっかり言って、みんなおまえのためだって、あたしにはガミガミ怒ってばっかりいるし、そのくせちっともあたしの好きにはさせてくれないし、あたしの気持ちをくんでもくれません。ホントに憎んでるんです」

みすずの瞳の色が濃くなった。

「だからあたし、二人を二人とも、まとめてぎゃふんと言わせてやろうと思って。旦那、それであたし、佐吉に会いに来たんです。佐吉がどんな人か確かめたかったんです」

「確かめてどうする？」平四郎は、答を察しつつ敢えて質《ただ》した。

みすずはちゃんと、平四郎がわざと訊いていると察していた。久しぶりににっこりと笑うと、深々とえくぼを刻んで、

「確かめて、気に入ったなら、あたし、ここにお嫁に来ようと思って。佐吉に、あたしをお嫁にしてもらおうと思って」

六

結局みすずは、初夏の長い午後を鉄瓶長屋の佐吉の家で過ごし、それでも帰るときには名残惜《なごり》しそうな顔をして、小平次にほとんど背中を押されるようにして引き上げて行った。

一度湊屋にお嬢様出奔の言い訳をしに行った小平次の話によると、彼女がお付きの女中をまいてどこかに姿をくらますのは、今日が初めてのことではないらしい。湊屋では、さしてあわてている様子もなかったという。応対に出てきた番頭も——これがまた歳も四十そこそこで、苦み走った男前だったそうだが——お嬢様のいたずら好きにも困ったものです、また芝居見物ですかそれとも買い物ですかと、ため息混じりに訊いたけれど、小平次に噛みついて、すぐにもお嬢様のいる場所へ案内してくださいというような態度はとらなかったそうだ。それどころか、まあ、好き勝手に町を遊び歩くことができるのも今のうちだけだから、あまり厳しいことは言いたくないというような台詞まで吐いたという。小平次が空とぼけて、はあそれはまたどうしてでございますかと尋ねると、男前の番頭は胸をそらして、お嬢様はたいそう良い縁談がまとまったところなのでございますよと答えたそうだ。

縁談がまだあいまいな段階ならば、小平次のようなお店《たな》の外の人間に、わざわざ話すこともあるまい。つまり、当のみすずがどんなに嫌がっていようと、彼女が大名家に嫁ぐことは、既にしてほとんど決まっているようなのである。

身の回りのことからお稽古ごとのこと、芝居や役者の好き嫌い、食い物のこと——みすずはたいそう開けっぴろげにあれこれ話してくれたので、平四郎は彼女のおしゃべりに耳を傾け、なかなか楽しく半日を過ごした。おかげで午過《ひるす》ぎからはほかの町を廻ることができなかったが、どのみち日々気合いを入れて見廻りをしているわけでもないのだからかまわない。それでもみすずが、彼女につき合って鉄瓶長屋で油を売っている平四郎を心配するので、こう説明してやった——俺が見廻りでそこにいて合わせたが故に止めることのできる程度の争いやもめ事ならば、俺がいなくても誰かが止めて収めてくれるだろうし、その場の誰も収めることができず、ドタドタがたがたと広がって騒ぎになってしまうような激しい争いやもめ事ならば、最初《はな》から俺がその場にいたって収められるはずはない、だから俺はいたっていなくたって同じなんだな。するとみすずはころころと喉を鳴らして笑い、井筒様って面白いお役人様だわと、大いに喜んだものである。

「やっぱり、今日は思い切って来てみて良かった。井筒様が、佐吉にずっと親切にしてくださってるってことは、おとっつあんの話を聞きかじって知っていました。お会いできて良かった」

帰り際、みすずはそんなふうに言って、近眼《ちかめ》の眼鏡をはずし、潤んだ瞳でしみじみと佐吉を見つめて、

「あたし、また来るわ。佐吉のこと、本当に好きになっちゃったみたいだもの」

なあんてことまで言った。

彼女が帰ると、佐吉のつましい家のなかは、急に淋しくなった。何かたいそう良い声で鳴く、南国生まれの翼の色の鮮やかな鳥が飛び立ってしまった後のような感じがした。

「それでおめえ、どうなんだ？」

平四郎は佐吉に訊いた。佐吉はみすずが家にいる間中、居場所をとられたみたいな顔でうろうろしていた。そして彼女が帰った今も、やっぱり居場所を見失ったみたいに立ったり座ったりしている。

「どうって、何がです」

「あの娘《こ》を嫁にもらうかい？」

「旦那」佐吉はほとんど恨むみたいな目つきをした。「おからかいになっちゃいけません」

「だってあの娘はその気だったぜ。すっかりおまえさんのことを気に入ったみたいだ」

「縁談が決まっているんでしょうに」

「それが嫌だから、おめえと駆け落ちしたいんだろうよ。俺は悪い話じゃねえと思うがね。あれはいい娘だよ」

「旦那はご自分の身に火の粉のかかることじゃないと、ざるで水をすくうみたいなことを平気でおっしゃるからなあ」

「そりゃおまえ、役人なんてもんはみんなそうだよ」

平四郎はけろりと言った。佐吉はしばらく平四郎の顔を見ていたが、やがて、積んだものを崩すみたいにして、ふっと笑った。

「湊屋のお嬢さんは、俺にとっては主人筋のお嬢さんみたいなものです」

「そこまでへりくだることはねえだろう。おめえだって湊屋の血筋なんだ」

佐吉は黙ってかぶりを振った。

「湊屋夫婦は、おめえのことをしょっちゅう話題にしてるんだとよ」平四郎は言って、長い顎を撫でた。「あの娘が、両親がそれほどに気にする佐吉という男がどんな野郎なのか、ひとつ会って確かめてやろうと思い立つくらいに頻繁《ひんぱん》に……な」

「湊屋さんは、俺じゃなくて、今の鉄瓶長屋の様子がご心配なんです」佐吉は気抜けしたような声で応じた。「あるいは、俺なんかに任せておくと、鉄瓶長屋もいずれはろくなことがない、やっぱり俺をここに寄越したのは失敗だったと思っているのかもしれないですね」

「おいおい」平四郎は眉をひそめた。「そりゃどういう意味だい？　おめえが集めた店賃《たなちん》をかすめて逃げ出すとでも？」

「それぐらいやったって不思議はないでしょう？　血筋といったら、俺はあんなおふくろの血筋なんだ」

「俺はこのあいだから不思議で仕方ないんだが、なあ佐吉、おめえはその話、いったい誰に吹き込まれたんだ？」

佐吉は険しい眼をした。「吹き込まれた？　妙なおっしゃりようですね」

「ああ。だってよ、俺が湊屋の周辺を調べた限りじゃ、そんな話は出てこなかった。言っとくが、調べたのは俺じゃねえぞ。俺が調べたんじゃ、頭のすぐ上にあるものだって見逃すからな。実はつてを頼って、隠密廻りに調べてもらったんだ」

さすがに、佐吉は驚いたようだった。「隠密廻り――」

「そうさ。連中は、調べろと言ったら湊屋総右衛門の使っている便所の落とし紙の値段まで調べてくるぜ。だが、葵が手代と駆け落ちしたなんて話は拾ってこなかった。金を盗んだという話もだ。ただ葵が、おまえが十歳の年の秋、書き置きを残して湊屋を出たということを聞き込んできただけだ」

「ですからそれは、湊屋の守りが堅いんですよ。駆け落ちなんて、どだい外聞のいい話じゃないからら」

「このあいだもおまえはそう言ってたな。確かにそうとも考えられるよ。だがな佐吉、俺が頼んだ隠密廻りは、こんなことも言っていた。葵が出奔した当時、湊屋のなかで、二通りの噂がたっていたそうだ。ひとつは、葵は総右衛門の女房のおふじにいびり出されたんだという噂。もうひとつは、葵は余所《よそ》に男ができて、おまえを湊屋に残して、その男のところに行っちまったんだという噂だ。なあ、どう思う？　葵の出奔した事情に関して、湊屋の守りが本当に堅いならば、こんな噂だって出てくるはずがねえんじゃないのかい？　これだって、外聞のいい話じゃないぜ」

佐吉は頑《かたく》なな感じで口元を引き締めると、平べったい声で言った。「でも、そのふたつだって、手代を丸め込んで駆け落ちするよりは、まだましな事でしょう。おふくろが出奔したこと自体は、お店の者たちには隠しようがないんだから、すべてを隠してしまうよりは、その程度の噂をつくりあげて、それを奉公人たちのあいだに流したんじゃありませんか。上手《うま》いやり方ですよ」

「じゃあ、みすずが言ってたことはどうなんだ？　聞いたろ？　あの娘はあの娘で、おっかさんと葵の折り合いが悪かったんだと言ってたじゃねえか。それも作り話かよ」

「聞きかじっただけの話でしょう？　もともとあてにできることじゃないですよ」

平四郎は面白くなってきた。ちょっと高揚する。てんでバカじゃねえはずのこの男が、なんだってこれについては自分の理屈だけにしがみつくのだろう？

「それじゃあ言うけどな、佐吉。おめえ肝心なところを見落としてるよ」

佐吉は気色ばんだ。「へえ、何でしょう？」

「もしもおめえのおふくろさんが本当にお店の手代と駆け落ちしたんだったら、残りのお店の者たちがそれに気づかないはずがねえんだ。だって、昨日までいた手代が今日は居なくなってるんだぜ？どうにも説明のつけようがねえだろうがよ。当時、おめえは十歳の子供だし、お店のなかの切り回し

について もよく知らなかったろうから、いくらだって騙せる。だが奉公人たちはそうはいかねえよ」

佐吉は引き下がらない。「たまたまお暇《いとま》を出したんだと言えば済むことですよ」

「葵が出奔したのと同じ日にか?」

「手代のお暇の方は先から決まっていた、おふくろの出奔は出し抜けだった、偶然重なったんだと説明すれば、奉公人たちは納得しますよ」

平四郎は畳みかける。「そりゃ無理だ。葵とその手代が駆け落ちするほどの間柄だったなら、お店の奉公人たちの誰かが、事前にそれと悟っていたはずだ。勘づいていたはずだよ。そいつらを丸め込むのは、ちょっくらちょっとできることじゃねえよ」

「奉公人にとっては、主人の言うことが全部正しいんです」

おお、そうかいそうかいと応じかけて、平四郎はやめた。こんなふうにやりあっていてもきりがない。

代わりに、訊いた。「佐吉、その手代の名前は何ていうんだ?」

佐吉はいきなり脇腹を打たれたみたいにひるんだ。

「まさか知らねえわけじゃねえだろ?」

「もちろん聞かされています……」

「なんて名前だ。どんな男だ」

「松太郎という……当時二十五歳の……」

「よし」平四郎は平手で膝を打った。「調べてみようじゃねえか」

「旦那」佐吉は根負けしたみたいに弱腰になった。「もうよしましょうよ。こんなことで俺と旦那が言い合いするのはおかしいし、二十年近くも昔のことなんかどうでもいいじゃないですか」

「俺はどうでもいいとは思わねえ。過去のことだって、ちゃんとしとかないと今の暮らしに良くない翳《かげ》りを落とすことがあるんだ。現にそうなってるじゃねえか。おめえは一人前の男だ。頭だっていいし、気性も真っ直ぐだ。それなのに、てめえのおふくろさんのことではまるっきりウジウジと暗くなってて、真っ直ぐ前を見ようともしねえ。おめえだって承知してるだろうが、湊屋総右衛門の息子たちは、けっして評判が良くはねえよ。二人とも、親父の後を継ぐだけの器じゃねえと、もっぱらの噂だ。それなら、おめえがみすずと夫婦になって、湊屋を継いだっていいじゃねえか。忘れてるのかもしれないが、子供のころのおめえは、総右衛門に、跡継ぎ同様の扱いを受けていたんだぞ」

「そんな夢みたいな話を――」

「夢じゃねえよ。あのみすずって娘だって、今の湊屋の男連中に愛想が尽きたから、わざわざおめえに会いに来たんじゃねえか。そこんところをよく考えろ」

「だけど俺は！」

佐吉はいきなり大声を出した。そのことに、まず本人が驚いてしまったらしい。すっと顔色を失《な》くした。

「すみません……旦那に向かって怒鳴ったりして」

「気にするなよ」平四郎は笑った。「俺は年中無礼講の男だ。知ってるだろうが」

佐吉は力無く微笑《ほほえ》んで、手で額を押さえた。

「だけど俺は、おふくろのことをずっと……ずっとひどい……恩知らずだと教えられてきました。俺はおふくろみたいないい加減な人間にだけはなるまいと、恩を仇《あだ》で返すような人間にだけはなるまいと、そう思って生きてきたんです。だから……」

今さらその前提を疑《うたぐ》ってかかれと言われても、はいそうですかとはいかない。それは平四郎にもよくわかる。

――でも、だからこそ、こんな嫌な話はめったにねえじゃないかよ。

平四郎は心のなかで呟いた。

誰にしろ、佐吉に生みの母の葵の悪い過去について吹き込んだ人間は、そうすることによって、佐吉が今のような生き方をするように――湊屋に負い目を感じ、湊屋の言うことにはすべて従い、唯々《いい》諾々《だくだく》と湊屋の指図《さしず》の下に生かしていただく人生を受け入れるように――仕込んできたのだろう。いや、むしろそちらの方が主な目的だったのかもしれない。

親の非道な仕打ちや行状に苦しめられる子供は、世間にはいくらもいる。それでも、そんな子供たちが全部駄目になるわけではないし、全部が親のまともでない生き方に対して負い目を感じながら育つわけでもない。佐吉だって、よしんば葵が本当に恩知らずで欲深で淫乱などうしようもない女だったとしても、早くに湊屋と縁を切って、折に触れては昔のことを思い出さなければならないような暮らしから離れていれば、心の有りようも少しは違っていたことだろう。

――俺はこういうの、好きじゃねえんだよ。

平四郎にしては珍しく、この怒ったような気分は後を引いた。湊屋から戻ってきた小平次を連れ、ようやく鉄瓶長屋を離れようとするころ、はかったように夕立が降ってきた。平四郎は、強い雨足が頭に当たると、じゅうじゅうと湯気が立つのじゃないかと思いながら、とっとと歩いた。

翌日のことである。

みすずと話し込んで中途になってしまった見廻りを殊勝にこなして、しかつめらしい顔で御番所に顔を出すと、それだけですっかりくたびれてしまった。なにしろ暑い。お天道様《てんとさま》は手放しで照りつけるし、道は埃っぽいし、水はぬるいし汗はべたべたする。早々に水浴びをしようと八丁堀の組屋敷に帰ってくると、台所の方でしきりと笑い声が聞こえる。平四郎が今帰ったぞと声をかけても、にぎやかな笑い声に遮《さえぎ》られて届かないらしく、誰も出てこない。小平次が足を洗ってくれるあいだ、平四郎は耳を団扇《うちわ》のようにおっぴろげて、奥で交わされているやりとりを聞き取ろうとした。――子供の声だ。

さかんに「叔母上、叔母上」と呼びかけている。平四郎はピンときた。こいつはあの、例の弓之助とかいうガキじゃないのか？

尋常ではない美形だとか、細君は言っていた。奥から聞こえてくる楽しげな笑い声のなかには、下働きの小女《こおんな》の嬌声《きょうせい》も混じっているようだ。ますます怪しい。

平四郎がどすどすと足音をたてて座敷へ入って行くと、ようやく気がついたのか、細君があわてた様子で台所から廊下へ出てきた。あらまあお帰りなさいませ、なんて言う顔がまだ笑っている。

「誰か来てるのか？」

細君はいっそう頬を緩めた。「はい、弓之助が佐賀町からお使いに。泥鰌《どじょう》を持ってきてくれましたの。急に暑くなりましたので、暑気払いにと姉様が持たせてくだすったんです。ですから今夜は泥鰌汁にいたしました。あなたお好きでしょう？」

妙に多弁である。ここ数年、細君が何かおかずをこしらえて、それが平四郎の好みでございましょうと、こんなに嬉しそうに語るのを見たことがない。

細君の次姉の嫁ぎ先の佐賀町の河合屋は金持ちだから、これまでにも季節の食い物をあれこれと差し入れてくれることが多かったが、そのお使いに、河合屋の子供たちがやってきたのも初めてだ。一度こういう習慣がつけば、また今度、またその次、だんだん馴染んで、そのうちに用がなくても出入りするようになり、だいたいがものにこだわらない平四郎のことだから、やがては、ああ弓之助か、あいつなら家に居着いても悪くないじゃないかというふうになってゆくに決まっている。平四郎が鉄瓶長屋のことばかりに気をとられているうちに、井筒家の養子縁組の話は、細君の手によって、深く静かに進行しているようである。

台所でまた笑い声があがった。平四郎は横目で細君を見た。彼女はにっこりと受け流す。

「何を笑ってるんだ？」

「弓之助が面白いことばかり申しますので」

「男のくせに、お調子者だなぁ」

「あら、そういうのではございませんわ。今、ご挨拶に連れて参ります」

細君は弾《はず》むような足取りで座敷を出て行き、すぐに笑いさざめきながら戻ってきた。そして唐紙《からかみ》の前できちんと平伏し、彼女のすぐ後ろに座っている小さな影に、

「さ、叔父上さまにもご挨拶をするのですよ」と声をかける。

「河合屋の弓之助にございます」

板の間にぽっちりと手をついて頭を下げたまま、小さな影が言った。「叔父上さまには、本日もお暑いなか、市中見廻りのお役目まことにご苦労様にございます。河合屋から心ばかりの暑気払いをお

持ちいたしましたので、どうぞお召し上がりくださいませ」

はきはきと言い終えて、まだ平伏している。平四郎は鼻先でふうんと言った。細君がちょっと睨む。

「あなた、ふうんはございませんでしょ、ふうんは」

「ちゃんとした口をきくなあ。おまえ、いくつになった」

暑いので、だらしなく着物の前をはだけ、団扇を使いながら平四郎は訊いた。

「そんなにぺったんこにならなくていいから、こっちへ来い」

「はい、ありがとうございます」

弓之助はつと顔を上げた。平四郎は団扇を使う手を止めた。細君がわくわくしたような顔をして二人を見比べる。

なるほど、きれいに整った顔だった。細君の言葉に嘘はない。くるりと丸い瞳、つるりと秀でた額。すっと糸を引いたように真っ直ぐな鼻筋。いかにも商人の子供でございますということざっぱりした身なりで、前髪に髷も団子を載せたみたいにちょこんと小さく結っているが、それでも人目を惹くような輝きのある子供である。

こりゃなんだろう——平四郎は考えて、しばらくして思い当たった。上等の生菓子みたいだ。なにがし、食べたら美味《うま》そうな感じがするのである。

「おめえが弓之助」と、平四郎は指さした。

「あい」と、少年は元気に応じた。「叔父上さまにお目にかかるのは、わたくしが五歳の折の端午《たんご》の節句以来のことでございます。あれから七年、わたくしは十二になりました」

「そうか」と、平四郎は顎をかいた。整いすぎた顔立ちというのは、どこかで似通ってしまうものなのか、みすずの顔が弓之助の顔に重なって見える。

「おまえ近眼か？」と、思わず訊いた。

「は？　わたくしは目はよく見えます」

「あなた何をおっしゃいますの？」

平四郎はさらに訊いた。「おまえ、誰かに、中身に餡《あん》が詰まっていそうだと言われたことはねえかい？」

弓之助はつぶらな瞳をくるりと回した。驚いたのだろう。細君は吹き出した。

「あなた、おかしなことを訊かれますのね」

「しかし俺には、弓之助の中身には白餡が詰まってるように見えるんだ」

「白餡でございますか」と、弓之助は殊勝な顔で繰り返した。「いえ、今まで言われたことはございません」

「齧《かじ》ると甘そうなんだがなあ」

「あなたは甘いものがお好きですからね。好ましいものは似て見えるのでしょう」

細君の、これは誘導尋問である。

「八丁堀の役人てのは、みんな口が悪いからな。表向きは一代限り、御家人のなかじゃいちばん低い身分だ。扶持《ふち》も少ない。町場に混じって暮らすから、自然ざっかけない人間になるんだよ」

「ははあ」と、弓之助はうなずく。

「だからおまえが井筒の家に養子に入って俺の後を継ぎ、町方役人になるとだな、まず真っ先にあだ名をつけられるだろう。あんこの助とか、井筒屋の白餡とか。おまえ、そういうの嫌じゃねえかい？」

「あなた、今からそんなことをおっしゃったって――」

細君が割って入ろうとしたが、平四郎は顎を突き出して弓之助の顔ばかり見ていた。少年は瞳を右に寄せてしばらく思案していたが、やがてそろそろとした口つきで、

「そういうのは、それほど嫌だとは思いません」と答えた。「それにあだ名なら、今でもつけられています」

「ほう、なんていうんだ？」

「くじらでございます」

「あん？　鯨？　あの海にいる鯨か？」

「いえそうではなくて、鯨尺《くじらじゃく》のくじらでございます。縮めて呼ばれているのです」

平四郎は細君の顔を見た。細君は口元を上品に押さえて笑みをこらえている。

「弓之助は、何でも計ってしまうのですって」彼女は小声でクスクス言った。「わたくしも今日初めて教えてもらったのですが、ずいぶん先《せん》からの癖だそうでございますわ。姉様にはいつも叱られているのだそうです」

「何でも計るって――」

平四郎が言いかけると、弓之助は楽しげに、歌うような口つきで応じた。

「叔父上さまの眉毛と眉毛のあいだはちょうど五分ございますね。右の眉毛は八分に髪の毛一筋ほど余りますが、左の眉毛は九分ございます。右の下まぶたから三寸二分下に黒子《ほくろ》がございまして、その

「黒子の径《さしわたし》は一分にわずかに足りません」

平四郎が目を剝《む》くと、すかさず続けた。

「叔父上さまの目の玉の径は七分ほどのように見受けられます」

細君が、たまらず身を折って笑い出した。

「ね？　わたくしたちも、さっきから、これで大笑いをしていたんでございますの」

夕飯を一緒にしたあと、歩く鯨尺の弓之助は、面白がる平四郎を連れて家のなかを歩き回り、いろいろなものを空《そら》で計って見せた。簞笥《たんす》の幅、梁《はり》の長さ、敷居の高さ、小平次の身の丈、足の長さ、細君の歩幅。平四郎は鯨尺と曲尺《かねじゃく》を手に少年のあとをくっついて回り、彼が計りあげた数値を物差しで確かめた。驚いたことに、それらはことごとく、ぴたりと合っていた。

「わたくしは、必ず一尺二寸の幅で歩くのです。これが基本でございます」と、弓之助は小さな足を持ち上げて説明した。「最初のうちは難しかったのですが、先生に教わりまして、今ではどこでも同じ歩幅で歩くことができるようになりました。目安になるように、履き物の前とうしろに、鋲《びょう》をひとつずつ打ってございます。そうして歩けば、どこでも測量ができますので」

履き物をひっくり返して検分すると、確かに本人の言うとおりだ。

「先生ってのは誰だ？　寺子屋の師匠か？」

「いえ、佐々木道三郎先生でございます」

佐賀町の長屋に住んでいる浪人者だという。歳は平四郎と同じくらいで、西国から流れ流れて江戸にたどりつき、妻も子もないひとり暮らし。食うや食わずの生活なのだが、三度の飯より測量が好きという、たいそうな変わり者であるらしい。

「測量って……地面なんか計って何をするんだよ」

「絵図面や切り絵図、地図を作るのでございますよ、叔父上」

早くも平四郎に馴染んでしまった弓之助は、「さま」をとっぱらってしまった。

町中の切り絵図や地図は、誰にでも作れるというものではない。幕府には普請方と測量方がお役目として設けられている。学者が作る場合でも、お上の監督の下でないと許可されないし、できあがった地図や切り絵図を勝手に流布させることは許されない。版木を彫って刷るのも、お上が許した版元でないと駄目だ。つまり佐々木道三郎というこの浪人は、それらすべてをモグリでやっているということになる。しかも子供に教えているとは、たいへんな怖いもの知らずである。

「ご自分の学究のためにしておられることですから、何も後ろめたいことなどないのでございますよ」

「しかし、ばれたら事だぞ」

「普通に暮らしていたら、ばれません」

平四郎は、自身の屋敷のなかであるにもかかわらず、声を潜めた。「おめえも切り絵図や地図を作る手伝いをしているのか？」

「あい」弓之助は悪びれない。

「それが何か役に立つのかね」

「わかりません」あっさりと素直に認める。

「でも叔父上、世の中を計るというのは、とても面白いことでございますよ。計れば、ものとものとの距離がわかります」

「距離がわかって……何になる？」

「ものの有りようがわかります」

答えてから、弓之助は少しはにかんだ。

「と、佐々木先生はおっしゃっています。いずれ世の中には、人の手で計れぬものはない。計ることで、人はこの漠然とした世の中を理解し、自分の知っている身の回りの狭い場所だけではなく、天下国家そのものの有りようをも想像できるようになるのだと」

平四郎にはよくわからなかった。だが、弓之助が養子に来て元服し、縞《しま》の着物に巻《ま》き羽織《ばおり》で、江戸市中を闊歩《かっぽ》しながら、一尺二寸の歩幅でもって、そこらじゅうを計って歩いている様子を想像しておかしくなった。

「おめえは大した変わり者だなあ」

弓之助は気を悪くする様子もなく、怖じけることもなく、「あい、今は」と答えるのだった。

「今はまだわたくしたちは大した変わり者でしかないと、佐々木先生もおっしゃっておられます」

何かに興じているときほど時は早いもので、いつの間にかすっかりと夜は更けていた。河合屋でも心配しているだろうからと、小平次を供に付けて弓之助を送り返し、細君と二人になると、平四郎は言った。「あの変わり者の子がうちの養子にふさわしいと、まだ思うかい？」

細君は少し当惑気味だった。何でも計ってみせる面白い子供というだけならばともかく、下手をすればお上のお咎めを受けることになる地図や切り絵図づくりまで習っているとなると、事は易しくない。先《せん》のように手放しで、養子にほしいほしいと連呼するわけにもいかなくなってしまったのだろう。

「河合屋の姉様たちは、これをご存じなのかしらん」

「子供が大勢いるんで、目が届かないんだろう」

「わたくし、弓之助があの美形で女難に遭って人の道から外れることばかりを案じていましたけれど、どうやら今日からは別の心配も抱えることになりそうですわ」

「俺はあの子が気に入った。ちょいちょい遊びに来させるといい」

「あらまあ……」細君はため息をもらした。「あなたもたいした変わり者でございますのよねえ」

平四郎が自室へ戻ると、閉めたはずの縁側に面した障子がわずかに開いていた。今夜は月が細い。行灯《あんどん》が灯《とも》っていない室内には薄闇が満ちている。が、日頃ほとんど使うことのない平四郎の書き物机——従ってそこに硯箱《すずりばこ》以外は何も載せられていないはずなのだが——の上に、小さな細長いものがそっと置かれていて、障子越しの弱い月の光を受けてほの白く光っていた。

近寄って手に取ると、書状だった。こういう味なことをするのは、もちろん〝黒豆〟である。

——奴め、どこから来たんだ?

しばらく前から屋敷の内にいて、家の中の様子を見ていたに違いない。書状の上書きには何も書かれていないが、裏返すと、いかにも走り書きという文字で、

——藍玉《あいだま》問屋の藍より青い逸材に存じ上げ候《そうろう》。

と書き足してあった。

平四郎は笑いながら書状を広げた。

〝黒豆〟は、壺信心の八助一家を見つけたという。

驚いたことに、彼らは江戸を離れていた。川崎の弁財天様の仲見世《なかみせ》で、一家仲良く茶店を営んでいるそうだ。八助は手間大工の仕事も続けているようだが、鉄瓶長屋にいたころよりも、暮らし向きはずっと楽なように見えるという。〝黒豆〟が彼らを見つけ出すには、八助が元の仕事仲間のところに出した手紙が手がかりになったのだという。八助は無筆だから、代筆屋を頼んだのだろう。夜逃げ同様に鉄瓶長屋を離れて、残してきた知り人たちが心配しているだろうと、あの男なりの気弱な律儀さを発揮したのだろう。

その手紙のなかでは、自分たち一家が何故に、人生の折り返し点よりも先へ来て、急に住む土地を替え商いを始め、豊かな暮らしを手に入れるに至ったかという事情について、ほとんどはばかることなく打ち明けているということだった。

ずばり、鍵は湊屋にあった。平四郎が漠然と考えていたとおり、八助に壺信心のふりを勧め、それを口実に鉄瓶長屋を離れるようにはからったのは、やはり湊屋だったのだ。八助の自慢話によると、あるとき湊屋の使いだと名乗る若い男が八助の仕事先にやって来て、その場で二両の金をくれて、今夕五ツに、上野の不忍池《しのばずのいけ》近くにある「みのわ」という出合い茶屋へ行け、人生を変えるような幸運が待っているからと囁《ささや》いたというのである。

八助は賢い気質《たち》ではないが、一応は、旨い話には裏があると用心した。そこで一度家に帰り、妻のおしゅうと娘のおりんに相談し、結局三人そろって不忍池に出かけていった。すると、そこで待っていたのはやはり湊屋の者だという押し出しのいい四十がらみの男で、お揃いなら話が早いとばかりに、壺信心の話を持ちかけた——というのであった。

押し出しのいい四十がらみの男。湊屋の者。昨日、小平次が湊屋で会ったという、苦み走った男前の番頭ではないかと平四郎は思った。

八助たちは、壺信心のふりをして長屋を出て行くだけで、後の暮らしはすべて湊屋が面倒を見てやると言われた。おしゅうとおりん母娘《おやこ》の夢は、小さくても自分たちの茶店を持つことだった。それを口にしてみると、御府内《ごふない》では無理だがその外ならばと、すぐに良い返事をくれたという。

結果として、八助たちは自分たちだけでなく、他の二家族も連れて鉄瓶長屋を離れることになったわけだが、その二家族は、八助たちのふりにつられて、本当に壺信心にはまってしまっていた。困った八助が湊屋の男に相談すると、その二家族も鉄瓶長屋を空けてくれれば大いに助かるから悪いようにはしないと請け合ってくれたので、安心して最後まで信心のふりを続け、夜逃げの指図をしたのだという。八助の話では、二家族は上方《かみがた》へ流れたらしい。自分たちほどではないが、なにがしかの金をもらい、そこそこ良い暮らしに落ち着いているのではないかと八助は言っているという。

湊屋がなぜ、そんな親切で持って回ったはからいをしてまで、鉄瓶長屋の店子たちを追い出したがっているのか。当然のことながら、八助もそれに疑問を抱いた。すると湊屋の男は、お嬢様のお嫁入りに関わることで、詳しくは言えないが、鉄瓶長屋の建っている地所にはほかの使い道があるので、できるだけに手早く穏便に店子たちに出てもらいたいのだと説明したそうである。

――みすずの嫁入りに関わること。

つかみどころのない説明である。尋ねられてすぐに本当のことを答えるとも思えないから、無難な言い訳ともとれる。が、少なくとも、湊屋がとにかく鉄瓶長屋の店子たちを追い立てたがっていること、しかも、追い立てていると、あからさまにはわからないやり方でそうしたがっているということ、この二つは、どうやら確かなようである。

――手間暇と金をかけても。

平四郎は懐手をして考えた。久兵衛は、これらのことについて知っていたのだろうか？　もちろん、知っていたのだろう。彼は湊屋生え抜きの奉公人だ。差配人として、鉄瓶長屋の店子たちみんなに信頼されていた。彼を抱き込まないことには、この計略は始まらない。ということは、そもそも彼が出奔して姿をくらましたこと自体が、最初から計画されていたことだったのではないのか。

久兵衛が長屋を出る。そこに佐吉が送り込まれる。お徳のような筋金入りの長屋暮らしの連中が、あらゆる点で「差配人」の規範から外れまくっている佐吉に良い顔をするわけはなく、鉄瓶長屋は揺れ動く。嫌気がさして、こんな長屋出て行こうかという風が、店子たちのあいだをさわさわと吹き抜ける――

すべて計算のうちだ。

――これじゃ、佐吉はまるっきり道化者じゃねえか。

彼が憔悴《しょうすい》して、〝俺、ここでいったい何をやってるのだろう〟と、思わず嘆いたのも当然だ。湊屋からは、久兵衛があんな事情で出奔し、後を継いでくれる者がいないから、なんとか頼むと言いくるめられたのだろう。佐吉は、自分は湊屋には頭があがらないと思い込んでいるから、断れるわけがない。

だが、彼に割り当てられた役目は、最初から「差配人として失敗すること」だったのだ。彼と店子とのあいだがぎくしゃくとまずくなって、鉄瓶長屋に空き家が増えて行くことをこそ、湊屋は望んでいたのだから。逆に言えば、佐吉があれだけ頑張って、豆腐屋の大婦みたいなおとなしい店子たちや、おくめみたいな新参者からは頼りにされるようになり、最近ではお徳も少しは彼に一目置くようになったという経過は、湊屋としてはとんだ計算違いだったということになる。

——久兵衛も人が悪いぜ。

そう考えて、平四郎は薄い月の光の下で顔をしかめた。

久兵衛の出奔のきっかけをつくった、八百富の太助殺し。あれは妹のお露が、寝たきりの父親富平を手にかけようとする兄を、思いあまって殺してしまったという事件であった。いや、あったはずだというのが、平四郎の解釈だった。

だが、こうして明らかになった湊屋の意図の上に立って考え直してみると、あの事件だって、あまりに都合良く運び過ぎてはいないだろうか。

久兵衛が鉄瓶長屋を出て行く口実としては、あの事件は滅法うまくできている。それに、なるほど太助は死んだが、おかげで富平は命拾いしたし、久兵衛がすべては私が買った逆恨みのせいだと告白して逃げたがために、本当はあたしが兄さんを殺したんですと、お徳にすがりついて泣き伏したというお露は、何のお咎めも受けずに今も父親の面倒をみている。二人は久兵衛の知人が差配人をしている猿江町の長屋に移り住んで、近ごろの噂では、富平の具合も少々良くなってきているそうだ。

つまり、病気の親を殺そうなどという不届きなことを考えた太助以外の人間は、誰も損をしていないのである。

——久兵衛は、ごく最近、鉄瓶長屋のまわりに出没していやがる。

先の〝黒豆〟からの手紙に、久兵衛の姿を鉄瓶長屋のそばの堀割で見かけたという話が記してあったではないか。

何とかしてやっこさんを捕まえられないか。それと同時に、全ての発端である八百富の太助殺しから、きれいに洗い直してみる必要もあるのではないか。平四郎は、すうっと首筋に鳥肌が立つような感触を覚えて、思わず手でごしごしとうなじをさすってしまった。

〝黒豆〟の手紙には、もう少し先があった。読み進む。これが鉄瓶長屋の店子追い立てと繋がりがある事柄かどうかはわからないがと前置きして、湊屋のお内儀のおふじと、たった一人の娘のみすずの、最近のひどい不仲について書いてあった。

――あたしはおとっつあんもおっかさんも大嫌い。

そうだ、あの娘はそう言い切っていた。

〝黒豆〟が聞き込んだところによると、母娘の不仲はもとからのものではないという。みすずが十かそこらになるまでは、おふじはそれこそ少女が好きな人形を抱くようにみすずを愛し、可愛がり、たとえば、亭主の総右衛門とはとっくに寝間を別にしながらも、みすずとは添い寝を続けていたほどだという。

それがここ数年で、餅にヒビが入るみたいに不仲が進んだ。これは湊屋の奉公人たちにとっても不審きわまりないことであり、同時にはなはだ迷惑なことでもあるらしい。母娘が始終、小さなことでも衝突しているので、数多い奉公人たちも、自然におふじ派とみすず派に分かれざるを得ず、それでお店全体が落ち着かないというのである。まるで大奥のお局《つぼね》同士の権勢争いのようだ。

古株の奉公人たちのなかには、みすずが長じて年頃になるにつれ、かつての葵の面影を写したとびきりの美女になってゆくのが、おふじにはどうにも腹に据えかねるのだろうと解釈する向きがあるそうだ。これは正しい読みであろう。現にみすず本人もそう言っていた。あたしが葵さんに似てるから、おっかさんはあたしが憎くてたまらないんです、と。

さらに興味深いのは、おふじとみすずの対立が一段と激化したのは、みすずの嫁入り話が持ち上がって以来のことだ――というくだりである。

平四郎は唸った。ここにもみすずの嫁入りという事実が引っかかってくる。八助に事情を説明した湊屋の男も、鉄瓶長屋の追い立てには、お嬢様の嫁入りの件が関わっていると説明していたそうじゃないか。〝黒豆〟は慎重に、このふたつの事柄が関わっているかどうかはわからないと、わざわざ断っているが、平四郎には何かありそうに思えてならない。

ここで〝黒豆〟は、どきりとするようなことを書いていた。おふじは、自分の側についている奉公人たちに、折節、みすずのような娘は、生涯この家から出さず、ずっと閉じこめて飼い殺しにしてしまえばいいのだというようなことを漏らしているというのである。

「己《おの》が娘に母親の思うところとかけ離れし心情と思料《しりよう》し候」

〝黒豆〟の言うとおりである。おふじには少しばかり心の壊れかけている部分があって、憎い葵と、彼女に生き写しの娘みすずとの見分けがつかなくなっているのではないかと平四郎は考えた。

「湊屋は時ならぬ花嵐、奉公人一同の苦慮苦心の程、近隣にも知れ渡る始末に相成《あいなり》候」

当代一流の美女二人、なるほど花嵐ではあろう。しかし平四郎は、背中が薄ら寒いような気がしないでもないのである。

おふじは何故、未だに、これほどまでに深く激しく葵にこだわり、憎まなければならないのだ？

七

井筒平四郎は物覚えが悪い。人の顔や名前を覚えるのは大の苦手だ。しかしそれ以上に、込み入った出来事の経緯《いきさつ》を覚えておくことはもっと苦手である。これもまた、定町廻り同心には不向きなところだろう。それでもまあ、お役目上のこととあれば、書き付けを作ったり、小平次によくよく言い聞かせて覚えておいてもらうとか、あれこれ工夫をすれば何とかなる。事実なってきた。これまでに平四郎が直に取り扱った込み入った出来事の数など知れたものだ——ということも幸いした。

しかし、そういう忘れっぽい人間の目から見ると、何年どころか何十年も昔の恨み辛みや憎しみを、いつまでもいつまでも引きずっているというのは、一種の特技のように見えてしまうのである。どうして生半可《なまはんか》な根性でできることではない。

湊屋の女主人おふじは、十七年も前に彼女の前から姿を消したきり、ずっと消息の知れない葵という女を、今でも当時そのままのみずみずしい気分で憎んでいるらしい。何でまたそんなことになっているんだろうと不審に思うと同時に、平四郎は感心する。おふじの根性は大したものだ、そうは思わねえか——

というようなことを、座敷のなかの涼しい場所を探してゴロゴロと寝転がりながら、平四郎は弓之助に話して聞かせていた。

かの子供は、頻繁に井筒家に出入りしている。むろん、生家の母親の差し金に、平四郎の細君の意向があっての訪問である。最初のうちは、来て何をするかと言えば、平四郎の座敷に顔を出して挨拶をして、そのままそこにちょこなんと座っている。うだるような夏日に、平四郎が居眠りをこいていても、おとなしく座っている。退屈しないかと訊いてみると、うちのなかをあれこれ目測しているから退屈ではないという。それでも、次からは曲尺《かねじゃく》鯨尺《くじらじゃく》を持ってきて良いかと尋ねるので、いいよとうなずいてやったら、張り切って持ってきた。

いささか閉口した平四郎は、細君に、あの子を俺のところに預けて何をさせたいんだと訊いた。細君は大いに心外そうに口を尖らせ、あらまあ論語でも読んでやってくださいましとのたまう。自身も八丁堀でとれた女であるくせに、細君は今以て、八丁堀同心という存在を大きく勘違いしているらしいと気づいて平四郎は仰天した。

——やっとうの道場でも探してやった方が、まだましだ。

そう考えて、面倒見の良い朋輩《ほうばい》に頼み込み、町人相手でもまっとうに教えてくれると巷《ちまた》でなかなか良い評判をとっている直心影《じきしんかげ》流の道場へ、弓之助を送り込んだ。月々の稽古料は平四郎持ちである。弓之助の生家である河合屋は裕福な商人《あきんど》なのだから、稽古料ぐらいそっちで持てばよさそうなものだと、平四郎は思う。しかし、ゆくゆくは井筒家の跡取りになるべく弓之助を仕込むためにかかる金は、井筒家で出すのが筋ですと細君は言い張るのである。これには少しばかり、細君の、弓之助の母である実姉への見栄というか意地というかその類《たぐい》の感情がからんでいるものであるらしい。普段はいたって仲の良い姉妹なのだから、このあたりは微妙で不思議なものだ。

一方、剣術の道場など三日で逃げ出すのではないかと危ぶまれていた弓之助は、意外なことに、けっこう楽しそうに稽古に通い始めた。道場でもあれやこれやと計ってみせては、稽古仲間たちの度肝《どぎも》を抜いているらしいが、それだけでなく、剣術の筋も悪くはないというから驚きだ。道場は一日おきなので、合間の一日には井筒家に顔を出す。そして感心なことにこの子供は、稽古料を出していただいているので、掃除や水くみぐらいいたしますと、まめまめしく働こうとするのである。

これはまず細君が止めた。ついで小平次が真っ赤になって止めた。坊ちゃんにそんなことをされては、小平次の仕事がなくなりますというのである。

「だけど小平次さんのお仕事は、平四郎叔父上のお役目を手伝うことでしょう?」

利発な子にくるりと問い返されて、小平次はますます真っ赤になった。

「おうちのなかのことも私の仕事なんでございますよ。それに坊ちゃん、ゆくゆくは井筒家の跡目をとろうかという男の子が、廊下を雑巾掛けしたり庭を箒《ほうき》で掃いたりなすっちゃいけません」

という次第で、弓之助はまたぞろ手持ち無沙汰になった。彼は寺子屋で一通りの読み書きそろばんを覚えているので、平四郎にはそれ以上教えることなどない。それでも、しょうがないので、まあ一回手習いでもやってみなと文机《ふづくえ》に向かわせて筆をとらせると、これがなかなか大人顔負けの立派な字を書く。悪筆で知られる平四郎など十歩ほど下がって恐れはばからなければならないような良い字だ。

——こいつを使わない手はねえな。

そこで平四郎は、二日に一度、日々の見廻りで起こった出来事で覚えておかねばならぬことを弓之助に書き取らせることを始めた。御番所に出す書き物でも、期限がとっくに過ぎていたりして書役《かきやく》に頼みにくいものは、弓之助に書かせる。ついでに修業にもなるから一石二鳥だと、まったくもって悦にいる気分である。子供というのは手がかかるばかりの厄介な代物だと思っていたが、弓之助は逆であった。本気で養子にすることを考えてもいいかもしれない。

さて、こうして今朝方のことである。前日にも増して暑い夏の一日に、平四郎はふと思い立った。ここまでのあらましと今のところ自分の考えているところなどをまとめて、ひとつ〝黒豆〟に返書でも書こうか。たねを明かせば、朝のうちからあまりにどぎつい日差しが照りつけるので気を殺《そ》がれてしまい、今日はなんとか見廻りをせずに済ませたい、せめて日が傾いてしのぎやすくなるか、夕立が通り過ぎて涼風が立つまでは外に出たくない、なんとか家にいて用事を見つけられないものかと、平四郎なりに知恵を絞ったというだけのことなのだが。

弓之助を使って〝黒豆〟への返書を書かせるには、平四郎は文案を考え、それを声に出して言わねばならない。そして平四郎は、ひと渡り語ったところで、おとなしくしずしずと筆を動かしている弓之助に、彼の感想を聞いてみたくなった。八百富の事件から洗い直すべきかもしれぬとか、湊屋の不可解な動きの裏には、女主人おふじの葵に対する執念深い恨み辛みが隠れているのではないかとか、そんな事どもは、平四郎の意見である。少々変わり者ではあるが頭の回転の速いこの子供に、これらの意見がどう見えるだろうかと、ふと気になった。そこでまず、一人の人間が他の人間を十数年も恨み続けるなんて芸当は凄い、お前はそういうのをどう思う？　などと話を振ってみたのだった。

「河合屋の母は――」

筆を持ったまま、まん丸な黒い瞳をくるっと平四郎の方へ向けて、弓之助は言った。

「父が祝言《しゅうげん》の三日後に、寝言で別の女の名を呼んだということで、今でもたいそう怒っております」

「うへえ」と、平四郎は小平次のお株を奪う合いの手を入れた。「そいつはたいした悋気《りんき》の火の玉だ。それにしても、なんでお前がそんなことを知ってるんだい？」

「父も母も大声で言い合いをいたしますから」

平四郎は、細君の姉である河合屋のお内儀の取り澄まして整った顔を思い浮かべた。ふーん、あれがねえ。

「大番頭は、言い合いが始まりますと、そらまたくちなわとお獅子《しし》の喧嘩だと申して逃げてしまいます」

平四郎は座敷に寝転がったまま天井に向かって大いに笑った。ごろりと寝返りを打つと、肘枕をして弓之助を見る。彼もニコニコしていた。

「そういやあ、河合屋の主人はお獅子のような顔をしてるなあ。小鼻がこう、おっぴろがってな」

「はい、こうおっぴろがっておりますね」

「お前はおっかさんに似たんだな」

「どうもそのようです」弓之助は丁寧な手つきで筆を硯箱のなかに収めると、ちょっと眉を寄せた。

「それで母が心配しているのです。商人には不向きだと」

「小鼻が商人としての出来と関わりあるのかい？」

「商人は、こう、小鼻がおっぴろがっている方がよろしいのだそうです。河合屋では代々、主はみんなお獅子のような顔をしています。幸い、わたくしの長兄も次兄も」

「おっぴろがってるのか。気の毒だねえ。兄貴たちは、さぞかしお前をうらやんでいるだろうよ」

「もしも叔父上のおっしゃるとおりならば、その気持ちは、兄たちもわたくしも元気でいるうちは、ずっとずっと続いてゆくんでございましょうね」

弓之助は何気なく言った。平四郎も何気なく聞いたが、ひと呼吸おいて、それがさっきの問いかけへの答になっているのだということに気がついた。

「やっぱり、憎らしいとかうらやましいとかいう気持ちは、年月で消えたりしないもんだと、お前は考えているわけか」

「どうもそんなふうに思われます」

「うーん」

平四郎は鼻柱をごしごしこすった。昨夜無防備に寝ている隙に、鼻の脇を蚊に食われたようであった。蚊帳《かや》に穴が空いているのかもしれぬ。

「まあな、それでもよ、面つき合わせて憎みあってるというのなら、俺にもまだわかるんだ。しかしなあ、おふじの場合はそうじゃない。葵って女は、とっくのとうに湊屋から姿を消しているんだぜ。十七年前のことだ。十七年といったら、生まれたての赤ん坊が十七歳の小町娘に育つくらいの年月だ。だろう？　俺なんざ、十七年も一人の女の顔を覚えていること自体、できねえよ」

弓之助は首をかしげた。そしてぽつりと呟いた。

「本当に……葵さんは姿を消しているのでしょうか」

「あん？」

平四郎は首を起こした。弓之助のところからは見おろす形になるその顔が、よほどおかしかったのだろう、子供はあははと笑った。

「いえ、実際に葵さんは、十七年も昔に、湊屋からいなくなったきりなのでしょう。それでも、葵さんのことを思い出させる事柄は、湊屋さんのなかに残っているのではないでしょうか」

平四郎は考えた。「年頃になるにつれて、みすずが若い頃の葵に似てきたってことか……」

「そうですね。それに鉄瓶長屋には佐吉さんがいます」

葵の捨てていった子供である。

「みすずお嬢さんのお話では、湊屋さんご夫婦のあいだで、しょっちゅう佐吉さんのことが話題になっているということでした。それだって、おふじさんにとっては、嫌でも葵さんのことを思い出させる事柄になるでしょう。そもそも、鉄瓶長屋の差配人がいなくなって、後のなり手がいなくて困ったとき、総右衛門さんが佐吉さんを呼んだ——ということ自体が、おふじさんには面白くなかったんじゃありませんでしょうか。天下の湊屋さんのことです。経緯《いきさつ》が経緯だからすぐには久兵衛さんのあとがまが決まらなくても、よくよく探して募《つの》ればほかにも人はいたはずです。佐吉さんでなくたってよかったはずですよ。それをわざわざ、彼に白羽の矢を立てたというのは、なんだかわざとらしいような感じがしますですね」

おふじと葵の仲は険悪だった。だから葵が消えたとき、周囲の者たちは、葵がおふじにいびり出されたのだと噂した。総右衛門はすべて承知していたはずだ。知っていながら、十七年後の今、わざわざ佐吉を手元に呼びつけた——

「総右衛門は、葵が湊屋にいたころには、彼女の子供の佐吉を跡取りのように遇していたそうだ」

「気に入っていたんですね」

「そのころはな。だが、今はどうだろう。久兵衛があんな事情で出奔して、切り回しの難しい鉄瓶長屋に、わざわざ佐吉を送り込んだ。しかも佐吉を差配人にする一方で、裏から手を回して、店子たちが鉄瓶長屋を離れるように持っていっているんだぜ？　今でも佐吉を息子のように思っていて、人柄を信頼していて、この際だから一人前の差配人にしてやろうと考えているんだとしたら、そんな意地悪いことをするわけがねえ。お前じゃねえが、そこから計るとさ、俺には、総右衛門が今の佐吉に対して優しいとは思えない。だが、佐吉を呼び寄せたことが、おふじにとっても優しくないやり口なのだとしたら――いや、現にそうなんだろう、夫婦は始終喧嘩していやがるんだからな――なあ、総右衛門はいったい何を考えているんだろう？　何を狙っていやがるんだろう？」

平四郎が黙ると、それを待っていたみたいに、油蟬《あぶらぜみ》が一斉に鳴き出した。たちまちのうちに、降るような鳴き声が座敷に溢《あふ》れた。

しばらくのあいだ、弓之助は蟬の声に聞き入るように小首をかしげていた。それから、「ヘンですね」と小さく言った。

「変だろう」と、平四郎も応じた。降りしきる雨のなかで話をしているように、叔父と甥《おい》のやりとりは蟬の声にまぎれそうになった。

弓之助は筆を取り上げると、何か書こうとするように紙に向かった。そのまま宙で筆先を止めて、じっと紙を見つめ、やがてぱたんと音を立てて勢いよく筆を硯箱に戻した。

その音で、油蟬が一斉に鳴き止んだ。

「叔父上、計り始める基点が違っているのかもしれませんね」と、弓之助は言った。

「どういうことだ？」

「おふじさんが葵さんを、どうしてそんなに憎んでいるのか。佐吉さんは湊屋総右衛門にとってどういう存在なのか。なぜ佐吉さんは鉄瓶長屋の差配人にさせられたのか。なぜ湊屋総右衛門は鉄瓶長屋の店子たちを密かに追い出そうとしているのか。なぜおふじさんは、これまで猫可愛がりをしてきたみすずさんと、この数年衝突ばかりするようになったのか。それはみすずさんが葵さんに似ているからなのか。それともほかに理由《わけ》があるのか」

弓之助はひと息に言って、目を輝かせた。

平四郎は思わず起きあがった。何だかよくわからないが、弓之助の様子のなかに、意気込んで起きあがらずにはいられないようなものが感じられたのである。

「それらのことは」弓之助はニコリと笑って、平四郎に言った。「すべて別々の基点から計らなくてはならないのかもしれません」

「全部別々の事柄だっていうのかい？」

「いいえ。きっと根はひとつなんですよ。でも、計り始める基点は別々なんです」

平四郎は頭をがりがりかいた。唐紙の外側で、細君の声がした。からりと引き戸が開く。

「あらまあ、熱心に学問をしているのですね、弓之助。叔父上さまにいろいろ教えていただくのですよ」

こぼれるような上機嫌である。

「冷たい白玉《しらたま》をこしらえましたよ。たんと召し上がれ。あなた、あなたも白玉はお好きでございましょ？」


その日の帰り際、弓之助はもうひとつ謎のようなことを言った。博打のかたに娘のお律をとられそうになった桶職人の権吉の件も、調べてみたらよろしいんじゃないでしょうかというのである。

「権吉を博打に誘い込んだのが誰なのか、それを知ることは大切なような気がします」

「あの件も、湊屋が仕掛けているかもしれないってことだな？」

権吉が博打に狂い、お律をとられて長屋にいられなくなるようにし向ける――

平四郎は唸った。「俺もそれは考えたことがある。確かに権吉は博打好きで、誘われればすぐに深みにはまっちまったろう。だが、あの父娘を追い出すためだけに、お律を売り飛ばすような格好に持っていくっていうのは、いくらなんでも残酷過ぎると思うがな。壺信心の八助たちのときと、風向きが違いすぎやしないか？」

弓之助は笑った。「ですが、あのままお律さんが郭《くるわ》から来た男たちに連れ去られていたら、その後どうなったかはわかりませんよ。長屋から離れたら、また湊屋の使いという渋い男前の番頭さんが駆けつけてきて、お律さん済まなかったね、実はどうしてもあんたたちに内緒で立ち退いてもらいたい事情があって、こんな手荒な芝居を打った、権吉の借金については気にすることはない、新しい住まいも職も見つけてあげる、権吉もあんたを売り飛ばしたとあっちゃ、お徳たちが怖くて居づらくて、早晩鉄瓶長屋を出ることになるだろう、すぐにまた一緒に暮らせるようになるよ——」

平四郎は目を剝《む》いた。なるほど、弓之助の言う通りだ。そういう筋書きだってあり得た。

「結果的には、佐吉さんに言われてお律さんが気持ちを変えてしまったんで、鉄瓶長屋を出ていったのはお律さんだけ。権吉さんは今も長屋に残っているんですよね？」

「ああ、そうだ」

「だとすると、湊屋さんの目的は達せられていないわけです。叔父上、お律さんは、権吉さんを捨てて鉄瓶長屋を逃げ出した後、どこでどうしているのでしょうね？　彼女のところに、湊屋の渋い番頭さんが会いに行ったりしていないでしょうか。お律さんは、父親の様子が気になってはいないんでしょうか」

平四郎はしばし、弓之助の人形のような顔を見た。まったく大した作り物のような顔だが、頭の中身はもっと凄いようだ。

「権吉を張ってみるか」と、平四郎は言った。

こういうとき不自由なのは、平四郎には小平次以外の手下《てか》がいないということである。当たり前だが、平四郎自身が鉄瓶長屋を張り込むわけにはいかない。佐吉に見つけられて、旦那そんなところで何しておられるんですかと問われるのがオチである。小平次だって同じだ。ちょうどいいからどぶさらいを手伝っていきなさいよと、お徳にこき使われるだけで帰ってくるだろう。

かといって、鉄瓶長屋の誰かを使うわけにもいかない。ほかの件ならともかく、この場合は駄目だ。長屋の者たちには一切何も知られずに事を運びたい。

ほんの少しばかり悩んでから、結局平四郎はまた本所深川の大親分茂七のところに出かけていった。ガラガラ声のご老体は湯治から戻ってきていたが、彼に会うまでもなく、政五郎に話すだけで用は足りた。その話だって、本当に詳しいところまで説明したわけではない。ただ権吉の博打狂い事件と娘の家出には、陰に黒子《くろこ》がいそうだということを言っただけである。それでも、「よござんす」と、大親分の懐刀《ふところがたな》は二つ返事で請け合った。

「とりあえずは五日ほど張りついて、その権吉という桶職人の出向いた先と、会った者の顔と名前を調べ上げてみましょう」

「すまねえが、もしも権吉が娘のお律と会っているようなら、ついでに、娘が今どこに住んで何をしているか、そいつの方も調べてほしいんだが」

平四郎は遠慮がちに言い足した。

「権吉は歳も歳だし、てめえの裁量で舵《かじ》をとってあれこれできるわけはねえ。博打の件と娘の家出の件に本当に裏があるのならば、黒子に従って親父を動かしてるのはお律の方であるはずだ」

「よくわかりました」政五郎は言って、いかつい顔をほころばせた。「それにしても、旦那があたしどもをあてにしてくださるのは嬉しいことです。そう遠慮なすっちゃいけません。よろしかったらこれからも、折を見て使ってやってくださいまし」

平四郎は笑った。「俺が遠慮してるように見えるかい？」

これまでお徳から聞いた限りでは、お律の家出以来、権吉は口では強がっているものの、やはりめっきりと気が弱り、もちろん博打には手を出さなくなったし、酒の方も控えめになっているようだということだった。

「あたしたちも、あの人には少しお灸《きゅう》をすえた方がいいからね、本当に困ったことになるまでは、あのまま放っておこうと思ってるのさ」と、お徳は言っていたものだ。

実際、これまで平四郎が何となくながめてきた限りでも、権吉の顔は暗かった。桶職人は年期のいる仕事だが、権吉は長年のだらしない暮らしがたたって手先が怪しくなっており、請け負う仕事の量も減っているらしい。その日暮らしの職人にとっては、仕事がないということはそのまま金がないということだ。さすがの権吉もこれには焦って、仕事を求めてあっちこっちと歩き廻っているようだが、一度落ちた信用や評判はそう簡単には戻らない。だから権吉の暮らしは相当苦しいものであるはずだった。

律儀な政五郎は、平四郎が依頼に行った翌日の夕刻には、暮れ六ツの鐘がごーんと鳴るのに合わせて、使いの者に最初の報告を持たせて寄越《よこ》した。いや、やって来たのはあのおでこだったので、報告を書いた物を持ってきたのではなく頭のなかに入れてきたのだが、それはさておき、その口上を聞いて平四郎はひっくり返った。

一日目から大当たりだった。権吉は鉄瓶長屋から外に出ると、まっすぐに永代橋《えいたい》を渡り、日本橋を北に抜けて内神田瀬戸物町へ向かったというのである。迷ったり、所番地を尋ねる様子はまったくなかった。明らかに、何度も通い慣れた道のようだった。

権吉はやがて、ごく最近小火《ぼや》にでも遭ったのか、木戸や建物に修繕の跡の目立つ十間《じっけん》長屋へと入っていった。おかみさんたちと挨拶を交わす。やりとりも慣れたものである。鉄瓶長屋にいるときよりも、ずっと愛想が良い。そして権吉は、またまた何の迷いを見せる様子もなく、長屋の中程にある家の油障子を開けて姿を消した。近所のかみさんに聞いたところ、その家には権吉がお律という年頃の娘と二人で住んでおり、権吉は通いの仕事の関係で、昼間は家にいて夜は出かける、娘の方はすぐ先の横町を曲がったところにある瀬戸物屋で女中をしている——と教えてくれたそうである。

父娘がその長屋に住むようになったのは、春ごろだということだった。お律が鉄瓶長屋を飛び出したのもその頃である。きっちりと平仄《ひょうそく》があっている。

「夕方になって帰ってきた娘さんは、おおかたこんな顔をしておりましたです」

おでこは詳しく説明した。平四郎は聞くほどに確信した。そいつはお律だ、まちがいない。

「ありがとうよ。政五郎親分によろしく伝えてくんな」そして平四郎はちょっと考えた。「なあ、おでこ。俺は岡っ引きを使ったことがなかったから、とんと見当がつかねえ。こういうときはいくらか包むんだろうが、どれぐらいにしたらいいもんか、おまえ分かるかい？」

おでこは「あい」とうなずいた。「親分は、きっと旦那がそうおっしゃるだろうと、その節にはこれこれこれだけ頂戴してこいと申しました」

「政五郎は用意のいい男だなあ」

「これは大親分の申しつけられたことでござんすよ、旦那」

おでこは「毎度ごひいきに」と頭を下げて帰っていった。平四郎は彼にも駄賃をやったが、こういうものもいっぺん親分に見せないと勝手には使えないんですと、大事に懐にしまいこんだところは殊勝である。

おでこが居なくなると、平四郎は唐紙の陰に声をかけた。「おい、書いたかい」

「はい、すっかり」と言いながら、文机を引っ張って弓之助が出てきた。

「叔父上、あれは凄い見物でございますね」

「珍しいおでこだろう？」

「いえ、おでこはナンですが、あの物覚えのよさといったら驚きです」

「あのくらいで驚いてちゃいけねえよ。あのおでこの奴は、二十年も三十年も昔の出来事の筋書きを大親分から聞かされて、そいつをちゃあんと覚えているんだ。だがな、話の途中で遮《さえぎ》ると、頭っから巻き戻してしゃべり直さねえと駄目なんだ。面白いから、おまえもいっぺんやってみな」

「叔父上は」弓之助は目を見張った。「お役目を楽しんでおられますね？」

「まあな」と平四郎は顎をかいた。

その翌日、平四郎は弓之助にやっとうの稽古を休ませて、一緒に外に連れ出した。留守番どころか、今日はおまえ俺のかわりに見廻りに行って来いなどと理不尽なことを言われて残された小平次は大むくれである。

弓之助は、仕立てこそ上等だがいささか短めの元禄《げんろく》に履き物をつっかけて、平四郎はお仕着せの羽織を脱いで着流し姿だから、なんともおかしな組み合わせだった。おまけに、すれ違う道行く人びとが、みんな目を見開いて平四郎たちを振り返る。言うまでもなく、弓之助の美形に驚いているのだろう。なかには、通り過ぎざまに回れ右をしたかと思うと、半丁ばかり後をついてきた若い娘がいて、平四郎が振り返って斜に睨むと、あわてて袖で顔を隠して逃げ出したところはご愛敬《あいきょう》だった。

平四郎の行く先は、もちろん瀬戸物町だ。お律が働いている瀬戸物屋は、なかなか繁盛している店らしく、店先の商いものは小ぎれいに並べられ、よく掃除が行き届いている。店の前を行ったり来たりしながら様子をうかがっていると、やがて、姉《あね》さんかぶりではたきを持ったたすきがけの若い女中が出てきた。皿や鉢やどんぶりが重ねてあるのを、ぱたぱたとはたき始める。その横顔はお律である。平四郎は懐手をしたままぶらぶらと店に近づいた。

「おーい、女中さん」

平四郎が胴間声《どうまごえ》で呼びかけると、お律ははいと愛想良く顔を上げて向き直り、そのまま生き人形のように固まってしまった。

「この小倅《こせがれ》がおねしょをしてしょうがないんで、おまるをひとつ見繕《みつくろ》ってくれないかね？　できれば南天《なんてん》の柄がいいなあ」

「叔父上」弓之助は赤くなり、横目で平四郎を睨んだ。そしてお律に向き直る。

「あなたは、春まで鉄瓶長屋にお住まいだった、桶職の権吉さんの娘のお律さんですね？　少々おうかがいしたいことがあって参りました。お店のご主人からお許しをいただいて、少しばかり手前どもとお話をしてはいただけないでしょうか」

うだなあ、と思う。

「ということだ」と、平四郎は言った。弓之助を連れていると、俺の怠惰にもさらに磨きがかかりそ

毒気を抜かれたのか、お律はすっかり観念してしまい、ごくごく素直に平四郎と弓之助の問いに答えた。彼女のうち明け話を聞いて、平四郎は——半ば予想していたことではあったけれど——また驚いた。その内容が、先《せん》に弓之助の述べてみせた筋書きと、ほとんど一致していたからである。

「博打のかたに、あたしを売り飛ばそうとしたおとっつあんのしらっとした顔が急に憎らしくなって……家出したところまでは、あたしが自分の考えでしたことです」

こんな平四郎でも二本差しには違いなく、瀬戸物屋の主人は気を遣って、奥の座敷を空けてくれた。三人はそこにおさまって、お律が手ずから運んできた薄い茶をすすりながら話していた。たすきをはずし、着物の袖をきちんと整え、姉さんかぶりをとった彼女は、短いあいだに、顔つきも物腰も急に大人びたように見えた。娘らしいというよりも、しっとりと女らしくなっている。たとえ一時でも、すっぱりと親を見捨てようとした決心が、かえってお律をひと回り大人にしたのだとしたら、親子の関わりというのは、なんとも皮肉な面白さを秘めているものだ。

「家を出るのは身ひとつでいいけれど、あのころ働いていた茶屋には挨拶に行かなくてはなりませんから、翌日すぐに出かけていったんです。いろいろお世話になっていたのに、おとっつあんから離れるためだけにあんな良い仕事をよしてしまうのは残念でしたけど、しょうがありません」

するとそこに、湊屋からの使いだという男が先回りして待っていたのだという。

「四十がらみの渋い男前だったろう?」

平四郎の問いに、なぜかしらお律はちょっと耳を赤くした。「番頭さんだけれど、お店の仕事ばかりしているのではなく、湊屋のご主人の御用を直に承るのが役目だって」

「名前は聞いたかい？」

「いいえ」お律はむやみに首を振った。「存じません」

嘘だろうなあと平四郎は思った。何故かはわからないが、嘘だろうな、こりゃ。

例の番頭は、弓之助が想像したとおりの「実はかくかくしかじか」といううち明け話を、お律にして聞かせた。湊屋は鉄瓶長屋の店子たちに、世間的には追い立てを食らわしているようには見せずに出ていってもらいたいのだ、権吉の件も、そのために仕掛けたことだ——

「その番頭さんは、あたしなんかにもすごく丁寧に謝ってくださって……。それで、今の住まいと働き口も世話してくだすったんです。あたしがおとっつあんを捨てたいきさつがいきさつだから、すぐには一緒に暮らす気にはなれないだろう、一人で住んでいればいい、権吉の暮らしぶりは湊屋でも様子を見て、あまりひどいようだったらべつに面倒を見る手を考えてあげるからって」

その言葉に甘えて、お律は月が二回ほど満ち欠けするあいだはひとり暮らしをした。だが身辺が落ち着いてくると、どうにも権吉のことが気になって仕方がない。

「我慢できなくなって番頭さんに相談すると、それじゃあ私の方から権吉さんに、お律がここにいて、父親のことを心配していると伝えてみようって。そして、権吉さんにその気があれば、いっぺんここに連れてこようって」

瀬戸物町の長屋にやって来た権吉は、最初から手放しで泣いてお律に謝ったそうである。

「もう二度と博打はしないって言うし、あたしも今さらおとっつあんを見捨てることもできない気持ちになってました。だから、本当ならすぐにでもおとっつあんをこっちに呼びたいんですけれど……」

「湊屋に止められたのか?」

お律はうなずいた。「もう少し月日をおいて、秋口まで待ったらどうかって。今おとっつあんを呼んだら、そもそもあたしが家出したときのあの騒ぎは何だったんだって、怪しむ人たちも出てくるかもしれないし。だからおとっつあんにも、このことは固く口止めしています」

平四郎はふうんと言った。弓之助はそうですかと言った。

「それでお律」平四郎はひょいと訊いた。

「なんでしょう、旦那」

「おまえ、湊屋からいくらもらった?」

お律は今度は顔中赤くなった。それだけで充分な答になっていたので、平四郎は「まあいいや」と言った。

「湊屋の番頭さんは、あなたがここに落ち着いてからも、ときどき様子を見に来ているのですね?」

と、弓之助が訊いた。お律は困ったような顔をして平四郎を見た。

「そうなんだろうな」と、平四郎が代わりに答えてやった。「それよりお律、どうして店子たちを追い出さなくちゃならねえのか、理由を教えてもらったことはあるか?」

少しも迷うことなく、お律はすぐに答えた。

「あの地所に新しい建物を建てたいのだそうです」

「どんな建物だ?」

「湊屋さんがお使いになるそうですから、お屋敷じゃありませんか」

平四郎は弓之助と顔を見合わせた。これは初めて耳にする話だ。収穫である。

お律は二人を不思議そうにながめまわす。

「お屋敷を建てるなんて、お大尽《だいじん》さまのなさることですから、そんなにおかしなことじゃないでしょう？」

「まあ、湊屋なら、どこにでも好きな場所に屋敷を建てて住むことができるからな」

しかし、だからって何もわざわざ深川北町のざっかけない場所に来ることはあるまい。しかも、今いる店子を内緒で追い立ててまで。

弓之助がちょっと乗り出した。「湊屋のどなたかが、何かしらの信心に凝っているという話を聞いたことはありませんか？」

それはお律と平四郎の二人に向けられた質問だった。二人は二人ながら首を横に振った。

「はあ、そうですか」

「何でそんなことが気になるんだい？」

「いえ、とんでもない場所に家を建てたがるというのは、方位のせいかもしれないと思ったのです」

ははあと平四郎は納得した。彼の頭のなかからは出てこない発想である。なにしろ不信心で鳴る男のことだ。

平四郎はお律に、ここでの話は内緒であること、お律も権吉も、何も後ろ暗いことに荷担しているわけではないから、このまま暮らしていていっこうに差し支えないこと、ただし、平四郎たちが訪ねてきたことや、彼らがすでに、湊屋がこっそりと鉄瓶長屋の店子たちを追い出したがっているのを承知しているということは、湊屋の渋い男前の番頭にはけっして言ってはならない——と、しつこいくらいに念を押して瀬戸物町を後にした。

日盛りの道を大川端目指して歩き出すとすぐに、弓之助が言った。「あれは、しゃべりますですね」

「しゃべるだろうなあ」と、平四郎も言った。懐から取り出したてぬぐいで汗を拭く。

「しかし、それでもいいじゃねえか。俺たちに気どられているとわかって湊屋がどう動きを変えるか、ひとつ見物と洒落《しゃれ》込もう」

「どちらへ転んでも、危険なことが起こりそうな雲行きではありませんですからね」

平四郎は長身なので、うんと首を下に向けないと、並んで歩く弓之助の顔が見えない。ちょっと足を止めてのぞきこむと、子供はびっくりしたようにぴょんと立ち止まった。

「おまえは十二だよな？」

「はい、叔父上」

「それにしちゃ鋭い」平四郎はまた歩き出す。どうにも暑い。停まっていればじりじり、歩けば汗だくだ。

「何がですか？」

「なんでお律が湊屋の番頭に俺たちのことをしゃべっちまうってわかるんだ？」

弓之助は涼しい顔で答えた。「それはあの人が、親切で渋い男前の湊屋の番頭さんのことが好きだからですよ」

「だからさ、なんでおまえにそういうことがわかるのよ」

「お律さんが、わたくしの顔を見て、ちっとも驚かなかったからです」弓之助は楽しそうに言った。

「たいていの女の人は、初めてわたくしの顔を見ると、びっくりして見惚《みと》れます。でも、たまにそうでない女の人にもぶつかります。そういうとき、その女の人には、別に想い人がいるのです。つまり、心の目には想い人の顔ばかりが浮かんでいるので、ほかのものが目に入らないのです」

そよとも風の吹かない、それだけにむしむしと暑さもひとしおの午後だったが、平四郎が開けっ放しに大声でげらげら笑ったので、その笑い風にあおられて、ちょうどすれ違った担ぎの風鈴《ふうりん》売りの風鈴が、一斉にちりちりと鳴った。

「わあ、良い音ですね」弓之助は喜んだ。

「俺はどうもおまえを気に入ったような気がするから、ひとつ買ってやる」

「よろしいのですか？　わあ、叔父上ありがとうございます。それなら、あの金魚の形をしたのがよいのですが」

風鈴屋の喜びようから推して、それはいちばん値の張るものであるようだった。弓之助は、こういうことを計る術にも長《た》けているらしかった。

――油断のならねえガキだ。

と思いつつも、平四郎は愉快だった。子供を持つというのがこんなに面白いことならば、もっと早くにやっておけば良かった。

邪気のない顔をして、弓之助は金魚の形の風鈴をぶら下げて歩きながら、時おり手を持ち上げてためつすがめつしている。

――油断はならねえが、やっぱりガキだ。

鉄瓶長屋の一件は、まだ判らないことの方が多い。しかし、何が判らないのか、何を探すべきなのか、はっきりしてきたような気がする。これまでは何の遊びか知らずに参加させられてきたが、今ではこの遊びが、目隠し鬼ごっこであるということがわかっているのだ。

平四郎は目隠しされて、あっちこっちへと引き回されている。手の鳴る方へと導かれて、何も知らずについて行くと、落とし穴には落ちないまでも、手を打ちながら動いている本当の鬼が、どうしても見せたくないと思っているものから、どんどん遠くへ引き離されてしまうのだ。

——鬼ごっこなら、子供の仕事だ。

弓之助が頼りになるというのも、案外もっともな話かもしれない。埃っぽい夏の道を、弓之助の手を引いて歩きながら、平四郎はふふんと鼻先で笑った。たまたま見かけた者の目に、それは、この男にしてはせいぜい不敵な面構えに見えたかもしれないし、ただまぶしそうに見えただけかもしれない。

八

井筒平四郎は暑がりではなく、夏は大好きである。何より天気がはっきりしているのが良い。晴れるときは晴れあがり、夕立は短時間でどっと降ってさっと去って行く。よろず面倒くさいことの嫌いなこの男には、こういうキレの良さが気性にあっている。

ところが世の中には、夏場はこの世の生き地獄だというくらいに暑さを嫌う者がいる。たとえば平四郎の次兄もその一人で、子供のころには、夏の盛りになると、生きながら半ばほど死んだようになってしまう彼を見て、ずいぶんと同情したり面白がったりしたものだった。眠りも浅いし、飯も進まず、水ばかり飲んで、声をかけても返事も一拍ほど遅くなるようだった。同じお天道様《てんとさま》を浴び、同じように汗をかいているのに、次兄ばかりが苦しむのを傍《はた》で見ていると、なにがなし得をしたようなズルけたような、宙ぶらりんの気分になったものである。

鉄瓶長屋のお徳の煮売屋は、真夏の盛りでも、もちろん火を落とさずに商いをする。しかし長年鍛えに鍛えているお徳は、炭火が熾《おこ》っている竈《かまど》の前でも涼しい顔でいる。暑さを乗り切るには何かコツがあるのかと平四郎が尋ねると、こればっかりはコツなんかない、慣れですよ慣れ！　と突っ放された。忙しくしてりゃ、身体の方がついてくるもんです！

悲しいかな、世の中お徳のような頑丈な女ばかりではない。実際、梅雨《つゆ》のころから彼女の下について商いを習い始めたおくめは、この夏になってたいそう窶《やつ》れていた。その日の昼下がり、井筒平四郎が日陰を選《え》りながら鉄瓶長屋への道を歩いてゆくと、いささかげっそりと顎を尖らせたおくめが、首筋に白い湿布《しっぷ》をあてて、幽霊のようにゆらゆらと歩いて行くのに行き会った。

「なんだ、疲れが溜まって、とうとう夏風邪にあたったかい？」

平四郎が声をかけると、おくめは大儀そうに振り返った。この女の持ち前の、ちゃらちゃらした身のこなしはすっかり影をひそめている。

「あらまあ、旦那」と言って、彼女は恥ずかしそうに首の湿布をさすった。「夏風邪なんかじゃござんせんよ。これはねえ、あ、せ、も。あせもですよ、色気もないよねえ」

平四郎は大笑いをして、底抜けに明るく青い夏の空を仰いだ。薄情な彼に代わって、小平次が心配そうにおくめの首筋をのぞきこむ。彼女は着物の袖をまくったり襟《えり》をゆるめたりして、ほかにも湿布を貼っているのを見せた。

「長命寺《ちょうめいじ》の先に、あせもによく効く貼り薬を出してるお医者さまがいるって聞いてね、通ってるんですよ。ホントにね、評判通りによく効くんだけど、これが高くって。旦那、煮売屋になるのは大変だよ」

「おめえの先《せん》の商売じゃ、白粉《おしろい》かぶれがあったろう？　どんな生計《たつき》の道にも、それぞれに煩《わずら》いがあるってもんよ」

平四郎は励ますつもりで陽気に言ったが、確かにおくめはかなり辛そうだった。

「お徳さんには、たるんでるからあせもになんかとっつかれるんだって叱られるし」と、悲しそうにうなだれる。

「まあ、そうしょげるなよ。それより、ここでおめえに会えたのは都合が良かった。医者からの帰り道なら、ちょいと寄り道してもお徳にもわからねえだろう。ところてんでもおごろうじゃねえか」

「あら、嬉しいね」

二人して少しばかり道を逸《そ》れ、堀割に面して長腰掛けを据えている茶店に立ち寄った。小平次は堀端にしゃがんで煙管《キセル》を取り出す。奇妙なことに、この生真面目な中間《ちゅうげん》は、夏場になると刻み煙草《たばこ》をふかす量が増えるようだった。また小平次はほとんど夏の汗をかかない。彼のかくのは恐れ入ったときの冷や汗ばかりで、これには季節はない。

平四郎が尋ねたかったのは、最近のお徳が、かつての八百富のお露と、どんな付き合い方をしているかということであった。今年の春先に、八百富で不幸な人殺しがあり、その後始末が済んで、お露が病人の父親と共に鉄瓶長屋を去った後しばらくは、お徳は頻繁に彼女の新しい落ち着き先を訪ねては、あれこれと力になっていた。今でもそれくらい親しいのか、それともお露父娘の暮らしが安定してからは、あまり関わりを持ってはいないのか。今、お徳のいちばん身近にいるおくめなら、何かしら知っているだろうと思ったのだった。

平四郎としては、すべての振り出しの八百富の殺しから洗い直すつもりでいる。だからおっつけお露にもぶつかってみたいのだが、これは相当慎重にしなくてはならない。お徳とお露との付き合いなど、もちろんお徳に直に尋ねるのがいちばん確実なのだが、下手をするとお徳に勘ぐられ、旦那、今さらお露ちゃんに何を訊こうっていうんだいと、問いつめられたりする羽目になりかねない。なるべく遠回しの方がいい。

「八百富って……」おくめは嬉しそうにところてんに箸をつけながら呟いた。「あたしはあのころまだ鉄瓶長屋にいなかったから、切れ切れの又聞きでしか事情を知らないけど」

平四郎はざっと、今のところ表面に見えている八百富事件の様子と、お徳を始めとするあの件に関わった者たちが信じているその〝真相〟について説明した。おくめはだるそうな顔をしていたが、いちいちうなずきながら聞いていた。

「お徳からは詳しいことを話してもらってねえのかい?」

全然——と、おくめは言った。

「久兵衛さんは、ちょっと憚《はばか》ることがあって出ていったんだって、それだけさ。お徳さん、余計なことはしゃべんないものね」と、ところてんをずるずるすすりながら、口の端から言う。「あの人、口は悪いけど、本人のいないところじゃ陰口はきかないし、噂話も好きじゃない。だからさ、旦那のお役に立てなくて悪いけど、あたしには何の関わりもないお露ちゃんて人のことなんか、まず言わないよ。だからあたし、お露ちゃんのことは何も知らないなあ」

「お徳が一人でどこかへ出かけて行くようなことはねえかい？」

「あたしが煮売屋に出入りするようになってからは、無いよ」おくめは言って、ちょっと笑った。

「だけど旦那、もしもそのお露ちゃんとお徳さんが今でも親しいならさ、先にお徳さんが寝込んだとき、何かしら話が出てきたんじゃないかい？　お徳さんがさ、こういう次第でしばらくお露ちゃんと会えなくなるから、心配しないように伝えてくれってあたしに頼むとかさ、お露ちゃんの方から、このごろお徳さんが全然来ないけど何かあったのかなって様子を見に訪ねてくるとかさ」

「なるほどな」平四郎もところてんをすすりながらうなずいた。「おまえ、賢いなあ」

「何なら、もっと賢いところを見せたげようか？」おくめは得意そうに笑った。少しばかり顔に生気が戻ったようだ。「あたしがお徳さんなら、もう暮らしぶりに心配がなくなったところで、お露ちゃんとは付き合いをしなくなるね。人殺しがあってから、半年以上経ってるんだろ？　それだけ経ったら、もうかまわないようにするね」

「何でだい？」

「だってさ、お露ちゃんて娘は、実は兄さんを殺してるって、お徳さんは知っていて、だけどそんなことは無かったことにして忘れてしまえって言ってやってるんだろ？　忘れさせるいちばん手っ取り早い方法は、鉄瓶長屋から離すことだよ。てことはつまり、お徳さんからも離れるってことさ。だけどお徳さんがいつまでも親切にかまってたら、お露ちゃんとしちゃ、そのたんびに思い出さなきゃならないじゃないか」

ますます、おくめの言うとおりである。

「お徳さんはバカじゃないから、そのへんのことはちゃんと承知だよ。だからさ、お露ちゃんて娘とは、きっともう会ってないよ」

「おめえも賢いが、お徳も賢いな。俺がいちばんの阿呆《あほう》だ」

「それは旦那が男だからだよ。女の賢いのと男の賢いのは道が違うもんね」

おくめはところてんの器を盆に戻すと、冷たい麦湯に手を伸ばした。酢にむせたのか、ちょっと咳《せき》をする。

茶店の腰掛けのそばには他の客はいない。頭の上で「ところてん」の文字を染め抜いた白いのぼりがはためいている。通り過ぎる人びとは皆忙しそうに土埃《つちぼこり》をたて、額や首筋の汗をぬぐっている。おくめはそれを確かめるようにまわりをそっと見回すと、まぶしそうな顔をして平四郎の方を向いた。

「先の差配人の久兵衛さんて人は、お徳さんと仲が良かったんだよね？」

「ああ。だからお徳は、今でも鉄瓶長屋の差配人は久兵衛だけだって言ってるだろう？」

「うん……」おくめは物思わし気に首の湿布をさすった。「余計なことしゃべらないお徳さんが、つい最近、珍しくあたしにしゃべったことがあってさ」

平四郎はふうんと合いの手を入れた。おくめは口元をちょいと尖らす。

「今、久兵衛さんが出ていった時の事情なんか聞いたら、思い出しちゃった。あのね旦那、久兵衛さんね、鉄瓶長屋からいなくなる前から、ときどきお徳さんに愚痴こぼしてたらしいんだよ」

——ここだけの話だが、湊屋の旦那は私の後の差配人に、ご自分の親戚の佐吉という若い者を据えようとしていなさる。

平四郎は目を見開いた。口元から煙管をぶらさげて眠そうにしていた小平次が、その顔を見て驚いたらしく、腰を浮かせた。

「そりゃ、八百富の殺しがある以前のことだろう？」

「うん、そうだって」

「だったら、まだ何も起こってないのに、何だって久兵衛がお徳にそんなことを言ったんだ？　何で久兵衛が佐吉のことなんか知ってたんだろう？」

「あたしにわかるわけないよ、旦那」おくめは首を振った。

「どういうきっかけでそんな話が出たんだ？　言ってみりゃ佐吉の悪口だろう？」

お徳は今でも佐吉に厳しい。そのことは平四郎もよく知っている。ほかの者たちには優しく面倒見のいいお徳が、どういうわけか、いっそ意地悪なくらいに、佐吉にだけは冷たいのだ。近ごろは少し風向きが変わりつつあるのだが、それでもやっぱり厳しい。

「つい一昨日《おとつい》ね、魚屋の箕吉《みのきち》さんとこで、夫婦喧嘩があったんだよ。何かつまんないことだったらしいんだけどさ、おかみさんが箕さんと夫婦別れして出て行くって言い出して。箕さんも頭に血をのぼせちまって、ああ出てけ出てけって。そこへ佐吉さんが来てさ、一生懸命とりなして、まあ丸く収めたんだけどね。それがなかなか鮮やかでさ。あたし、立派なもんだね佐吉さん独り身なのにって、誉めたんだ。誉めてから、すぐにまずかったなあって思ったよ。お徳さんが佐吉さん嫌いなの知ってるからさ。だけどそのときは、お徳さん怒らなかったんだ。渋柿噛んだみたいな顔してさ、こう、じっと黙ってて。それからしばらくして、言ったんだ」

――あんたの言うとおりだよ、佐吉さん、よくやってるよ。

「あたしびっくりしちまってさ。珍しいねえ、お徳さんがそんなふうに佐吉さん誉めるなんてって、言ってやったよ。そしたらお徳さん大真面目で、ホントのところ、佐吉さんは頑張ってるから、あんまり悪いこと言いたくない、だけど、久兵衛さんが嘆いてたことがあるからって、それでさっきの話、うち明けてくれたんだ」

お徳は言ったそうである。

――久兵衛さんは、いろいろあって鉄瓶長屋を出て行ったんだけど、そんなことがある以前から、まあ年齢《とし》も年齢だったからね、自分の後の鉄瓶長屋の差配人のこと、ずっと気にしてたんだ。それでね、湊屋の旦那が、身内なんだけど事情があって湊屋の跡目にはできない、植木職人崩れの佐吉って男を、ここの差配人に押し込もうとしていて、だけど久兵衛さんはそれには大反対なんだってことを、ときどきあたしに話してくれていたんだ。若いだけでまず駄目だし、特にその佐吉って奴は人柄が良くないからって。差配人てのは、下肥料《しもごえ》がそっくり懐に入るとかさ、旨味のある仕事だよ。だけどその割に、怠けようと思ったら簡単に怠けられる。結局は、務める人の人柄によるんだよ。久兵衛さんは、いくら湊屋のお身内でも、自分としては、旦那様の薦《すす》めるあの佐吉だけは鉄瓶長屋に入れたくない、あれはろくでもない男だからって、あたしには、そりゃもう何度も何度も言ってたもんなんだ……。

平四郎にはまったく初耳の話である。あまりに驚いたので、はずみでところてんのお代わりを注文してしまった。

「久兵衛さんて、あんまり愚痴る人じゃなかったんだって？」

「あん？　ああ、そうだな。もともとおしゃべりでもなかったからな」

「だからね、そんなことをあたしに向かってぐずぐずしゃべるのは、よほど心にかかってるからだろうって、お徳さんは思ったんだってさ。だもんだからさ」

——久兵衛さんの後に佐吉が来たときに、あ、こいつだ！　って思ってね。最初《はな》っから憎くて憎くてしょうがなかったんだ。

——でもなんだかね、佐吉さんを見てるとさ、けっして悪い人間じゃないだろ？　あたし、近ごろじゃよくわかんなくなってきちまったんだよ。佐吉さんはよくやってるよ。それなりに立派な差配人になってるよ。だけどさ、あたしは認めたくないんだ。だって久兵衛さんに悪いじゃないか。

「悲しそうな顔だったよ」と、おくめも沈んだ口振りで言った。「だいたい、お徳さんがあたしに愚痴こぼすなんて、よっぽどやるせなかったんだろうからさ」

平四郎はところてんのお代わりを待ちつつ、箸を握ったまま憮然《ぶぜん》とした。おくめは湿布をさすった手の先をちょっとかいで、おお嫌な臭いだねえとこぼした。

「そうだったか」平四郎は唸った。「そういう前振りがあったから、お徳は、頭から佐吉に辛く当たっていたんだな。未だに、その態度を変えることが難しいんだな」

「うん、そうだと思うよ」くたびれたみたいに元気のない声でおくめは答えると、「なんか気の毒だよね」と言い添えた。

「どっちがだ？　佐吉かお徳か」

「どっちもさ。お徳さんは人を見る目があるから、何もなければとっくに佐吉さんをもりたてる側にまわっていて良さそうなもんだよ。旦那だってそう思うだろ？　それがさ、久兵衛さんからそんな話を聞かされたばっかりに、意地になっちゃって。久兵衛さんに義理立てしてさあ」

だけど佐吉さんはいい差配人だよと、おくめは小さな声で言った。

「旦那、あたし一足先に帰るよ。あたしたちが連れだって鉄瓶長屋に戻るんじゃ、まずいもんね。ごちそうさま」

よいしょと声をかけて立ち上がる。

「旦那に訊かれたことは、もちろん誰にも内緒にしとくよ」

「ああ、そうしてくれ。俺もおまえの話は腹の底に収めておく」

「うん」おくめはこっくりすると、まぶしい陽射しを仰いでから、痩せた肩をすくめた。

「なんかね、豆腐屋の一家が家移りするらしいよ。朝から片づけしてる」

ところてんのお代わりが来たが、平四郎は箸をつけずにまたまた憮然とした。

「そりゃ初耳だ。なんで家移りするんだ?」

「あの夫婦が昔お世話になった主人筋の豆腐屋が病気で、お店を続けていけなくなりそうなんだって。それでね、助っ人に行ってその店を預かるんだってさ」

「その店はどこにあるか聞いたか?」

「さてね。本所深川じゃなさそうだよ。遠くに行くって、豆坊たちが言ってたから」

おくめはさっき見たときと同じようなひょろひょろした足取りで帰ってゆく。彼女の肉の落ちてしまった背中と尻をながめながら、平四郎はお代わりのところてんを食った。酸っぱいばかりで味がしない。

豆腐屋一家の家移り話も、どうせ八助たちやお律父娘のそれと似たような作り話だろう。裏で湊屋が因果を含めているのだ。もちろん金も与えているに違いない。依然として事態は、道筋をまったく変えずに進行中というわけだ。ひょっとして平四郎と弓之助の見込みがはずれ、お律はまだ、湊屋の苦み走った番頭に、彼らがいろいろとかぎつけていることをご注進していないのだろうか？

——それにしても不愉快だぜ。

おくめが聞いたという、お徳のうち明け話である。平四郎のつかんでいる前後のいきさつを考えあわせれば、どう見ても、それもまた仕掛けられたものであるとしか考えられない。

久兵衛は湊屋の生え抜きの奉公人だ。平四郎の知っている限りでは、彼がお店《たな》の悪口を言ったことは一度もない。主人である総右衛門の判断に異を唱えたことも一度もない。彼がそういうことをしたという噂を、お徳をはじめとする長屋の人々の口から聞かされたこともない。これはつまり、そんなことはなかったということだ。久兵衛にとって、湊屋総右衛門はまさに生神《いきがみ》さまであった。

そういう日ごろの久兵衛の態度を知っているからこそ、たまさか口に出された「親戚筋の佐吉」に対する彼の辛《から》い言葉が、お徳のなかにしっかりと刷り込まれることになったのである。湊屋の後ろ盾を良いことに、久兵衛さんをこんなふうに案じさせ、不安がらせ、困らせている佐吉という若者。許せない、けっして勘弁してやるもんかと、お徳のあの気性なら、思い込んでも仕方がない。

八百富の太助殺しから始まって、久兵衛の出奔、佐吉の抜擢、彼の奮闘にもかかわらず櫛の歯が欠けるように家移りしてゆく店子たち——一連の出来事は、湊屋の何らかの思惑によって仕掛けられたものであり、久兵衛も一役かっているに違いない。何しろ湊屋大事の男だったのだ。ということは、久兵衛は、これから何が起こるかすべて知っていて、太助が死に、それに不愉快な噂がまといつき、結果的に自分が出奔することになり、その後に佐吉がやって来るということまですべて承知した上で、実際にはありもしない佐吉への不平や不満や疑惑を吹き込んで、お徳を操ったということになってくる。佐吉が差配人として働きにくくなるように。

店子たちが鉄瓶長屋を見限って出て行きやすくなるように――いや、次々と「それぞれの事情」で店子たちが欠けてゆくという事態を、町の人々の目で外側からながめられたとき、不自然に感じられないように。ああ、仕方ないよね、鉄瓶長屋《あそこ》の差配さんは場違いに若い男でさ、古株のお徳さんとはぜんぜん上手く行ってないしね、長屋がすたれてもしょうがないよ。

単純だが、上手いやり方だ。簡単だが周到だ。お徳の気性を知ってさえいればいい。しかし久兵衛は察していたろうか？　予想していたろうか？　生身の佐吉が鉄瓶長屋にやって来て、真面目に一生懸命務め、それなりに店子たちの信頼を集め始めたとき、お徳が久兵衛への義理と佐吉の働きの狭間《はざま》に落ちて苦しむことを？　彼女の気性なら、それだって充分にあり得ることだったのだ。

――久兵衛よ。

平四郎はひとりごちた。

――お店者が、お店大事でやらかすことは、俺には生涯、わからねえ。

そそくさと見廻りを切り上げると、平四郎は再び、深川の大親分茂七の家を訪れた。政五郎は在宅していて、先と同じように丁重に迎えてくれた。

平四郎は最初、詳しいいきさつは説明抜きで、政五郎にやってもらいたいことだけを頼むつもりでいた。しかし、まずそういう依頼の仕方はたいそう難しく、もともと深く物事を考えたり緻密《ちみつ》に組み立てたりすることが苦手な平四郎の手には余った。それに輪をかけて、平四郎は怒っていた。この男にしては珍しく、かなり深いところで気分を害していた。そういう時、人間は多弁になりがちだ。ここだけの話という前振りが出るのは、たいてい人が興奮しているときである。

という次第で、気がついたら政五郎に向かって、鉄瓶長屋で進行しつつある一風変わった陰謀と、それについて平四郎の思うところについて、何から何までうち明けていた。

政五郎は良い聞き手だった。一度だけ、平四郎がちょっと息継ぎに間をとったときに、すうと中座しすぐに戻ってきて、冷たい麦湯を満たした湯飲みを勧めてくれた。その間合いの計り方がまた絶妙だった。

平四郎がようやく話し終えて一息つくと、今度は手を打って人を呼んだ。すぐに熱い煎茶《せんちゃ》と菓子が出てきた。運んできたのはおでこである。子供は茶菓を並べると、そのまま政五郎の脇にちょこんと座り、政五郎が合図をすると、すらすらと暗唱を始めた。たった今まで平四郎が話していた事の経緯であった。

平四郎は水ようかんを食いながらそれを聞いた。全部聞き終えて、感心した。

「間違いねえ。よく覚えたなあ。いつから聞いていたんだい？」

政五郎は一応恐縮してみせた。「旦那がここにおいでになったときから、唐紙の陰に控えさせておりました」

旦那のお顔を見ると、今日は先よりも込み入ったお話がありそうな雲行きでござんしたから――という。

「おめえはおっかねえ男だなあ。俺は味方でよかったよ」

「痛み入ります。それであたしらは、そのお露という娘に張り付けばよろしいわけでござんすね？」

するりと本題に入る。

「おうよ。だがな、この前のお律よりも、よほど難しい獲物《えもの》なんだ」と、平四郎は説明した。「お露っていうこの娘は、事件の要《かなめ》になることを知ってるはずなんだよ。実際、兄貴の太助が殺される場に居合わせているはずなんだからな」

政五郎の穏和な目がちかりと光った。「その仰り方だと、旦那はもう、太助を殺したのはお露ではないと考えておられるので?」

平四郎は口をへの字に結んでうなずいた。

「殺し屋が来て兄さんを殺してしまった——というお露のうち明け話はどうなります?」

「それを聞かされたのはお徳だ」平四郎は静かに言った。「俺はそれを、お徳から聞いた」

「より正確に申し上げるならば、お露さんの話を元にした、〝殺し屋〟の正体についてのお徳さんの推測をお聞きになったということでござんすね?」

「そうなるな」

「それで旦那は、この件でもまた、お徳さんは操られているとお考えだ」

平四郎はすぐにはうなずけなかった。あまりにもお徳が可哀想な気がした。

「お徳は鉄瓶長屋のまとめ役で、長屋の心みたいな女だ」と、彼は言った。「言っとくが、長屋の頭じゃねえ。あくまで心だ。あれは理屈でものを考える女じゃねえからな」

「女はみんなそうでござんすよ」政五郎はやわらかく応じた。「だから可愛いんじゃありませんか」

平四郎は思わず笑った。政五郎も笑った。この場では、俺は完全に貫禄負けしてるぜと平四郎は思った。

羽織を脱ぎ、平四郎はあぐらをかいた。政五郎とおでこは律儀に正座をしたままだったが、二人とも少しも暑そうではない。茂七大親分のこの住まいは、内部で周囲をはばかる話がかわされることが多いことを考えてか、夏座敷にせずに唐紙や障子を立てたままにしてある。そのわりには風通しがよく、まるでほこらのなかに入ったように涼しかった。

「久兵衛の出奔という大芝居は、実は筋書きとしてはかなり難しいと思うんだ」平四郎は、考え考え説明を始めた。「『勝元』にいたころに、久兵衛と正次郎という男のあいだにいざこざがあったという話は本当だろう。だが、正次郎が今でもそのことで久兵衛を恨んでいるかどうかはわからねえ。だいいち、正次郎の消息を知っている者は誰もいねえんだ。つまり、いもしねえ者を犯人に仕立てて、そいつに襲われてみんなに迷惑をかけたら悪いから、久兵衛は出奔する——という作り話は、理屈としてはどうだか知らねえが、気分的にはえらく据わりが悪いだろう？　最初から、なんか作り話臭えなあって、長屋の連中だってそう思うわさ」

　だからこの話だけで押し通すわけにはいかない。そこで、もうひとつ仕掛けが必要になる。それが、実は太助を殺したのはお露で、それにはやむを得ぬ事情があり、久兵衛はその真相を知りつつ、お露をかばうためにあえて〝正次郎の逆恨み〟などという作り話をでっちあげて鉄瓶長屋を出ていった——という第二の筋書きである。

「しかもだ、この筋書きを、お露や久兵衛の口から聞かされたのは——あるいは匂わされたと言ってもいいが——」

「お徳さんですね」政五郎が先回りした。「鉄瓶長屋のこころだ」

「そうだよ」平四郎は深くうなずく。「心を押さえちまえば、あとはどうにでもなる。お徳が率先して、このよくできてるようでいて粗忽《そこつ》な二重の作り話を広げてくれる。実はな、政五郎。今となっちゃ恥ずかしい話だが、俺もころりとやられた口なんだ。久兵衛が鉄瓶長屋からいなくなる直前まで

は、俺はお露を引っ張って、実際のところ八百富で何があったのか、しっかり聞きだそうと思ってい
た。ところが、久兵衛は消えるわお露は泣くわお徳にはうち明け話をぶつけられるわで、結局腰砕け
になっちまってよ、何もしないで放っておこうってなことになっちまった」
政五郎はニコニコした。「そういうお優しいところが、旦那の旦那たる所以《ゆえん》です。ちっとも恥ずか
しいことではないと存じますよ、あたしは」
平四郎はがぶりと茶を飲んだ。水ようかんの皿はとっくに空である。
「お徳は、一年以上も寝たきりの亭主を、一人でちゃんと看取《みと》ってやってるんだ」
平四郎が湯飲みを持ったまま呟くと、政五郎は「はい」と応じた。
「そういうお徳さんに対しては、お露の作り話はてきめんに効いたことでしょう。兄さんが、寝たき
りの父さんを手にかけようとした、あたしは放っておけなかった――」
平四郎は腹の底から言った。「お徳が哀れだよな」
しかし政五郎は毅然《きぜん》と言い返した。「いえ旦那、あたしはお徳さんが哀れだとは思いません。哀れ
なのは、おそらくは嘘をついているに違いないお露のほうでござんすよ」
「お徳を騙《だま》さなきゃならねえからかい?」
「それもござんす」政五郎は言って、ほんの少し眉をひそめた。「お露の言っていることは作り話だ
としても、実際に太助は殺されております。すると旦那、太助には、殺されなければならない理由《わけ》
が、ほかにちゃんとあったということになりますね?」
平四郎は政五郎の言っていることを噛みしめ、その意味がわかってくるに連れて、だんだん座り直
した。

「そうだ……おめえの言うとおりだ」

「湊屋さんは、存念はどこにあるにしろ、店子をひそかに追い立てるのに、金こそばらまいてはいるものの、けっして乱暴なやり方はしていません。お律の一件は、博打の借金という格好の芝居を打ったから、荒くれ者を使わないわけにはいかなかったんでしょうが、それも見かけだけで、実際にはお律は、針の先ほどの危ない目にも遭っておりませんよ。それなのに、太助一人は命をとられて、ずいぶんと扱いが違うとは思えませんか」

そうである。他の店子たちの扱われ方、騙され方、操られ方に比べたら、太助の受けた仕打ちだけが、飛び抜けて不当で残酷だということになる。

「これには、それ相応の理由があったはずでござんす。そしてその理由は、湊屋さんが何とかして鉄瓶長屋を無人にしてしまいたいという理由と、どこかで絡《から》んでいるんじゃござんせんか？　太助がそれとまったく関わりのない男だったならば、命まで獲《と》られることはなかったような気がするんでござんすがね」

政五郎は言って、ちらりとおでこの方を見おろした。それで平四郎も初めて気づいたが、おでこはずっと、細かくくちびるを動かして、今この場のやりとりを口ずさんでは覚えているらしかった。

「とにかく、あたしらはお露を見張りましょう」と、政五郎は請け合った。「どんな暮らしをしているか、誰と会っているか、金の出入りや暮らし向きはどうか。細かく調べて旦那にお知らせいたしましょう。ここはまた、あたしらの働きぶりを信じて、どんと任せておくんなさい。旦那さえよろしかったなら、この件がすっかり片づくまでは、今後はあたしらを、前回の権吉お律のときのような一回の買い切りじゃあなしに、旦那の手下《てか》としてあてにしてくだすってもよござんす。いやむしろ、そのように、あたしらの方から旦那にお願いしたいくらいです」

平四郎に否やはない。「だけどよ、俺を助けて働いたとしても、おめえらにはめざましい得なんざないぜ。それでいいのかい？」

政五郎は、この男の懐の奥の奥の緻密な縫い目を、一瞬だけ裏返して見せるみたいに、一種凄みのある笑い方をした。

「湊屋には、例の仁平もからみついておりますね」

鉄瓶長屋の店子の減ってゆく理由を、しつこく尋ねにきた岡っ引きである。湊屋にしぶとい恨みを抱いている男である。

「あれが岡っ引きの風上にもおけない男であることは、先に旦那にもお話し申し上げました。あたしらとしては――」

この際、もしもこの件が、一気に仁平の足元をすくうことにつなげられれば、それはまことにめざましい働きになるというわけだろう。皆まで言わせずに、平四郎は笑った。

「なるほど。よろしく頼むぜ」


その日の夜、平四郎は妙な夢を見た。

場所はお徳の煮売屋である。店先で、鍋がぐつぐつ湯気を立てている。平四郎の好きな芋やこんにゃくに出汁《だし》と醬油《しょうゆ》が染みて、まことに旨そうだ。

しかし夢のなかの平四郎はつまみ食いをしない。そんなことをしている場合じゃないという様子をしている。夢のなかのそういう自分を、平四郎はどこか高いところからながめている。だからこれは夢なのだが、確かにお徳の煮物の匂いがするし、湯気の熱さも感じられるのだ。

店のなかに、お徳はいない。おくめの姿も見えない。妙に静かでしんとしている。

平四郎は奥の狭い座敷に続く障子を開ける。からりと音がした。

そこに、お徳の死んだ亭主がちんまりと座っていた。名前は何と言ったっけ——そう、加吉だ。確か加吉だ。

加吉はずいぶんと痩せている。洗い晒《ざら》した浴衣を着ているが、その襟元がはだけ、痩せた胸が丸見えだ。あばら骨を勘定することだってできる。彼は敷きっぱなしの薄い布団の上に正座して、なぜかしらしきりと平四郎に頭を下げる。

——おい加吉、起きてちゃ駄目だ、寝てないといかんぞ。おめえは病人だ、お徳に叱られるぞ。

夢のなかでそんなふうにたしなめて、しかしその夢を見ている平四郎自身は、俺は加吉に会ったことなどない、加吉の顔など知らないぞと思っている。

そして気がつくと、加吉はいなくなっている。座敷は血だらけで、そこに太助の亡骸《なきがら》が転がっている。仰向いて、胸や首の切り傷がむき出しになっている。

——なんでお徳の家で太助が死んでるんだよ。おかしいじゃねえか。

夢だからしょうがねえんだと思いながらも、平四郎は太助の屍《しかばね》を片づけようとする。このままじゃお徳は商売あがったりだ。履き物を脱いで座敷にあがり、ささくれだった畳の上に投げ出されている太助の腕をつかんで持ち上げる。

すると出し抜けに太助が起きあがってきた。両手で平四郎につかみかかる。太助の目はあさっての方向を向いており、口ががくんと開いて舌がはみ出している。

わっと叫んで平四郎は逃げ出した。太助の腕がからみついてくる。それを必死で振りはらう。はらってもはらっても、冷たくてぶよぶよした死人の指が平四郎の腕や肩をつかみ、どうしても離れようとしない。

——おめえはとっくに死んでるんだ、動くんじゃねえ！

わめいて、飛び起きた。すると今度は誰かがきゃっと叫んだ。どたんとひっくり返る。平四郎は寝床の上に半身を起こして、ぜいぜいと胸をあえがせながら周囲を見回した。

寝床の反対側に、弓之助が突っ伏していた。

「おめえ、何やってんだ？」

弓之助は俯《うつぶ》せたまま、「むう」というような声を発した。「あ痛タタ」と言いながら、やっとこさ起きあがり、頭をさすった。

「何をやってるじゃありませんよ、叔父上。非道《ひど》いじゃありませんか」

「何が非道いんだよ？」

平四郎は腕で顔の汗をぬぐった。すっかり夜は明けており、障子には陽がかんかんと照りつけている。ささやかな庭に、すでに鳥の声は聞こえない。とんだ寝坊をしたようだ。

「叔父上がうなされているというので、わたくしは起こしに来てさしあげたのです」

「うなされてた？　俺が？」

「はい。まるで熊のように鬼のように」弓之助は恨めしそうに口の端をひん曲げた。「そうしたら、途端に投げ飛ばされました。叔父上、いったいどんな夢を見ておいでだったのでございますか？」

やっと汗が引いてきて、平四郎の息も整った。だが、落ち着いた途端におかしなものを見てしまい、腹を抱えて笑った。

「何がおかしいのでございますか？」

平四郎は指さした。

「おめえの顔だ。畳の痕《あと》がついてら。それにその目のまわりの青痣《あおあざ》。よっぽど強く打ちつけたんだな」

弓之助は手で顔をさすって確認した。「どうりでちくちくするはずです。擦《す》り剝《む》けました」

「それにしたっておめえも甘いな。寝ぼけた俺に投げられたぐらいで、そんな痣をこしらえるなよ。さては、この世に受け身ってもんがあるのを知らねえな」

弓之助はさらにむくれた。「この青痣は、今できたものではございません。今朝方道場でできたものなのです」

「やっとうの稽古で顔を殴られるのかい？　まともに突きをくらったか」

弓之助は何か言い返そうとしたが、ぐいと言葉を呑み込むようにしてやめた。「わたくしの顔のことは良いのです。叔父上、お知らせがあって参りました」

平四郎はもそもそと寝床を抜け出した。

「何だよ」

「瀬戸物町の長屋から、お律さんが姿を消しました」と言って、驚いた平四郎が口を挟む前にすらすらと続けた。「お律さんがまた瀬戸物町から余所《よそ》へ逃げるということもあり得ると思いついたものですから、昨日様子を見に行ってみたのです。案の定でした」

「いつ逃げたって？」

「一昨日です」

「権吉は知ってるのかな？　俺が昨日の夕方のぞいて見たときには、やっこさんはまだ鉄瓶長屋にいたぞ」

「だったら、お律さんは今度こそ、だらしない父親を放り出して逃げてしまったのですね。権吉さんが騒ぎ出さないのは、何か言い訳を聞かされているのでしょう。あるいは、また湊屋から因果を含められてるのかもしれません。とにかく、お律さんがどこへ行ったかは、わかりません。むろん瀬戸物屋もやめていました」

平四郎は寝間着《ねまき》の襟で顔を拭いた。「湊屋がかくまったのかな？」

「かもしれませんですね」

「まあ、いい。昨日俺は、政五郎たちと手を組むことに決めたんだ」

平四郎はざっと説明した。「お律の行方も、政五郎たちに探してもらおう。連中なら見つけてくれるさ」

弓之助はまた顔に触った。畳の痕はまだついている。「叔父上、今日はまた鉄瓶長屋に見廻りにおいでになりますか？」

「ああ、行くよ。昨日豆腐屋一家が立ち退いちまった。佐吉はがっかりしてる。まめに様子を見てやりたいからな。なんでだ？」

「わたくしも一緒にお連れいただきたいのです」弓之助はぺこりと頭を下げた。「お邪魔はいたしません。どうしても小平次さんのお気に障るようでしたら、こっそり後からついて行きます。でも、どうしても叔父上にとりなしていただかないと計れないことがございますし」

「計るって、何をだよ？」

弓之助はくるりと目を動かし、少しばかり企みを抱いたような顔で答えた。「お徳さんの耳の良さと、八百富から差配人の家までの距離でございますね」

そして、人形の顔でニコリと笑った。「さらには、お露さんと同じくらいの年格好の娘さんが、どこかで都合できるともっと有り難いのですが」

平四郎はぞりぞりに伸びた顎の鬚《ひげ》をさする。

「するてえと、何だ、お露に似た若い女を走らせて、その足音がお徳の耳に届くかどうか、計ろうっていうのかい？」

弓之助は座ったままぴょんと跳ねた。「そのとおりでございます！」

「だが、何でそんなことをするんだい？　お露の足音は確かに聞こえたんだろうさ。そうでなきゃお徳が目を覚ますわけがねえ」

聡《さと》い弓之助も、暑さ負けで頭が鈍っているのかもしれない。平四郎は大あくびをすると、枕元に放り出してあった団扇《うちわ》を取って、子供の顔をあおいでやった。

「何度も言うが、お徳は鉄瓶長屋のツボだ。そのツボを押すためには、お徳を巻き込まなきゃしょうがない。だから久兵衛もお露も——心の内じゃ済まないと思ってたかもしれねえし、そうであってほしいと俺は思うがね——ああやって芝居を打ったんだろうよ。だがな、それが俺にはやりきれねえんだ」

弓之助はうなずいた。「お気持ちはお察しします。わたくしも、政五郎親分と叔父上のお考えのとおりだと思います。でも叔父上、だとすると、お徳さんは、あの夜、足音を耳にして起き出さなくても、どっちにしろあの大芝居の筋書きに巻き込まれることになっていたのではありませんか？」

「まあ、そうなるな」

段取りとしては、久兵衛が、八百富で不幸なことがあったと、お徳を起こしに行くという格好になっていたんじゃないのか。お徳が耳ざとかったおかげで、実際にはその手間が省けたわけだが、それはあくまでもたまたまそうなっただけだろう。

「そこですよ、叔父上」弓之助はきりりと眉毛を吊り上げた。「お徳さんはたまたま足音を聞きつけて目を覚ました。べつに、お露さんがお徳さんを巻き込むために、わざわざ大きな足音をたててお徳さんの住まいの前を行ったり来たりしたわけじゃない」

「そりゃそうだ。そんなことをしたら、ほかの連中だって目を覚ましちまうかもしれないだろうがよ」

「では」弓之助は膝を乗り出した。「お徳さんを目覚めさした足音の主は、お露さんではなかったかもしれないということも考えられますですね？」

平四郎は団扇を使う手を止めて、あんぐりと口を開いた。

「誰だって言うんだよ」と、やっと言った。

「さあ、誰でございましょう」弓之助はにこにこする。「お徳さんが起き出して久兵衛さんの住まいに駆けつけたとき、久兵衛さんとお露さんはそこにいた」

「そうだよ。お露は久兵衛の家に駆け込んでいたそうだ」

「寝たきりの富平さんは八百富にいた」

「ほかに行きようがねえ」

「太助さんも八百富で死んでいた」

「起き出す気遣いはなかったろうな」

弓之助はさらに膝をにじりにじり乗り出す。「繰り返しますが、八百富の太助殺しも、湊屋が鉄瓶長屋の店子たちを立ち退かせるための筋書きのなかで起こったことです」

「そうだよ」

「すべてが湊屋の意向で動いていることならば、太助さんを殺したのはお露さんではなく、湊屋の手の者、つまり第三の人物だ——ということは充分に考えられます」

平四郎はまた団扇を使った。

「ですから——」と、弓之助。「お徳さんを目覚めさせた足音の主は、その第三の人物だったのではないかと、わたくしは思うのです」

「八百富から逃げるところだったってことか?」

「はい」

一拍おいて、平四郎は思わず問い返した。

「ど、どこへ?」

弓之助は真顔で首をかしげた。「お徳さんは足音を聞いてほどなく久兵衛さんのところに向かっているのだし、長屋の外へ逃げ出すには、時がなかったでしょう。それに、お徳さんの聞いた足音は、久兵衛さんの住まいの方に向かっていた——」

平四郎は顎を引いて弓之助を見つめた。

「久兵衛がそいつを匿《かくま》っていたと?」

「はい」弓之助はきっぱりうなずく。「そう長いことではなかったでしょう。夜が明ける前に、外に逃がしてしまったのでしょうから。匿うというのは大げさで、その第三の人物は、とりあえず久兵衛さんのところで着替えたり、手を洗ったりしていただけかもしれません」

弓之助の言うことはあたっているかもしれない。第三の人物——

「その辺のことを確かめるために、おまえは、お徳の耳への足音の〝聞こえ方〟を計りたいわけだな？」

「そうでございます。場合によっては、お徳さんを目覚めさせた足音の主の、身体の重さや歩幅も推測できるかもしれません。さらには背丈も——」

「やめとけ」と、平四郎は即座に言った。「俺は嫌だ。そんな計りものはやめとけ」

弓之助は目をくるりとさせた。「叔父上？」

「そんなもん計って確かめなくても、おまえの言うことは充分もっともらしいよ。太助を殺したのはお露じゃねえ。あの娘の着物に血がついていたのは、筋書きをそれらしく見せるための小細工だろう。そうでなきゃ、死んだ兄さんの身体にとりすがった時にくっついたのかもしれねえ。いずれにしろ、太助が殺されたとき、お露は同じ屋根の下にいたんだからな」

「はあ……」

「おめえの言うとおり、第三の人物がそこにいて、太助を手にかけたんだろう。俺はどのみち、そいつを捕まえなきゃならねえ。だが、そいつの背丈だの貫目だの歩幅だのなんて、知ってもしょうがねえ。江戸中の男の背丈と歩幅を計って歩くヒマはねえからな」

「江戸中を計って歩かなくても、きっと湊屋の奉公人たちのなかにおりますよ」弓之助は颯爽《さっそう》と言ったが、平四郎にどんよりとにらまれて、急に声が小さくなった。「あの苦み走った番頭さんだということだって——」

平四郎は団扇を投げ出した。そしてよっこらしょと立ち上がった。

「叔父上？」

「着替えるんだ。手伝え」

「叔父上、悲しそうなお顔をしておられますね」

そのとおり、なんだか急に気が滅入《めい》ってしまったのだ。クサクサしてしまったのだ。どうしてまた鉄瓶長屋でこんなことが起こったんだろう。人殺しを捕まえるだの、隠し事を暴くだの、平四郎に向いている仕事ではないのだ。平四郎は、知らないことは知らないまま、聞かないことは聞かないまま、わからないことはわからないままにしておくのが好きなのだ。本当の人殺しはどこの誰かなんて、弓之助のような子供と話し合ったりしたくはないのだ。

それにもまして、こんな話をお徳の耳に入れたくはない。弓之助の言うとおりにするならば、お徳にも事情をうち明けねばならないだろう。お徳の心に、お露や久兵衛への疑いを吹き込むようなことをしたくはない。できるならば、お徳には何も知らせないようにしてやりたい。たとえ彼女が騙されて、知らぬ間にこの芝居に一役かわされているのだとしても、それでお徳がひどい害を被るというのでないのなら、そっとしておいてやりたいのだ。

「わたくしは叔父上のお手伝いをしたいのですが、ひょっとしたら、それは余計なことなのかもしれませんですね」弓之助は呟いた。「小賢《こざか》しいことばかり申し上げているのかもしれませんね」

「そんなこたあねえよ。おめえは賢い。よくものが見える。だから見えたまま考えたままを言ってるだけだ」

「でも……」

「気にするな。俺はちょっと、寝起きが悪いんだ。妙な夢を見たからな」

平四郎は弓之助を見おろしてにっと笑った。

「鉄瓶長屋には連れていってやるよ。小平次には余所《よそ》を廻らせよう。ちょうどいい、俺もおめえを佐吉に引き合わせたかったんだ」

弓之助は畳に手をついて頭を下げた。「ありがとうございます」

「そうバカ丁寧にしなくっていいよ。それより叔母上を呼んできてくれ。さっさと顔を洗わなくっちゃならねえからな」

弓之助はうつむいたまま動かない。平四郎はにわかに心配になった。賢いといっても子供のことだ、平四郎に叱られたと思って、しょげてしまったか？

「弓之助？」

のぞきこむと、弓之助は鬼がくしゃみをしたような表情をしていた。

「叔父上――」

「何だよ、どうしたんだ？」

弓之助は真っ赤になった。

「叔父上、足がしびれました」

と言って、ころりと転げた。

小平次はずいぶんと抵抗した。なんで坊ちゃまが旦那のお供をして、わたしは余所へ回されるのですか？　旦那はもうわたしがご不要になったのですか？　このごろは、あんなにお嫌いになっていた岡っ引きもお使いになるし、わたしには旦那のお考えがわかりませんですよ！

「うへぇ」平四郎は彼のお株を奪って恐れ入ってみせた。「そう怒るな。弓之助を佐吉に紹介するだけだよ。いいじゃねえか、おめえは井筒の身内みたいなもんだ。跡取りになるかもしれねえ子供のことなんだから、堅いこと言うなよ。それに政五郎はなかなかの人物だぜ。そう毛嫌いするもんじゃねえ」

ずいぶんとなだめたつもりだが、それでも小平次は、肉付きのいい丸い肩をぶりぶり怒らせて出かけて行った。弓之助もこれには参ったようだ。

「もしかしてわたくしが井筒家の跡取りになると、小平次さんの子供がわたくしの中間《ちゅうげん》になるのですか？」

「小平次には倅《せがれ》はいねえよ。娘だけだ」

「ああ、良かった」

「だが、婿をとるぞ。どっちにしろ、あいつとはよしなにしておいた方がいいってことだな、諦めろ」

ぎらつくお天道様に、大汗を流しながら鉄瓶長屋に着いてみると、佐吉は豆腐屋一家が家移りした後の家を、熱心に掃除していた。埃よけの手拭いで顔の半分を被っているが、のぞいている両の目は、お日様と裏腹に暗く見えた。

出入口の障子戸がはずされて、障子紙もきれいにはがされ、桟《さん》のすみずみまで水で洗い流されている。乾いたら新しい障子紙を貼るつもりなのだろう。畳も一枚残らず上げられて、日向《ひなた》に並べられている。

「なんだか声がかけにくいな。後にするか」

弓之助はじっと、せっせと働く佐吉を観察していて返事をしない。

「どうだ、お徳のところに顔を出してみるか?」

弓之助は一心に佐吉を見ている。

「あそこにはおくめもいるしな。おめえが顔を出したら、きっと大騒ぎになるぜ。あら可愛いなんてな」

弓之助はまたたきもせずに佐吉を見ている。

「おい」平四郎は弓之助の頭をぽかりとやった。「佐吉の背丈と貫目なら、俺が訊いてやる。目測するんじゃねえ」

弓之助はぶたれたところを撫でた。「ばれていましたか」

「俺もおめえに慣れてきたからな」

「べつに佐吉さんを疑っているわけじゃありません。あの人には、湊屋さんに力添えして太助さんをどうにかしなくちゃならないような義理はありませんから」

「あたりめえだ」

弓之助は口のなかで何かもじょもじょと呟いた。平四郎の耳が確かであるならば、

――太助さんはなぜ殺されたんだろう? と呟いていたようである。

思ったとおり、弓之助は――正確には弓之助の整った顔は――お徳とおくめを仰天させた。おくめ

は大いに喜び、お徳は平四郎と弓之助の顔を見比べて、それから大笑いをした。

煮売屋の店先は暑い。おくめはまだあせもで苦しんでいるようで、窶《やつ》れた感じはそのままだ。湿布《しっぷ》薬の匂いも漂う。だが弓之助はそれらのことを苦にする様子もなく、きちんと挨拶をすると、おとなしく良い子の態度をとって、二人のおばさんを喜ばせた。平四郎は熱々《あつあつ》のこんにゃくと冷たい麦湯を招《よ》ばれながら、ひとしきり、女たちの問いかけに弓之助が律儀に明るく応じるのを興味深くながめた。

「そうかね、藍玉《あいだま》問屋の河合屋の坊ちゃんなんだね。旦那にそんな羽振りのいい親戚がいるなんて知らなかったよ」

「女房の姉さんが嫁いだってだけだ。俺は関係ねえよ」

「わたくしの母はとてもお転婆だったので、とうてい同心の妻にはなれぬと、商家に嫁に出されたのだということでございます」

「ワタクシだって。ゴザイマスだって。お徳さん、小さい子がこんなしゃべりかたするの、あたし初めて聞いたよう」

「騒ぎなさんなよ。鍋を見ておくれよ、焦げるじゃないか」

「坊ちゃん、河合屋さんには、今でも、染太郎さんていう手代さんはおいでかい？　背が高くてちょっと鼻筋が細くって、顎が長くて色白で。あたしあの人なら馴染みで――」

笑顔で弓之助に話しかけながら、お徳はおくめの足を蹴った。

「坊ちゃん、暑いだろう。どうも水売りが来たようだから、涼みがてらにちょっと外へ出て、呼んで来ておくれでないかい？　悪いね、ありがとうよ」

弓之助は心得顔で外へ出ていった。おくめは口を尖らせている。

「ひどいじゃないか、いきなり蹴るなんて」

「坊ちゃんの前であんたの昔のお馴染みの話なんかするもんじゃないよ、バカ」

「いい男だったんだよ、染太郎さん。情の濃い人でさあ」

「あんたはもう煮売屋なんだから、濃い薄いなんてのは、味付けの心配だけしてればいいんだよ」

「それだけじゃ、人生つまらないじゃないか、ねえ旦那」

「俺は知らねえ、どっちの味方もできねえ」

弓之助が水売りを連れて戻ってきた。お徳がやりとりをしているあいだに、平四郎はこそっとおくめに訊いた。

「豆腐屋の後は、誰か店子が入るわけじゃあるまい？」

おくめは首を振る。「今のとこは、そんな話なんか聞いてないよ」

「佐吉はむきになって掃除をしてるんだな」

「気の毒だよね」はあっとため息をつく。

「一生懸命やってくれてるのにさ。近ごろじゃ、長屋の外でもあれこれ言われてるよ。鉄瓶長屋は人殺しと久兵衛さんの出奔であやがついて、もう駄目じゃないかって」

「駄目って、人間じゃねえんだ、長屋に寿命なんかはあるまいよ」

「いんや、あるんだよ、旦那」

濡れた手を前掛けで拭きながら、お徳が戻ってきた。弓之助は店の前で、犬をからかっている。しっぽのくるりと巻いた子犬で、ちかごろ鉄瓶長屋のまわりに出没するようになった野良だが、なかなか可愛い顔をしており、皆から残飯をもらって結構な暮らしをしているようだ。

「あたしはいろんな長屋を転々としてきたからね。今よりももっと貧乏だった若いころには、それこそ裏長屋の厠《かわや》の隣にだって住んだことがある。たくさんの長屋を見てきたよ」

わんわんと吠える犬と、はね回って遊ぶ弓之助をながめながら、お徳は言った。

店の奥からおくめが醬油樽《しょうゆだる》を持ってきて、何も言うわけでもなく、ただ心得顔でお徳のうしろに据えた。お徳はそこに腰掛けた。商いをしているあいだに腰をおろすなんて、お徳にはかねて一度もなかったことだ。平四郎は驚いたが、一方でふと安心した。お徳とおくめ、なんだ、いい組み合わせだったじゃねえか。

「建物の寿命っていうんじゃなくってさ、あるんだよ、お店や長屋や貸し家にも、それ相応の寿命ってもんがさ。人が集まって住む場所だろ？　運が尽きるときが来るんだよね。夜逃げが続いて店子が少なくなるってこともあるし、火事でみんな死んじまうこともある。流行病《はやりやまい》で店子が根こそぎやられて、それきり誰も引っ越してこなくなることもある。これが初めてってわけじゃない。何度も経験してきたよ」

お徳は太い腕で自分の身体を抱くようにして、少しばかり疲れたような笑みを、平四郎に見せた。

「久兵衛さんがいなくなったことで、鉄瓶長屋はたがが外れちまった。それでさ、急に寿命が来たんだよ。ここはもう終わりだね。豆腐屋だけじゃない、魚屋の箕さんたちも出ていくみたいだよ」

平四郎は眉を上げた。「箕吉たちには、どこか行くあてがあるのかい？」

また湊屋の手が回ったのかと思ったのである。しかし、お徳はあっさりかぶりを振った。

「何もないよ。ただ家移りするしおどきかなって、相談してるだけさ。あたしだって考えてるよ、旦那。ただ、新しい家を見つけるったって、佐吉――佐吉さんに請け人になってもらうわけにはいかないからさ、別のつてを頼らなくちゃね」

「あたしんとこの、先《せん》の差配さんが力になってくれるかもよ」おくめが屈託無く言って、鍋をかきまわした。

「おまえの言うことはわかるよ。俺も伊達《だて》に市中をほっつき歩いてるわけじゃねえからな。確かに、何かの事情で人の住み着かなくなる家や長屋はあるだろうさ」平四郎は言って、お徳の顔を見た。「だが、鉄瓶長屋は火事にやられたわけでもねえし、疫病《えきびょう》も出てねえ。夜逃げしなくちゃならねえような困った店子だって一人もいなかった。だいいち、この長屋はまだ出来てから十年くらいしか経ってねえんだ。寿命が来るには、いささか早すぎるだろう」

お徳は、倒れる前よりはずいぶんと肉の落ちた肩をすくめた。「どうだかね。十年もよく保《も》ったって言った方がいいかもしれないよ。元々げんの良くない土地なのかもしれない」

「おまえらしくもねえ言い方をするなあ」

お徳は歯を剥いて笑った。楽しそうな笑顔ではなかった。

「だってここはさ、元はそこそこ大きな提灯《ちょうちん》屋の家だったんだ。けっこうはやってて、立派な家だったんだよ。住まいだけじゃなくて作業場もあってさ、住み込みの職人もいてさ。それが、提灯屋の旦那がおかしくなって、いっぺんで傾いちまって」

平四郎も、その話なら知っている。提灯屋の商いが傾いて、借金がかさんで家と地所を手放すことになって、それを湊屋が買い取った、そして鉄瓶長屋を建てた――それが十年前のことだったのだ。

「ここには最初から、そういう、よくない思い出がしみついていたんだ。あたしらが愉快に暮らしていいような土地じゃなかったんだよ、旦那」

平四郎は顔をしかめた。おくめの方に目をやると、彼女も困ったようにしきりとまばたきをしながらお徳をながめている。弓之助は、犬をはさんで近所の子供と話をしていた。可愛い女の子だ。なかなか手早い。

「お徳さんは、ここんとこ気が沈んでるんだよ」と、おくめがとりなすように言った。そしてお徳の顔色を見た。「旦那には話していいだろ、お徳さん」

お徳は黙って前掛けで顔を拭いた。

「何だ？」と、平四郎はおくめに訊いた。彼女はちょっと声を低くした。

「十日ぐらい前から、お徳さんの夢に、死んだ太助さんが出てくるんだって」

「八百富の太助が？」

「ほかにいるかい？」お徳が少し喧嘩腰で言った。「そうだよ、あの血だらけになって死んだ太助さんだよ」

「そう口を尖らせるなよ。で、太助はおまえに何か言うのか？」

「何も言いやしないよ。ただ、恨めしそうな顔であたしのこと見てるだけさ。あたしは一所懸命頼むんだ。成仏しておくれよ、あんたには気の毒だったけど、お露ちゃんだってやむにやまれず――」

言いかけて、お徳ははっと口をつぐんだ。表向きは、太助は正次郎という、昔「勝元」の板場で働いていた男に殺されたことになっているのだ。表向きには、それが〝殺し屋〟の正体だということで決着しているのである。

「あたし、もうこの長屋にはいたくないんだよ」お徳は前掛けの端をくしゃくしゃに握りしめて言った。「箕さんたちとも、しょっちゅうそんな話をしてたんだ。おえんさんところも、家移りしたいって言ってる。こんな櫛の歯が欠けたみたいなスカスカの長屋、住んでいたくないもんね」

平四郎は、今朝方自分の見た夢のことを思い出していた。そして心の片隅で、お徳が恨めしげな様子の太助の夢を見るのは何故だろう、お徳はお徳なりに、何も知らなくても、太助の死に方におかしなところがあると感じているのだろうか、それとも、あくまでも太助を殺したのはお露であると信じているからこそ、太助への不憫《ふびん》さが募り、それが悪夢になるのだろうかと考えていた。

「佐吉さんはよくやってるよね」おくめが優しい声で言う。「だからあたしたち残念だけど、でもね旦那、ここで甲斐《かい》のない苦労をするよりも、佐吉さんだって、余所へ行った方がずっといいかもしれないよ」

まるでその会話が聞こえているみたいに、表の頭上のどこかで、官九郎が一声啼いた。とたんに、お徳が下を向いたまま、吐き出すように言った。

「烏なんか、連れてくるから悪いんだよ！」


挨拶を交わしてお徳たちと別れると、弓之助は妙にそわそわした。平四郎は気がふさいでいたのですぐには気づかなかったのだが、

「なんだ、小便か？」

「違いますよ、叔父上」

弓之助は後ろめたそうに首を縮める。

「叔父上の暗いお気持ちはお察しできるのですが、でも、わたくしは乗りかかった船で、今ではこの

鉄瓶長屋で起こっている出来事を解明しなくては落ち着かなくて――」

「わかってるよ。で、何だ」

「八百富の空き家を見せていただくことはできないでしょうか。もちろん、佐吉さんには内緒で」

空き家はどこも、掃除こそきちんとしてあるが、鍵などあるわけもない安普請《やすぶしん》である。出入りは自由だ。見回した限りでは佐吉の姿も見えないから、気兼ねも要らない。

「そりゃ、簡単だ。ただ、ざっとだぞ」

「はい、かまいません。ざっとで良いんです。今は」

八百富の三人が暮らしていたころには、乏しいなりに家具もあり、布団もあり、壁には暦が、棚には花が、そして店先にはもちろん商いものの季節の野菜が――と、温《ぬく》もりに満ちていた家も、今はがらんどうだった。それなのに陽射しばかりがかんかんからからと照りつけて暑いのが、かえって気に障った。

弓之助は、一階の座敷や台所、土間のあたりをぐるぐると歩き回り、足元ばかりを見つめている。そして両手を腰にあて、うんと唸ると、平四郎に訊いた。

「叔父上、鉄瓶長屋が建つ以前に、ここにいた提灯屋の素性はご存じですか？」

「詳しくは知らねえな」

「さぞ大きな家だったことでしょうね？」

「そうだな。まあ、住まいだけじゃなくて作業場もあったそうだからなあ。庭だってあったろうし。それに提灯てのは、作ってるときには場所をとるからな」

弓之助はうんうんと、一人でうなずく。

「わたくしが測量を習っている佐々木先生のことは、叔父上にもお話ししましたね?」

「聞いた。聞いたが俺は誰にも洩らしちゃいねえぞ」

勝手な測量や地図作りは、下手をすれば獄門首に通じる御法度《ごはっと》である。

「先生ならば、ここに提灯屋があったころの切り絵図をお持ちかもしれません。提灯屋の家の間取り図も、それを建てた大工を捜し出せば手に入れることができるし」

「おまえ、何を考えてるんだ?」

弓之助は問いに答えず、空っぽの家のなかで声を潜《ひそ》めた。「提灯屋の主人は、湊屋ゆかりの者だったのではないかと思います」

「へ?」

「あるいは、お内儀《かみ》のおふじの実家と関わりがある者かもしれません。ともかく、誰かと何らかのつながりがあったはずです。まったくの赤の他人ではなかったはずです」

「おまえな――」暑気あたりかと平四郎は思った。空き家の熱気はおつむりを直撃する。

「八百富の富平さんも……」弓之助は天井を見上げて続ける。「ひょっとしたら、湊屋縁故の人です。何とか調べられませんか」

「調べるって――」

平四郎はあわてた。どうやら、弓之助は正気でしゃべっているようである。

「もしも富平が湊屋と関わりがあったんなら、調べるまでもねえよ。お徳が知ってるはずだ。あいつはいちばん最初から鉄瓶長屋にいるんだから」

「それはどうでしょうか」弓之助は、ちょっと生意気な目つきをして、指を振った。わざとやっているのだろう。芝居がかっている。

「お徳さんだって、神様じゃありません。隠されていることは見抜けないだろうし、嘘《うそ》にも騙されるでしょう。とても良い人ですね。優しくて面倒見が良くて。でも、だからこそ、古着の裏をひっくり返して下手な継ぎ当てを探し当てることは得意でも、人の心の裏をひっくり返してかぎざきを見つけるようなことは不得手だと思えます」

「おめえ、わかったような口をきくなあ」

「申し訳ありませんが、性分なのです」

それはまあ、委細《いさい》承知だ。

「本人に訊いたらいいかんのかい？　富平にさ。少しは良くなってるようだから、しゃべれるだろうと思う――」

弓之助は両手を下げて平四郎を見ている。

「叔父上、探索事は、本人に訊いたら何もかも台無しだからこそ、こっそり行うのではありませんか？」

「本人に訊いても、本当のことを言うとは限らないしな？」

「そのとおりです」

平四郎は、住み手のないまま日に焼けてしまった障子紙に目をやった。黄ばんだ色がもの悲しい。家は人あっての家だ。

「調べることはできるよ」と、首筋をかきながら答えた。なんだか、悪事に荷担しているような後ろめたさがある。

「造作ねえよ」〝黒豆〟に頼めばいいんだ。

「ありがとうございます」弓之助は深々と頭を下げた。そして、急に幼い顔つきに戻ると、平四郎の袖を引っ張った。

「早く出ましょう。暑いです。喉が渇いてしまいました」

八百富の空き家を出てゆくときの弓之助は、妙にあわてていた。そのくせ、痛ましいものでも見るみたいに切なそうな顔をして家のなかを振り返ってから、両手でぴしゃりと障子を閉めた。その際、南無阿弥陀仏《なむあみだぶつ》——と呟いたみたいに聞こえた。お徳の夢枕に立つ太助のことを、やっぱり気にしているのだろうと平四郎は思った。

訪ねてみると、佐吉は家にいた。一人ではなかった。長助と二人でもなかった。みすずが来ていたのである。

二重に驚いたことに、彼女はあの分厚い鼻眼鏡をかけて、華やかな刺繍《ししゅう》をほどこした着物の袖をたすきでたくしあげ、台所に立っていた。なにやら青菜を茹《ゆ》でているような匂いがする。卵の殻が三つ四つ捨ててある。蓋《ふた》の下から笹の葉をのぞかせた手桶が、風通しのいい日陰に置いてある。刺身だろうか。

佐吉と長助は、押し込みにでも入られたみたいに、身を寄せ合ってみすずを遠巻きにしていた。彼女はめっぽう陽気そうで、佐吉はひたすら困っているように見える。

「こりゃこりゃ、押し掛け女房かね?」

平四郎が声をかけると、みすずはぱっと赤くなった。

「まあ、おからかいになって。嫌ですわ、旦那」

言葉遣いも、いきなり女っぽいではないか。後ろで佐吉が頭を抱えているのも無理はない。

平四郎はにやにやしながら、三人に弓之助を紹介した。佐吉は驚いて進み出ると、丁重な挨拶をしようとしたが、平四郎が遮るよりも先に、当の弓之助に止められた。

「わたくしは、叔父上の甥ではありますが、河合屋というしがない商人の小倅《こせがれ》です。どうぞお手をおあげくださいませ」

佐吉は呆気《あっけ》にとられた顔で、思わずという感じで吹き出した。「そちらのお言葉も丁寧に過ぎますよ、坊ちゃん。俺はここの差配人です。しがない身の上であることに変わりはありません」

「それでは、あいこにいたしましょう」

しばらくのあいだ如才なく世間話をすると、弓之助はおもむろに腕まくりをして、みすずの手伝いをしようと申し出た。平四郎は座敷の方へあがって、目をシロクロさせている長助の頭を撫でてやり、佐吉がいれてくれた茶を飲んで汗を拭いた。

「お嬢様は一人で来たのかい？」

佐吉はぐったりと首を振った。「今日は女中さんに送られてきました。日暮れ頃に迎えに来るそうです。それまでに夕飯の支度をとおっしゃって」

「いいじゃねえか。やらせとけよ。長坊だって、あのお姉さんなら怖くもねえよな？」

長助は佐吉を見上げて、なんとなく笑っているような顔をした。

「それにしても、ここへ来るとわかっていて、湊屋がよくお嬢様を出したもんだ」

「お嬢さんの話じゃ、止めたら店先で大暴れをしてやると脅かしたんだそうです」

「ははあ。小うるさい近所の連中に、お大名家に嫁入り前のお嬢さんが、襦袢《じゅばん》の裾をチラチラさせて番頭を足蹴にしてる有様を見られたりしたら、かえって面倒なことになるもんな」

「旦那は気楽な仰《おっしゃ》りようをするなあ」

「すまんなあ、つまりは俺は野次馬ってことよ」平四郎はヘラヘラと言ったが、もちろん本気ではなかった。お徳の心も心配だが、佐吉の心の内も案じられる。湊屋の目的が何であれ、恐らくは彼も騙され、いいように使われているクチなのだ。

佐吉はそれでも、平四郎がいることで気がほぐれたのか、平四郎に問われるままに、豆腐屋の家移り後のことや、北町の差配人の寄合でも鉄瓶長屋から店子がいなくなっていることで嫌味を言われたことや、地主の湊屋もそのことではいたく参っているらしく、わざわざ大番頭がやって来て、様子を聞いていったということなどを、ぽつぽつと語った。

「大番頭さんのお話では、湊屋の旦那は、どうやら鉄瓶長屋にはケチがついてしまったんだろう、いっそのこと店子をみんな余所に移して、うちで寮でも建てて使おうかと仰っているそうです」

恐縮しているのか、猫背になってそんなことを言った。

しかしそれは、平四郎には片腹どころか腹をひとまわりして背中まで痛くなるような話だった。何も知らない佐吉に向かって、しらっとした顔で、よくまあそんな台詞《せりふ》を伝えるものだ。

「おめえがこんなに苦労して、一生懸命務めてるのに、あっさりと言ってくれるな」

佐吉はますます背中を丸めた。「旦那が俺の肩を持って下さるのは有り難いです。でも俺は――」

「わかってるよ。総右衛門には足を向けて寝られねえ身の上なんだろう？　だから、滅私奉公いたしますってわけだ」

佐吉は黙ってしまった。台所では、みすずと弓之助がきゃあきゃあ言っている。

「もしも——もしもだぞ、総右衛門の腹づもりどおり、この長屋がなくなったら、おまえはどうするんだ？」

「どうするって、どうもしませんよ。植木職人に戻るだけです」

「暮らしてゆけるのかい？」

「親方は喜んで使ってくれると思いますよ。ですから、心配はないです」

平四郎はみすずの背中に向かって顎をしゃくった。「だったらよ、ぐずぐずすることはねえや。今すぐにあのお嬢さんを嫁にもらって、植木職に戻れよ」

「旦那——」佐吉は助けを求めて長助の顔を見た。あいにく、この子は熱心に茶菓子を食っていた。

「いい娘だよ。おかずを作る腕前のほどはわからねえけどよ」

みすずは卵がどうしたこうしたと騒いでいる。

「あの娘は本当におまえにぞっこんなんだ」

「そんなのわかりませんよ」

「わかるさ。あの弓之助な、狐《きつね》が化けたようなきれいな顔だろう？　ありゃ人間業には思えねえ」

「旦那のたとえは凄いですね——まあ、あの痣には驚きましたが、剣術の稽古をしているそうですね？」

平四郎は、弓之助の持論を借りて、佐吉に説明した。曰《いわ》く、彼の顔を見てぽうっとならない女は、ほかに想い人がいるのだ。

「みすずも、あいつに会ってもちっともぽうっとならなかった。頭ン中がおめえのことで一杯だからよ」

佐吉は口元を斜めにして目を伏せた。平四郎はふと、とても素朴な質問を思いついた。

「おめえ、約束のある女がいるのかい？」

そのとき、台所で何かがはじけるような音がした。弓之助がひえぇと声をあげ、みすずが大声で叫んだ。

「ごめんなさあい！」

弓之助の白い顔に、黄色い卵がべったりとくっついていた。朝からくっついている痣のせいで、白い顔がまだらになっている。

「蒸しすぎて、蓋をとったら破裂しちゃったの！」

佐吉が弓之助を抱きかかえて、井戸端へ飛んでいった。長助はまた目を丸くしている。その頭を撫でてやりながら、平四郎は思った。ああ、やっぱりもったいねえな、あの卵。厚焼き卵にすりゃ旨いのになぁ。


その晩、弓之助は井筒の家で夕食をとった。幸い顔に火傷《やけど》はなかったので、平四郎の細君の前では澄ましていて、叔母上、町の見廻りというのはたいへん興味深いものですなどと言っている。

夕食のあいだ、台所の一段低いところで箸《はし》をとっている小平次が、なんだか妙に楽しそうで、ときどき口元を押さえてクツクツ笑ったりしているのが、平四郎は気になった。どうやら、横目で弓之助の顔をうかがってはニヤついているようだ。

食事の後、平四郎は弓之助を座敷に呼んだ。小平次に笑われるような覚えがあるかどうか訊こうと

思ったのだが、それよりも先に、

「井戸端で顔を洗っているとき、みすずさんから面白い話を聞きました」と、弓之助の方が切り出した。

鉄瓶長屋という変わった通り名の由来になった出来事についての話だという。

「それなら俺も知ってるよ。井戸替えをしたら、真っ赤に錆《さ》びた鉄瓶が二つも出てきたっていうんだろう」

弓之助は大真面目でうなずいた。

「その鉄瓶は、湊屋が『勝元』で使っていたものだったそうです」

それは初耳である。「本当か?」

「はい。『勝元』の屋号が入っていたそうですから。みすずさんはそれを、『勝元』の女中頭から聞いたそうですよ」

確かに面白い話だが、だからどうしたという話でもある。しかし、弓之助の目はきらきらと光っている。

「これもやはり、一連の出来事と関わりがあると思います」と、力強く言い切るのだった。

遅くなったので泊まっていけと、平四郎も細君も勧めたが、弓之助はどうしても帰ると言い張った。実際、頃合いを計ったように河合屋からは迎えの者がやって来た。

「枕がかわると寝られないのかもしれませんわね」

細君はそんなことを言ったが、平四郎は、小平次が弓之助を見送りながら、必死で歯を食いしばって笑いをこらえていることに気づいていたから、こっそりと彼を呼んで尋ねた。おい、どうしたっていうんだよ？

小平次は爆笑と共にぶちまけた。

「あの坊ちゃんは、余所には泊まれません！　おねしょをするんですからね！」

平四郎に押しつけられた見廻りのついでに、日ごろ弓之助はどんな暮らしをしているのだろうかと気になり、ちょっと河合屋に寄ってみたら、家の裏手におねしょ布団が干してあったというのである。

「弓之助のものとは限らねえだろうが」

「わたしだってただぼけっと旦那にくっついて廻っているわけじゃありませんよ。洗濯をしている女中さんに聞いて、確かめました。確かに坊ちゃんにはおねしょ癖があるそうです。夜中に一度起こしてあげないと、必ず失敗なさるそうです」

河合屋では、草木も眠る丑三《うしみ》つ時、あわてて厠へと走る弓之助の足音が廊下に響かない夜は、決まって翌朝、おねしょ布団干しの行事があるのだそうである。

「それにしてもなあ、小平次」と、平四郎は笑った。「おまえも、あんな子供とまともに勝負をするなよ」

深夜、枕に頭をつけて、蒸し暑さに寝つかれないまま、平四郎は考えた。いくら頭が切れようと、子供は子供ってことかねえ。やれやれ……。

蚊燻《かいぶ》しの煙の匂いを感じながら、うつらうつらとした。夢を見たら嫌だなと思っていたら、かえって夢を引き寄せてしまった。

真っ暗な夜のなかに、足音が聞こえてくる。太助の命を奪った殺し屋が、闇のなかを駆けてゆく足音だ。その殺し屋には顔がない。目をこらしてよく見ようとしても、そこにはのっぺりとした闇があるばかりだ。夢のなかなのに、平四郎は腕に鳥肌が立つのを感じる。昨夜の夢もついでのように蘇《よみがえ》り、太助の血だらけの亡骸《なきがら》が、闇の向こうで泣いている。殺し屋の足音は、そんな太助を置いてきぼりに、どんどん平四郎の方へと近づいてくる――せっぱ詰まった足音が、こっちへ――廊下を走って――

そのとき。

「叔父上、厠はどこですか？」

せっぱ詰まった弓之助の声が響き、その顔が見えて、平四郎はぱっちりと目を開いた。

それもまた夢だった。蚊帳《かや》の底で、平四郎は腹の底から笑った。そして朝までぐっすりと眠った。

やっぱり弓之助はなかなかだ、と思いながら。

九

井筒平四郎は、また〝黒豆〟に手紙を書いた。

今度は長い手紙になった。鉄瓶長屋の出来事について、わかったこと、わからないこと、かつて鉄瓶長屋の場所にあった提灯屋と、八百富の富平の素性について調べてほしいこと、なぜそんなことを調べてほしいかと言えば、弓之助がそうしろと望んでいるからで、その弓之助とのやりとりの内容など、あれこれ書いているうちに、巻紙の端から端までズラズラと文字で埋まってしまったのだった。

以前と同じように、手習いの師匠を務めに出かけて行く細君にそれを託すと、しばらくのあいだ文机に肘をつき、鼻毛を抜いて過ごした。元気だった夏も盛りを過ぎたのか、それとも一休みぐらいのつもりなのかは知らないが、今日は朝からよほどしのぎやすい。猫の額ほどの庭を渡ってくる風に吹かれながら、ぼんやりとした。

　本当のところはどうなのか、調べてもらわねばわからない。だが弓之助が、「提灯屋も八百富の富平も、たぶん湊屋かお内儀《かみ》のおふじの縁故の者だ」と言い出したとき、さすがの平四郎にも、ふと思うところがあった。その思うところを、湊屋を囲んでいる事情と、鉄瓶長屋での出来事にあてはめてみると、ところてんのようにつるつると喉ごしがいいようにも思われた。

　ひょっとすると、これが真相なのかもしれない――少なくとも、その一部ではありそうだと思われた。

　それで平四郎は、だいぶヤル気が失せてしまった。

　面倒は嫌いである。人が泣いたりわめいたりするのを見るのも好きではない。お役目上、しょうことなしに罪人に説教めいたことをする立場に置かれることもあるが、それを面白いと思ったことは一度もない。たいていの場合、なんだかんだ言ってもやっちまったことはしょうがねえし、やっちまったにはやっちまっただけの理由があるもんだというふうに、平四郎は考えてしまうのである。

　以前に〝黒豆〟が、平四郎殿はそれでよろしいと、笑いながら言ったことがある。

　――平四郎殿は今まで、こればかりは〝やっちまったもんはしょうがねえ〟では済まされない、というたぐいの悪事にぶつかったことがないのですね。

　それは幸せなことです、無理をしてその幸運を捨てることはないとも言った。

　平四郎は首をひねる。そうなのだろうか。自分は幸運なのだろうか。それは〝ぼんやり〟ということと、かなりの部分重なる意味を持っているのだろう。別にそれは気にしない。なんでもかんでもよく見えるより、少しばかり目先がかすんでいるくらいの方が、渡りやすいのが世間という橋である。

平四郎が事件にぶつかり、「やっちまったもんはしょうがねえ」と思うのは、罪人の申し状を聞いたり、事の成り行きがよくわかってきたりすると、たいていの場合、「俺だって同じ立場に置かれたら同じことをやるよなあ」と考えてしまうからなのである。怠け者だが金が欲しいと思えば、手っ取り早く稼ぐためには他人を傷つけることだってあるだろう。さんざん虐《いじ》められ苦しめられていたら、いよいよ我慢できなくなって逆襲するときには、少しばかり力が入りすぎてしまったってしょうがない。日頃からそりの合わないのを辛抱して一緒に働いていて、何かのきっかけにとうとう辛抱が切れ、喧嘩になったら勢い余って殺してしまったというのも、並の人間ならありそうな話だ。

そのでんで行くと、どうやら「鉄瓶長屋で起こっているらしい事」の根っこにある「湊屋の隠している事」というのも、平四郎には充分に理解可能なことだった。あくまでも、もしもこの想像があたっているならば——の話ではあるが、平四郎は、すべての事どもの基盤になっている事件を起こした湊屋の人物の気持ちも、よく理解できるような気がするのである。

——ま、無理もねえってなくらいかな。

と、平四郎は鼻毛を抜く。

——ただ、八百富の倅の太助だけは、ちっと貧乏くじだったかな。

もっともそれも、彼がどんな役回りの人間だったかということによって、話が違ってくることなのだが。

「叔父上」と、廊下の方で声がした。「おじゃましてもようございますか」

平四郎はそちらに背中を向けたまま言った。

「なあ弓之助、生きていても役に立たない人間の数と、死んじまった方が世の中のためだという人間の数と、どっちが多いと思う？」

弓之助はからりと唐紙を開けて、あっけらかんと答えた。

「それは、この世に幸せな人と不幸な人のどちらが数多くいるか？　というのと同じくらい、難しいお訊《たず》ねです」

「違《ちげ》えねえ」と、平四郎は庭の方を向いて笑った。

「叔母上はお出かけだと、小平次さんが教えてくれました」

「うん、ガキどもに読み書きを教えに出かけた」平四郎は無精を決め込んで、まだだらしなく文机にもたれている。

「叔父上」弓之助がちょっと声をひそめた。

「小平次さんは、妙にわたくしに優しくなりました」

「へえ、良かったじゃねえか」

「叔父上から何か、おとりなしいただいたのでしょうか」

「俺は何もしやしねえよ」

「でも……」

「小平次がおめえに親切になったのは、そりゃあいつがおめえの弱みを握ったからだ。だいたい人間てのはそういうもんだ。だけど」

平四郎は自分で言っておいて自分で考えた。

「それでゆくと、なんだ、誰にでも優しい人間ってのは、油断ならねえ恐ろしい人間だってことになるなあ。そう思わねえかい？」

しかし弓之助は、自分のことで頭がいっぱいのようである。

「わたくしの弱み――」と、呟く。

平四郎はけろりと言った。「おねしょするだろう、おめえは」

しいんとした。一拍おいて、弓之助がかしこまった声を出した。

「こんなことまで覚えなくていいですよ、おでこさん」

平四郎は振り返った。弓之助に並んで、おでこがちんまりと座っている。

弓之助は顔を赤くしていた。おまけに、今日はまた、先日とは反対の目のまわりに見事な青痣をこしらえている。

「政五郎親分にお使いを命じられて来たそうです」

おでこはきちきちと畳に両手をついた。

「ごきげんよろしゅうござんす」

「政五郎親分は、八百富のお露さんが、意外な人と会っていることを突き止めたそうですよ」弓之助は赤面のまま、むきになって真面目に言った。

「どら、あててみようか」平四郎は二人に言った。「俺があてたら、おまえら二人がひとっ走り通りまで駆けて行ってところてんを買ってくる。もちろん、払いもおめえたちだ」

ちょうど「つるつるの涼しいところてーん」という振り売りの声が聞こえてきたところだった。子供たちは顔を見合わせた。

「俺があてられなかったら、俺のおごりで、みんなで角の三好屋《みよしや》に出かけて、あの店のかみさんが上《かみ》方《がた》で覚えてきたとかいう評判の、葛《くず》きりって菓子を食ってみる。どうだい？」

「よろしゅうございます」弓之助はまだ真面目な顔である。「お露さんは誰と会っていたと思われます？」

平四郎はすぐに答えた。「湊屋の苦み走った番頭だ」

「いいえ」ニコリともせずに、弓之助は言った。「元の差配人の久兵衛さんですよ」

「わぁい、葛きりでござんす」と、おでこが喜んだ。


これまでに二度、お露は久兵衛に会っているという。一度目は三日前、二度目はつい昨日の午過《ひるす》ぎのことだった。

「お露さんは家移り以来、近所の一人所帯の男のところや、小商《こあきな》いをしていて忙しい家の家事を何軒も何軒も引き受けて、それでおあしを稼いでいます。あの人は気働きのある人なので、下手な女中奉公などよりも、良い金をもらっているようでござんす」

すっかり葛きりを平らげて、器の底の黒蜜もきれいさっぱり舐《な》めてしまってから、おでこは話し出した。

「富平さんは一時だいぶ案配がよくなりましたが、あれはいわゆる〝なかなおり〟だったんでござんしょう。それに加えて暑さのせいもあって、この夏のあいだにまたひどく弱りました。それでお露さんも目を離すことができないようでござんすね」

三人は通りに背を向け、堀割に面した長い腰掛けに並んで座っていた。平四郎は着流しのままだったので、道を通る人びとの目には、どういう組み合わせかよくわからないがのんびりした子供連れに見えることだろう。

「弱ったというのは、命も危ないってことかい？」

「永くはないだろうというのが、同じ長屋の人たちの噂でござんす」

二日に一度ぐらいの割合で、お露は日本橋の先にある薬種問屋まで、医者に指定された薬を買いに行く。どうやら久兵衛とは、その機会に待ち合わせていたらしい。二度とも、ちょうど今平四郎たちがしているのと同じように、甘味屋の店先で並んで座って茶を飲むあいだ短い話を交わしただけで、お露は急いで富平の待つ猿江町の長屋に戻ってきた。久兵衛は馬喰町《ばくろちょう》の方へ歩いて去ったという。

「久兵衛は旅支度だったかい？」

馬喰町には、行商人たちのための小さな旅籠《はたご》や木賃宿が多い。

おでこはゆらゆらかぶりを振った。「渋い縞《しま》の単衣《ひとえ》に、雪駄《せった》履き」

「宿で着替えてきたのかもしれませんが」と、弓之助が口をはさんだ。「だって、久兵衛さんがずっと江戸にいるとは考えにくいでしょう。いつ誰に出くわすとも限りません」

現に以前、鉄瓶長屋近くの堀割を、舟で通り過ぎてゆくところを見られている。その日は雨だったから、笠で顔を隠し蓑《みの》を着込んでいたのだが、それでも彼を知っている者の目にはわかったのだ。

「近在に隠れているのかもしれねえな。どっちにしろ、きちんとしたなりをしていたことでもあるし、金には困ってないんだろう」

「お露さんに、何か包んだものを渡していたそうでござんす」

「二度ともか？」

「はい。でも二度目のときは、包みが大きかったので」

「すると最初のがお金、二度目のは何か食べ物とか着物のたぐいでしょう」弓之助はきっぱりと言った。「久兵衛さんも、富平さんとお露さんの暮らしぶりを心配しているのですね、きっと」

「差配人　骨になっても　差配人」と、平四郎は詠《よ》んだ。

「叔父上、久兵衛さんは元気でピンピンしているのですから、〝骨の髄まで〟ですよ」

そして弓之助は平四郎を見あげて訊いた。

「久兵衛さんが現れたというのに、叔父上は、あまり驚いておられませんね」

「おまえだって驚いてねえじゃねえか」

おでこがそわそわした。黒目がふたつとも上の方を向いている。何か〝巻き戻して〟いるらしい。

平四郎と弓之助は、それを興味深く見守りながら待った。

おでこの黒目が元の位置に戻った。「政五郎親分の知り合いで、築地の方でならしている岡っ引きが、二十年前、まだ築地の湊屋で番頭として働いていたころの久兵衛さんに会ったことがあるそうでござんす」

その岡っ引きが若いころ、もっぱら俵物《たわらもの》ばかりを狙う泥棒一味を追いかけていて、その聞き込みで湊屋に——ということだったそうである。

「久兵衛が湊屋にいた？　『勝元』じゃなく？」

平四郎はぼさぼさの眉毛を上げた。

「そのころっていうと、おふじが総右衛門の嫁に来て一年ばかり経っていて——」

弓之助が割り込む。「そうか、まだ『勝元』はできていなかったので、久兵衛さんも湊屋本店にいたわけですよ」

「例の葵が六歳の佐吉の手を引いて総右衛門を頼って転がり込んできた時期でもあるぞ」

「はいな」おでこはこっくりとうなずいた。

「ちなみに『勝元』ができたのは、その二年後のことでござんすね。久兵衛さんは湊屋総右衛門に命じられて、『勝元』の番頭におさまりましたんでござんすよ」

平四郎は引き算をした。「八年ばかりそこにいて、提灯屋がつぶれた後にできた鉄瓶長屋の差配人になった、それが十年前——という順番か」

「久兵衛さんの人生行路については、今まであまり考えてきませんでしたね」

弓之助が生意気にも腕組みをして呟いた。外で見ると、目のまわりの青痣がいっそう鮮やかである。

「そのころは確か、湊屋が築地に今の店を張ったばかりのころですよね？　それ以前は、久兵衛さんはどこにいたんでしょう」

「当時聞いた話では、やはり築地の回船問屋で働いていたそうでござんす。ところがそこは身代が傾いてつぶれてしまいまして、久兵衛さんは奉公先を失って、当時でもう五十近い歳でございますから、窮《きゅう》してしまいましてそこを湊屋に拾われたということでした。ですから湊屋総右衛門にはたいへんに感謝しているというわけでござんすね」

「久兵衛は一度も所帯を持ったことがないんだな？」

「ございませんでござんす」

奉公一途のお店者《たなもの》には珍しいことではない。彼らにとってはお店が家であり、家族である。平四郎はふと、主人のお下がりの女をもらって、やっと妻子を持つことのできた成美屋の善治郎の顔を思い出した。

「その政五郎の知り合いは、当時、葵やおふじには会ったのかな？」

おでこは申し訳なさそうに大きな頭をうつむけた。「会いませんでしたそうでござんす」

「まあ、しょうがねえやな。盗人《ぬすつと》を追っていたんじゃ、奥向きのことまでは調べねえ」

「はい。湊屋がその賊に狙われてどうこうということではなかったそうでござんすから。あくまで聞き込みの途中で寄ったということで……」

それでも生真面目な久兵衛は、政五郎の知り合いの岡っ引きに、賊に狙われないようにするにはどんなことに気をつけたらよいのか、おかしなことを聞き込んだり見たりしたらどこへ知らせればよいのかなどと熱心に尋ね、自然、二人はいろいろ話をすることにもなったのだそうである。

「ふうん」平四郎は顎をなでた。黒蜜がくっついていたらしく、ちょっとべたべたする。

「それにしても、岡っ引き連中ってのは、いろんなことを知ってるもんだな」

「お江戸を囲む〝岡っ引きの輪〟ですね」と、弓之助が真顔で注釈した。

「これからどうしましょうかと、政五郎親分がお訊《たず》ねでござんす」おでこが首をかしげた。

「久兵衛さんを尾《つ》けて、今の住まいを突き止めましょうか」

平四郎は長く考えずに、「――いや、それはいいかな。放っておいても、やっこさんは頻繁にお露に会いに来るんだろ？　お露がやっこさんの住まいを知ってるということもあるし」

それよりもと、おでこの顔を見た。目をぱちぱちと見開いて、言われたことを覚える用意は万端である。

平四郎は、ちょっとつてをたどって、例の提灯屋と八百富の素性を探らせていることを説明した。

「だから政五郎には、提灯屋の評判や、富平たちの暮らしぶりや、連中が昔何か事件に関わったことがなかったかとか、そのへんのところを調べてもらいてえんだ。うんと細かい、つまらねえことでもいいんだ。頼めるかい？」

おでこはおじぎした。「かしこまりました。あい、伝えます」

平四郎は立ち上がった。弓之助がするりと腰掛けからおりる。

「叔父上、どちらへ？」

「ま、鉄瓶長屋に行ってみるか」


ぶらぶらと歩き始めてみると、空がぐっと高くなっていることに気がついた。なるほど、もう秋が夏のお天道様のうしろから顔をのぞかせているのだ。刷毛《はけ》ではいたような雲を見上げると、平四郎は、いつにもましておおらかな気分になってしまった。

しかし、弓之助は何やら難儀している。いつもなら、ちょこまかと平四郎にくっついてくるのに、今日はなぜか遅れがちだ。どうやら足を痛めているらしい。

「なんだ、怪我をしたのかい？　さっき葛きりを食いにいくときには大丈夫だったじゃねえか」

弓之助は恥ずかしそうな顔をした。「長く歩くと辛くなってくるのです。申し訳ありません」

「それも、やっとうの先生のお仕置きかい？」

「お稽古です。鍛錬です」

何だか知らないが、子供をポカスカやるのは平四郎の好むところではない。

「おい、おぶってやろうか」

弓之助はぴょんと後じさりした。「とんでもない！　叔父上におぶさるなどというご無礼はできません」

平四郎はちょっと顎をひねり、理屈をひねりだした。「おめえがそのまま足を引きずって俺にくっついてくるとするわな。するとそれを見かけた通りがかりの連中は、最初は、ああ井筒の旦那は何か悪さした子供を連れていなさるのかなと思う。そして、旦那にひっくくられるような悪さをした子供はどんな顔をしてるのかなってんで、じっとこっちを見るわな。すると、おめえはそんな美形で害のなさそうな顔をして、しかも目のまわりには派手な青痣だ。連中はいっぺんで同情するわな。そいでもってアラ嫌だよ、井筒の旦那は見かけによらず薄情な人だ、何をしたんだか知らないけど罪のなさそうな子供を痛い目にあわせて、傷の手当もしてやらずに引っくくって行くんだね、もうあんな旦那に肩入れはよしだよ、なんてことになって、結局俺は損をするわけだわな」

弓之助は「はあ」とため息をついた。「おぶっていただいた方が気が楽になるようです」

弓之助は意外に軽かった。といっても、平四郎はこのぐらいの歳の子供をおぶった経験などほかにはないので、いい加減な感想なのだが。

「長屋の近くに行ったらおろしてください。お徳さんが心配します」

「それじゃ、お徳の煮売屋をよけて行こう。どのみち、俺も今日は黒羽織抜きだからな、お役目じゃねえ。こいつは散歩だ」

「叔父上は誰に会うおつもりなのですか？」

「なぁに、もういっぺん八百富の空き家へ行ってみるかなと思ってよ」

弓之助がちょっと緊張したのが、背中で感じられた。「なぜでございますか？」

「おめえが謎かけしたことについて、俺もちっと考えてみたからさ」平四郎はあははと笑った。「真っ昼間なら、幽霊も出るまい」

弓之助は小さな声で言った。「でも、恐ろしいですね」

「死んだ人間は、何も悪さなんぞしねえよ」

堀割の脇を通って、直に長屋の井戸のそばに出てみると、桶職の権吉がぽつりと一人、井戸端に座りこんで洗い物をしていた。洗い桶の中身は自分の着物や下帯ばかりのようである。

長屋暮らしに厳しい決まりはないが、「相身互いの助け合い」という不文律はある。権吉は表向き、娘のお律に去られて一人暮らしということになっていたわけで、こういう場合、長屋のかみさんたちが寄ってたかって彼の世話をやいてやるのが通例である。しかし、お律に対する彼の仕打ちは、長屋の女たちをよっぽどひどく怒らせたのだろう。そしてその怒りは持続中なのだ。そうでなければ、彼が自分の下帯なんぞを洗っているわけはない。

「よう、えらい溜め込みようだな」

平四郎が声をかけると、権吉は驚いて半分腰を浮かした。平四郎の背中の弓之助に気がつくと、さらに驚いたようだった。

「旦那……見廻りですかね。その坊ちゃんは？」

「俺の甥だ。今まで顔を合わせたことはなかったな。桶職人の権吉だ。お律の親父だよ」

弓之助は平四郎の頭の脇から顔をのぞかせて、彼の側からすれば「今さら」という感じながらも、律儀に挨拶した。

権吉は着物の前を洗い物の水でびしょびしょにしたまま、両手をだらりと垂らして突っ立っていたが、見る見るうちにその両目に涙が溢れてきた。

「旦那ぁ……」と、いきなり泣き出した。

「おいおい、何だよ権吉」

ぼろぼろと涙をこぼしながら、権吉は天を仰いだ。「旦那、俺も倅がほしかったよぉ」

「弓之助は俺の倅じゃねえよ」

権吉はそんな説明など聞いていないのだった。娘なんざ役立たずだぁと、おいおい泣きながら恨み言を並べ始めた。

「お律の奴め、親父の俺をほったらかして、どっかへ行ってしまったんだ。もう五日は経つっていうのに、勝手にいなくなって、何も知らせて寄越さねえんだ。俺を捨てていっちまったんだよ、旦那。娘なんて薄情だ、男《いろ》ができやがったらそっちに夢中なんだよぉ。親孝行しようなんて、考えてもいやしねえんだよぉ」

平四郎は肩越しに弓之助に囁《ささや》いた。「面白いものを見るなぁ」

弓之助は怒っている。「これが、博打でこしらえた借金のかたに娘を売り飛ばそうとした人の吐く台詞《せりふ》ですか?」

「おまえは男で良かったたな。万にひとつ河合屋が身代ひっくり返っても、女郎に売られる気遣いだけはねえ」

「叔父上!」

平四郎は片手で権吉の首っ玉をつかむと、彼の住まいへと引きずって行った。

ごみ溜めのような有様の家のなかで、平四郎はひとしきり、泣きじゃくる権吉の相手をしてやった。弓之助は最初からあからさまに鼻をつまんで苦い顔をしている。

どうやら、お律は瀬戸物町を逃げ出した後、ずっと権吉と連絡を絶っているようである。気の優しい娘のことだから、本当に父親を見捨てたわけではあるまい。おそらくは、今、彼女の世話を焼いている湊屋の渋い男前の番頭に、しばらくのあいだは父親と会わないようにと言い含められているのだ。当然、平四郎たちの動きを警戒しての処置だろう。

酔っぱらいの繰り言とまったく同じで、泣いて愚痴る人間の言うことは、ある場所でぐるぐると回り始める。権吉が糸車のように同じ泣き言を繰り返し始めたところで、平四郎は割って入った。

「ところでな、権吉。おまえお律に男がいるって言ってるが、それは本当かい？」

「本当ですよ、旦那」権吉は鼻水をすすりながらうなずいた。「あいつがそう言って、あっしに引き合わせたんだからね」

「ほう、どこで？」

「瀬戸物町のね、お律の住まいで。あっちに奉公先ができたもんで」

平四郎はにやにやして弓之助の顔を見た。権吉は怒りと傷心のあまり、表向きは、お律は家出したっきり父親の元には戻っていないし、消息も知らせてきていないということになっているのを、けろりと忘れてしまっている。内緒にしておくべきことをペラペラしゃべってしまっているということにも、まったく気がついていない。

弓之助は不機嫌で、警戒するような目つきでささくれだった畳を睨んでいる。「叔父上、虫が座敷のなかを走り回っています」

「そのへんの日陰を探してみろ。キノコが生えてるかもしれねえぞ」平四郎は言って、懐紙《かいし》を出して権吉に差し出した。「まあ、洟《はな》をかみなよ。お律の男ってのは、どんな野郎だ?」

「お店者でさ」権吉は耳障りな音をたてて洟をかんだ。弓之助が身を引いた。

「様子のいい男かい?」

「そりゃもう、金持ってますし」

「奉公先はどこかい?」

「さあ……」権吉はやっと、少しばかり頭を使って思い出そうとするような表情を浮かべた。だが、すぐに首を振る。「知らねえです。そういやぁ、聞いたことなかったな」

弓之助が辛辣《しんらつ》に口を尖らす。「娘が金回りの良さそうな男をつかまえて自分の面倒をみてくれるならば、その男の素性などどうでもいいというわけですね?」

「まあ、そう尖《とんが》るな」

権吉がやっと、泣きはらした目で弓之助の方を見た。「坊ちゃんは何を怒ってるんですかい?」

平四郎は遮《さえぎ》るように身を乗り出した。「その男、お律に優しくしてるようだったかい?」

権吉は顎のあたりをぎゅうと歪《ゆが》めた。「そりゃ優しいですよ。だからお律はすっかりいかれちまって、親父のことなんざ忘れちまってるんだからね」

「まだ、たかだか五日ぐらいだろう。お律だって忙しいんだろうから、しょうがねえじゃねえか。まだおめえが見捨てられたと決まったわけじゃねえ」

「ふん、どうだかね。女なんざあてにならないですよ」

弓之助が汚らしい万年床をめくって、その下に本当にキノコが生えているのを発見し、目を丸くしている。平四郎は続けた。「権吉、おまえが博打に手を出したのは、いったい誰に誘われたからだ？」

権吉は急に小さくなった。「今さら、なんでそんなことをお訊ねになるんですよ、旦那」

「なあに、おまえを博打に誘い込んだ連中は、最初《はな》からお律に目をつけていて、お律を手に入れるために、おまえをはめたんじゃねえかと思うからよ。なにしろ器量よしだからな」

「そうですかい？」権吉は座り直した。「お律はそんなにいい女ですかね？」

「ああ、そう思うよ」

「そんなら、もっと早くに稼ぎのいいところにやっておいた方がよかったなあ。娘も、金になるのは若いうちだけだからねえ、旦那」

権吉は本気で後悔しているようである。弓之助が、しんばり棒でも持ってきて殴りかかると困るので、平四郎は片手で彼の着物の裾を押さえた。弓之助は犬のようにがるると唸った。

「うるさいから歯嚙みするんじゃねえ」と、小声で叱っておいて、「どうだい権吉、誰に博打に誘い込まれたのか、思い出せないか」

権吉はしばらくあれこれぶつぶつ言っていたが、結局、渡り職人仲間の若い男だったかなぁ、そば屋で隣合わせたいかつい顔の中間《ちゅうげん》だったかなぁということぐらいしか思い出せなかった。

まあ、仕方ねえなと平四郎も思った。権吉を誘い込んだのが湊屋の誰それだと、すぐに顔と名前が一致するようなお気楽なことがあるわけはない。先方だって、仕掛けるにはそれなりに人を選んで使ったろうから。

「おまえは若いころから博打が好きだったんだな。かみさんも、それでずいぶん苦労したんだろう」

まだ唸っている弓之助の手前、少しは説教臭いことも言っておかないとまずい。平四郎はそのつもりで切り出した。

権吉は悪びれた様子もなく、むしろでへへと笑い崩れた。「でもねえ旦那、当たればでっかいからね。女房だって、良い思いもしたんですよ。俺だって若いころは元気だったからね、八王子あたりまで博打しに出かけていったりしたんだ。宿代出したって、おつりどころか儲けがうんとあったことがあってさ」

八王子には賭場《とば》が多い。物見遊山《ゆさん》や神仏詣でで江戸から人が押しかける土地だし、なんと言っても奉行所の管轄《かんかつ》である朱引きの外に出てしまうので、締め付けや取り締まりも市中よりは格段に緩《ゆる》くなるからだ。

「そういえば――」昔を懐かしむような目をしていた権吉が、ぽんと手を打った。「旦那、ほら先の差配さんに遺恨があったとかでさ、結局、八百富の太助をやっちまった野郎――なんて言ったっけな」

「昔、『勝元』の板場で働いていた正次郎っていう男だろう?」

「ああ、そうそうその正次郎。あっしはね、そいつに八王子の賭場で会った」

「なんだって?」

平四郎も驚いたが、弓之助はまさに仰天したらしい。唸るのもやめた。

「いつのことだ?」

「ですから最近ですよ。あっしがね、借金こしらえてお律を――」

「なんだおまえ、八王子まで出張っていたのは、若いころだけの話じゃなかったのか?」

権吉は首を縮めた。「だってあっちは本場だからね。それにさ、さっき言ったみたいに昔いい思いをした賭場があるからさ、夢をもう一度ってな具合でね」

「まあいいや。それで？」

「それでって……ただ見かけたってだけだからね」

「なんであなたが正次郎さんの顔を知っていたんです？」

凄い勢いで弓之助に問われて、権吉は目を剝いた。「なんです、この坊ちゃんは」

「気にするな。でも俺も知りたいな。おまえは正次郎の顔を見知ってたのかい？」

権吉は偉そうにうなずいた。「だってほら、一昨年《おととし》にさ、そいつが久兵衛さんのところに意趣返《いしゅがえ》しにやって来て、そいで太助が助けに行って――いや旦那、こいつは洒落《しゃれ》じゃねえよ」

「わかってるよ。ああそうか、あの事件のときに、おまえも正次郎の顔を見たのか」

「見たどころじゃねえよ。あっしだってね、年寄りの冷や水じゃねえけど、あのとき太助に助太刀したんだからさ」

「そうすると、正次郎も権吉さんの顔を覚えていたって不思議はない」弓之助は言った。「賭場で顔を合わせたとき、あのときはよくも――というようなことにはならなかったんですか？」

権吉は首を振った。「あっちは俺のことなんざ忘れてたんだろうよね」

というより、太助に助太刀したという権吉の言い分は大げさで、実際には、野次馬的にあの事件に関わっただけだったのだろう。だから、権吉の方は正次郎の顔を見覚えていたけれど、正次郎の方は、権吉があの鉄瓶長屋の住人だとは、まったく気づかなかったのだ。

「正次郎はどんな様子だった？」

「小ぎれいでしたよ。博打も小博打でね。だらしねえよね、いい若いもんが。ほんのお楽しみっていう賭け方だったからね」

平四郎は顔をしかめた。「するとなんだ、正次郎は身を持ち崩しちゃいねえのか？」

「八王子で働いてるようでしたよ。飯屋か料理屋じゃねえのかね。そこの仲間と一緒に来てたんだから」

「叔父上」弓之助が唖然《あぜん》として平四郎の袖を引っ張った。「こんな大事なことを、どうしてこの人はもっと早くに言わないのでしょう？」

「大事なことだと、本人は思っちゃいないんだろうよ」

「何が大事なんです、旦那？」

平四郎は権吉の顔を見た。そして言った。

「ところでおまえ、俺と賭をしたことを覚えてるかい？」

「旦那と賭？」

「ああ。佐吉がいい差配人になって落ち着くかどうか賭けたじゃねえか」

権吉の顔が晴れた。「そうか、そうでしたよねえ」

「ありゃ、俺の負けだ。今じゃ店子が出て行く一方で、ここはスカスカだもんな」

権吉は嬉しそうに揉み手する。「魚屋の箕吉たちも、昨日家移りしていきましたよ」

「やっぱりそうか。お徳から聞いていたけどな」

「お徳さんだって、いつまでいるかわからねえよ、旦那」

平四郎は懐から財布を取り出すと、一両小判をつまみ出した。「こいつは俺のへそくりだ」

えへへへと、権吉は笑う。

「おまえとは十両賭けたが、いっぺんには払えねえ。だから今日のところは一両――」

「ありがとうございます」

権吉は手を出した。平四郎はそれを無視して立ち上がった。

「一両を、お徳に預けておく。これで権吉の面倒を見てやってくれってな。その方が、おまえだっていいだろ？　ゴミ溜めのなかで寝起きしたり、てめえの下帯を洗ったりしないで済むからな」

「そんな殺生《せっしょう》な」

騒ぐ権吉を放っておいて、外に出た。


弓之助は身体が痒《かゆ》いという。平四郎も痒かった。二人でまっしぐらに八丁堀に帰り、そのまま湯に行った。ざあっと浴びてようやく生き返った気分になり、組屋敷の座敷に戻ると、待っていたように弓之助は言いだした。

「一昨年の、正次郎が久兵衛さんを襲ったという事件も、様子が変わってきましたね」

団扇《うちわ》を使いながら、平四郎もうなずいた。

「どうも、裏でつながってると見えるな」

正次郎はなぜ久兵衛を〝恨んで〟いたのか。一昨年の事件があった時点では、『勝元』に出入りすることこそあっても、鉄瓶長屋の差配人におさまっていて、立場としては『勝元』とは切れているはずの久兵衛が、湊屋総右衛門の信頼が厚いのをいいことに、『勝元』の板場の連中の働きぶりにまで難癖をつけて、総右衛門に告げ口をした。その結果、正次郎が首になった――

それでやっこさんは久兵衛を恨んだ。そういうことになっていた」

「筋は通っています。差配違いのくせに、おしゃべりな親父め、ということですね」

「で、包丁を持って久兵衛を襲った」

事件は表沙汰にはならなかったが、平四郎はこっぴどく正次郎を叱りとばし、二度と久兵衛に近づくなと脅《おど》しつけて彼を追い出した。

「それなのに、半年前、奴はもう一度鉄瓶長屋に舞い戻ってきて、今度は太助を手にかけた——」

「ということになっていますね」弓之助が言った。「表向きは」

平四郎は団扇を放り出した。

「ところがだ、太助を殺して、次は久兵衛だと狙いをつけているはずの正次郎は、八王子でけっこう身持ちもよく暮らしてる、ときたもんだ」

「となると、本当に太助を襲って殺したのは正次郎だったのかという疑問が出てきてしまいます」弓之助は頭をかいた。「まあ、これについては、先《せん》から疑問だったわけですが」

「なあ、弓之助」平四郎は、放り出した団扇を見つめながら呟いた。「人間、どんなことをやるんでも、失敗ってもんはあるわな?」

「は?」

「計画どおりに上手くいかないということはあるってことよ」

弓之助はきちんと正座して、首をかしげた。

「叔父上は何をお考えなのですか?」

「一昨年の、正次郎が久兵衛を襲ったという一件な」

「はい」

「あれも、仕組まれたものだったんじゃないかねえ」

平四郎は腕組みをした。弓之助も同じ格好をした。

「つまりさ、今の今、鉄瓶長屋で起こっていることは、実は、一昨年にも一度試みられてたんじゃねえかって思うのよ」

弓之助は大きく目を見開いた。「ああ、なるほど!」

「だが一昨年は失敗したんだ」平四郎は顔を上げて弓之助を見た。「湊屋一党は、みんなグルだ。もちろん正次郎も、言いつけられて、その通りにしただけだ。連中は相談して、謀《はか》って、正次郎に久兵衛を襲わせた。つまり、久兵衛が怖くなって、もう鉄瓶長屋にはいられない、出ていきたいと言い出しても不思議がないように、お膳立てをしたわけだ」

「それには、正次郎は久兵衛を襲い、ほどほどの怪我をさせた上で、首尾良くささささっと逃げなければならなかった――」と、弓之助が後を引き取った。「だけど実際には、太助という予想もしなかった邪魔が入って、正次郎は捕まってしまった」

「そうだ。そして俺も出張って行って、正次郎をベコベコにへこませて追い払った。だから久兵衛は、もう怖くてこの長屋にはいられないという口実を持ち出せなくなってしまった」

そうですそうですと、弓之助は目を輝かせる。

「だから失敗だったと、叔父上はおっしゃるのですね。もしも目論見《もくろみ》どおりに運んでいたならば、一昨年の時点で久兵衛さんは去り、穴埋めの差配人が見つからないという口実でもって、佐吉さんが連れてこられ――」

「あんな若僧じゃ頼りないという店子の不満が募ってゆく、という段取りだ」

「壺信心や博打の借金や、もろもろの細工も――まあ、細かい段取りは違っていたかもしれないけど、いろいろ仕掛けられて」

「鉄瓶長屋はやっぱりスカスカになっていただろうさ」

平四郎は頭のなかに、こんな図柄を思い浮かべた――湊屋の落としている長い長い影の上に、鉄瓶長屋とその店子たちがいる――その影の長さときたら途方もないもので、幅もめっぽう広くって、大勢の人間が、気づいていたり気づかぬままだったりしながらも、それを踏んづけて暮らしている。

弓之助は平四郎の投げ捨てた団扇を拾い、バタバタと顔を扇いだ。「こうなると、正次郎が八百富の太助さんを殺したなんて、ますますありそうになくなってきました」

「何も知らない店子たちを除いては、湊屋がらみの全員がグルだと思ってもいいかもしらんな」

「佐吉さんも――ですか?」

平四郎は口を開いてから答に迷った。それはないだろう……佐吉まで俺たちに芝居をうってみせているということはありそうにない。

「おまえはどう思う?」

弓之助は首を振った。「あの人は何も知らないのだろうと思います。少なくとも、わたくしの描いている筋書きでは」

「俺もそう思う」

平四郎はうんとうなずいた。

「ここまでくると、早く提灯屋と八百富の素性を知りたいな」

そこへ、廊下で細君の声がした。ただ今帰りましたという。

「あなた、また書状をお預かりしました」

平四郎は目をしばたたいた。〝黒豆〟からのものに決まっているが、いくらなんでも平四郎の遣《や》った書状への返書にしては早すぎる。きっと、〝黒豆〟が独自に何かつかんで、知らせて寄越した分だろう。

「そのうちおめえにも会ってもらうことになる、俺の古い知り合いからの書状だ」

平四郎は、弓之助に笑いかけた。

「政五郎たちとはまたちっと違う、探索上手でな」

書状はやはり〝黒豆〟からだった。そこには、驚き続きの本日のおまけのように、もうひとつ、意外な事実が記されていた。

十

さほど長くはないが、いつもながら〝黒豆〟のクセのある字がびっしりと並んだ書状だった。読みながら、平四郎が「ほう」とか「おう」とか言うものだから、弓之助はそわそわして、のぞき込みたくなるのをじっと我慢している。

「何と書いてあるのでございますか?」

首を伸ばして尋ねる。平四郎は返事をせずに、書状を最後まで巻き取って読み終えると、気をもたせるように一人で笑った。

「新しい発見があったのでございますか？」

弓之助は息を呑む。平四郎は筒に丸めた書状を片手で持って、なおも笑いながらその筒で弓之助のおでこをぽんと打った。

「湊屋のおふじは――」

弓之助が身を乗り出す。「お内儀《かみ》のおふじは？」

「えらく信心に凝った時期があったそうだぞ」

弓之助が目をぱっと見開いた。「え？　やっぱり？」

「神仏参りはもちろんだが、評判の高い拝み屋や巫女《みこ》と聞くと、何でもかんでも家のなかに入れて有り難がっていた時期があるそうだ」

弓之助はうんうんとうなずいて、青痣のあたりをさすって考えた。「いつごろのことなのでしょう」

「最初は五、六年前だったそうだ。何でも唐渡《からわた》りの算木《さんぎ》を使った占い師に凝ったそうでな。二年ばかり、この占い師は半ば湊屋の客分扱いで住み込んでいたらしい」

「五、六年前……」弓之助が呟いた。「やっぱり……そうですか」

「うん。だが、そのうちにおふじはこの占い師と仲違いをして――どうやら、占い師が湊屋の女中にちょっかいを出したのがまずかったらしくてな――追い出してしまう。もともと、総右衛門は得体の知れない占い師を家のなかにのさばらせておくのに反対で、ずいぶん揉めたらしい。おふじも懲りたのか、それからしばらくのあいだは、厄落としに霊験あらたかだと言われる神社を、あっちこっち渡り歩いたそうだ。その分なら、家のなかに厄介を持ち込む気遣いはねえからな、ま、総右衛門も放っておいたわけだな」

ところが、今から二年ほど前、おふじはまた、強い神通力を持つという巫女に巡り合ってしまう。

「巡り合うというか、まあ、おふじがそういう輩《やから》にとってはネギを背負《しょ》った鴨《かも》だったろうからな。自然、寄ってきちまったんだろうな」

「叔母上から、叔父上は信心をなさらない方だとお伺いしておりましたが」弓之助はややあらたまった口調で訊いた。「それは神仏を尊《たっと》ばないということでしょうか。それとも、神仏を奉じる者たちを、おしなべて信用しないということでしょうか」

「妙に難しいことを訊くじゃねえか」

平四郎は答を考える時を稼ぐために、鼻の下をうんと伸ばして、ごしごしこすった。

「どっちだか、俺にもよくわからねえな。そういうお前はどうなんだい?」

弓之助はすぐに答えた。「わたくしは神仏を尊びます」

「そういやあ、お前の親父もおふくろさんも信心深いもんな。ま、商人《あきんど》はみんなそうか」

「叔父上は、商人はどうして信心深いのかと思われますか?」

「どうしてって……大黒様を拝むじゃねえか。商売の神様だろ?」

これでは、今の問いへの答にはなっていない。平四郎は、弓之助の顔をのぞきこんだ。

「俺にはよくわからねえなあ」

「河合屋に、祖父の代から奉公している大番頭がおります」と、弓之助は言った。「その大番頭が教えてくれたことで、ですからこれは私の意見ではありませんが」

「だからって遠慮するな。お前がお前の意見でないことを言うのは珍しいからな」

弓之助は急に赤面した。「それはつまり——私は生意気でしょうか?」

平四郎はそんなことをあてこすったつもりはまったくなかったので、笑ってしまった。

「うーん、お前は頭がいい分、物事を考えすぎるんだな。いんや、俺はお前を生意気だと思ったことはねえよ。変わった子供だと思うことはあるがな。で、なんだ、大番頭は何と言った?」

商人が神仏を尊び、その力に頼るのは、しょせん商いには、人力ではどうしようもないところがあるからだ——と言ったという。

「人力ではどうしようもねえ……」平四郎は首をひねった。「しかし、商いは人間のやることだろ? だから目端《めはし》のきく奴や、商才のある奴が大儲けをして偉くなるんだ。神も仏も関わりねえよ。違うかい?」

弓之助はにっこりした。「でも、作物や俵物の値段は、その年の天候の具合や海の様子でがらりと変わることがあります。火事や大水のおかげで普請が増えて儲かる材木屋もあれば、同じ火事や洪水で店を焼かれたり筏《いかだ》を流されたりして大損を出す材木屋もあります。大儲けと大損を分けるのは、所《しょ》詮《せん》は運。人の力ではどうしようもない、神仏の司《つかさど》るところです。だから商人は神仏を大事にするのです」

「拝んで尊んで、それが本当に神仏に通じるならなあ」平四郎はまったく敬虔《けいけん》でない証に、鼻毛を抜きながら言った。「しかし神さんも仏さんも、みんなの願いをかなえることはできんだろ。河内屋も大繁盛近江屋も大繁盛みんな大繁盛というわけにはいかんだろうがさ」

「そうですね。でも、それでいいんです」

「熱心に拝んでるのに、それが通じなくてもいいってのかい?」

「はい。心の拠《よ》り所になれば良いのです。上手くいったときには神仏のおかげさまとする。まずくいったときには神仏の奉じ方が足りなかったとする。そうしておけば、どうしようもない幸も不幸も、運も不運も、取り扱いようが決まるというわけでございますから」

「世渡りしやすくなる、ということかい？」

弓之助はいとうなずいた。「湊屋は船を持つ俵物問屋ですから、きっと金比羅《こんぴら》さまを奉じていることでしょう。お店《たな》の皆が信心深くても、ちっとも不思議はありません。それだけに、おふじの信心好きも、なかなか止めにくいものがあったでしょう。ただ問題は、おふじがそういう拝み屋や巫女を家に入れて、いったい何を拝んでもらっていたのか、何を祓《はら》ってもらおうとしていたのかということです」

そうなのだ。そもそもなんでこんな話をしているのか。〝黒豆〟の書状に目を落として、平四郎は思い出した。

「ここにはこう書いてあるぞ――これについてはあまり詳しいことがわからない――ただ、娘のみすずに関わりのあることらしい」

弓之助の瞳が明るくなった。「はあ、やっぱりそうですか。なるほど」

「さっきから一人で納得するなよ。俺にはわからん。みすずは大病をしたり、身体が弱かったりしたのかなあ」

弓之助はまた目のまわりの痣をさすりながら、「叔父上、顔でございますよ、顔」と、謎のような言い方をした。「みすずさんが誰かに似ているという――」

今度は平四郎が目をしばしばさせる番だった。〝黒豆〟に手紙を書きながら考えていたことを思い出し、みすずのあの整った顔を頭に思い浮かべ、そして今の弓之助の話とつなげてみると、確かに、ある形が見えてくるようだ。しかしそれは、なるほど、神仏を奉じず信心をする心を欠いている平四郎が一人で考えていては、百年経っても描けそうもない形だった。

〝黒豆〟は、そのへんのこともちゃんと考えに入れた上で、この書状を書いて知らせてきたのだろうかと平四郎は思った。弓之助には言わなかったが、手紙の冒頭には、井筒家の跡取りになるかもしれぬ門前の小僧殿は健勝かと、わざわざ書いてあるのだった。

平四郎はもう一度書状に目を落とした。

「〝黒豆〟は、一時おふじがひいきにしていた巫女を一人見つけたそうだ」

ふぶきという変わった名前のその巫女は、今は小伝馬町《こでんまちょう》の女牢につながれているという。竈祓《かまどばら》いを頼まれて入った家で金を盗み、その場を押さえられたものであるらしい。この盗みに限らず、叩けばこちらが咳《せ》き込んでしまいそうなほど埃の出る女だという。

「この巫女に会ってみれば、当て推量を続けるまでもねえ、おふじがどんなことを頼んでいたのか、詳しくわかるだろう」

「小伝馬町に会いに行かれるのですか？」

「もちろん行く。渡りがついたらすぐに行く」

「それは大変だ」

「他人事《ひとごと》のようなことを言うんじゃねえよ。お前も一緒に行くんだ。なあに、悪さをしてなけりゃ、ちっとも怖いところじゃねえから安心しな」

それでもいささかどぎまぎしている弓之助に、平四郎は笑いかけた。「手紙の終わりに、面白いことが書いてあるんだ。〝黒豆〟としても、これが大事なことだとは思わなかったんだろうし、俺もこれはそんなに目くじら立てて調べるほどのことじゃねえと思うが」

そう言われて、弓之助はかえって興味を惹かれたようだ。「何ですか？」

平四郎は、佐吉が官九郎を使って王子の茶屋のおみつという少女と手紙のやりとりをしていること、そのおみつもまた湊屋総右衛門の数多い外腹の娘の一人であることを説明した。

「おみつの生みの母親はもう亡くなってる。この茶屋ってのは、おみつの伯父夫婦の家なんだ」

「引き取られているのですね」

「そうだ。で、この伯父夫婦には娘が一人いる。おみつから見たら従姉《いとこ》だな。お恵《けい》という名で、ちょうど二十歳《はたち》だそうだが、十五の歳から江戸の武家屋敷に奉公に出てる。行儀見習いで三年年期の約束だったんだが、先様の奥方がえらくお恵を気に入ってな。居続けになってたんだが、それも次の出替《でが》わりでようやくお暇をいただけることになったそうだ」

このお恵と、佐吉の二人に所帯を持たせようという話が持ち上がっているというのである。

「〝黒豆〟がこの話をどこから聞き込んできたのか知らねえが——なにしろ、こいつは探索がお役目だからな、あの手この手を使うんだろう、ただこの縁談には、湊屋総右衛門も乗り気だっていうんだな。実際、半月ばかり前に総右衛門がじきじきに王子の茶屋を訪ねて、手配を決めてるというんだから本物だろうな」

「本人同士はどうなのでしょうか」弓之助が心配そうに呟いた。「それと、みすずさんの気持ちはどうなるでしょう……」

「総右衛門としちゃ、みすずの佐吉への妙な思いこみを取り去るためにも、早く佐吉に別の女と所帯を持たせたいんだろうな」

平四郎は腕組みをして、暗い顔をつくって上目遣いに弓之助をうかがった。

「それに……もしも俺たちの考えていることがあたっているとしたら……まあ、あたってるに違いなかろうがよ……佐吉とみすずを添わせるなんざ、かえって酷じゃねえか?」

弓之助はぶるぶるした。「叔父上、その怖いお顔はやめてください。眠れなくなってしまいます」

「おねしょが治っていいかもしれねえぞ」と、脅すような声を出しながら、平四郎はもっと怖い顔をした。

「さ、さ、さ」弓之助は逃げ出しながら言った。「佐吉さんの幸せのことも、少しは考えてるんでしょうかね、湊屋さんは。それでは叔父上、私は明日またお伺いいたします!」

どたどたと逃げてゆく弓之助の足音を聞きながら、平四郎は面白がって笑った。笑い声を聞きつけて、小平次が様子を見にやって来たので、尾ひれをくっつけて弓之助の恐がりぶりを語ってやり、またひとしきり一緒になって笑った。たまにはこうやって小平次の顔も立ててやらないと、弓之助がいろいろやりにくいだろうからな——などと考えて、すっかり彼を養子にとるつもりになっている自分に気がついた。

「なあ小平次」

「はい、なんでしょう」

「子供ってのは、いいもんかい?」

小平次は嬉しそうにうなずいた。「良いものでございますよ」

「たくさんいると、大変だぁな」

「はい、大変ですが、それでも良いものです」

「女房とどっちが大事だい？」

小平次は丸い頭をつるりと撫でて、たちまち汗をかき始めた。

「うへえ」と、いつもの合いの手である。「旦那のお尋ねは難しいことばかりです」

平四郎は笑って、いやつまらねえことを訊いたと手を振り、彼を下がらせた。それでもしばらくのあいだ、女房と娘を秤《はかり》にかけている湊屋総右衛門の渋い顔のことなんぞを頭に思い浮かべて、壁をながめていた。


小伝馬町の牢屋敷は、南北どちらかの奉行所にべったりと所属しているわけではない。囚人たちは、お寺社からも火盗改めからも送り込まれてくるし、牢屋敷を預る牢屋奉行は、代々石出帯刀《いしでたてわき》を名乗る世襲制で、他の者がその座に座ることはない。一種の別世界である。また、小伝馬町の牢屋敷につながれる囚人たちは、過怠牢《かたいろう》などの一部の場合を除いては、そこで懲役刑に服しているわけではない。お調べ中で身柄を拘束されているか、大方の吟味を終えてお裁きを待つ立場にある者たちだ。

平四郎は今までに、何度か牢屋敷内での吟味に立ち会ったことがある。ただ幸いなことに、ひどい拷問《ごうもん》を目《ま》の当たりにしたことは一度もない。平四郎の関わった罪人たちに、それが必要なほど凶悪にしてしぶとい連中が混じっていなかったということもあるし、吟味役人というのは皆その道の達人なので、そこまでしなくても、たいていの場合は口書き（調書）を取ることができるものだ。噂や浮説で恐れられているような、石抱きだの水責めだのの拷問は、実はそうそう行われるものではないのである。

それでも、正直に白状するならば、牢屋敷にはあまりお近づきにはなりたくない。さっきはあんなことを言って弓之助をからかってみたけれど、あれはあくまでも冗談だ。子供が足を踏み入れるところではないし、平四郎だって、鼻歌を歌って弾んで出かけたいような場所ではないのだ。

なぜかと言えば、恐ろしく不衛生なのである。大勢の人間をひとつ所に閉じこめていながら、日当たりは皆無に近く風通しも悪ければ湿気もひどい。病気の巣のようなものだ。お気楽な連中のなかには、女牢などと聞いてよだれを垂らす向きもあるが、平四郎は、どれほどがっついていても、牢屋敷の女囚を転がしたいとは思わない――まず思わない――たぶん思うまい――まあ、その場になってみればわからないが九割方は思わない――よっぽど窮《きゅう》すれば話はまた別だが――とにかく思わないということにしておこう。

――参ったなぁ。

ふぶきという巫女は盗みの咎《とが》で捕まったという。余罪があっても同じような程度の盗みだろうし、よほどほかに大きな罪をずるずると引きずっていたというのではない限り、お調べはとっくに終わっている可能性が高い。すると、引っぱり出すには他の口実が必要だ。それにはちくと朋輩《ほうばい》たちに頭を下げて頼んだり、ふぶきのお調べをした吟味役人の顔色をうかがったり、普段は使わない気を遣ってニコニコしたりしなければならない。面倒くさい。

それに、もっと切実な問題として、危険でもある。例の仁平の存在があるからだ。岡っ引きの連中は、どうかすると平四郎のような外役の平同心なんぞよりも牢屋敷のなかのことに精通していたりして、ちょっとした動きでもすぐに筒抜けになってしまうことがあるのである。仁平はいっぺんここに押しかけてきたきりで、平四郎を頼み甲斐のない旦那だと見切るとそれきりにしてくれているが、見えないところではきっと執念深く湊屋の周辺を探り廻り続けているに違いなく、その形では平四郎もずっと彼の視界の内に収まっていることに疑いはない。だから、うかうかと細工をしてふぶきを呼び出したりすると、おやあの寝ぼけ旦那は何をやってるんだろうと、かえってやっこさんを刺激することになりかねない。平四郎としては、あの陰険な岡っ引きと再度渡り合うような気苦労は、何としてでも避けたいところだ。

そういう次第で二、三日、平四郎はブラブラと策を練って過ごした。弓之助はいっぺんだけ、いつ牢屋敷に行くのですかと訊いてよこしたが、平四郎がまたあの怖い顔をしてやると、私は佐々木先生のところに調べものに呼ばれていますなどとあわあわ言って、逃げ帰ってしまった。足の痛いのはとれたようだったが、目のまわりにはまた別の痣ができていた。どうにも手荒なやっとうの師匠であるようだ。

珍しく平四郎が思案しているので、小平次が心配してあれこれ言ってきた。期待もせずにこれこれと話してみると、なあんだそれなら早くおっしゃればよろしいのに、などと言う。聞いてみると、牢屋敷の下男《しもおとこ》に、小平次の幼なじみがいるという。作次《さくじ》という名前で、今でも折節《おりふし》会っては酒を呑むことなどもあるというから驚いた。

「世の中ってのは、上手くできてるねえ」

平四郎が感心すると、小平次はくしゃくしゃな顔をして笑った。

「というよりも旦那、わたしどもの暮らしている世間は狭いんでございますよう」

そしてたいがいのことは、その狭い世間の輪のなかで用が足りるのだ――という。そうでなければ町方役人とその中間を、代々務めてゆく意味がないという。含蓄《がんちく》のある言葉なので、平四郎は思わず小平次の顔を見直した。いつの間にか別人にすり替わっているということはないものかと訝《いぶか》ったのである。

小平次は早速に、その作次に話を通してくれた。なか一日ほどで返事があり、確かにふぶきという巫女を騙《かた》った盗人女がお裁きを待っているが、これが気の強い性根《しょうね》の曲がった女で、女牢のなかでも爪弾《つまはじ》きにされており、女囚仲間に折檻《せっかん》を受けては生傷が絶えないような様子だという。平四郎はいささかげっそりした。

「それに、囚人たちは、ほかにすることもありませんから無理もないですが、互いに互いを詮索しあうことに長《た》けていて、誰かの身の上に少しでも変わったことが起こると、すぐに嗅ぎつけて騒ぎを起こすそうでございますよ」

「つまりだ、俺のように、ふぶきのやらかした盗みの件とはまるっきり関わりのない同心が、わざわざ呼び出したりすると、後でそのせいでふぶきがまたえらい目に遭わされるかもしれないということかい？」

「はい」小平次は真顔でうなずいた。「とりわけ女囚は妬《ねた》み嫉《そね》みが強いものですから、誰かが良い目を見るのじゃないかと疑うだけで、それはひどい折檻を始めるそうです。旦那は、ふぶきが旦那のお求めの話をきちんとしたら、あれの受けるお裁きについて、なにがしかのお取りなしをなさるおつもりなんでございましょ？」

「俺にそのつもりがなくても、向こうは期待してくるだろうな。そうでなきゃしゃべってもくれんだろうし」

「当然のお話でございますよね。過去にも似たようなことはいくらもございました。ですからそれを感じ取って、ほかの女囚どもが怒るわけでございますな」

「ふぶきは今でも、えらく折檻を受けてるんだろう？　下手をしたら、殺されちまうかもしらんな」

平四郎は困った。「いっそ、ふぶきのお裁きが決まるまで待ってみようか。おおかた、敲《たた》きの上で江戸ところ払いぐらいのものだろう。それから話を聞いても――」

小平次が上目遣いになった。「本気でおっしゃっているのでございますか？　あのようなもののお裁きなど、いったいいつ下るかわかりませんのに。二年も三年もかかるやもしれません」

「そうだなあ……」

「作次もいろいろ知恵をしぼってくれましたが、こういう場合は、呼び出したい囚人が病にかかっていることにして、溜《たまり》に移してこっそり面会をするのがいちばんよろしいんじゃないかと申しております」

溜というのは牢屋敷内の病人を収容する病監である。囚人の大半は、多かれ少なかれ健康を損ねているものだから、この口実はつけやすい。実際ふぶきは傷だらけだから、牢屋《ろうや》医師に頼めば何とでも計らってくれると作次は請け合っているという。

「そうだな……それしか手がなさそうだ」

じゃあ作次に段取りを頼んでくれと伝えて、またなか一日で返事が来たが、それはまたさらに平四郎を困惑させるものだった。

「作次が、井筒の旦那は仁平という岡っ引きをご存じかと訊いてきてます」と、小平次は困ったような顔をして言う。「どうしてかと言いましたら、この何年かのあいだに、仁平の奴め、牢屋同心の旦那方にすっかり取り入りまして、いいように牢屋敷に出入りしているというんです。彼奴《きやつ》めは、牢屋敷のいい顔なんでございますよ」

平四郎は驚いたが、よく考えてみれば、仁平ならそこまでやっていても不思議はないかもしれないのだった。牢屋敷というのは、他所《よそ》ではなかなか聞き集めることのできない話の溜まり場である。上手く使えば大いに役に立つ。とりわけ、仁平のように、罪人を作り出すことが生き甲斐になっている岡っ引きにとっては、牢屋敷で圧殺されかかっている囚人たちから聞き集めた話は、それが中傷であれ本物の告発であれただの噂話であれ、ひとつひとつが宝船だろう。

「牢屋医師は今、年輩の医師と若い医師と、二人が代わる代わるに詰めているそうでございますが、年輩の方のはすっかり仁平に丸め込まれておりまして、ですから仁平にいくらかつかませたり、使い前のある密告をしたりしますと、病気でもないのにその医師の口利きで溜に移してもらえたり、そこで白い飯が食えたりと、いろいろ得があるそうでございますよ」

平四郎の口のなかに、嫌ぁな味が広がった。そこの縁側に腰掛けていた時の仁平の様子——白目の多い小さな目や、人を小馬鹿にしたように斜めに吊り上がったくちびる——老人のような猫背や、笑うときのぜいぜいいうような声——ひとつひとつを思い出すと、肌が痒《かゆ》くなるようだった。

「やっこさんのつるは、覚悟していた以上にぐるぐるに巻きついてるわけだなあ」

「まったく、たいしたものでございますよ」

小平次は誉めているような言い方をしたが、顔はげんなりしていた。「ですから作次は、もしも井筒の旦那が仁平と昵懇《じっこん》であれば、事はうんと運びやすくなるようなことを言ってるわけでございまして……。そりゃそうでしょうな」

平四郎は首を振った。「いかん。かえってまずいことになっちまうわな」

「はあ」小平次もがっかりした。

せっかく〝黒豆〟がつかんで教えてくれた貴重なネタだが、どうにも活かすことは難しそうだな……と考えながら、平四郎は文机に両肘をついて、ささやかな庭を眺めた。暑さは日々少しずつ和らぎ、日差しももう、真夏の鋭さを失いつつある。平四郎の好きな柿や栗の実る秋が、もうすぐそこまで来ているのだ。鉄瓶長屋のごたごたが始まってから、結構な月日が経ってしまった。

「牢屋医師も、頼りにできるのはその若先生の方だけということか」

平四郎は呟いた。へいまったくと、小平次は言った。

「若先生は、気性がまっすぐでなかなかの人物だそうです。何とか力を貸してもらえればよろしいんですがねえ」

「そうだよな。どっちにしろ、俺がのこのこ牢屋敷に出向くことは御法度《ごはっと》になっちまったわけなんだから」

仁平の執念は、湊屋総右衛門を破滅に追い込まない限り、鎮《しず》まることはないのだろう。ひょっとすると、牢屋敷に出入りし、役人たちに賄《まいない》をつかませ、美味《おい》しいことを言って老医師を操り、囚人たちを虐め、彼らからたかり取り、あの不潔で暗くてこの世の終わりの国の便所のような場所を見渡しながら、総右衛門をそこへ閉じこめることを考えているのかもしれない。いや、きっとそうなのだろう。

平四郎は湊屋総右衛門に何の借りがあるわけでもないし、肩入れしなければならない理由もない。鉄瓶長屋の一件の根っこのところにある出来事――今、平四郎が推測しているであろう出来事のなかで、彼がどんな役割を果したのかはわからないが、どっちに転んでも、それはけっして善行ではない。だから彼には彼にふさわしい罰というのがあるのだろう。

だがしかし、その罰は、平四郎が考える限り、蛇のようなあの仁平の頭のなかでグズグズと煮えたぎっている種類のものとはかけ離れていた。迂闊《うかつ》なことをして、総右衛門が仁平の手のなかに落ちるようなきっかけをつくりたくはなかった。そんなことをしてしまったら、残りの一生、ずっと飯がまずくなりそうだ。

庭の木立のなかで、雀がちゅんちゅんと鳴いた。連中も実りの秋が来て嬉しいのかなと平四郎は思い、そのときふとひらめいた。

「そうか」と、声に出して言った。「官九郎にひと働きしてもらうという手があるか」


佐吉を騙すのは易しい仕事ではなかった。それでなくても平四郎は嘘をつくのが下手くそだ。すぐ顔に出てしまう。

「牢屋敷の囚人のところに文を届ける？」

佐吉はあからさまに訝《いぶか》しそうな顔をした。無理もない。

「今の俺にはちっとばかし、牢屋敷の敷居が高いんだ。手を貸してもらえねえかい？　いやこの場合、羽根を貸してくれと言うべきかね」

お役目のことじゃ、旦那はぺらぺらしゃべれませんものね——と、最終的には承知してくれた佐吉だが、官九郎は人間の子供とは違うので、行き先を言って「さあ、行って来い」とお使いに出すわけにはいかないのだと説明した。

「俺が官九郎を連れて行って場所を教えなくちゃなりません。それも、今まで行ったことのない場所だと、何度か通って教え込まないと覚えないので、ちょっと辛抱が要ります」

作次を通した段取りは進んでいて、数日のうちに牢屋医師の若先生に話が通り、溜《たまり》の窓がどの窓で、どこに向かって文を届ければいいかはっきりした。平四郎はそれを佐吉に告げ、

「詳しいことは言えないんだが、牢屋敷には岡っ引きの仁平の目が光ってる。官九郎を仕込むには、奴に気づかれないように、夜が更けてから行った方がいい。出歩く口実なら、俺が何とでもつけてやるから」

すると佐吉はおかしそうに笑った。「旦那、官九郎は烏《からす》です。鳥目ですから夜は飛べませんよ。そんなら、朝早くに連れて行くことにします」

佐吉が久しぶりに見せる楽しそうな笑顔だったが、仁平の名を聞いたことで、その後めっきり無口になった。何にせよ平四郎が今やろうとしていることは、湊屋に関わりがあるのではないかと察したのだろう。

あいだに雨に降られたりして、結局、お膳立てを整えるのに十日ばかりかかった。佐吉が官九郎を仕込んでくれているあいだに、平四郎は弓之助を呼んで、牢屋医師の若先生に届ける文の文案を練った。

若先生がふぶきを溜に移し、そこで官九郎が運んだ平四郎からの文を元に、彼女から必要なことを聞き出す。そしてそれを、牢屋敷にいるあいだに平四郎への手紙に書いてくれる。官九郎は、若先生が泊まりの仕事を終えて帰宅するころ、つまり翌日の朝に再び小伝馬町へ飛んで、若先生は官九郎の足に文を結びつけ、何もなかったように家に帰る——手はずとしてはそういうことだ。

若先生の役割は、ずいぶんと重い。平四郎は彼に会ったことがないので、心底、こんなことに巻き

込んでいい人物なのかどうか不安に思ったが、作次が万事大丈夫と請け合っているというし、こっそりと使いに行った小平次も、あの若先生なら信頼できますと言うから、思い切って頼むことにした。聞けば、若先生は牢屋敷内の腐敗ぶりと仁平の専横ぶりに、心底憤っているのだという。

　そしていよいよ官九郎を飛ばす朝がやってきた。暦は長月《ながつき》の一日《ついたち》。だから何だという気もするが、きりがいいじゃねえかと平四郎は思った。ふぶきが知っていることを吐き出してくれれば、平四郎としては、この件についてこれ以上の詮索は不要となるところだ。

　あとは――ちょっとばかり汗を流して動いて確かめることが残るばかりである。

　それなりに気負いこんでいた平四郎だが、実際には、やることと言ったら佐吉が官九郎を空に放すのを見送るだけである。よろしく頼むぜ、と声をかけてみたが、官九郎がそれに応えてかあと啼くわけでもない。何となく間の抜けた感じがして、うなじをかきながら佐吉に話しかけた。彼は官九郎の消えた空の端の方をじっと見上げている。

「ここんとこ官九郎にかまけてロクな話もしてなかったが、長屋の方はどうだい？」

　佐吉は視線を下げると、同時に両肩を下げた。「また家移りがありました。二所帯です」

「おまえさんのせいじゃないよ」

「これだけスカスカになってくると、住みにくいだろうと思います。誰もいなきゃ、米や味噌や七輪の貸し借りだってできませんからね。立場を逆にしたら、俺だって――」

「お徳とおくめはどうしてる？　久しぶりにこんにゃくでもふるまってもらうかな」

「お徳さんは元気にしてますが、おくめさんはあせもが辛いようです」

「まだあせもか？　朝晩はずいぶん涼しくなったがなぁ」

「こじれちまったんでしょう。腫《は》れ物《もの》みたいになってますよ。かかっているお医者の膏薬《こうやく》が、臭いし高いし貼る手間も難儀なのに、ちっとも効かないんだとこぼしてました。寄って行かれますか？」

「そうだな、顔を出していこう。どうせ、明日の朝までは待ちぼうけなんだからな」

煮売屋の店先では、今日も大きな鍋が湯気をあげて頑張っている。お徳が杓子《しゃくし》を持った手を持ち上げて、あら旦那いいところに来たよと大声で言った。

「味のしみたこんにゃくがいいなあ」

「今日はこれをお食べよ」

鍋のなかに箸をそろりと差し込んで、卵みたいなものを取り出した。小芋にも似ているが、箸ではさんでいる様子を見ると、もっとぷわぷわと柔らかい感じだ。

「何だ、こりゃ」

「魚のすり身を固めたんだ。つなぎに卵も使ってるから豪勢だよ」

煮汁が垂れないように、小皿に受けてくれた。平四郎は手で食べようとしたが、熱くてつかめないのでふうふう吹いた。

「また店子が減ったそうだな」

お徳はちらりと横目で平四郎を見た。「佐吉さんに会ったんだね」

「おめえ、佐吉をさん付けするようになった。あいつもたいした出世だ」

熱い煮物は旨かった。「こりゃいいな。お客が喜んで買いに来るぞ」

「おくめさんが思いついたんだよ」お徳は得意そうに言った。「あたしみたいに根っから貧乏じゃ、こういう口の奢《おご》ったものは考えつかないよ。あの人は、羽振りのいいときには贅沢《ぜいたく》してたからね」

そのおくめは姿を見せない。

「出かけてるのか?」

「またお医者の先生のところに行ってるんだよ。ねえ旦那、あせもって、あんなにひどくなるもんかね?」

お徳は鍋の方から平四郎に向き直ると、小娘のように思い詰めた目をした。

「さあ……俺はあせもなんざできたことがねえからなあ。医者はなんて言ってるんだ?」

「あんな町医者、あてになるもんか。あたしたち貧乏人のことなんか、目をつぶってちょっと触って、あとは適当な診立《みた》てをするだけだもの。ちゃんとまぶたを開くのは、おあしを数えるときだけさ」

「ずいぶんな言われようだなぁ」

しかし、先《せん》に並んでところてんを食った時のおくめの様子を思い出すと、確かにずいぶんと弱っているように見えた。今はあの時よりも、もっとひどいのだろうか。

「旦那——あたし思うんだけど」

お徳は、言いにくい言葉を口のなかでちょっともぐもぐさせてから、吐き出した。

「あれ、本当にあせもなんだろうか。あの人、何か別の悪い病にかかってるんじゃないかね?」

「悪い病ってのは何だよ」

お徳はじれったそうに足を踏んだ。鍋のなかの煮汁がさざめいた。

「だから、下の病だよ。花柳病さ」

春をひさいでいるときに、客から感染《うつ》されたのではないかというのだ。

「そりゃ……俺には何とも言えねえがなあ」

「あたしは昔、見たことがあるんだよ。夜鷹《よたか》あがりの女が同じ長屋に住んでてさ。やっぱり身体にいっぱいできものができて、どんどん痩せて、死ぬころには頭まで病がのぼっちまって、誰もいないところで土壁に話しかけたりしてた」

お徳は一息にそう吐き出すと、大きな身体を太い腕で抱いて身震いした。

「しかし、おくめはこの夏まではしゃんしゃんしてたじゃねえか」

「嫌だよ、旦那は何も知らないんだね。あの手の病は、何年も経ってからひょっこり顔を出すんだよ。それまでは身体のなかで眠ってるんだ。で、はたからもそれとわかるようになるころには、もう手遅れなんだ」

ほかにどうしようもなくて、平四郎は、空になった小皿をお徳に差し出した。お徳はそれを受け取ると、うしろの台の上に置いてため息をついた。

「おくめはそんなにひどいのか？」

「足のところなんか、腫れ物が崩れて皮がむけて、骨まで見えそうなくらいだよ」

平四郎もぞわっとした。

「あたしゃうちの人の床ずれを思い出したくらいさ。あれはあせもじゃないよ。ねえ旦那、どうしよう。どうしたらいい？」

とりすがられても、平四郎にはどうしようもない。それでも、お徳の心配に歪んだ顔には心を動かされた。

「おめえ、結構おくめを気に入ってるんだな」

思わず口に出してしまった。すると、お徳は急にむっとしたようになり、顔を赤くして、またどすんどすんと足踏みをした。

「旦那はお人好しだね！　あたしがあんな女のこと、本気で心配すると思うのかい？　あたしゃ商いが心配なんだよ。あの女が本当に下の病だったら、店で働かせるわけにはいかないんだからね」

まったくとんでもない話だよと、一人でぷりぷりするフリをしている。平四郎はちょっと苦笑いをして、御番所にはその手の病に詳しい者もいるから相談してみようと言った。何か言って宥《なだ》めてやらないと、お徳はおさまりそうになかった。

「ホントかい？　頼むよね旦那」

お徳に送り出されて店を出て、鉄瓶長屋の木戸をくぐると、刷毛で掃いたような美しい雲を浮かべた真っ青な空を背景に、きわめて絵にならない小平次が、これまたきわめて絵にならない格好で駆けてくるのを見つけた。

「旦那、旦那、大変です」

走りながら小平次は、平四郎に呼びかけた。

「ど、ど、ど」

勢い余って傍《かたわ》らをすり抜けそうになった小平次の後ろ襟を、平四郎は捕まえた。

「ど、ど、土左衛門があがりました！」

珍しくもないことだ。それが何だという平四郎の顔に、小平次は唾を飛ばしながら訴えた。「あの正次郎の土左衛門なんです！　簀《す》巻《ま》きにされて、大川に放り込まれて、開けてみたら身体中火傷と打ち身の痣だらけで——」

正次郎。平四郎の頭のなかで、その名前と名前の持つ意味が結び付くまで、両手をぽんと打ち合わせるくらいの間があった。元の差配人の久兵衛を襲い、八百富の太助を殺したと言われている、「勝元」の奉公人だった男だ。

「旦那、そっちじゃねえです、一ツ目橋の方です！」

走り出した平四郎の後を、小平次の声が追いかけてきた。

亡骸は一ツ目橋のたもとに引き上げられて、むしろに覆われていた。野次馬が遠巻きにして、何やらさざめいている。むしろの脇に政五郎が立っていて、平四郎の顔を見ると腰を折っておじぎをした。茂七大親分の家で会うときには、岡っ引きというより切れ者の商人という風情の政五郎だが、今は尻はしょりをして袖をたくしあげ、いかにも御用で乗り出してきたという格好だった。

「『勝元』にいた正次郎だって？」

息を切らしながら、平四郎は訊いた。政五郎は黙ってうなずくと、むしろの端をつかんでめくって見せた。

青黒い西瓜《すいか》みたいなものがのぞいた。平四郎はすぐには、それが亡骸の顔だとわからなかった。水に浸《つ》かっていたせいもあるだろうが、できそこないの冬瓜《とうがん》のようにいびつに膨れ、目鼻立ちさえはっきりしない。

「ひでえなあ……」

「胸と腹に水が溜まっています」政五郎は亡骸のあばらの上に手のひらを乗せながら言った。「溺《おぼ》れて、水を呑んだんでしょう。簀巻きにされて川に投げ込まれるまでは、死にかけてはいても、死んではいなかったんでしょう」

「ますますひでえな。しかし、これでよく正次郎だってことがわかったな?」

「仏の下帯が、昔、『勝元』で使っていた名入りの手拭いをつぎはぎして作ったものなんです。それと背中に彫物《ほりもの》がありましてね。ちょっと見づらいですが——」

政五郎が亡骸の左の肩を持ち上げた。「ここのところに、天女の絵が彫ってあるんです。『勝元』に人を遣《や》って尋ねたら、皆、すぐにそれは正次郎だと言いました。板前や包丁人のなかには、彫物を好む連中が多いですからね。自慢しあったり比べあったりするんで、よく覚えているんでござんしょう。背格好も似ているそうですから、まず間違いはないと思います」

「正次郎についちゃ、最近わかったことがあって——ありゃ何だ?」

桶屋の権吉と八王子の賭場の話をしかけていたのを呑み込んで、平四郎は思わず叫んだ。川岸の湿った土を踏んで、弓之助がこちらに近づいてくるのだ。すぐ後ろにおでこがくっついて、弓之助は何やら熱心におでこに語りかけていた。

「旦那の甥御さんでござんすよ」政五郎は生真面目に言った。「それと、私どものでこちんで」

「そりゃわかってる」平四郎は二人の方に駆け寄った。「おい、こんなところで何してる?」

弓之助は平四郎を見つけると、ぱっと明るい顔をした。「ああ、叔父上。ようやくいらっしゃいましたね」

「いらっしゃるも何も、なんでおまえがここにいるんだ?」

「政五郎さんの家の人が八丁堀まで報せに来てくれたとき、私はたまたま組屋敷にお邪魔していたのです。それで真っ直ぐここに参りました」

正次郎と聞いてはじっとしていられなかったのだと、少しばかり弁解するように付け足した。

「差し出がましいでしょうか……」

「というより、おめえ怖くねえのか？」

「何がですか？」

「あんな――亡骸を見るのがさ」

弓之助はちらっとおでこの方を振り返り、二人は揃って幼い眉毛を上下させた。「私たちは亡骸を見ていないのです。このあたりをずっと検分していただけです」

ほう――と、平四郎は息を吐いた。「叔母上がよく、おまえを出して寄越したなあ」

「しっかりやっていらっしゃいとおっしゃいました」

細君は、既に弓之助を養子に迎えた気分になってしまっているらしい。

「検分して、何かわかったかい？」

弓之助は首を振った。「正次郎さんは、ここらの川岸から放り込まれたのではないようです」

「何で」

「それらしい足跡が残っていないのです。いくら簀巻きにされてはいても、あの人は身体も小さくはないですし、大人の男ですから、相当暴れたことでしょう。運ぶには二人がかりか、ひょっとしたら三人の手が要《い》ったかもしれません。普通に歩いているのではありませんから、足跡も入り乱れたことでしょう。でも、そういうものは見当たりません」

「うーんと上流の方で投げ込まれて、一晩かかってここまで流れてきたのかもしれないぜ」

「政五郎さんは、亡骸の様子からして、一晩も川に浸かってはいなかったろうとおっしゃいました。

投げ込まれたのは今朝方のことだろうと」

平四郎は鼻の脇を指でほりほりかいた。そしておもむろに訊いた。「で、誰が殺《や》ったんだと思う？」

二人の子供は、二対の目をまん丸にして平四郎を仰いだ。

「ちょっと訊いてみただけだ」平四郎は咳払いをした。「今の勢いだと、おめえなら下手人《げしゅにん》を知ってそうな感じがしたもんでな」

「今の場合、〝誰が〟よりも〝何のために〟の方が大事かもしれませんね」

「何で」

問い返してから、平四郎は急いで言った。

「俺はおめえから聞き込んでるんだ」

後ろの方にいた野次馬がちょっと笑った。平四郎は無視した。弓之助も知らん顔をしていた。

「正次郎さんは、ひどく痛めつけられていますね？」

「うん、こっぴどくやられてる」

「そんなことをした人物には、正次郎さんを拷問して、何か吐かせたいことがあったのでしょう」

平四郎は腕組みをして、しばらく弓之助の顔をじっと見た。やがて、紙に書いたものを読むようにして言った。「正次郎は何を知ってたか」

弓之助はうなずいた。「八百富のお露さんと富平さん、久兵衛さんは大丈夫でしょうか」

平四郎は急いで政五郎のいるところにとって返した。わずかに打ち合わせただけですぐに手配りが決まり、さっきから政五郎の指図で動いていた、平四郎の知らない顔の若い手下《てか》が、橋を渡って走っていなくなった。

「富平たちには、先からうちの見張りがついていますから、めったなことは起こらないでしょうが、用心するに越したことはありませんね」と、政五郎は言った。

「権吉はともかく、お律はどうかな」

「湊屋の渋い男前の番頭に匿《かくま》ってもらっているなら、心配はないと思いますが」

亡骸は近くの番屋に移されることになった。小平次が足繁《あししげ》く御番所とのあいだを往復して、平四郎が検視の役を務めることになったので、一同はぞろぞろと、亡骸を乗せた戸板の前後を囲んで移動した。一ツ目橋あたりの町役人たちは、弓之助とおでこの顔をかわるがわる眺めては不思議そうに眉を寄せていたが、平四郎は何も説明しなかったし、弓之助たちもおとなしく黙っていた。

番屋ではもう一度、念を入れて亡骸をあらためにかかった。野次馬の目がないので、むしろをすっかりめくって亡骸をむき出しにする。平四郎と政五郎があれこれ言うことを書役《かきやく》の老人が書き取っていくが、その隣でおでこが白目をむいているところを見ると、彼もまた例の如く頭のなかに〝書いて〟いるらしい。

弓之助は亡骸を見て、ちょっと青くなった。政五郎が淡々と、左手の小指の爪が剝かれているとか、爪先が炭火で焼かれているとか言うたびに、今度はちょっとずつ白くなった。

政五郎は慣れた手つきで亡骸の口を開けさせると、のぞきこんだ。「歯は抜かれていないようですね……。全部揃っている」

「そんな拷問があるのかい？」

「賭場に出入りする連中のあいだでは、珍しくないことです」

「ぞっとするねえ」

弓之助が何か言った。声が震えているので、最初は何を言っているのかよくわからなかった。

「――たないです」

「何だ？」

「歯です」

「歯が何だよ、ちゃんと言ってみな」

弓之助は喉をごくりとさせた。「歯が汚れていて汚いです」

政五郎が澄んだ目で弓之助の顔を見た。

「溺れて死ぬと、汚れた川の水をさんざん飲みますからね」

「ということだ」と、平四郎は結んだ。

弓之助は一歩踏み出して、亡骸に近づくとかがみこんだ。指で正次郎のくちびるのあいだからのぞいている歯を指し示す。

「でもこの汚れは、ゴミや泥ではないと思います。血の汚れではないでしょうか？」

平四郎と政五郎は、亡骸の口のなかをじっくりとあらため直した。口を開かせると臭いが強くなるので、平四郎は息を止めていたが、政五郎は平気そうだった。たいしたものだと感心した。

「溺れる苦しさに、舌を噛んだのかもしれねえよ」

平四郎は誰に向けてでもなく呟いたが、政五郎も弓之助も黙っていた。政五郎はちょっと眉根を寄せている。

弓之助は、唐突に書役の老人の方を振り返った。「恐れ入りますが、この近くに、てんぷらの屋台を出している人は住んでいますか？　団子屋さんでも、うどん屋さんでもいいのですが」

一同はそれぞれに驚いて目を見張った。書役の老人は面食らって、筆の先から墨がぽとりと落ちた。おでこの〝書き取り〟も中断し、黒目が眼の真ん中に戻った。

「なんだい、腹でも減ったかい？」平四郎は笑った。「あんまり食欲のありそうな顔色じゃねえがなあ」

「調達したいものがあるのです」弓之助は真面目だった。「いかがですか？」

書役の老人は、どちらの商売をする人も近所の長屋に住んでいると、場所を教えてくれた。弓之助は「失礼します」と言い置くと、駆け出して番屋を出ていった。残された面々はぽかんとするばかりだ。

書役の老人がお茶を淹れてくれたので、座って一息入れることにした。

「みんな揃って狐につままれたような顔してるなあ。狐にも茶をふるまってやるか」などと言って、平四郎は笑った。

弓之助は走って戻ってきた。平四郎は、てんぷらか団子かどっちだ？　と冷やかしたが、彼が持ち帰ってきたのは白い餅みたいなものだった。手のなかでそれをこねている。

「何だそりゃ？」

「うどん粉のかたまりです」

弓之助はすまなそうに肩をすぼめた。

「食べ物をこんなふうに使うのは気が引けるのですが」

そう言いながら亡骸に近づいて、白い餅を正次郎の口のなかに押し込んだ。そして、最初は上顎《うわあご》、次は下顎と、丁寧に彼の歯形をとったのだった。

「ははあ、なるほど」と、政五郎が感心した。平四郎は何が何だかさっぱりわからなかったので、ただ口を開いていた。

「何のまじないいだ？」

「わかりません」と、弓之助はにっこりした。「役に立つかどうかもわかりません。でも、気が済みました」

弓之助はうどん粉のかたまりを大事に懐紙に包み込み、壊してしまわないように注意深く懐におさめた。平四郎は、半分は冗談に、しかし残り半分は大いに本気で呟いた。

「おまえはそんなふうに亡骸に触ったりできるぐらいに勇敢で、頭だって切れるのに、なんでおねしょが治らんのだろうなあ」

おでこが白目を剝くのをやめ、顎を引いて困ったように弓之助を見た。政五郎は笑いをかみ殺すために下を向いた。書役の老人が、また筆の先から墨を落とした。

「トカゲのおっぽの黒焼きがいいですわ」と、老人は言った。「煎《せん》じて飲めば、おねしょはたちまち治ります。わしのところの孫もそれで治ったですから」

「ありがとうございます」と応じて、弓之助は平四郎に向かって口を尖らせた。


一夜明けた翌日、平四郎は夜明け前に細君に起こされた。〝黒豆〟からの封書が届いているという。

「台所の竈《かまど》の脇に置いてございました。早くお目にかけた方がよろしいかと存じまして」

八王子の正次郎の住まいや仕事先、彼の出入りしていた賭場には、政五郎の手下に調べに行ってもらうことにした。昨夜はその手配りをして、そのあと政五郎に勧められて茂七の家で夕食をふるまわれ、食いながら飲みながら、これまでの鉄瓶長屋をめぐる経緯や平四郎の思うところ、今後の計画などをじっくりと話し合った。おかげで気分はすっきりしたが、宿酔《ふつかよ》いで頭ががんがんするようだ。だが、細君は無情にもぱかぱかと雨戸を開けて行ってしまったので、もう寝直すわけにもいかない。

今度の手紙は短いものだったが、〝黒豆〟の達筆は、今朝の平四郎のちかちかする眼《まなこ》にはちと荷が重く、意味をつかむまでしばらくかかった。

鉄瓶長屋の前に、同じ場所にあった提灯屋の主人は、名を藤太郎《とうたろう》という。おふじよりも三つ年上で、何と母方の従兄にあたる間柄だそうである。おふじは一人娘なので、子供のころにはこの藤太郎とずいぶん仲良しで、従兄妹同士の間柄ながら、ゆくゆくは添わせようかという話が出たこともあったそうである。

十年前に提灯屋がいけなくなったのは、藤太郎が病にかかって急に目が悪くなり、細かい仕事をしたり、職人たちに指図をすることが難しくなったからだそうだ。また藤太郎は気難しい人柄で、彼が目を病むと、それまでは頭のあがらなかった弟子たちが、彼を軽んじてそれまでの仕返しをしたり、勝手にお得意先を引き抜いて自分の店を構えてしまったり、金を持ち出したりと不祥事も続いた。まさに弱り目に祟《たた》り目である。

藤太郎には長年連れ添った女房のおれんがいるが、子供は赤子のときに亡くしたきりだ。今も夫婦二人きりで、おふじの実家の料理屋に住み込んで、半ばは親族待遇ながら、奉公人のような暮らしをしているという。

平四郎は頭をばりばり掻《か》きながら文を読み、昨夜、政五郎が言っていたことを思い出した。もう十五年ほど前のことだが、おふじの実家の料理屋がもらい火で焼けたことがあり、そのとき、藤太郎の提灯屋で、行き場のなくなった奉公人たちを一時寝泊まりさせていたことがあったという。そのときの火事に付け火の疑いがあったので、政五郎たちは念入りに調べたそうで、よく覚えているというのである。

——親戚か。幼なじみか。

平四郎は目をこすって、あくびをした。

——それじゃあ、あてにもできるよなあ。

一方の八百富の方だが、これは湊屋にも総右衛門にもおふじにも、直につながりがある様子は見えないという。これについてはあてが外れたわけだ。

——ま、こりゃ本人に訊いてみりゃいいわな。ここまで来たら、それで充分だ。

昨日正次郎が殺されたことで、もう鷹揚《おうよう》に構えていられる時期は過ぎたと、平四郎は考えていた。もともと胡散臭《うさんくさ》い一件だが、ずいぶんと昔に済んでしまったことを探るのと、探っている途中で新しい人死にが出るのとでは、こちらの気分がまったく違う。今のところはまだ、誰が何のために正次郎を拷問して殺したのか、推測だけならいろいろできるだけにまとまりがつかないが、幕引きを早めなければならないということに関しては、平四郎と政五郎の意見は一致した。

手紙の末尾で、〝黒豆〟は、湊屋総右衛門は西国の大名家のいくつかと密に関わり合う者で——要するに金を貸しているわけだが——その大名家が揃って外様《とざま》の名家ときているものだから、実はお上が注意深く彼の金の動きを監視しているのだということを、ここに至ってさらりと白状していた。この場合の〝お上が〟ということは、つまりはそれが〝黒豆〟に命じられたお役目のひとつだったということだろう。だから彼はみすずの縁談についても詳しく、湊屋の側によほどの不祥事や不面目がなければ、このまままとまる縁組みだと添え書きしていた。

――ふうん、そういうことか。

〝黒豆〟は、平四郎がこんなちまちました探索事を頼む以前から、自分の仕事のために、湊屋総右衛門の周囲を調べていた――ただ、平四郎が湊屋がらみの何について探りたいのかはっきりしないうちには、すぐに手札を開いて見せるわけにはいかなかったのだろう。

どんな立場のどんな仕事にも、その仕事特有の気の煩《わずら》いというのはあるものだ。いちばん最初に、平四郎の口から「湊屋総右衛門」の名前が出たときには、実は〝黒豆〟の奴、さあ何事だろうとどきりとしていたのかもしれない。

しかし、今になってわざわざこれを書いてきたということは、〝黒豆〟の奴、平四郎の探索事も、大詰めに来ていると判断したに違いない。まったくまあ、なんでそこまで頭が回るかねえ。平四郎は大あくびをした。朝日がまぶしいので目がくしゃくしゃする。

うんと伸びをして立ち上がると、それを待っていたかのように、庭の方でバサバサと羽音がした。平四郎は勇んで障子を開けた。いちばん手前の椿の木の枝に、官九郎がきょとんと首をかしげて止まっていた。

「よう、お早う、ご苦労だったな」と、平四郎は声をかけた。「次からは、〝黒豆〟にもおまえを使ってもらおうか？」

十一

牢屋《ろうや》医師の若先生は、手筋正しい立派な字を書く人だった。文《ふみ》の最初に断り書きがあり、ふぶきはまったくの無筆なので、若先生が彼女から聞いた事柄を、できるだけ彼女の言葉をそのままに書き取ったと記してある。それだから、巻紙の文を読み始めて間もなく、平四郎は若先生の見事な楷書《かいしょ》で、

「あのくさればばあ」

などと書かれているくだりに出くわすことになった。ふぶきが、湊屋のおふじを指してそう罵《ののし》ったというのである。

竈祓《かまどばら》いに呼ばれる巫女《みこ》などというものは、まあ半分はまがいものである。そういう口実で家々に入り込み、酒席の相手をし、春を売るのだ。江戸の町には女が少なく、必然的に男所帯が数多い。男ばかり十人も暮らしている商家で、女と言えば飯炊きの七十過ぎの婆様一人——などというところがゴロゴロある。だから彼女らの商いは立派に成立するのだ。

まがいものの巫女の彼女らはいったいに学などないし、無筆というのも珍しいことではない。巫女らしく見せかけるために並べる口上だの祝詞《のりと》だのは、口伝えで先輩格の同業者から教えてもらったり、見よう見まねで覚えるものだから、学問など無用なのである。見せかけの巫女のかぶりものを脱いで、春をひさぐ女としての本性を見せたときの彼女らは、だから、たとえ顔かたちはそこそこ美しくても、ひとしなみに粗野で下品な女に堕《お》ちる。言葉遣いが悪くたって、そちらの方が地なのだから、驚いてはいけない。

だが、それにしても、のっけから「くされればばあ」というのは剣呑《けんのん》だ。

牢屋敷の下男《しもおとこ》の作次によれば、ふぶきは女牢のなかで、自分が巫女として羽振りのよかったころのことをさもさも自慢げにしゃべるので、仲間たちから憎まれてしまったのだという。どうせそんな自慢話は嘘だろうと、作次も小平次も決めつけていたが、平四郎はそうは思わない。実際にふぶきは、一時はきっと優秀な巫女だったのだろう。盗み癖が直らないばっかりに、若い身空で身体中に埃をまといつけるようなことになってしまっているが、それさえなければ、牢屋敷につながれるようなことはなかっただろう。どっちに転んでもまがいものであるにはしても、巫女として、彼女を呼んだ人びとに、感謝されたり有り難がられたりして、高い金子《きんす》を包んでもらい、旨いものをご馳走になり、面白おかしく世渡りしていた時期だって、必ずあったはずなのである。なにしろ、湊屋のお内儀《かみ》が、評判を聞きつけてわざわざ呼んだほどなのだから。

ところが、呼ばれた方は、そのおふじを、「くされればばあ」と罵る、か。

平四郎は官九郎に持たせた文に、もって回ったところのない、簡潔至極の問いかけを書いて並べておいた。湊屋のおふじはなぜ巫女を呼んだと説明したか、何を祓《はら》ってもらいたいと言ったか、何を拝んでもらいたいと言ったか、それにいくら払ってくれたか、全部で何度、おふじと会ったか、おふじに会わなくなったのは、もう来なくていいと断られたからか、それともほかの事情があったのか——若先生の筆によると、ふぶきはそうした問いかけに、合間合間に混ぜ込んだ悪態さえ取り除けば、筋道立てて答えたという。湊屋のおふじのことは本当に腹に据えかねたので、よく覚えているのだと言ったそうである。

今から二年と半年ほど前、ふぶきが初めて湊屋に呼ばれて、家の奥のおふじの居室を訪ねたとき、おふじは彼女に、この家に憑《つ》いて仇《あだ》をなしている悪い女の霊を祓ってほしいと頼んだそうである。ふぶきが、お内儀さまはどこからわたくしのことをお聞き及びになったかと尋ねると、日本橋通一丁目にある呉服問屋の大おかみの名をあげて、十二の歳に疱瘡《ほうそう》で死んだその家の孫の魂が迷っているのを、あなたに鎮めてもらったと聞かされたと答えたそうである。

実際、ふぶきは、迷える幽霊を鎮めるのが得意だと言っている。それでずいぶんと人には感謝されたそうだ。ここで若先生の注釈が入り、ふぶきは今でこそひどい様子だが、頭がよく機転もきいてはきはきとして明るく、顔立ちも可愛らしい娘であると記してある。道を踏み誤らなければ、牢屋敷につながれることもなかったでしょう、と。ひょっとして若先生ふぶきに惚《ほ》れていなさるんじゃないかと、平四郎は余計な心配をしながら顎の先をつまんだ。

ふぶきはおふじの奥の居室にしか出入りしたことがなく、湊屋の他の場所は知らないが、迷える霊が潜んでいるとき特有の、しんと足先が冷えるような感じがまったくしなかったので、女の悪霊と言われても、すぐにはピンとこなかったという。そこでいろいろと事情を聞き出そうとしてみたが、おふじは話したがらず、とにかく祓い浄《きよ》めてくれればいいんだというようなことを、高飛車に言うだけだったそうである。それができないなら帰ってくれ、もう用はないというのである。

しかし、ふぶきの方も商売人である。迷える御霊《みたま》に呼びかけるにはいろいろと段取りが要《い》ると口実をつけて、二度三度と湊屋に通った。そうしてあの手この手でおふじを懐柔《かいじゅう》し、切れ切れにではあるが、何が彼女の心を悩ませているのか聞き出すことに成功した。悪い女というのは、どうやら湊屋の主人総右衛門の情婦であるらしいこと。その女が不幸な死に方をしたらしいこと。ただしそれはかなり昔の話で、昨日今日の出来事ではないらしいこと。またその女の霊が湊屋に仇をなすというのも、おふじの勝手な表現であって、少なくとも、そういう実例をあまた扱ってきたふぶきが、「仇をなす」と聞いて即座に思い浮かべるような、病苦とか、妙な人死にが続くとか、家運が傾くとかいう類《たぐい》の実害が出ているわけではないようであること。この最後に挙げた点が、ふぶきにはとりわけ不審であったそうである。

しかし、四度目の訪問の際に、ちょっとした偶然から、その謎が解けることになった。巫女が家に出入りしているというので、湊屋の娘のみすずが興味を持ち、ふぶきがいるときに、母親の居室に顔を出したのである。

その際のおふじの周章《しゅうしょう》狼狽《ろうばい》ぶりと言ったら、まるでみすずが死人で、たった今棺桶から起きあがってきたというほどのあわてようだったそうである。あんたは近寄るんじゃない、あたしに近寄るんじゃないって、何度言ったらわかるんだ！　悲鳴のような声で一喝し、娘を居室から追い出して、ぴしゃりと唐紙を閉め、塩でもまきかねない勢い——いや、その場にふぶきが居なかったならば、本当に塩をまいていただろうという。

みすずが逃げて行ってしまい、おふじが青ざめて座り込んでしまったので、ふぶきはここぞと慰めにかかった。怯《おび》えきっているおふじは、それまで堅く口を閉じて漏らさなかった秘密を、あっさりとうち明けた——死んだ女の霊が娘に憑いて、娘の身体を乗っ取って、わたしに仕返ししようとしている、だってみすずの顔が、年々歳々、あの女にそっくりになっていくんだもの——

これで、おふじが再三再四力説する〝仇をなす〟というのがどういうことなのか、ふぶきにも判った。他所《よそ》で似たような話を聞いたこともあったそうである。

ふぶきはさらに一歩踏み込み、〝あの女〟とは誰かと問いかけた。しかしこれは勇み足だった。それでもとっさにおふじは答えようとしたが、ふぶきの熱心な顔に気がついてふと我に返り、女の名前などお祓いに必要なのかと、逆に食ってかかってきたそうである。

もちろん、お祓いに名前は要るのだ。今までだって占い師や拝み屋を呼んだことがあれば、そのときもそうだったでしょうとふぶきは言った。しかしおふじは、もうふぶきの言うことなど聞いてはいなかった。自分の不注意で、言わずもがなのことを漏らしてしまったという後悔に歯嚙みするように、本当に奥歯を食いしばり、さっさと帰ってくれ、帰れ帰れとわめき始めた。金ならいくらでもやる、おまえのような汚らわしい女なぞ、二度とこの家に足踏みしてもらっては困ると、たいへんな剣幕だったそうだ。

実際、おふじは金箱を開いて、ふぶきに向かって小判を投げつけた。そのうちのひとつがふぶきの顔にあたり、それが右の眉と目のあいだのやわらかなところだったので、皮膚が切れてたらたらと血が流れた。するとおふじはさらに気が狂ったようになって、叩いたりひっかいたりして暴れ出し、ふぶきはほうほうのていで逃げ出した。

ここでまた若先生の注釈があり、ふぶきのこの顔の傷痕は、今でも一目見てわかるくらいはっきり残っていると書いてある。大事な商売物の顔に傷をつけられて、ふぶきがおふじを怒っているのは、大部分はそのせいであるようだ。

ふぶきのような商いをする女の常で、彼女は一人ではなく、後ろにはヒモのような用心棒のような怖い阿仁《あに》さんがついていた。ふぶきはその男について詳しくは語らなかったが（若先生の手前だろうと、平四郎は思った）、普通ならばこのような場合は、阿仁さんに泣いてうち明けて、湊屋に殴り込んでもらうのが当たり前の筋書きだ。ふぶきは本当に悔しかったので、それも考えないではなかった。相手はそこらの小商人《こあきんど》ではない。湊屋だ。上手に揺さぶれば、いくらだって金を吸い取れるだろう。

　だがしかし、ふぶきはそれをしなかった。何より怖かったのだそうである。湊屋から金をもぎ取れれば楽しいだろうが、それがために、男と切れられなくなるのが恐ろしかったのだ。くっついた当初は良かったが、なれ合うとすぐに本性をむき出しにして、ふぶきの稼ぎは巻きあげる、口答えすれば殴る蹴る、自分は博打と酒に溺れて横のものを縦にもしないと、人でなしの条件が揃ったような男であったそうである。

　これもよくある話だが、阿仁さんには似たり寄ったりの仲間がぞろぞろいたので、下手に湊屋の話など出して、なおさらひどいことになるのも、ふぶきは恐ろしかった。彼女はそのころにもすでに二度ほど盗みの咎でお上の手を煩わせていたが、いずれも軽い罪で、本当に〝良くないこと〟には手を染めた経験がなかった。そういうことはできない気質の娘だと思うと、ここでも若先生は親切に注釈している。

　それにふぶきは、ほんの一目見たきりだけれど、みすずという湊屋の娘が、なんだか可哀想でたまらなかったのだという。自分の母親から、誰だか知らないが昔総右衛門と懇《ねんご》ろだったという女に顔が似ているというくらいで、まるで化け物のように扱われている。ふぶきは自分のおっかさんの顔を知らないのだが、おっかさんというのはみんな優しいものなので、きっとあたしのおっかさんも優しかったに違いないと思っているそうである。だから、おふじのみすずに対する仕打ちには、心を痛めずにはいられなかった。

〝あのくされればあは、きっと〟

と、ふぶきは言ったそうである。

〝湊屋さんの情婦だったというその女を殺《あや》めてるんだ。自分の手で殺めたからこそ、今になって祟《たた》られて、仕返しを怖がっているんだ。だけど、自分がやったことをちゃんと正面から見る勇気がないから、お祓いでさえもちゃんと受けられないんだ。死んじまえばいいんだ、あんな鬼ばばあは〟

ふぶきを溜《たまり》に移す段取りは上手くゆき、他の女囚たちの方も作次がぬかりなく宥めてくれているので、身柄については心配ない、この文をまとめているとき、岡っ引きの仁平が牢屋敷を訪ねてきたが、牢番相手に世間話をして帰っていっただけなので、こちらも何も気取《けど》られていないだろう――若先生はそうしめくくっていた。

巻紙を巻き戻しながら、平四郎は深々と鼻から息を吸い込み、わざと鼻息をたてて吐き出した。

ここまで揃えば、もうこれっぱかりも疑う余地はない。

――悪い女の霊、か。

葵のことだ。おふじは葵を指してそう呼んでいたのである。葵は死んでいるのだ。佐吉を残して家を出たのでも、別の男と駆け落ちをしたのでもない。おふじに殺されて、亡骸を隠されてしまったのだ。

平四郎はうなじをさすって、目を閉じた。起き抜けに長い文を読んだせいで首筋が凝ったような感じがしたが、すぐに、ふと吹き出した。この先やらねばならないことにとりかかったら、

――肩や首が凝るなんてことじゃ、済まねえよな。

朝日の照らす秋の庭に、雀が何羽か舞い降りてくる。

――なにしろ、十七年ものあいだ地べたの下で、ぐっすりと眠ってた女を掘り起こそうっていうん

だからよ。

ちゅんちゅんと、雀たちがさえずる。一羽が縁側の端にとまって、何がおかしいのか小首をかしげて平四郎を見た。

平四郎は手を打って、細君を呼んだ。


弓之助がやってくるのを待っていて、平四郎は彼を連れ、政五郎のところへと赴《おもむ》いた。

平四郎がいつになくむっつりとした顔をしているので、聡《さと》い弓之助は察するところがあったのだろう、道々ずっと黙っていたが、真っ青な空の先に、茂七大親分の構えは立派だが造りは質素な板葺《いたぶ》きの家の屋根が見えてくるあたりになると、我慢しきれなくなったように口を開いた。

「牢屋敷から、返事が来たのですね?」

平四郎はうんと言った。返事というより、そういう声を出した。ここまで来て今さらなんだと言われそうだが、弓之助にこれ以上関わらせることが嫌になってきた。だが、このおかしな子供が事件の正体を充分に推察していることに間違いはない。駄目だと言ってもついてくるだろう。だから下手に気を遣ったりしないで、埋もれていた事を明らかにするというこのお役目のひとつの醍醐味《だいごみ》を——それは必ずしも楽しいことではないのだが——早いうちに経験させてやった方がいいんだろう。

だが、頭でこれこれと推察するのと、その結果を目で見て匂いを嗅《か》ぐこととのあいだには、深い深い川がある。少なくとも平四郎はそう思う。そしてその川は、やっぱりある程度心の上《うわ》っ面《つら》の皮膚が硬くなる年齢までは、渡ってはいけないものなのではないか。弓之助には、すべてが片づいた後、おまえの察していたとおりだったよと、教えてやれば済むことではないのか。

茂七大親分の家の裏手の低い生け垣の内側では、おでこが杓《ひしゃく》でもって水をまいていた。まだ落ち葉が舞う季節にはちと早いのに、ちんまりとした庭の隅の方で焚《た》き火《び》をしている。見れば、燃えているのは薪ばかりである。何かが焦げたような、しかし芳《かんば》しい香りが、薄紫色の煙に乗って、平四郎たちのいる道端まで漂ってきた。

おでこは平四郎に挨拶すると、すぐに家のなかに通してくれた。政五郎は、十日に一度の帳面検《あらた》めをしているが、旦那のお越しとあればすぐに参上するので、少々オマチクダサイなどとかしこまって茶を出した。

「落ち葉焚きじゃあるまいに、何を燃しているんだい？　帳面検めで出てきた、外聞の悪い書き物かい？」

平四郎がからかうと、おでこは真面目な顔でぺこりと頭を下げ、ついさっきおかわの汲み取りが参りましたので、臭《にお》い消しに香木を焚いているんでござんすと言った。平四郎はほうと言った。

「そいつは風流なことだな。今度俺にも、その香木とやらを教えてくれ。八丁堀でも、汲み取りでかき回した後は、しばらく臭って困るからな」

あいあいと二つ返事を残して、おでこは引っ込んだ。

この茂七の家に、いつもどのくらいの人数が便所を利用するのかわからないが、大親分としての彼の力を考えれば、手下《てか》の数も相当なものだろう。十日一度の下肥料《しもごえりょう》は、かなりの収入になるはずだ。政五郎がそれにあわせて帳面検めをするというのもうなずける。

一般に長屋や貸し家では、その収入は差配人のものとなる。地主には一銭も渡さなくていい。長いあいだに、何となくそういう決まりになっているのである。店子が多い方が下肥料も増えるのが理屈で、だからそうしておけば、差配人の励みになるということもあるのだろう。

佐吉は鉄瓶長屋にやってきて、結果的には良いことがなかった。今ではお徳の信用も勝ち得たようだし、店子たちは彼に馴染んで、彼に親しみを覚えるようにもなった。しかし、鉄瓶長屋はどんどん空っぽになってゆく。今ではもう、お徳おくめとお律に見放された権吉の、たったの三世帯が残っているばかりだ。彼を長屋に差し向けた者の意図はそこにあったわけだから、佐吉がどれほど頑張ろうと、算盤玉の揃う最後の桁は最初《はな》からそこに決まっていたのだから、仕方がないのだ。

それでも佐吉はがっくりしている。このところの彼の様子を見ればよく分かる。当たり前だ。努力が空《むな》しいものとなれば、誰だって落胆する。

しかし佐吉の手元には、それなりの金は残っているはずである。理屈ではそうなる。下肥料が入っているからだ。彼がそれをどうしているのか聞いてみたことはないが、仮に湊屋の方に上納しようと持っていったところで、それは差配人のものだと返されれば、ほかにどうしようもない。身持ちの堅い男だから、きっと貯めていることだろう。

そうして、もうじき鉄瓶長屋の差配人が不要になり、佐吉は元の植木職に戻る。その際には、貯めた小金《こがね》が新しい暮らしの元手になるだろう。結構な額になっているはずだ。いずれお恵とかいう娘と所帯を持つ際には、大いに役に立つ金である。

佐吉に今回の役回りを振った者は、そのへんまで勘定に入れていたのではないか。汲み取りの話から、平四郎はついそんなことを考えた。そうに違いないとも思えてきた。佐吉を手駒のように使った者は、彼にそこそこの小金を与えてやりたいと思っており、またそうするだけの義理もあるのだが、表だっては動きがとれず、せめてもの手段としてこれを考えたのだ——

「旦那、お待たせいたしました」

政五郎に呼びかけられて、平四郎は物思いから覚めた。脇では弓之助がおとなしくしている。政五郎は手ずから栗を使った旨そうな菓子を運んできて並べ、着物の裾を粋にはらってそこへ座った。

平四郎は言った。「鉄瓶長屋の下の地べたを掘って、葵の骨を見つけなきゃならん」

ほんのわずかの間をおいて、しかもそのあいだになぜかしら弓之助に向かって小さく笑いかけてから、政五郎は頑丈そうな顎をうなずかせた。

「やっぱり、そういうことでござんしたか」


平四郎が話し始めると、音もなく唐紙を開けて、おでこが戻ってきた。黒目を上に寄せて、例の如く彼のお役目にとりかかる。

「二十一年前、築地に大店《おおだな》を構えた総右衛門を頼って、彼の姪である葵がやってきた。それがそもそもの間違いの始まりだ」

当時五、六歳だった佐吉の手を引いた葵は、母子してすぐに総右衛門のお気に入りになった。総右衛門は姪を愛し、姪の一人子を愛した。佐吉はまるで湊屋の跡取りのように遇された。

これで、もしも——空しい問いだがもしも、総右衛門がこのとき独り身だったならば、事は複雑にはならなかったのではないか。叔父と姪の婚姻《こんいん》など、血筋を重んじる公家や武家ではさして珍しいことではない。とりわけこの場合、早くに家を出た総右衛門は、親兄弟との縁が切れて久しかったわけで、葵が兄の娘だと言ったところで、頭ではそうと判っても、心の底からこれは自分と血の繋がった姪だと思うことは難しかったろう。総右衛門が子供のころから知っていたというのではなく、葵はすっかり大人になってから、ひょいと彼の目の前に現れた。美形で、それにふさわしい色香を漂わせ、可愛い子供まで連れている。成熟した一人前の女だ。葵がこぶつきだった——おぼこ娘ではなかったということも、かえって禍《わざわ》いしたかもしれない。

ひっくり返して葵の側から考えてみても、同じことが言える。彼女は最初こそ、総右衛門を叔父だと思って頼っていったのであろう。そこから先は、魚心あれば水心と言おうか。一代で財をなした総右衛門は、彼女の目にも、大いに魅力のある一人の男として映ったことだろう。しかも、彼の妻になることができれば、自分も佐吉も、これまでの恵まれなかった人生を補って余りある幸せを手に入れることができる。

しかし、総右衛門には妻がいた。一年ばかり前に娶《めと》ったばかりの、おふじという本妻が。総右衛門は、商人としては格上の——当時はまだまだ格上だったおふじの父親から、おふじを賜《たまわ》ったようなものだった。おふじもそれをよく承知していた。彼女は裕福な商家で大切に育てられた誇り高い娘であり、その気持ちのままの若妻だった。

葵には、おふじが邪魔だった。おふじには、葵が目障りだった。

二人の女のあいだにどういう諍《いさか》いがあったのか、それが総右衛門の目にはどう映っていたのか、平四郎には今ひとつよくわからない。想像するのも難しい。しかし、葵が消えた後、湊屋の奉公人たちのあいだに、〝葵さんはお内儀《かみ》さんにいびり出されたのだ〟という風評が、多少なりとも残っていたということは興味深い。葵は少なくとも人目に立つ場面では、常に受身でいたのだろう。お店の者たちの面前で、総右衛門の寵愛《ちょうあい》をいいことに、公然とおふじに逆らうようなことはしなかったのだろう。だが、他人の目のないところでは、話はまったく別である。

それでなくても、女という生き物は、そういうところには実に長《た》けている。口に出さずとも、指一本動かさずとも、目配せひとつだけで、伝えたいことはちゃんと伝えるものだ。あたしはあんたが嫌いだ、いつかはあんたを追い出してやる、旦那さまはあんたよりもあたしの方を愛しく思っているのだし、あんただってそれが判っているはずだ――

お嬢様育ちのおふじは、海千山千の葵に、とても太刀打ちできなかったのじゃないか。お店の者たちの前で彼女をなじったり、打擲《ちょうちゃく》したり、あからさまに迫害したりして、かえって総右衛門の機嫌を損ねるような間違いを、何度となく繰り返したのではないか。彼女はさほど愚かな女ではないはずだし、失敗を重ねるうちには学ぶこともあり、このままではかえって葵に塩を送るようなことになると、気がつくこともあったろう。しかし、わがままいっぱいに育てられたおふじには、判っていても自分の気持ちを抑えることができなかった。総右衛門の不興をかうことがわかっていながら、葵に辛くあたるのをやめられなかった。それどころか、葵はあなたの前ではあんなに殊勝にしているけれど、一皮剝いたらひどい女だ、ずる賢くて蛇のようだというぐらいのことを、総右衛門に訴えたかもしれない。

そのようなことを考えつつしゃべっていると、平四郎はひどく悲しくなって、旨いはずの栗菓子も口のなかでぼそぼそするのだった。

「旦那は、どっちかっていうとおふじを気の毒がっておられるようでござんすね」

茶を入れ替えながら、政五郎が静かな口調でそう言った。

平四郎は首を振った。自分では、どうにもよくわからなかった。もちろん、他人の手で命を絶たれた葵も不憫《ふびん》だ。残された佐吉も哀れだ。しかしおふじも……。

「十七年前、おふじは葵を手にかけた」

政五郎はゆっくりと、箇条書きをするように言い始めた。

「そのことは、おふじと、彼女に忠実な、ごく親しい者だけの秘密であって、総右衛門は知らなかった――旦那はそうお考えでしょうか」

平四郎は政五郎の顔を見た。「おまえはどう思う?」

「私もそう思います」政五郎は言いきった。「もしも十七年前の時点で総右衛門が事実を知っていたのなら、もっと上手い隠し方をしたはずでござんすよ」

平四郎は、今度は弓之助を見た。子供は一種壮絶な顔をしていた。さらしのように真っ白なのに、くちびるだけが赤い。

「申し上げてもよろしいでしょうか」と、弓之助は平四郎を見あげて訊いた。

「うん、言ってみな」

「わたしは……その、諍いが……あったのは、例の提灯屋《ちょうちん》のなかだと思うのです」

鉄瓶長屋の前に、そこにあった提灯屋である。

「提灯屋の主人藤太郎はおふじの従兄で、彼女と仲良しでした。いわばおふじの味方です。おふじは、とうとう本当に我慢ができなくなって、葵と直談判をしようというときに、湊屋のなかでそれをやってはまずいと思ったのでしょう。人払いをしても、お店の者たちと同じ屋根の下では、壁に耳あり障子に目ありですからね。だいいち、葵を自分の座敷に呼びつけて怒ったのでは、それこそ彼女の思うつぼです。座敷を出てから葵がよよと泣き崩れたり、台所で涙にくれていたりしたら、まわりの者の同情は彼女の上に集まります」

平四郎はがぶりと茶を飲んだ。政五郎は両膝の上に手を乗せて、少しばかり労《いたわ》るような顔をして弓之助をながめている。おでこは白目を剝いている。

「それで、提灯屋の藤太郎に頼んで内緒で部屋を貸してもらった――」何かが喉にからんだみたいに、弓之助は咳をした。「そこに葵を呼び出して、話をした。ところがこじれて――」

「不幸なことになった」と、政五郎が先回りをした。

「そういうことです」弓之助はうなずいた。

「やってしまってから我に返ったおふじは、藤太郎に泣きついた。どうしよう、どうしたらいい？」

「どうもできねえな」平四郎は言った。「骸《むくろ》ってのは、存外重いもんだ。どこかに捨てにゆくと言ったって、戸板に乗せるか、荷車でも使わなきゃ運び出せねえ。昼間は人目が多いし、夜にそんなことしてりゃ木戸番に怪しまれる。提灯屋もおふじも素《す》っ堅気《かたぎ》だ。こんな後始末の要領を知らねえ。にっちもさっちもいかなかったろうよ」

しかし、提灯屋は広い家だった。敷地も広かった。

「家のなかのどこかに――たぶん、日ごろ人が滅多に出入りしないような納戸や空き部屋の畳を上げて、床板を外して、とりあえずはそこに隠した。だが、骸は早晩腐って臭い始める。だからできるだけ早くに、床下の地面を掘って埋めなきゃならなかったはずだ」

平四郎は考える。いくら仲良しの美人の従妹のためとは言え、家の中の床下に死人を隠す羽目になってしまった藤太郎は、えらい迷惑だと思ったことだろう。おふじをかばいとおすには、女房のおれんだって説き伏せねばならなかったはずだ。

そう、藤太郎の女房、提灯屋のおれんには、亭主と一緒になってそんな危ない橋を渡らねばならない義理もない。亭主がおふじの味方をすることに、諸手《もろて》を上げて賛成したわけもなかろう。ここでも、やっぱり悋気というものがあって当然だからだ。

「提灯屋のおれんは、先々の利益を考えたんでしょうかね」政五郎が、またぞろ先回りして地均《じなら》しをするみたいに呟いた。「おふじへの同情心だけで手伝ったわけじゃないでしょう。損得勘定がなくっちゃできねえことだ」

あるいはおふじの方から、ここでかばってくれれば悪いようにはしないと言い出したのかもしれなかった。

「そうやって、とりあえず事は収まった」と、平四郎は続けた。「おふじは湊屋に帰った。芝居見物かお寺参りにでも行ってきたような顔で帰った。ところが、夜遅くなっても、同じように出かけたはずの葵の方は帰ってこない。家の者たちがだんだん心配顔になってゆくなかで、おふじも一緒になって心配したり、またあの人の勝手のおかげで迷惑するというような態度をとってみたりする」

そして総右衛門は――湊屋総右衛門はどうしたろうか？

もしも――また〝もしも〟だが、この時点で総右衛門が真相を悟り、おふじを問いつめるようなことが起こっていれば、やはりその後の様相はまったく違ったことだろう。後追いでも、もっと上手な隠し方ができただろう。

ただでさえ人殺しは大罪だが、それに重ねて、総右衛門には、執念深く彼をつけ狙っている仁平という厄介がある。こんなことを仁平にかぎつけられたなら、いいように利用されて、おふじだけでなく総右衛門まで牢屋敷送り、湊屋は闕所《けっしょ》の憂《う》き目に遭い、彼がその才覚で築いた身代は、そっくりかすめ取られてしまうことになる。それはもうぞっとするほどに確かな見通しだ。

もしも総右衛門が知っていたのなら、慎重の上にも慎重を重ねて、その後の提灯屋の扱いに気を配ったことだろう。提灯屋と、葵の埋められている提灯屋の地所は、おふじだけでなく総右衛門の息の根を止めかねない急所となったのだから。

だがしかし、現実にはその後どうなったかというと、七年後、提灯屋は目を病んで商いをしくじり、おふじに泣きを入れて、地所を買い取ってもらう運びになった——そこまではいい、そこまでは結構だが、その後がいけない。湊屋はそこに鉄瓶長屋を建てた。提灯屋を壊して、鉄瓶長屋を建てた。それは、総右衛門がそこに葵が埋められていると知ったならば、けっしてしなかっただろうことの第一である。

だから実際には、総右衛門はずっと、何も知らなかったのだ。おふじの立ち回り方が、よほど上手かったのかもしれない。総右衛門は——多少は怪しんだかもしれないが——葵が行方知れずになったことを、そのまま受け入れてしまったのだ。ほとんど同時に若い手代も湊屋を出ているらしいことや、佐吉が、葵が金を盗んだと聞かされていたことなども、ひょっとしたらおふじの細工だったのかもしれない。おそらく、それが効いたのだろうと、平四郎は考える。

「おまえたちはどう思う?」と、平四郎は問いかけた。政五郎にでもなく、弓之助にでもなく、二人の座っている真ん中あたりに向けて。

弓之助が口を開くよりも先に、政五郎がふうと息を吐いてから、言った。「どこかの時点で、総右衛門が何か知っていたら——買い取りはしても、長屋を建てようとはしなかったでござんしょうね。何かもっと別のものを建てるか、お上に申し出て火除け地として献上するとか、いろいろ手はあったはずでござんす。なにも提灯屋の地所全体でなくていい、葵の埋まっているところだけを上手に手つかずにすることができればよござんすからね」

平四郎は黙ってうなずいた。弓之助は正座して、ずっとかちんかちんになったままだ。

「地所の売り買いには、取引よりも先に、お上への届け出が必要でございますよ。地主連との話し合いもしなくてはなりません。つまり、これは公《おおやけ》の事でござんす。お役人も地主連も、湊屋の景気のいいことは知っていますから、地所を買うことには何の不審の念も抱かないでしょう。それでも、使い道は尋ねますよ。何に使うのかと。長屋を建てて店子を入れようというのは、ひょっとしたら湊屋だけの案ではなかったかもしれません。そうしてくれると町のためになるという、町役人や地主連からの提案があったのかもしれません」

「総右衛門としても、異存はなかった」と、平四郎は言った。「葵のことを知らなければ」

「そうです、知らなければ。ですから実際に、やっこさんはやはり、ここまでの時点でも、何も知らなかったんでござんしょう」

そうして、いよいよ総右衛門が長屋を建てる時、おふじが彼に、そこに葵の亡骸が埋まっているとうち明けたかどうか。これは憶測が難しい。うち明けたとしても、今さら引っ込みのつかない総右衛門としては、知らん顔をして普請を続けるしかなかったろう。もともと長屋の普請など簡単なものだから、土台を深く掘り返したりはしない。おふじがうち明けていなくても、普請の作業のついでに骨が発見される恐れはほとんどなかったろう。つまり、おふじが言わなければ何もわからないし、わかってもわからなくても、総右衛門としては同じように対処するしか手がなかったろうから、こればかりは当人たちに問いただしてみないと判別がつかないところだ。

いずれにしろ、秘密は暴かれることなく眠り続けた。葵の行方知れずに、疑いの眼差しを投げかける者は現れなかった。幸いなことに鉄瓶長屋は、大火や大水にも襲われず、平和に十年を過ごしてきた。

しかし、ほころびは意外なところに生じてきた。みすずが、長じるに連れて、葵と生き写しの美女になってきたということだ。

みすずと葵は、叔父の娘と姪の間柄、つまり従姉妹どうしということだから、血筋としては濃くはない。だが、父にも母にも似ていない子供が、亡くなった母の兄に似ているとか、孫がお祖父《じい》ちゃんにそっくりだとか、血のつながりというのは時に面白いいたずらをするものだ。冷静に考えるならば、みすずが葵に似ていたって、ちっともおかしくないのである。

しかし、葵の血で手を汚したおふじの目には、それが〝祟り〟と映った。とっかえひっかえ拝み屋や巫女を頼んで祓ってもらっても、葵がおふじを赦《ゆる》すはずがない以上、みすずを通しておふじの上に降りかかった祟りも消えることはない。美しく成長する娘の上に、過去の悪夢をまざまざと見てとるおふじは、どんどん追いつめられて、みすずに辛く当たり、〝あんな娘は飼い殺しにしてしまえばいいんだ〟などという、とんでもないことまで言い出すようになってしまった——

ここでようやく、総右衛門が様子のおかしいおふじを問いつめて、初めて事実を知ったのか、それとも先《せん》から承知の事だが、おふじがこれではあまりに危険で、もう葵の亡骸をあのままにはしておけないと腹をくくったのか、これもどちらかはわからない。だが、どちらにしろ、総右衛門としては、できることは限られている。おふじの気を鎮め、秘密を守り通させるために、何らかの手を打つ——ということだ。さらに総右衛門の身辺には、常に仁平の執念深い目が光っている。打つ手は早く、誰にも悟られずに。それが肝心だ。

「今ごろになって鉄瓶長屋の店子を立ち退かせにかかったのは、おそらく、葵の骨を掘り出して、供《く》養《よう》するためなんだろうと、俺は思う」

「あるいは、湊屋の別宅を建てて、そのなかに葵の鎮魂《ちんこん》のための社《やしろ》を設けるつもりなのかもしれません。どっちにしろ、私も旦那のお考えのとおりだと思います」

政五郎はそう言って、坊ちゃんもそう思いなさるでしょう？　というように弓之助を見やった。いくらかは顔色を元に戻して、弓之助はうなずいた。

「おふじを今のまま放っておけば、遠からず本当に我を失って、滅多なことを口走るようになっちまうかもしれねえ。それればかりは何としても防がないと、総右衛門にとっては命とりになる」

平四郎は冷えてしまった茶を舐めながら、湊屋総右衛門というのはどういう男なのだろうと、あらためて考えた。この十年を、どんな心持ちで過ごしてきたのだろう。十七年前、葵が彼に何の断りもなく姿を消したとき、おふじを疑ったことはなかったのだろうか。それとも彼と葵のあいだも、彼女がいつ出奔してもおかしくないほどに、こじれ始めていたのだろうか。

葵が消えて以降の総右衛門の度外れた女遊びは、彼女の面影を追っての所業だろうか。それとも、彼から葵を奪ったおふじに対する仕返しだろうか。それとも、単に彼はそういう男なのか。多数の女を愛《め》でずには生きて行かれない男であるというだけの話なのか。

——面倒くせえだろうになあ。

心のなかで呟いたつもりだが、口に出ていたらしい。政五郎と弓之助が顔を見合わせて、ぷっと吹き出した。

平四郎はつるりと月代《さかやき》を撫でると、照れ隠しにへへへと笑って見せた。

「とにかく、そういうあれこれがあって、総右衛門は今になって、鉄瓶長屋から店子たちを追い払わなきゃならねえ羽目に陥った。ここんとこのおかしな出来事は、八助の壺信心も権吉の思い出したような博打狂いも、そもそもの八百富の太助殺しも、みんなそのための細工だよ」

「八百富の事件と言えば――」

弓之助の目が明るくなったので、平四郎は彼を促して、先に二人で話し合ったことを説明させた。太助殺しの一年半前に起きた、正次郎が本当に久兵衛を襲い、思いがけず助けに駆けつけた太助に返り討ちにあってしまったという事件は、今回の店子追い出しと同じ意図を持った試みだったのではないか――

「なるほど、それがいちばん最初だったということでござんすね。よくわかります。おそらくは旦那のおっしゃるとおりでしょう」

政五郎は大きくうなずくと、ちゃんと〝覚えて〟いるかどうか確認するために、おでこの方をちらっと見た。おでこは大車輪で働いているらしく、黒目が完全にまぶたの裏側に引っ込んでしまっている。ちょっと息抜きをさせてやらないと、泡を吹いてしまうかもしれぬ。

「元の差配人の久兵衛は、最初《はな》から――いっちゃなんだが、ぐるだよ。十年前、総右衛門から事情をうち明けられて、委細承知の上で『勝元』を離れて、鉄瓶長屋にやって来たんだろう。長屋じゃ差配人がいちばん偉い。久兵衛の許可なしには、普請も井戸替えもなんにもできねえ。葵の亡骸がうっかり掘り出されるようなことがないように、監視する役割を担うにはうってつけだ」

長年奉公したお店がつぶれ、五十路《いそじ》近くになって生計の道を失いかけたところを湊屋に拾ってもらった久兵衛は、総右衛門に対して大きな恩を感じていただろう。総右衛門もそれを見込んで、久兵衛ならば頼むに足ると、彼を差配人に据えたのだ。

「一年半前、総右衛門は頭をひねって、久兵衛が正次郎に逆恨みをされて襲われる――という事件をでっちあげた。正次郎は『勝元』の板場の奉公人で、やっぱり総右衛門の手の内にある男だ。久兵衛とだって、実際には世話をした世話になったの間柄だったのかもしれない。つまり正次郎も、総右衛門が駒として使える男だった」

ところが、八百富の太助の働きによって、正次郎はし損じた。総右衛門も久兵衛も、一からやり直さなければならなくなった。

「太助はバカじゃねえ。現場にいて、襲ってきたという正次郎と、襲われたという久兵衛の様子が、なんとなくおかしかったことに気づいたのかもしれねえ――いや、これはみんな俺の当て推量だからな、よっぽどおかしかったら止めてくれよ」

弓之助は叔父を励ますようにうなずいた。

「はい、承知しています。でも叔父上、おかしくはありません。どうぞお続けください」

平四郎は甥の激励に、ちょっと照れた。空咳《からぜき》をしてから、続けた。「太助に悟られたことを、久兵衛も悟った。総右衛門に相談して、二人はまた首をひねった。で、思い切って八百富の連中には、うち明けたんじゃねえかと思うんだ。もちろん、葵の亡骸が長屋のどこかの地べたの下に埋まってるなんてことは言わねえよ。ただ、切実な事情があって、店子たちをここから追い立てたいんだ、今度の事件もそのためにでっちあげたんだということぐらいは話したんじゃねえかな」

「もちろん、このことについては他言してくれるなと、金も積んだでしょう」と、政五郎がぬかりなく言って、さらにぬかりなく付け足した。「ただし、それを八百富が受け取ったかどうかはわからないですがねえ。富平は受け取らなかったでしょう。ほかならぬ差配人さんの頼みだ、金など要らない、秘密は守るとね」

「でも、太助さんは受け取りたがった」弓之助が、またぞろちょっと青白くなり始めながら言った。

「しかもまずいことに、富平さんは身体を損ねて寝たきりになって、八百富のなかでは太助さんの言うことが幅をきかせるようになってきてしまった――」

政五郎が出し抜けに手を伸ばして、おでこの額をぽんと叩いた。止めておいた掛けがねが外れたみたいにおでこの黒目がまぶたの内側から降りてきて、くりりと目が晴れた。

「ちょっと休んでいいぞ」と、政五郎は言った。「旦那も坊ちゃんも、茶を入れ替えましょう」

おでこがため息をついて、どっと疲れたというようにうなだれた。弓之助が心配そうにのぞきこむ。政五郎がてきぱきと急須の茶っ葉を取り替え、鉄瓶の湯をさした。良い香りが立ちのぼる。平四郎もほっとした。

一同は、法事にでも来たかのように粛々《しゅくしゅく》と茶を飲み、栗菓子を頬張った。いつの間にか香木が燃え切ったのか、庭先から漂ってきていた薄い煙も消えている。

「この春の、久兵衛の出奔の引き金となった事件は――」

おもむろに、政五郎が言い出した。いったん休んでしまうと、こんな話をまた続けるのは気が重かった。この男はちゃんとそういう座の気分を見抜いていて、嫌な役廻りを買って出るのだ。

「目的が二つあったんでござんしょう。一つは、鉄瓶長屋から久兵衛という扇の要《かなめ》を外して、佐吉という不慣れな若者を送り込み、鉄瓶長屋の店子が減っていってもおかしく見えないようにお膳立てをすること。もう一つは、湊屋総右衛門の後ろ暗い隠し事を察しつつあって、ゆくゆくは厄介の元になりそうな八百富の太助を始末してしまうこと」

弓之助がごくんと喉を鳴らした。どきりとしたのか、それとも栗菓子にむせたのか。

「お露は――やっぱり事情を知っていて片棒を担いでいたんだろうな」

平四郎の呟きに、政五郎は力強く答えた。

「お露の申し状の、すべてが嘘であるわけじゃございませんよ。太助が寝たきりの富平を疎んじて厄介払いしようとしたことは、実際にあったんでしょう。棚からぼた餅で、どうやら湊屋という金蔓《かねづる》をつかんだようだと感じ始めたときから、太助は人が変わっちまったのかもしれません。水茶屋の女と一緒になって、面白おかしく暮らしたいという目先の欲にもとらわれていた。妹のお露にしてみれば、親父の命をとるか、金に目のくらんだ兄貴をとるかの分かれ目だったのかもしれません」

「しかも久兵衛さんに説得されて」と、弓之助が続けた。「富平さんは……どう言ったのかわかりませんけれど……なにしろ寝たきりだし……」

殺し屋が来た――あの夜に、お露はお徳にそう訴えたという。殺し屋が来て、兄さんを殺してしまったんです。

太助を殺したのは、やはり湊屋の放った駒の誰かだろうか。それとも、お露がやったのか。あるいは久兵衛その人だろうか？

「どっちにしろ、お徳は騙されてる」

平四郎には、それが何とも居心地が悪かった。だからと言って、今さら本当のことをお徳に教えるのも、余計に居心地の悪いことのように思えた。

「お露だって、好きこのんでお徳さんをおこわにかけたわけじゃございませんよ。心のなかでは詫びているでしょう」

「それで叔父上」弓之助が、話の舳先《へさき》を無理矢理ねじ曲げようと、調子っぱずれに元気な声を出した。「叔父上には、葵さんが眠っているのが鉄瓶長屋のどのあたりの地べたの下か、お考えがおありですか？」

「ない」と、平四郎は言下に答えた。「あてはまるっきりねえ」

「それでは、長屋の地所を全部掘るおつもりですか？」

「いざとなったらなあ。しょうがねえだろ」

「坊ちゃんはあてをお持ちで？」と、政五郎が訊いた。

「佐々木先生のところに保管してあった切り絵図に――」

弓之助が不用意におっ始めたので、平四郎はあわてて彼の頭を押さえ、弓之助が習っている佐々木先生というのが、何かを計ることが三度の飯よりも好きだという計測先生で、本来ならお上のお許しがなければできないはずの市中の計測や切り絵図作りを内緒でやっている御仁《ごじん》なのだと説明した。

「まあ、趣味だからな。俺も大目に見ようとしているわけでな」

あわてる平四郎に、政五郎はくつくつ笑った。「よござんす。それでその計測佐々木先生の絵図に、なんぞ足しになるものがあるんですか、坊ちゃん？」

今から十五年前に作られた、提灯屋のあったあたり一帯の切り絵図に、提灯屋の敷地内の建物についての添え書きがついているのだという。

「なにしろ大きな家でしたので、それに提灯屋だけでなく、商家は皆、蔵や離れの位置をきちんと記載してあるのです」

「それで？」平四郎は乗り出した。「それでおまえはどう思うんだ？」

「提灯屋さんには離れがありました」と、弓之助は心なしか頬を紅潮させた。「何のためにつくられたものかはわかりません。そこまでは記録しておりませんし、当時のことを覚えている人も、佐々木先生の塾のなかにはおりませんでしたから。ただ、その離れは六畳間と四畳半を繋《つな》げたほどの広さで――」

「お徳のところや、八百富ぐらいの広さですな。棟割りではなく、表長屋の方だ」と、政五郎が言った。

「はい、おっしゃるとおりです」弓之助はうなずいた。「そこは、今の鉄瓶長屋では、ちょうど八百富さんの家のある場所にあたります」

平四郎は、らしくもないことを考えた。因縁――である。怨念――である。もしも葵が八百富の下に埋められているのだとしたら、富平と太助とお露があんな事件に巻き込まれたのも、そのせいだったのではあるまいか。彼らは何も知らないのに、この世に残った葵の一念が、まさに湊屋に仇をなそうと、総右衛門の必死の企みを崩すように崩すように、八百富の三人を操っていたのではあるまいか。

「坊ちゃん、その切り絵図を先生のところから借りだしてくることはできますか？」

「わたし一人ではなかなか難しいかもしれませんが、政五郎さんがお上の御用で要りようなのだとお口添えをしてくれれば、先生も承知してくださるかもしれません」

「では、参りましょう」政五郎はきびきびと言った。「いつ掘るか、人手はどうするかは、またご相談しなくてはなりませんが、旦那、必要な道具は私の方で揃えます。お任せください」

平四郎はうんと言った。沈んだ声だと、我ながら思った。

「叔父上?」と、弓之助がのぞきこむ。

「掘るときに、長屋に残っている連中には、知られたくないな。権吉はフラフラ出歩いてるか、酒を喰らって寝てるかだから、放っておいてもかまわねえが、お徳とおくめは厄介だ。どうやって遠ざけるか」

「特にお徳さんには?」弓之助は微笑んだ。「叔父上は、お優しいのですね」

平四郎は腹のなかで思った――優しいかどうかは知らんが、俺はおまえにだって、掘るところは見せない方がいいんじゃねえかと思うんだよ、深い深い川を渡って、その黒い水をのぞきこむようなことは、おめえにもお徳にもさせたくないんだからよ。

だが、口には出さなかった。代わりに、もう一つ気になることを言葉にした。

「正次郎を拷問して殺したのは、誰だと思う?」

政五郎と弓之助は顔を見合わせて、それから申し合わせたように目を伏せた。

「あの件も、今度のことと関わりがないとは思えねえだろ? たまたま博打仲間のいざこざに巻き込まれた――そんな偶然があるかね?」

あるかもしれないが。何があっても驚いちゃいけないのが世間というものだが。

「もう、これからはのんびりしてられねえよ」と、平四郎は言った。「正次郎も事件の一端を知っていた男だ。ほかにもそういう人間はいるだろう。全部は知らなくても、端っこをつかんでる。同じような立場の別の誰かと組み合わせれば、端と端が合わさって絵柄が見えてくる」

ぐずぐずしていては、そういう人間が、またどこかで川に放り込まれるかもしれない。

「急ぎましょう」と、政五郎が言った。それと同時に、おでこがくしゃんとくしゃみをした。

「お済みでござんすか」と、いささかげっそりした顔で言った。「あたいは頭がはちきれそうでござんす」

十二

井筒平四郎は熟眠する性質《たち》である。いつでもどこでも必要とあらばぐっすりと深く眠れる――というのは、井筒家の男どもに共通した〝特技〟であるらしく、平四郎の父親も、兄たちもそうだった。眠っているのか死んでいるのか、すぐには判別がつかないような眠り方をするのである。これもまた井筒家の男たちの特徴で、そろって血色が良くないものだから、なおさら判りにくくなる。

平四郎もまだ青年時代に、道場から帰ってきて少しくたびれていたのと、あまりにぽかぽかと良い陽気だったのに負けて、ついついごろ寝をしていたら、ぱちと目が覚めたときに、鼻先に手を差し出されていたことがあった。座敷を掃除していた女中が、大真面目な顔で、彼が息をしているかどうか確かめていたのである。そそっかしい小娘で、あまり役に立たず、半年ばかりで暇を出されていなくなってしまったが、可愛い顔をしていた。当時の平四郎は、ちょっとばかり気に入っていたものである。今ごろどうしているだろう。

などということを考えたのも、政五郎たちとの話し合いを終えて帰宅したその夜、またぞろいつかのようなはっきりした夢を見て、真夜中に目を覚ましたからであった。

ひどく冷たい感じのする夢だった。内容はよく思い出せなかったが、真っ暗で息苦しいような感じがした。少しばかり心の臓がどきどきしている。天井を仰いで、平四郎は大きく息を吐いた。

死者は、自分が死んだことをどうやって悟るのだろう——そんなことを、唐突に考えた。

死者が祟ったり幽霊になったりするのは、死後も強い感情が残っているからだろう。しかしまずそれ以前に、自分が死者となったということを、どんなふうにして理解するのだろう。誰かに告げられるのだろうか。閻魔《えんま》さまか。地獄の獄吏《ごくり》か。しかし、いちいちそんなことをしていたら、死者は大勢いるのだから、地獄の方々は休む暇もないだろう。やはり、死者自身が、嘆き悲しむ残された者の顔を、物陰から見つめてそれと理解するのか。

だとすると、嘆いてくれる者がいない場合には、なかなか死者になったことを納得できないのではないか。

平四郎は寝床の上で起きあがると、ぽつねんと腕を組んだ。いつの間にか夏はきれいに去って、夜気は冷え冷えとしている。明かりがないので何も見えない。今夜は月がないから、雨戸の隙間《すきま》から差し込む月明かりもない。宵のうちから雲が出ていたから、星があっても隠されてしまっているのだろう。あたりは、ぺったりとした闇だった。

さっきの夢は、たぶん葵の夢だなと、平四郎は納得した。夢のなかで、俺は葵になっていたんだな。そして二の腕をさすって、ちゃんと肉がついていることを感じると、自分でそう思っていた以上に安心して、また寝床に潜り込んだ。

翌日の朝には、道具と人手の都合はついたと、政五郎が報せてきた。手下《てか》のなかでも口の堅いしっかり者を二人揃えたから、力仕事は任せてくださいという。

弓之助が、変人の佐々木先生（と呼んだら、せめて趣味人の佐々木先生にしてくださいと抗議された）から、約束どおり提灯屋の絵図を借りだしてきてくれたので、平四郎は彼を連れて、また政五郎の家へ向かった。これまではまったく岡っ引きと付き合いのなかった平四郎が、しばしば政五郎と会うようになったので、小平次は不審に思うらしく、ついて行くと言い張ってきかなくて、宥めるのに大骨を折った。

「見廻りもおろそかになります」

「政五郎のところに、長居はしねえよ。先に行って待っててくれよ」

「どこで待てとおっしゃいますので？」

「そうだな、鉄砲洲の渡しでどうだ？」

やっと振り切って歩き始めると、弓之助がちょっと笑いながら言った。「小平次さんは、私のことはカンベンしてくださいましたが、政五郎さんたちのことは、なかなかカンベンできないようですね」

「そうだなあ。政五郎はおねしょをしねえからな」

その政五郎は、昨日と同じ座敷に平四郎たちを通し、今日はすぐに唐紙を閉《た》てきってしまった。風向きの加減か、今日は、表家の方で政五郎の女房が切り回している蕎麦屋《そばや》の出汁《だし》の匂いが、座敷の方まで漂ってきていたので、ちょっと惜しかった。平四郎は、この一件が全部片づいたら、深川でいちばん奢《おご》った出汁を出すという、ここの蕎麦をたらふく食ってやろうと思った。

「朝方、うちの者を遣って、ちょいと鉄瓶長屋をのぞかせてきたのですが」と、政五郎は切り出した。「とうとう、店子は権吉さんと煮売屋のお徳さんとおくめさんのところだけになってしまいましたね。淋しいことです」

「佐吉はいたかい？」

「掃除をしていましたよ。声はかけなかったので、様子はわからなかったようですが」

ところで旦那――と、政五郎はひと膝乗り出した。「昨日のお話じゃ、八百富の下を掘るときには、佐吉さんとお徳さんたちを鉄瓶長屋から遠ざけておきたいということでしたが、そのための口実はござんすか？」

平四郎は笑って首を振った。「ねえよ。ひと晩ぐらいじゃ思いつかねえし。何かあるかい？」

政五郎は眉間《みけん》に浅いしわを刻むと、バカに真っ直ぐに平四郎だけを見て、隣に座っている弓之助の小さな顔にはまったく目をやらず、こう言った。「あのおくめさんという人は、病が出ていますね」

政五郎にひたと見つめられて、平四郎は一瞬ぽかんとしたが、そのとき、いつかお徳が心配そうに話していた事柄が、さっと頭のなかに蘇ってきた。

――あれ、本当にあせもなんだろうか。

――だから、下の病だよ。花柳病さ。

「ああ、そうか」と、思わず声が出た。「そういうことか。そう思うかい？」

政五郎はうなずいた。「へい、間違いないでしょう。だいぶ進んでいます」

弓之助は目をくりくりさせている。しかし、頭のいい子供だから、これは符丁のやりとりであって、何か自分には露骨に聞かせたくない種類のことなのだということは判るらしく、殊勝に黙っている。

「おまえさんは、その手の病に詳しいのかい？」

「私には診立てられません。いえ、今朝鉄瓶長屋に遣ったのは、うちのおでこでして。あれをしじみ売りに仕立てて行かせたんですよ。お徳さんは、みそ汁にするからと、ひと笊《ざる》買ってくれて、おでこに駄賃もくれたそうです。そのときに、すぐ奥の座敷で誰か寝ついてるような気配がしたそうでしてね」

「そうか、おくめはすっかり寝込んじまってるのか……」

平四郎は、お徳から相談を持ちかけられたのに、心当たりに聞いてみてやると言ったまま忘れていたことを後悔した。

「おでこにそれを聞きまして——おくめさんの生業《なりわい》については旦那から伺ってましたんでね、気になりまして、煮売屋が始まった頃合いを見計らって、今度は若いのを一人遣ったんでござんす。なに、医学の心得なんざこれっぱかしもある奴じゃありませんが、うちの大親分に拾われるまでは、吉原の牛《ぎゅう》だったという男なんで、あの手の病を見る目は確かです」

牛というのは、吉原の用心棒のような存在である。遊女と遊女を買いに来る客を、等しく監視する。当然、怖い阿仁《あに》さんでないと務まらない。

弓之助は、そこまで聞いて、この場でやりとりされている「病」の意味の見当がついた、というような顔をした。それはそれで問題だと平四郎は思った。まだ早い。

「それでその、お若いのは何と言ってる?」

「かなり良くないと」と、政五郎は簡潔に言って、首を振った。「はやくちゃんとした手当を受けさせないとまずいと申しました」

お徳の不安は、的の真ん中を射ていたというわけである。

「それでですね、旦那。千駄ヶ谷の先に、風変わりな医者が住んでいるそうで——」

「また、えらい鄙《ひな》びたところに住んでやがるな。きっとじじいなんだろ？」

「はい、変わり者だそうですよ。まわりには一軒の家もないという場所で――元は大きな農家だった家を借りて、患者を泊まらせて治療をしてくれるのだそうです。いえこれも、その若いのから聞いた話です」

「養生所がらみじゃねえよな？」

「違います。養生所は有り難いところですが、その……おくめさんを入れてはくれないでしょう」

もっともだ。平四郎はうなずいた。弓之助は借りてきた猫のようにおとなしくしている。

「おくめさんを、そこで診てもらっちゃどうでしょうか。お徳さんに事情を話して、連れていってもらうんでござんすよ」

平四郎は政五郎の顔を見た。「そりゃいいが、そういう医者は高いことを言うんじゃねえかい？」

お徳に、そんな金はない。

「この病は人から人へ感染《うつ》るでしょう？」と、政五郎は言った。人間ができているので、依然として真っ直ぐと平四郎だけを見ている。だが、さっぱり人間ができていない平四郎は、思わず弓之助の方を見てしまった。感染ることは感染るがどうやって感染るか、おめえ知ってるか？　知らねえよな？それとも道楽な親父から教えられてるか？

弓之助は借りてきた地図の端っこをいじりながら、うつむいていた。

「長屋を守る差配人としちゃ、感染る病にかかった店子を放っとくわけにはいきませんや。それが筋でしょう。佐吉さんの働きどころだ。ここは差配人の懐からおあしを出していただいて、お徳さんとおくめさんに付き添って、一緒に千駄ヶ谷に行ってもらうというのはいかがでしょうね。それでなくても、お徳さんが一人きりでおくめさんを連れて行くのは心細いでしょうし」

そいつは名案だ——平四郎がぽんと手を打とうとしたそのとき、弓之助がそうっと下から差し出すように言った。「でも佐吉さんのところには、長坊がいますよね？」

「あの小さい子供ですね？」政五郎は、ここで今日初めて弓之助に話しかけた。「そうだね、あの子は私のところで預かるということではいかがでしょうね。ここならおでこもおりますし、寂しくはないと思いますが」

弓之助の顔が、パッと明るくなった。「それもまた名案だと思います。ねえ叔父上？」

平四郎は、ぽんぽんと手をふたつ打った。

それから半刻ほどかけて、平四郎たちは、弓之助が持参した絵図を広げ、あれこれと検討した。驚いたことに、弓之助は佐々木先生のところから古い絵図を借りだしてくるだけでなく、現在の鉄瓶長屋の絵図も、自力で作り上げていた。

「こりゃ、だいぶ前から作っていたんだな？」

「そのうち要《い》りようになることもあるかと思いまして」

平四郎が、弓之助はなんでも計ってしまう名人で、目測も歩測もえらく正確なのだと説明すると、政五郎は喜んだ。

「どうりで、おでこと話が合うわけだ。特技ということなら、あれのも特別でござんすからね」

新旧の絵図を付き合わせてみると、やはり、怪しいのは提灯屋の離れ——今の鉄瓶長屋の八百富の家だということに、結論は落ち着いた。絵図を広げて歩測の説明にかかると、たとえ事がこんな場合でも、弓之助の顔が生き生きと輝くことに、平四郎は感心した。

「よし、それじゃあ佐吉たちが発《た》ったら、その日からかかろう」平四郎は言った。

「まあ、佐吉たちが何日か千駄ヶ谷にいてくれれば、よしんば八百富が外れでも、ほかを掘ってみることはできるからな」

「外れはございませんよ、叔父上」弓之助が、それまでの楽しげな顔色を一気に消して、小声で言った。「八百富で中《あ》たりです」

「バカに自信があるんだな」

「八百富の人たちがあんなことに巻き込まれたのは……偶然ではなくて、葵さんの霊魂のしからしむるところだというふうに、私は感じてしまったんです。それは……おかしいでしょうか」

おかしくはない。平四郎自身もそう考えたのだ。だが、それを口に出す前に、政五郎が言った。

「これで用意は万端のようですが、しかし旦那、お徳さんに事情をお話しになるのは辛いでしょう。誰か――さっき申し上げたうちの若いのでも、お伴《とも》させましょうか」

確かにその方が、お徳に話しやすいかもしれない。平四郎はちょっと考えた。が、結局はかぶりを振った。

「いや、これは俺一人でやるよ。その方がよさそうな気がするんだ」


翌日、そのまた翌日と、ひんやりとした秋雨が降った。がらんどうの鉄瓶長屋を、平四郎は一度だけ佐吉のところに立ち寄ってのぞいてみたが、まるで墓場のように静かだった。お徳の店先から立ち上る煮物の湯気だけが温かい。それがかえって切ないような感じだった。

平四郎は柄にもなく細かく気を病んで、こんな憂鬱《ゆううつ》な天気の折には、おくめの病の話はしたくないと考えた。正次郎があんな死に方をしたこともあり、早く葵を掘り出さなくては、また誰かが危険な目に遭わないとも限らず、急がねばならないことは判っているのだけれど、やはり言い出せなかったのだ。お徳のところに顔を出すことさえできなかった。

白状すれば、そんな言い訳をつけてでも、先に進むのを遅らせたかったのだ。このまま知らん顔をして、湊屋の思惑に乗ってやったっていいじゃねえか。それで誰が困るわけでもない。済んでしまったことに取り返しはつかない。面倒はごめんだよ。

これだから俺は人間が弱いと、平四郎は考えた。結局、役人の器じゃねえんだろうな。

三日目の朝には、ようよう雨は止んだ。それでも空は鈍色《にびいろ》に曇り、ひどく冷え込んで、一足飛びに冬が来たような陽気だった。つい先頃までは大汗をかいて、やれところてんを食おうの金魚を飼おうの水浴びをしようのと言っていたのが夢のようだ。

平四郎は小平次を連れて、鉄瓶長屋に向かった。佐吉は家にはおらず、平四郎が木戸をくぐって裏長屋のどぶ板を踏んで行くと、奥の厠《かわや》のまわりを箒《ほうき》で掃いて、濡れ落ち葉をかき集めているところだった。

とうとう店子がお徳たちだけになったと聞いて、心配して来てみたのだ——と切り出した。佐吉はいっそさっぱりしたような顔をして、やっぱり俺には差配人は務まらなかったんですと言った。

「先《せん》に出ていった店子は、何と言って出ていったんだ？」

「こんな墓場のような長屋にはいられないと。当たり前ですよ、旦那」

佐吉と一緒に彼の家に戻ると、長坊が、少しばかり手つきは危なっかしいが、まめまめしく茶を入れて運んできた。しばらく見ないうちにしっかりしてきたじゃねえかと、平四郎は驚いた。佐吉はそれを見守りながら、実に嬉しそうだった。長坊は佐吉に引き取られて幸運だったが、こうなってくると、長坊がいてくれて佐吉も幸運だった。少なくとも一人、それも寄る辺《よるべ》ない小さな子供を助けることはできたと、心の拠り所にすることはできる。

「湊屋の方からは、長屋のことで何か言ってきてるかい？」

大事な質問だからこそ、湯飲みをふうふう吹きながら、平四郎はあっさり訊いた。やがてどうしようもない時が来るまで、佐吉には、彼が押しつけられた役割について聞かせたくない。悟られてもいけない。

「湊屋の旦那は、お徳さんたちにも退《の》いてもらって、長屋を壊すおつもりのようです」

そら来た。

「おまえ、直に湊屋からその話を聞いたのかい？」

総右衛門よ、どの面《つら》さげて、佐吉に向かってそんなことが言えたんだ。

「いえ、番頭さんから伺ったんです」

「それはもしかすると、苦み走った渋い男前の番頭かい？」

佐吉は目を見張った。「え？　いいえ、湊屋の番頭さんは三人いますが、二人はもう年輩者ですし、一人は——若いことは三人のうちでいちばん若いけど」

「男前ではねえ、と？」

佐吉は笑った。「まあ、そうですかね」

平四郎は考えた。そうすると、湊屋総右衛門の手先となってあちこちに立ち回っている〝湊屋の渋い男前の番頭〟とは、本当の番頭ではないのだろう。〝影番頭〟とかな。

「それで、おめえはどうするんだ？」

「どうって……また植木職に戻りますよ。それより先に、お徳さんたちの落ち着き先を探さなくちゃいけません。俺のことはどうにでもなるんだから」

何でもないような言い方をしているが、本当は気落ちしているのだ。当然だ。鉄瓶長屋は空になった。湊屋の真の目的を知らない佐吉にとっては、それはつまるところ、彼が差配人としては失格だった、総右衛門の依頼に応えられなかったということなのだから。

「湊屋の旦那には、久兵衛があんな形で出奔した後なのだから、誰がやったって駄目だったろう、気にするなと慰めていただきましたけど……」

「うん、俺もそう思う」平四郎は力を込めて同意した。「おめえはよくやった」

しかし湊屋も、よくまあそんな慰めを口にできたものである。

佐吉はひっそりと微笑した。「でも、俺も甘かったんです。もうちょっと世間知があったなら、最初から引き受けなかった」

「何かなあ、人が好いなぁ」

「だって旦那、俺はここで、いろんなことを教わりましたからね。来て良かったです」

「なあ、佐吉」

平四郎は湯飲みを脇に置いた。俺もつくづく迂闊《うかつ》だ。ここへ来て顔を見るまでは、長坊のことをけろりと忘れていた。

「植木職に戻って、長坊はどうする？　おまえが一人で育て続けるかい？」

「はい。いけませんか？」

佐吉は、あまりにも素朴に問い返した。

「いけなかねえよ。でもよ、おめえ、所帯を持ったらどうする？　おめえの女房になる女が、おめえと同じように喜んで長坊を育てるとは限らねえよ」

「ああ、それならもう話はしてあるんです。大丈夫です――」

そこまで言ってしまってから、佐吉は息を呑んだ。口が真一文字になっている。

平四郎はクックツ笑った。「お恵っていうそうだな」

佐吉は真一文字の口のまま、だんだん、だんだん、赤くなった。

「王子のおみつの従姉だろ？　おみつを引き取って育ててくれている伯父夫婦の一人娘だ。武家屋敷への女中奉公は、もう明けたのかい？」

佐吉はまだ何も言えない。今や、生え際まで真っ赤である。

「おめえとおみつ、官九郎を使って文のやりとりをしてるだろ？　最初はどうやって、お恵と知り合ったんだ？　宿下がりをしてるときにでも、会ったのかい？　お恵とは、文のやりとりは――」

「旦那」佐吉はかすれた声を出した。傍らで無心に遊んでいた長坊が、びっくりしたように顔を上げて佐吉を見た。「旦那、なんでそんなことをご存じなんですか？」

「俺はいろんなことを知ってるんだよ、なにしろ小役人だからな」

平四郎はヘラヘラ笑った。戸口のところにしゃがんで煙草を吹かしていた小平次が、わざとらしくえへんと咳払いをしたので、

「こういうことは、みんな小平次が調べて来るんだ。密偵・小平次だ。その筋じゃ、地獄耳の小平次の通り名で知られてるんだ」

と言ってやると、いつものように「うへぇ」と言った。

「おっかないなぁ」佐吉は顔の汗を拭うような仕草をした。この薄寒い日に、額と鼻の頭が光っている。

「おみつは、湊屋総右衛門の外腹の子供の一人だよな？」

「ええ、そうです。俺には妹みたいなもんですよ。湊屋の旦那にも、そういうふうに言われたんです」

佐吉が植木職としてようやく一人前になったころのことだという。王子に自分の娘がいる。伯父のところに引き取られているが、一人で寂しいこともあるだろう。おまえにとっても血の繋がった縁者だし、たまには子供の喜びそうな菓子でも持って、顔を出してやってはくれまいか――

「外腹の子は、ほかにもいるだろう？」

「噂ではね。俺は、おみつの他には知りませんよ」

佐吉は長坊の方に首をよじって、お徳さんのところへ行って、今日はお手伝いする御用はありませんかと訊いておいでと言いつけた。子供は素直に立って、ぱたぱたと外へ駆け出していった。

「おくめさんが寝込んだきりなので」佐吉は茶を入れ替えながら説明した。「ときどき、長坊を手伝いに遣っているんです。あの子じゃどうかと心配だったんですが、お徳さんは人を使うのが上手いですね。長坊がめきめきしっかりしてきたのも、実はあの人のおかげなんです」

平四郎はうんうんとうなずいた。佐吉のことも、長坊のことも、もう心配ない。頃合いだ。いちばん肝心な話を持ち出そう。

「実はな、佐吉。今日こうして邪魔したのは、ほかでもないそのお徳とおくめのことなんだよ」

佐吉の顔色は、話の頭のところを聞いているうちに、すうっと戻った。戻りすぎて、少しばかり白くなった。膝の上で拳《こぶし》を握っている。

「そうですか……」うつむいて、その拳に向かって言った。「お徳さんの心配は当たってしまいましたね」

「お徳の奴、おまえにもうち明けていたのかい？」

「ええ、つい最近ですが。おくめさんが寝込んでしまう、ちょっと前に」

平四郎は、根深い凝《しこ》りのようなもののひとかけらが、心から出て行くのを感じた。おまえはお徳に、心底認められたんだな。立派な差配人だよ。そう言ってやりたかった。店子たちが出ていったのはおまえのせいではないのだと、もう少しで口に出しそうにさえなった。

「わかりました。俺なんかでお役に立つようならば、一緒に千駄ヶ谷のその先生のところに行きますよ。行って、なんとしても診てもらいます」

「ひょっとすると高いかもしれないいんだが」

「かまいません。俺は貧乏だけど、長屋には金がありますからね」

平四郎がにらんだとおりだった。この半年のあいだに入った下肥料《しもごえ》は、全部貯えてあるのだという。びた一文、遣っていない。

「おまえって奴は、お城の石垣より堅いんだな。金座の大秤《おおばかり》の替わりが務まりますってなもんだ。やっと、人間大秤でござーい」

佐吉は吹き出した。「旦那、今日はやけに浮かれておられますね。どうしたんです？」

そうだ、どうして浮かれているんだろう。葵って名前の、佐吉のおっかさんに、もうすぐ会えるだろうから。それから全てをどう片づけるか、湊屋総右衛門と談判しなくちゃならねえから。そりゃ浮かれるわな。浮かれなきゃ、やってられねえわな。

「湊屋総右衛門てのは、どんな男だ？」

ふと、頭のなかの自分だけの考えにとらわれて、平四郎は脈絡から外れたことを訊いた。佐吉は不思議そうに平四郎の顔を見た。

「どうって……立派な商人《あきんど》ですよ」

「女好きだ。そうだろ？　これからお恵を守って手堅く所帯を固めようと思う一人の男として、そのへんはどうだ。腹立たねえか」

佐吉は目をそらして、黙った。

「俺は腹は立たねえが、不思議だな」

そこまででやめておけばよかったのに、平四郎は思わず先を続けた。「総右衛門は、今さら誰を探していやがるんだろう」

「旦那？」

平四郎は立ち上がった。「どれ、お徳のところへ行こう。あいつに話して聞かせなきゃならねえ」

おくめは頭がぼんやりしているという。ときどき、譫言《うわごと》のようなことを口走るという。

佐吉と長坊に煮売屋の店番を頼んで、平四郎はお徳を連れ、再び佐吉の家に戻っていた。じっと座ってしゃべる――おくめの病に向き合うということが、お徳にはどうしても難しいらしく、盛んに手を動かして火鉢の灰を撫でつけたり、畳のささくれをむしったりする。そのくせ、こっちが割り込む隙などないくらいに、早口でしゃべりづめにしゃべる。

「あたしもよくよく考えてみたし、あの人からも聞き出してみたんだけどね。そしたらさ、旦那。昨日今日始まったことじゃなかったんだよ、あの人の病は。あんなふうに、あせもみたいにして、外から目につくところに吹き出してきたのは、この夏からこっちのことだけど、その前からあったんだってさ。脇の下とか、腿《もも》の内側とか、かくしどころとかにさ、できものがね、治ったりできたりできたり、治ったりできたり――まったく、この家は火鉢を出すのが早いね。ぜいたくじゃないか」

「長坊がまだときどきおもらしをするんで、そういうときには火を熾《おこ》すんだそうだぜ」

「あたし、怒ったんだよあの人に」

火鉢のことなどとっとと脇にどけて、お徳は口を尖らせた。

「何でもっと早く白状しなかったんだって。あたしんとこは食い物屋なんだからね。わかってたら、一歩だって家には入れなかったよ。そしたらあの人ったら、自分でも気にしてなかった、気がついてなかったって、困ったような顔するんだよ。殊勝ぶっちゃってさ、ごめんなさいね、なんてさ」

まったくはた迷惑な話だよと吐き捨てて、お徳はさらにひとしきり、空に向かって悪態を並べた。売女《ばいた》だのお引きずりだの自業自得だの罰当《ばちあ》たりだの、自分の方がよっぽど罰当たりな言葉を、唾を飛ばして言い募った。

それから、いきなりわっと泣き出した。

「ねえ、旦那」涙をこぼしながら、お徳は平四郎に問いかけた。「あたしの、何がいけないんだろうね？」

「何って……なんだよ」

「あたしと一緒に暮らすと、みんな病にかかって、辛い思いをして死ぬんだよ。あたし何か良くないことをしたんだろうか。だから罰が当たってるのかね？　だったらあたしに当てて寄越したらよさそうなもんじゃないか。だけどあたしはいっつも元気なんだよ。亭主の時だってそうだった。あの人は身動きできないで寝てるのにさ。あたしはお腹が空くんだよ。おまんま食べるんだよ。風邪ひとつひかないんだよ。今度だってそうさ。おくめさんが何だかわかんないうわごと言ってるのに、あたしは芋の皮むいてるんだよ。毒虫に刺されたって、塩でもつけとけばひと晩で治っちまうんだよ。おかしいじゃないか。ね、おかしいだろ？」

お徳が両手で顔を覆って泣くのを、平四郎は黙ってながめていた。お徳のたくましい丸い肩が、彼女がしゃくりあげるたびに上下する。流れる涙と鼻水で、顎のあたりまで光っている。

それでも、やがてお徳は泣きやんだ。お徳のような人間は、いつも必ず泣きやむのだ。そのことぐらいは、女を慰める言葉を持たない平四郎にも判っていた。おまえは長くは泣いてられない女なのだという言葉が、励ましにもならないことも知っていた。

「千駄ヶ谷のその先生のところに、おくめを連れて行ってこいよ」と、平四郎は言った。

「佐吉がついて行ってくれる。治療の見通しが立つまで、いくら泊まったっていい。金のことなら心配ない。佐吉が万端やってくれるからな。留守のあいだの長屋の方は、俺が預かる」

お徳は手の甲で顔を拭いながら、それでもわざとのように鼻先でバカにした。「なんだよ、旦那が差配をするっていうのかい？　やめときなよ、佐吉さんの半分も務まりゃしないよ」

平四郎は笑った。「違えねえ。だが、あいにく今の鉄瓶長屋は空っぽだ。閑古鳥の差配なら、俺でもできるってもんよ」

深川の茂七大親分の一の子分、岡っ引きの政五郎に頼むんだよと、平四郎は説明した。手下を寄越してもらって、留守番を頼むんだ。

お徳は頬に涙を残したまま、おぼこ娘のような眼差《まなざ》しで平四郎を見た。

「旦那でも、岡っ引きと付き合うことがあるんだね」

「おめえだって、お引きずりと付き合うことがあるじゃねえか」

お徳はくしゃくしゃっと笑った。「そうだ。嫌だねえ、お互い様だよ」

翌日のうちに支度を整え、政五郎に長坊を預けた。政五郎は気をきかせて、自ら鉄瓶長屋まで、おでこを連れて迎えに来た。長坊は不安そうだったが、佐吉が帰るまでのあいだのことだし、鳥の官九郎も一緒に政五郎親分のところに連れて行っていいのだとわかると、ようよう承知して佐吉の手を離した。

官九郎は、細いヒゴで作った鳥かごに、おとなしく収まっていた。そうしていると、どこにでもいる鳥などではなく、南蛮渡りの高価な鳥のように見えるところがおかしい。本人もそれと承知しているのか、妙にオツに澄ましている。

「旦那、旦那」

官九郎の入ったかごにぺったりと張り付いていたおでこが、珍しく平四郎に声をかけてきた。

「何だい？」

「あたいがこの鳥に触っても、長助さんは怒らないでござんしょうか」

「さて、どうかな。長助は怒らないだろうが、官九郎は怒るかもしれないぜ。それがあの鳥の名前だ。ちゃんと呼んでやれよ、賢い奴だから、そのつもりでいないとおこわにかけられるぜ」

あいあいと、おでこは恐れ入った。

佐吉は長屋を空けることを、湊屋に報せておきたいと言った。もちろん、平四郎は止めた。

「気持ちはわかるが、もしも報せて、おまえは行っちゃならんと叱られたら面倒だろ？　留守はちゃんと預かるから、ここは黙って出かけなよ。だってよう、江戸を離れるわけじゃないんだぜ。千駄ヶ谷なんざ、必要とあらば、おまえ一人の足なら半日もかけずに往復できるところだ。大丈夫だよ」

それでようやく、佐吉も折れた。

翌々日の明け六ツの鐘を聞きながら、佐吉とお徳とおくめは千駄ヶ谷に向かって発った。久しぶりにまともにおくめを見た平四郎は、驚きを顔に出さずにいるために、かなりの胆力を使ってしまった。元気なときのおくめの、半分ぐらいの嵩《かさ》しかないようにさえ見える。それでも平四郎がいると判ると、愛想笑いを浮かべようとしたが、目がちゃんと据わっていない感じがした。

おくめはかろうじて歩けるというくらいだから、道のりの大半は佐吉が背負ってゆくことになる。それでも大丈夫だと、彼は請け合った。

「それじゃ、行って参ります」

「旦那、しばらくのあいだ、留守番よろしくお頼みしますね」

二人を見送って、平四郎はしばし風に吹かれて突っ立っていた。俺はどこまでもどこまでもでくのぼうだという気がした。秋の空はしゃくに障るほど晴れていた。

佐吉の留守を預かるという名目が立ったから、政五郎と彼らの手下は、人目をはばかることなく鉄瓶長屋に出入りすることができるようになった。

政五郎が四、五人の若い手下を連れてきて、まず彼らにやらせたことは、長屋中の掃除である。そのあいだに、彼自身は近所の長屋の差配人たちや、木戸番や自身番や店屋の主人たちのところへ、手拭いを配ってまめまめしく挨拶して回った。ご縁あって親しくさしていただいてます佐吉さんに頼まれまして、若い者を掃除によこしました。鉄瓶長屋は店子が立ち退きまして、何分佐吉さん一人では手が回り切りません。このままではご近所様にもご迷惑でしょうから、あたしら一生懸命にやらしていただきます、どうぞひとつ、お見知り置きを願います――

平四郎は感心した。これを聞いただけでは、誰も佐吉が留守だとは思わないだろう。口八丁とは、このことだ。

「おめえ、本当に岡っ引きなのかい？」

平四郎がからかうと、政五郎はあっはっはと笑った。

若い手下たちは勇ましく袖まくりをして掃除を進め、お天道様《てんとさま》が中天から西に半分がた傾くころには、大体が片づいてしまった。長屋の空いた部屋の畳は全てあげた。押入の戸は開け放ち、唐紙や障子の張り替えや張り足しも済んだ。水瓶《みずがめ》は中身を空にして、それぞれの家の土間の隅に逆立ちさせ、ゴミは掃き出し、ねずみがチュウと出たところはついでに退治を済ませた。

仕事が済むと、政五郎は手下たちのうち二人だけを残して、ほかの者たちを帰らせた。この二人が、口の堅いしっかり者なのだろう。政五郎は彼らに対しては厳しく指図をしていて、彼らもまた当たり前のようにそれを受け入れていた。二人ともまだ二十代だろうと思われたが、頭を丸めたらそのまま坊主になれそうな、何かさっぱりといろいろなものを洗い落としたみたいな顔をしていた。

「それじゃ、参りましょうか。道具はもう、八百富に入れてあります。勝手口から入りましょう」

政五郎は言って、先に立って八百富へと向かった。平四郎は黙って彼らに続こうと足を踏み出したが、堀割にかかる橋の方から、誰かが騒がしくばたばたと駆けてくるのが目の隅に映ったので、そちらへと顔を向けた。

弓之助だった。短い足で、精一杯駆けている。あの通りの人形顔だから、真顔で走ってこられるとちょっと怖いようである。

弓之助は一人ではなかった。一緒になって走ってくる人物がいる。長身の——若者のようだが、筒袖の着物に総髪、袴《はかま》の裾を持ち上げている。医師の身なりである。

「叔父上——！」

弓之助が平四郎を認めて呼びかけてきた。政五郎がこっちへ引き返してきて、平四郎の顔を見た。

「いんや、俺はあいつには、今日掘ることを教えてねえ。見せたくないからよ」

政五郎はちょっとうなずいて、駆け寄ってくる二人の方を見やった。「あれは——お医者の先生のようですね」

「俺もそう思う」

何で弓之助が、医者と駆けっくらをしているのだろうか。

「叔父上、よかった、すれ違いにならなくて」息をはあはあさせながら、弓之助は足を止めた。そして連れの若者を見上げた。「こちらは相馬登《そうまのぼる》先生です。叔父上、牢屋医師の先生ですよ」

それで平四郎も目が晴れた。「ああ、若先生か！」

「初めてお目にかかります」端正な顔立ちの若い医師は、礼儀正しく頭を下げた。「組屋敷へお伺いしましたら、井筒様はこちらにおいでだと教えられまして、不躾《ぶしつけ》ですがお訪ねした次第です」

「ちょうど私がお邪魔していたのです。ご案内することができてよかったです」弓之助の顔が強張《こわば》っている。「叔父上、大変なことになりました」

相馬医師は弓之助にうなずきかけて、後を引き取った。

「昨日のことですが、巫女のふぶきが袋叩きにされまして、大怪我を負いました」

平四郎の心の臓が、腰のあたりまですうっと落ちた。

「昨日は、私は陽が落ちてからの泊まり勤務でして、牢屋敷に入って初めて事情を聞かされました。どうやら女牢で喧嘩沙汰があったようなのですが、それはどうせ表向きの帳尻あわせでしょう。ふぶきのほかにも怪我を負ったものたちが多数いますので、実際つかみあいの喧嘩があったことは間違いないのでしょうが――」

平四郎は短く割り込んだ。「ふぶきのことを、誰かに悟られたんだろうか」

「恐らく、そうだろうと思います。充分に気をつけたつもりでしたが、私の責任です」

医師の目が充血していた。徹夜で手当に当たっていたのだろう。

「早くお報せしたかったのですが、すぐにはふぶきの所在さえわからず――」

「所在がわからないって」

「牢内の便所の大壺に沈められていたのです。本人はまったく人事不省で、声をたてられるような様子ではなく、それで朝方まで居所がつかめませんでした。あと少し、見つけるのが遅ければ、あのまま汚物に溺れて死んでいたでしょう」

沈めた側は、当然それを狙っていたのである。牢内ではいろいろと浅ましい事が行われるが、便所がその舞台として使われることは、きわめて多い。人間は、必要とあらばどこまでも酷《むご》くなれるという手本である。

「えげつねえことをしたもんだ。それで、ふぶきは何とか助かりそうですかい？」

若い医師は額の汗を拭った。駆け通しに駆けてきたらしい。「はい、今はまた溜《たまり》で眠っております。命は取り留めたようですが、まだ油断はなりません。作次によくよく頼んできましたし、これだけあからさまな事件となると、牢屋同心たちもうっかりしたことはできませんから、すぐにまた危ない目に遭わされることはないでしょう。ただ——」

相馬医師の若々しい顔が、急に曇った。

「私は今朝で勤務は明けとなり、明日の朝に交代するまでは、もう一人の牢屋医師にふぶきを預けておかねばなりません。井筒様はよくご存じと思いますが、今、牢屋敷はひどいことになっていて、私の同僚の医師は、そのなかにすっかり丸め込まれております」

「ええ、よく承知してますよ」

「心配なので、場合が場合だから続けて勤務すると言い張ってみたのですが、牢役人たちが許してくれませんでした。それでとにかく、地団駄踏んでいるだけでは始まらないと、こちらへ参上した次第です」

平四郎は歯嚙みした。正次郎一人だけで、新たな人死にはたくさんだ。

「そんな顔をしないでくださいよ、若先生。先生のせいじゃねえ。ぐずぐずしていた俺が悪い——」

平四郎の言葉を遮って、弓之助が平四郎の袖をつかんだ。「叔父上、それよりも、今は急ぎましょう。ふぶきさんを痛めつけた者たちが、何をどこまで聞き出したかはわかりません。でも、仁平にかぎつけられる危険が増したことは事実です。早く取りかかりましょう」

仏像のようにどっしりとおさまりかえってやりとりを聞いていた政五郎が、きびきびと声を出した。「坊ちゃんの言うとおりです。さ、旦那」

平四郎は動き出した。短い足を動かして追いついてきた弓之助が、小さい手でもう一度、平四郎の袖を強く引いた。

「叔父上が、これは私が見ていいものではないとお考えなのは承知しています」

平四郎は足を止め、真っ向から弓之助を見おろした。子供は凄絶なほど綺麗《きれい》な顔をしていた。その瞬間、細君が口をすっぱくして、あの子を商人にして俗世間に置いてはいけないと言っていた理由《わけ》が、平四郎にも鮮やかに理解できた。

「叔父上は正しいのだと思います」弓之助は続けた。「それでも私は、もう見てしまったも同様なのです。このところずっと、夢を見ます。叔父上、私にもお手伝いをさせてください。そうして、終わりにさせてください」

平四郎は子供の後ろ襟をむんずとつかんだ。

「よし、来い」


平四郎たちは掘った。掘りに掘った。最初は手下の二人が、若い力に任せてガンガン掘った。彼らは疲れというものを知らないように見えた。そのうちに、袖をまくり上げてむき出しになった彼らの肩が汗で光り始めた。それでも掘って掘りまくった。

八百富の土間から始めて、畳を上げた床の下を、一寸刻みで掘り広げていった。すぐに見ているだけでは足らなくなって、平四郎も、政五郎が用意してくれた鋤《すき》を手にした。すると政五郎も加勢し、成り行きで立ち会うことになった若先生も参加した。弓之助も手伝いたがったが、もう道具が足らなかった。平四郎は彼に、掘り出した土を検《あらた》める仕事を割り振った。

一同は掘った。時を忘れて掘った。いつの間にか陽は傾き、八百富の戸口の障子を通して、茜《あかね》色の夕陽が射し込むようになった。皆、片肌脱ぎになっていた。

それなのに、何も出てこない。

「どういうことだ？」

平四郎はしゃがみこんだ。黄八丈の袖で顔を拭くと、汗と土埃の茶色のしみがついた。

「ここでは――ないということでしょうかね」

地べたに突き立てたつるはしの柄《え》に寄りかかって、政五郎も息を整えている。

「そんなはずはありません」弓之助の鼻の頭に土がくっついている。額も頬も、土をかきわける両手も真っ黒だ。「絵図を見ても、ここしかないのです」

「だが、これだけ掘って何も出てこないとなるとなあ……」

「提灯屋さんは、もっとうんと深く掘ったのかもしれません。あるいは、鉄瓶長屋を建てる時に、湊屋さんが深く埋め直したのかも」

弓之助は必死である。

「それとも、鉄瓶長屋を建てるときに、葵の骨も掘り出して――」

言いかけた平四郎を、泣き出しそうな勢いで弓之助が遮《さえぎ》った。「叔父上、それならどうして今になって、店子たちを追い出す必要があるのです？　筋が通りませんよ。葵さんはここにいるのです！　絶対ここにいるのです！」

「しかしなあ……」

平四郎は、黙々と鋤で土を突き崩している相馬医師の方を振り返った。

「若先生、十七年も経てば、骨なんざもろいもんですからね、崩れて土と一緒になっちまうなんてことはないですかね？」

医師は手を止めて、肘で顎を拭った。「そんなことは、まずありませんよ。土のなかならば、三十年でも四十年でも、骨はちゃんと形になって残ります」

「掘り出してあげないと、いけないです」

弓之助はべそをかいている。今ここでこいつが泣くと、またぞろさっきのような凄絶な顔になるやもしれず、それは見たくなかったので、平四郎は急いで近寄ると、弓之助の頭をごしごし撫でた。

「わかったわかった、わかったから、そうムキになるな」

そのとき、相馬医師が声を上げた。

「おや、これは？」

一同は、飢えた狼が野兎《のうさぎ》の足音を聞きつけたように、一斉に首を振り向けた。

若先生は地べたに片膝をつき、左手で鋤の柄を支えて、右手で何かをつかんでいた。すぐと、左手が鋤の柄から離れ、それはぱたりと倒れた。若先生にはそれも聞こえていないように見えた。彼は両手で、手のなかのものから土を払い落としていた。

「これは――」

言葉が続くよりも先に、平四郎はそれを見た。弓之助も見た。政五郎たちも見た。

顎――下顎だ。歪んだ半円で、歯が並んでいる。とても小さいが、でも――

「顎の骨だ」と、弓之助が震える声で言った。

突然、がらりと勝手口の戸が開いた。

「いやあ、ご苦労さんでござんすねえ」

野卑な声だった。聞き間違えようのないその響き。平四郎は顔を上げて、まぶしい西陽に目を細めながら、声の主を確かめた。

仁平だった。あの猫背で、戸口のところに立っている。じっとしていれば男前の内に入る顔いっぱいに、ひん曲がったような笑いを浮かべている。

「見つからないんじゃャネエかと、気を揉みましたよ。やァ良かった、良かった」

仁平はズカズカと入ってきた。彼の肘にくっつくようにして、相撲《すもう》取りと見まがうばかりの体格のいい男が一人、一緒に八百富のなかに踏み込んできた。なるほど手下は親分の人となりを映す鏡だと、平四郎は、今この場ではどうでもいいようなことを考えた。政五郎の手下は政五郎を映す。仁平の手下は仁平を映す。本人を見るよりよく判るってもんだ。

「そいつは何ですかい？　え？　骨でやんすね、骨」

仁平は嬉しそうにクツクツ笑い、身体を震わせながら若先生に近づいてゆく。そして、今初めて気がついたとでもいうように、彼の顔をうかがい見て、大げさに驚いた。

「おや、こりゃまた相馬先生じゃございませんか。奇遇だねえ。先生は井筒の旦那とお知り合いなんで？　お忙しい身体だっていうのに、町方の探索事にもお付き合い下さる。奇特な方だねえ」

弓之助は土のなかにぺたりと座り込んで、世にも珍しい見世物を見るように、仁平を眺めている。彼の色褪《いろあ》せた縞の着物は、たぶん浅黄色か草色なのだろうけれど、夕陽に染まって妙に赤く見える。

「この骨は、湊屋総右衛門の姪——十七年前に行方知れずになったきりの、葵という女の骨だよねえ、先生。いや井筒の旦那。どっちにお伺いをたてればいいんでしょうね？」

相馬医師が静かに言った。「私は詳しい事情を知らないが——」

医師の言葉を遮って、仁平はまた大仰に手を広げて驚いた。「おや、ご存じない？　それじゃ先生、これから先がお楽しみだ。湊屋総右衛門とお内儀《かみ》のおふじの罪が暴かれるんですよ。何から何までね。すっかりねえ。白日《はくじつ》の下にさらされるってやつだよ」

相馬医師は、下顎の骨を右の掌《てのひら》にそっと載せたまま、首を振った。「しかし——」

「若先生は黙ってなさいよ」仁平は不躾《ぶしつけ》に鼻先で言った。「井筒の旦那は先刻ご承知だ。ねえ、旦那？」

平四郎は訊いた。「おめえはどこまで知ってるんだ？」

仁平は不敵に顔をひん曲げて笑った。嘘つきは口が曲がるという謂《い》われは本当のことであるらしい。

「旦那と同じくらい、よく存じてますよ」

「しかし——」相馬医師がまた割り込もうとして、仁平はぐいと前に出た。

「若先生は黙ってろと言ったんですよ！」

相馬医師は、まるで正気を疑うかのように、生真面目な顔で、まじまじと仁平の目をのぞきこんだ。

「確かに私は事情を知らぬが、あなたも早合点《はやがてん》をしているようだ」

さすがに、仁平もわずかにひるんだ。「な、何だって言うんだよ？」

「あなたはこれが――その葵とかいう人の骨だと言うようだが」

「そうだよ、そうに決まってるじゃねえか」仁平は両手を振り回して、平四郎たちを指し示した。「井筒の旦那がこんな大げさなことをして、ここのちんけな地べたを掘り起こしていなさるのは、その女の骨を見つけるためだったんだ！」

悔しいがそのとおりだ。まったくしつこい奴だ。頭の裏側にも目があるんじゃねえのか？　平四郎はそんなことを考えた。湊屋も、これで終わりか――

「しかし――」相馬医師は、依然として生真面目な顔をしている。だが、口元が少しほころんで、どうやら面白がっているようにも見えるのだ。

「しかしね、これは人間の骨ではないよ」

その言葉が仁平の耳に届くのに、心の臓がふたつ打つほどの時がかかった。

「な、なんだって？」仁平は、さっきまでのにやにや笑いの時とは逆の方向に顔をひん曲げた。「何寝ぼけてるんだよ、先生」

「寝ぼけているのは私ではない。あんたの方だ」相馬医師は手の上の顎の骨を、仁平の鼻先に突きつけた。

「よく見なさい。これは確かに下顎の骨だ。だが、ここのところに牙《きば》がある」

平四郎たちも立ち上がって、一斉に相馬医師に近づいた。弓之助だけは、まだ腰を抜かしたように座り込んでいる。

相馬医師は、指先で顎の骨の一角をつついて見せた。「ごらん、これだ。先が折れてしまっているのでわかりにくいかもしれないが、これは牙だ。間違いない。それに、ほかの歯の並び方や、形を見るだけでもよくわかる。これは人間の下顎の骨ではないですよ」

人間の骨ではない。

「犬の骨です」と、相馬医師は言った。「ざっと見ただけだから、確かなことは言えないが、さあ二十年以上は昔のものではないだろうか。死んだ犬の骨が、ここらに埋もれていたのですよ」

一同は、しいんと静まり返った。

ごほんと、政五郎が咳をした。それから言った。「こいつは恐れ入った」

それで縛りが解けた。平四郎は笑い出した。政五郎の二人の手下も笑い出した。仁平は口をあわあわさせている。彼の手下は、ちっこい目をぱちぱちさせている。

「おい先生」仁平はあわてて凄んだ。「こっちが下手《したて》に出てりゃ、いい気になってなめた真似をしてくれるじゃねえか」

「私はなめてなどいない」若先生は、どこまでも真面目だった。「ただ、犬の骨だから犬の骨だと言っているだけだ」

「ごまかすんじゃねえ！」仁平は右袖をぱっとまくり上げ、若先生に詰め寄った。

「ごまかしてなどいない。私は医師だ。人間の骨と犬の骨を見間違えたりはしない。何なら、ほかの医師にも訊いてみたらいい」

「そんなごたくは——」

唾を飛ばしてがなる仁平のそばに、いつの間に立ち上がったのか、弓之助が近づいていた。両目が見開いて、頬からは血の気が引いている。まさに生人形《いきにんぎょう》だ。

「な、な、なんだよ！」

仁平が後ずさりした。弓之助は、仁平の顔など見ていない。ただ彼の、袖をまくり上げた右腕を見つめていた。

「これは何です？」と、歌うように、彼は問いかけた。「この傷痕は何ですか？」

平四郎はのしのしと仁平に近づいた。弓之助の言わんとすることが、目の前に提灯を掲げられたみたいにはっきり見えたのだ。

仁平の右腕の、内側の柔らかいところに、一対の歯形が残っていた。治りかけだが、よほど強く嚙まれたらしく、歯の数を数えられるほどにくっきりとついている。

「こりゃ、痛かったろうなあ、仁平」平四郎は言って、ぐいと彼の手首をつかんだ。

「誰に嚙まれたんだい？　犬じゃなさそうだよなあ」

仁平の顔から、見る見る色が消えた。口元が忙しく右へひん曲がったり左へひん曲がったりした。

「ね、ね、ね」

「猫に嚙まれたのかい？」

「俺は——旦那、なんで俺のこんな傷なんかが」

「先に一ツ目橋のところにあがった土左衛門がな」平四郎は嚙んで含めるように言った。

「手ひどい拷問を受けて殺された様子だったんだが、歯が汚くてな。ちょっとひどい汚れでよ。それで俺たちは考えたんだ。こりゃひょっとすると、痛めつけられているあいだに、下手人に嚙みついたんじゃねえかってよ」

「へえ、そうですかい」仁平は目をぎらぎらさせながら笑った。「そりゃ大変だ。俺も探索のお手伝いをしましょうか」

「うん、手伝ってくれや」平四郎は、骨も砕けよとばかりに強く、仁平の腕を握りしめた。「幸い、その土左衛門の歯形をとってあるんでな。おめえ、ちょっと来てこの傷痕と比べさせてくれや。そうすりゃ、いっぺんで片がつくってもんだ」

平四郎は、仁平を見据え、口元だけでにっこり笑った。いつの間にか、政五郎と二人の手下が、仁平のまわりを取り囲んでいる。

「そうか。正次郎から聞きだしていたのかい。確かにおめえは、頭がいいな。元は『勝元』の奉公人で、鉄瓶長屋で騒動を起こした過去のある男に目をつけるなんざ、な」

仁平は逃げだそうとした。政五郎たちがわっと飛びかかった。そのとき、弓之助がきゃあと女の子のような声をあげた。平四郎が振り返ると、相撲取りのような大柄の仁平の手下が、背後から弓之助の首っ玉を抱えて、その鼻先に合口《あいくち》を突きつけている。

「親分、を、離せ」でっかい手下は、あまり言葉を知らないようで、その凶暴そうな顔の割には、稚拙な口調でそう凄んだ。「早く、離せ」

弓之助は首を絞められて、今にも息が止まりそうだ。総身がでかすぎて頭まで血の巡らないこの手下は、手加減を知らないばかりに、大事な人質のはずの弓之助を、この場で絞め殺してしまいそうだ。

とっさには、平四郎たちは身動きできなかった。政五郎が、そのままじゃその子は死んでしまうぞと怒鳴った。でっかい手下は、バカの証拠に、それを聞いてますます弓之助の首っ玉を締めつけた。そしてじりじり後ずさりしてゆく。

「でかした！」仁平が戸口の方へと駆け出した。「お気の毒でしたね、旦那」

これで総右衛門はおしまいだ――天井を突き抜けるような高笑いが、仁平の喉からほとばしり出た。頭の足らない手下は、一瞬だけその笑い声に気をとられ、腕が緩んだ。

「きゃあ！」と、弓之助はまた叫んだ。叫びながら手下の腕の肉に噛みついた。今度は手下がうぎゃっと叫んだ。一瞬、弓之助をもぎ離す。弓之助は前に逃げる。しかし手下も大したもので、すぐに腕を伸ばし、身体ごと弓之助に飛びかかって押さえ込みにかかる。

弓之助は逃げるどころか、丸太のような手下の腕を両手でつかんだ。そして、えいやっと声をかけると、いきなりしゃがんだ。つかまえるべき弓之助にしゃがまれて、でっかい手下は勢い余った。弓之助はその勢いに、ただ道をつけてやればよかった。手下は勝手に宙に飛んだ。

平四郎たちの目の前で、でっかい手下は背中から地べたに落ちた。白目を剝いている。

すかさず政五郎たちが動いた。仁平は結局、八百富から一歩と外へ出られなかった。

「おめえ、強いんだな」

平四郎は弓之助に駆け寄って、その頭に手を置いた。足元に、でっかい手下の取り落とした合口が転がっていたので、拾い上げた。

「こんなでかぶつを投げちまったぜ」

弓之助は息をはずませ、目を輝かせて、伸びてしまった仁平の手下を睨んでいた。

「私の剣術の師匠は――」と、いささか裏返った声で言った。「町人の子に、筋目正しい剣術など教えられぬとおっしゃいます。教えられるのは護身術だと。たいへん厳しい師匠ですので、私はいつも痣だらけです」

そういえばそうだった。無駄ではなかったというわけだ。

「でも叔父上」

捕らえられ、ねじ伏せられた仁平がわあわあ騒いでいるので、弓之助の声がよく聞こえない。平四郎は屈み込んだ。

「何だ？」

「私は——とてもとても怖かったです」

平四郎は、弓之助の足元を見た。なんだか、そこだけ雨が降っている。

弓之助の顔を見た。目に涙が溜まっている。上も雨、下も雨だ。

平四郎は、弓之助の肩をぽんと叩いた。

「ま、しょうがねえ。昼日中《ひるひなか》から夢を見て、おねしょをしたとでも思いなよ」

「はい、申し訳ありません」

弓之助はえーんえんと泣いた。仁平は喚《わめ》いている。政五郎たちは笑っている。若先生は犬の骨を調べている。

十三

柿食って　どこの犬の骨
——字足らず。
井筒平四郎は、縁側に寝そべっている。今朝は朝から曇りがちで、鳥の声も心なしくぐもって聞こえるようだ。

頭の脇には、食い散らした柿の種ばかりが残った皿が一枚。河合屋が、初物だと女中に持たせて寄越したものである。まだ甘さは浅かったが、コリコリした朱色の実には、確かに秋の味がした。

遣いに来た河合屋の女中の話では、弓之助は昨夜から熱を出して伏せっているという。高い熱ではないが、本人はどうも気がふさいでいるようで、元気がないそうだ。昨日の今日で、やはり疲れたのだろう。お洩らししたことが、河合屋の両親にばれては可哀想なので、ここで着替えさせて帰したのだが、身体が冷えたのかもしれない。

平四郎はごろごろと寝ころんだ。市中見廻りもあり、出仕して相役と話し合わねばならないこともあり、溜まっている書き物もあるのだが、どうにもしゃきっとしない。昨日の慣れない力仕事で、腰がまたちくと痛む。

お上から十手を預かっているなどと、威光をかさにきてぶいぶい言わせる手合いはみんな似たようなものだが、いったん受け身に回ると、仁平は実にもろかった。番屋に引っ張られ、弓之助がうどん粉を丸めて取った歯形と、仁平の腕に残った歯形を照らし合わせて、そらこの通りだぴたりと合うと責め立てられると、あっさりと正次郎殺しを白状した。そして平四郎の袖にすがらんばかりに、確かに正次郎を殺しはしたが、あれは拷問の結果運悪くそうなってしまっただけで、最初から殺すつもりはなかった、そもそも拷問にかけたのだって、湊屋の悪事を暴くためだった、それは旦那だってよくご存じでしょうと、割れたような声で訴えかけた。

平四郎は惚《とぼ》けた。湊屋の悪事ってのは何だ？　俺は知らんぞ。総右衛門の姪の葵？　誰だそりゃ？　ふうん、十七年前に湊屋を出奔してるのか。そりゃ、多情な女なんだな。またそういうのに限って、男好きする年増だったりするからなあ。え？　だったら何で八百富の下を掘ってたんだって？　政五郎に聞いてないのかい？　あすこの差配人の佐吉から、政五郎たちは留守を頼まれてるんだよ。それで昨日は手下をあげての大掃除だ。そしたらよう、虫があっちこっちに巣をくっていやがって、このままじゃ建物が食い荒らされるかもしれねえってな。どうもその虫のでっかい巣が、八百富の下あたりにあるらしいってにらんで、それで掘ってただけの話よ。俺も佐吉にはいろいろ頼まれてるからな。まあ、このとおりの昼行灯《ひるあんどん》で暇な身体だから、腹ごなしに助《す》けていたんだ。なに、嘘つき？　おいおい、なんで俺がこんなバカバカしいことで嘘をつくもんかよ。おめえ、頭にすが入ってるんじゃねえか？　いっぺん相馬先生に診てもらっちゃどうかね。

仁平が平四郎と取引をしたがっているのは見え見えだった。最悪でも、自分が人殺しとして裁かれるならば、総右衛門も道連れにしてやるのだという意欲も感じられた。どこまでも執念深い男である。

昨夜は、その執念をたぎらせながら、一ツ目橋のところの番屋で、柱にくくりつけられて夜を過ごしたはずである。政五郎たちに見張りを頼んであるので、心配は要らない。仁平のおかげで手柄をあげた町方役人も少なくはないので、平四郎が彼を捕らえたという話が広がると、事情を知りたがったり、目こぼしを頼んできたり、あれは役に立つ男だから見逃してやれと圧迫してきたり、まあいろいろな反応が起こることが考えられる。誰かが何か言ってきたら、すぐに教えてくれと、政五郎には頼んである。

しかし、今のところは何の動きもない。

普通は、岡っ引きやその手下が牢屋敷にぶちこまれるような羽目になると、囚人たちからよってたかって、いっそ殺してくれと叫びたくなるような目に遭わされるのがならいというものである。が、仁平の場合はちょっと事情が違う。なにしろ、牢屋敷ではいい顔だった男である。うっかり放り込んだら、かえって楽をさせる羽目にもなりかねない。そうでなくても、下手な根回しでもされては事だ。番屋につないでおくのが得策だろう。

それよりも何よりも、彼が声を嗄《か》らして叫ぶ「湊屋総右衛門の過去の悪事」について、その真相をはっきりさせておかねば、危なくてほかの役人たちを近づけることなどできはしない。だから平四郎にとって、葵の件を解決するということは、昨日までよりもっとずっと切実な課題になっているのである。

だが、骨は出てこなかった。少なくとも、八百富の下からは。どこか、別の場所なのだ。

――結局、全部掘ってみるってしかねえか。

そうなると大事《おおごと》だ。人目にも立つ。佐吉だって、おくめの治療の見通しが立てば、すぐにも戻ってくるだろう。彼の耳にも話が入る。当然、湊屋にだって知れる。

すべてを表沙汰《おもてざた》にしなければ、それだけ大がかりなことはできないだろう。

平四郎は自問する。いいじゃねえか、湊屋総右衛門がどうなろうと。おふじがどうなろうと。自分のやったことが自分の身に返るだけの話だ。

確かに、仁平は嫌な野郎だ。てめえの手柄のために、大勢の人びとを、突かれると痛い弱みを抱えている人間たちを踏みつけにしてきた。政五郎が「岡っ引きの風上にも置けねえ」と憤るのも、心情としてはよくわかる。

だが、だからといって湊屋だけは手つかずで、仁平ばかりにお咎めを――というのも、やっぱり片天秤《かたてんびん》じゃないか。

それでも平四郎は、今さらのように考える。俺が湊屋の葵の一件を表沙汰にしたくねえと思うのは、別に総右衛門とおふじが大事なんじゃなくて、これには関わってる人間が多いからなんだな。佐吉はもちろん、娘のみすず。鉄瓶長屋の元の店子たち。とりわけお露と富平。お律。そして元の差配の久兵衛。お徳とおくめ。提灯屋の夫婦。湊屋と「勝元」の奉公人たち。

事が暴かれて、得する者は一人もいない。驚いたり傷ついたり、生業《なりわい》を失ったり、自分も何らかの罪を受けることになるような者たちばっかりだ。

そこんところが、仁平とは全然違う。人間は孤独《ひとり》だと損だってことだ。

やっぱり、放っておけば良かったかなあ。柄にもねえことに手を出したもんだよ。こうなるともう、俺なんかの手には負えねえよなあ。そう呟きながら、またごろごろと寝転がると、唐紙がつと開いて、細君が顔を出した。

「あなた、お客様です」

「誰だい」

「鉄瓶長屋の差配人の久兵衛さんですわ」

平四郎はむっくり起きあがった。

細君は上機嫌である。

「すっかりご無沙汰をいたしましたって、あなた、それはもう見事な秋刀魚《さんま》をお持ちくださいましたのよ。あなたお好きでございましょ、秋刀魚」

久兵衛はひと回り小さくなったように見えた。しかし押し出しは悪くない。着物と羽織は、どちらも仕立てて間もないもののようである。

「いい織りだね。誰の見立てだい？」

開口一番、平四郎はそう訊ねた。久兵衛は平伏していて、顔を上げようとしない。

「鉄瓶長屋のまわりであんたを見かけたって噂を聞いたことがあった。雨の日にちょきの舳先《へさき》に乗ってたってさ」

久兵衛はまだ頭を下げている。

「お露と富平にも会ってたんだろう？　俺は二人が猿江へ移ってからは顔も見てねえが、富平は一時持ち直していたそうじゃねえか。今はどんな具合なんだろうな」

細君が茶菓を運んできた。久兵衛は一度頭を上げて、また平伏した。細君は、まあそんなにかしこまらないでくださいましな、それにしてもお久しいですね、お元気でしたかなどと、茶菓と一緒にひとしきり愛想も並べて、ようやく出ていった。

「あれは世間のことは何にも知らん女だからな」と、平四郎は湯飲みを取り上げながら言った。「しかし、あんたがとっくに鉄瓶長屋の差配人をやめていたことさえ知らなかったとは、俺も知らなかった。まあ、家のなかじゃそんな話はせんからな」

「井筒さま」久兵衛は思い詰めたような顔をして、やっと面《おもて》を上げた。「井筒さまは、手前などが何を申し上げなくとも、もうすべてご承知のことと存じます。手前のしでかしました不始末については、重々お詫びを申し上げねばならないと、かねてから心苦しく思っておりましたが、しかし今日のところは、手前は主人湊屋総右衛門の使いとして参りました。ですからまず、主人《あるじ》より言付かりました事を申し述べさせていただきたく、お目通りを願った次第でございます」

町人の身でも、必要があって羽織を着る者には、それだけの威厳がある。そういうことを、平四郎は初めて目《ま》の当たりにした。正直に恐れ入った。これが久兵衛の顔なのだなと思った。こりゃやっぱり、佐吉にはない芸だったな。

ふうんと、間の抜けた返事をしようと思ったが、さすがにできなくて黙っていた。すると久兵衛も黙っている。黙ってまた平伏してしまった。

「まあ、その」と、手持ちぶさたになって顎を撫でた。「どうぞ、やってくんな」

久兵衛は笑わなかった。平四郎の知っている鉄瓶長屋の差配人久兵衛は、もうここにはいなかった。豆腐屋の豆夫婦を叱りつけたり、煮売屋の店先でお徳に相談事を持ちかけたり、屋根にあがって修繕している店子たちを、下からしんばり棒を振って指図したり、犬を虐《いじ》める子供らにゲンコツを喰らわしたりしていた久兵衛は、小さく小さくたたまれて、目の前の久兵衛の着ている着物の袂《たもと》の隅っこにでも、しまいこまれているようだった。

「湊屋さんは、何て言ってるんだい?」

平四郎が訊ねると、久兵衛は言った。「主人総右衛門は、ぜひとも井筒さまにお目にかかりたいと申しております」

平四郎は指で鼻先を指した。「俺に?」

「はい」久兵衛はやっと、真っ直ぐに平四郎を見た。

「言うまでもないが、鉄瓶長屋のことで——なんだろうな?」

「はい」久兵衛ははっきりと返事をした。「そのとおりでございます」

平四郎は、さっき口に出せなかった分もまとめて、心のなかで「ふうん」と言った。

言われてみりゃ、これがいちばんまっとうな方法なんだ。なんで自分で考えつかないもんかね。湊屋総右衛門に、どんとぶつかる。いいじゃねえか。

「こっちから会いに行ったってよかったんだがさ。まさか会ってくれるとは思わなかったもんでな」

平四郎がヘラヘラ笑ったが、久兵衛はつられなかった。それでも、心なしか眉間のあたりが緩んだようだ。

「今宵でも……よろしゅうございましょうか」

「いいとも」

「それでは、迎えの者を寄越すことにいたします。何卒《なにとぞ》、よろしくお願い申しあげます」

ひとつ深く頭を下げて、

「このたびの不始末は、手前ども、申し開きのできないことばかりだと存じております。井筒さまには、余計なお手間ばかりをおかけいたしました」

一息にそう言うと、それでは私はこれでおいとまを――と、久兵衛はまた平伏した。彼が帰ってしまうまで、平四郎はとうとう、「それであんたは元気なのかい?」という簡単な問いを、投げかけることができなかった。

陽が傾いたころ、約束通り、湊屋から迎えの者がやって来た。

その顔を見て、平四郎はまた驚いた。湊屋の半天を着た、四十ばかりの苦み走った渋い男前。例の〝影番頭〟である。

「柳橋のたもとの船宿から、船を仕立ててございます。駕籠《かご》を待たせておりますので、どうぞ」

平四郎はそれなりにあれこれ考えた挙げ句、結局役人の羽織は脱いでいた。着流しだと、影番頭の半天姿に太刀打ちできないような感じがして、妙な気分だった。

道々、影番頭は平四郎の乗った駕籠のすぐ脇を歩いていた。平四郎は何度か彼に話しかけようと思ったのだが、駕籠の覆い越しに声をかけるためには、バカに大声で呼ばわらなくてはならない。結局、黙って揺られていた。

柳橋に着いたころには、すっかり夕暮れとなり、西の空に一番星が輝いている。影番頭が提灯に火を入れて、平四郎の足元を照らしながら案内した。提灯には屋号もなく、まったくの無地である。

短い桟橋の先に、一艘《そう》の屋形船がもやってある。船頭は頭を手拭いに包み、彼誰時《かわたれどき》にもよく目立つたくましい二の腕を露わにして、棹《さお》にもたれて舳先《へさき》に立っている。その脇にしゃがんでいた人物が、平四郎を見て立ち上がると、深々と一礼した。久兵衛であった。

平四郎は桟橋に進む前に、つと足を止めて、影番頭を振り返った。そして訊いた。「お律は元気かい？」

提灯も揺れなかったし、影番頭の表情も変わらなかった。平四郎は続けて訊いた。

「あんた本当に番頭さんかい？」

今度は、影番頭の顔がちょっと笑った。しかし何も答えず、提灯を持った腕をいっぱいに差し出して、平四郎のまわりを照らした。

「どうぞ、足元にお気をつけ下さい」

柳橋を出るときは、屋形の内では、平四郎と久兵衛の二人きりだった。

酒肴《しゅこう》の膳が用意してあって、羽織ではなく湊屋の半天を着た久兵衛があれこれと勧めて世話を焼いてくれたが、さすがの平四郎も、飲み食いする気分にはなれなかった。

黙りがちな久兵衛と二人では、間《ま》が持たない。平四郎は、今夜こうして湊屋総右衛門と会うことは、岡っ引きの政五郎には報せてあるということ、湊屋総右衛門の話がどういう内容であろうと、平四郎には、それを彼らにも伝えなければならない義理があるということ、政五郎は仁平にかかりきりでいるが、仁平はいまだに意気盛んに葵殺しについて吹いており、それさえ暴ければ、自分の正次郎殺しの咎など消えると言っている——というようなことを、ぽつぽつとしゃべって聞かせた。何を聞かされても、久兵衛は黙って恐れ入っているばかりだった。先に会ったときの威厳は、この船の上には持ってこなかったようだ。それとも、湊屋の半天のせいだろうか。同じ半天が、影番頭には平四郎が気圧《けお》されるような力を与え、久兵衛からは威厳を取り去る。

燗酒《かんざけ》がすっかり温《ぬる》くなったころ、船がぎいときしんでどこかの岸に泊まった。久兵衛が平四郎にことわりを入れて、障子を開けて舳先へ出ていった。

船が再び漕ぎ出される。座っていても、水の流れと、それに逆らって進む船頭の腕力が感じられるようだ。

障子が開いた。窮屈そうに身を屈めて、久兵衛よりもずっと背の高い男が屋形船のなかに入ってきた。

それが湊屋総右衛門だった。

向き合うと、思いのほか若々しい顔だった。五十路《いそじ》半ばのはずだが、口元のあたりなど、妙に甘いというか緩いというか、なるほどこりゃ女好きのする顔だなあと、平四郎は感心した。あれこれ観察するのに忙しくて、総右衛門が挨拶をしているのも、耳の端で聞き流していた。

平四郎が羽織を着るか着流しで行くかで迷ったように、総右衛門も着物を選んだのだろうか。男はそういうことを、あまり気にしないものなのだろうか。商人はまた別か。それにしてもいい着物だ。縮緬《ちりめん》だろう。単衣《ひとえ》と袷《あわせ》の切り替えの難しい季節だが、これはどっちかね？　これの端切《はぎ》れをもらって持ち帰れば、女房が喜んで上等のふくさを縫うだろう。しかしこの髷《まげ》の結い方は少し後ろすぎねえか？　総右衛門は面長だが、本人はそれを気にしてるんだろうかね？

「井筒さま」

呼びかけられて、平四郎は勝手な物思いから覚めた。呼んだのは久兵衛だった。

「おう」と返事をしたら、妙に威勢がよかった。「いや済まねえ。ちくと酔ったようだ」

「御酒《ごしゅ》を召されてませんが……」

「いや、船によ」平四郎は言って、座り直した。湊屋総右衛門はわざとそうしているのか、表情らしいものを一切消していた。

「それで、忙しい湊屋さんが、わざわざ俺に話があるというのはいったい何だい？」

総右衛門はちょっと半眼《はんがん》になり、瞼《まぶた》の下で目を動かした。

「俺の方も、あんたに話を聞ければ都合がいいと思ってたところだったんで、有り難いお申し出だったんだがね。それだって、こんなに気を遣ってもらうこたぁなかったが」平四郎はざっと酒肴を示した。「俺はまあ半端《はんぱ》な小役人だから、もらえるものはもらうけれども、もらいすぎは怪我の元だからな」

あっはっはぁと笑って、平四郎はどうやら俺はアガっているらしいと気がついた。やっぱり、器が小さい。弓之助を連れてくりゃよかったかな。

軽く咳払いをして、湊屋総右衛門は口を開いた。「井筒さまは、持って回ったことがお嫌いだと、かねてから久兵衛より聞かされておりましたので、失礼を顧《かえり》みず、今宵はこのような不躾な座を設けさせていただきました。ご不快がございましたならば、この総右衛門、幾重《いくえ》にもお詫び申し上げねばなりません。どうぞお許しを」

言葉は丁寧だが、あんまり詫びているようには聞こえなかった。まあ、これだけの商人になると、謝るなんてこととは縁が切れて久しいのだろうから、仕方あるまい。ただ、響きのあるいい声だった。坊主になってもよかったろう。

平四郎はうなじをかいた。「おおせのとおり、俺は持って回ったことは苦手だ」

総右衛門は黙って平四郎を見つめている。久兵衛は縮こまっている。

「それだから、とっといこう。湊屋さん、あんたはどうして、わざわざこの久兵衛さんを使って、佐吉も使って、手間暇と金もかけて、鉄瓶長屋から店子たちを立ち退かせようとしてきたんだね？俺にとっては、正直なところ、それさえわかれば後はおまけみたいなもんなんだがな」

初めて、総右衛門は微笑《ほほえ》んだ。この男は大笑いというものはしないのだろうと、平四郎は思った。微笑むだけで、全部用が足りる。

「井筒さまは、それをどうお考えで」

静かな問いかけだった。平四郎はうんと言った。船がゆっくりと右へかしいだ。平四郎たちの身体もかしいだ。水流が感じられて、なんだか腰のあたりが重いなと思った。

「俺は話が上手くねえから、判らなかったらその都度《つど》割り込んで訊いてくれよ」

そう前置きしてから、話を始めた。

弓之助ならもっと手際がいいんだろうがな。政五郎もしゃべり慣れていそうだ。しかし、こうやってまともに、自分の考えたことややったことを他人様《ひとさま》に説明する機会なんて、そうはあるもんじゃない。下手でも仕方ないが、難しいもんだ。

総右衛門は、平四郎の話が前後してもつれると、実に上手く問いを投げて舵《かじ》をとった。平四郎はそのたびに感心した。しゃべるとさすがに喉が渇いたので、冷めた酒で喉を潤したが、酔わないように気をつけていた。

平四郎が話せることをすっかり並べ終えるころには、久兵衛はもうひと回りぐらい小さくなってしまっていた。とりわけ彼がぐらぐらと強く揺れたのは、八百富の太助殺しと、それ以前の正次郎による久兵衛への襲撃の件《くだり》を語っているときだった。二、三度久兵衛は目を閉じた。そして平四郎が、太助を殺したのは誰だかわからない、お露は、自分が兄を手にかけたという話をこしらえてお徳にうち明け、鉄瓶長屋のツボであり心であるお徳にそれを信じ込ませ、そうすることで久兵衛を、ひいては湊屋の筋書きを助けたのだと説明すると、そのときは、つと顔を上げて、何か言おうとして、また黙った。

「立派な差配人の久兵衛さん、あんたが鉄瓶長屋を飛び出すには、疑いの余地のない作り話が要りようだった。後に来る佐吉がどんなに頑張っても、お徳を頭《あたま》にする長屋のかみさんたちが、そう簡単には佐吉に気を許さないような仕掛けも要りようだった。一昨年に、正次郎があんたを襲ったときに、その芝居が上手く行っていれば、二度目は要らなかったのに、一度失敗したばっかりに、もっと手の込んだ筋書きをつくらなきゃならなくなった。人を騙すってのは、難儀なことだよ」

平四郎はくたびれてきた。話しているうちに、船が妙に揺れるようになってきた。腰が重たい。

「湊屋さんよ」平四郎は訊ねた。「葵はどこに埋まっているんだね？　それがわからないことには、俺たちも——あんたも——もう手詰まりだよ」

船はどうやら旋回しているようだ。舳先を戻して、桟橋へと帰るのだ。

湊屋総右衛門が、静かに言った。「葵は死んではおりません。生きております。ですから、鉄瓶長屋の地所には、何も埋まってはいないのです」

ぱしゃんと、障子の外で水音がした。


その一点を除けば、平四郎たちの考えは、すべて中《あ》たっているという。

恐れ入りましたと、総右衛門は頭を下げた。とりわけ、弓之助が、葵とおふじが話し合いのために落ちあったのは提灯屋の離れであろう、そこでもめ事が起こり、葵の亡骸もそこに埋められて隠されたのだろうと推測をしたくだりなど、本当にお見事だと、まるで曲芸でも見ているような口調で誉めるのだった。

平四郎はちょっとのあいだ、ぽかんとした。これまでの人生で、たぶん最大のぽかんだろうと、自分でも思った。

「そうか、死んでないのか」と、おうむ返しに呟いた。「そりゃ良かった——良かったが——良かったのか？」

良いはずがない。葵が生きているのに、平四郎たちの推測が中たっているなどということは、絶対にあるはずがないのだ。

「いえ、そうなのでございますよ、井筒さま」

総右衛門は、一向に構えを解く様子を見せないまま、ただ顔だけで笑みを浮かべた。

「葵は死んではおりません。諍《いさか》いの挙げ句、おふじはあれの顔を殴り、倒れたところを手で首を絞めたのだそうです。しかし女の――しかもおふじは箸より重い物を持ったことのないような育ちですから、そんな女の力です、絞め切れなかったのでしょう。おふじが提灯屋の藤太郎とおれんに後を任せて、築地の家まで逃げ帰った後、どうしたものかと手をこまねいている藤太郎夫婦の目の前で、葵は息を吹き返したのです」

平四郎は口を開いた。開けっ放しのまま空しく何か言おうとして、結局口を閉じた。

「葵は――ご推察のとおり、私とは深い間柄でした。あれはすぐに提灯屋の奉公人を走らせて、私のところに報せを寄越しました」

「あんたは――」平四郎はやっと言った。「その日、葵さんがおふじさんと提灯屋で会うことは知らされていたのかい？」

「いいえ、それは存じませんでした。葵にも、おふじから、その日の朝に持ちかけられたことだったようです」総右衛門は、思い出したように苦々しい顔をした。「葵も私に話そうかと、最初は考えたそうです。しかし、一度はおふじとさしで会ってみるのも面白そうだと、敢えて黙っていたようです」

どっちに転んでも、総右衛門の心をつかんでいる限り、自分の不利にはならない――という自信があったのだろう。

「ですから、報せを聞いて、私は仰天いたしました。あいにく大事な寄り合いがありまして、駆けつけることはできませなんだ。それでお店の者を差し向けまして、とにかく、葵を匿《かくま》うことにいたしました」

「ちょっと待った」平四郎は手をあげた。「そのときあんたが差し向けたお店の者というのは、今日俺を迎えに来てくれた、あの渋い男前の番頭さんだね？」

勘で言ってみただけだが、中たりのようだった。総右衛門はうなずいた。

「佐吉はそんな番頭など知らないと言っていた。てことは、本当の番頭じゃないんだな？」

「お察しのとおりでございます。私にも、自分だけの裁量で使うことのできる、自分だけの懐刀《ふところがたな》が要りようなこともございますから。そして、その方が都合の良い時には、〝番頭だ〟と名乗らせているのです」

当時は、あの影番頭も、まだまだ青臭い若者だったはずだ。総右衛門のための陰働き、鍛え鍛えて十七年、というようなことを、平四郎は考えた。お庭番みたいじゃねえか。

「ところで教えてくれねえか？　八百富の太助を殺したのも、その懐刀さんかい？」

総右衛門は表情を変えないまま、黙った。久兵衛はうつむいた。

「殺したと言うと、言葉が強いかね。黙らせた、口を封じたとでも言えばいいんかね」

総右衛門が息を吐いた。ため息ではなく、ただ息を吐いた。

「あの当時……」震える声で、久兵衛が下を向いたまま言った。「お徳たちが思っていたようなことではございませんでした」

「うん。だろうと思った」

「お露が殺したのではない。もちろん富平でもない」

久兵衛は、ひどく重い物を持ち上げるように苦労して、目を上げた。それでも、平四郎の顔を見るところまで、目が持ち上げられなかった。

「私が殺したのでもありませんということでは、お許しいただけませんか」

かまわないよと、平四郎は言った。弓之助が言っていたみたいに、足音を頼りに計ったりしなくて良かったと思った。

　ここで平四郎が目尻を吊り上げ、人殺しの下手人を明らかにしないわけにはいかないと、とことん追及すれば、いずれ久兵衛は総右衛門の気持ちをはばかって、言をひるがえし、恐れ入りました太助を手にかけたのは私ですと言い出すだろう。すると今度は久兵衛をかばうために、お露が平四郎に直訴して、いえいえ兄さんはあたしが殺《あや》めましたと言うだろう。次には富平が娘をかばって、旦那あたしをお縄にしてくださいと言うだろう。

　結局、切ないだけできりがない。ここはひとつ、総右衛門と彼の〝影番頭〟に、貸しをつくってこらえておこう。

　少しのあいだ、三人とも黙っていた。櫂《かい》が水を切る音だけが聞こえた。

「短いあいだに決断しなければならなかったので、今思えば、間違った結論だったかもしれません」

　総右衛門は口を開くと、それまでとまったく変わらず、淡々と言葉を続けた。

「とにかく葵は助かった。本当に運の良いことでした。しかし、それをそのままおふじに伝えていいものかどうか……。私は迷いました。おふじは葵に対する憎しみで凝り固まっておりましたので、葵が息を吹き返したと伝えたところで、自分が人殺しにならずに済んだことを喜ぶよりも、むしろ、し損じたことを悔しがるのではないか——私には、そう思えてなりませんでした」

　平四郎は思わず言った。「だけどそれは、元はといえばあんたの不徳だぜ」

　総右衛門に代わって、久兵衛が首をすくめた。それがあまりに正直な仕草だったので、平四郎は笑いそうになった。

「でもまあ、それは俺が怒るようなことじゃねえからな。余計なお世話だな」平四郎は言って、うなじを撫でた。

湊屋総右衛門は、また微笑んだ。まったくだ、あなたのような三十俵二人扶持《ぶち》の小役人の物差しで計ることではないという意味の笑いなのか、いやおっしゃるとおり私の不徳のいたすところですがそれを言っちゃおしまいよという意味の笑いなのか、わからない。

「結局私は、葵を死んだ者とすることに決めました」と、変わらない口調で続けた。「そして逃がしたのです。当面はそうしておいて、おふじの様子を見て、あれが自分のしたことを激しく悔いている様子だったら、実は——と、うち明けてやろうと思っておりました」

しかしおふじは、少しも悔やんでいる様子を見せなかった。葵が出かけたきり帰らない、いったいどうしたのだとお店内が騒ぎ始めるなか、一緒になって心配しているようなふりをしたり、勝手な人だと詰《なじ》るようなことを言ったりしてはいたものの、真の事情を知っている総右衛門の目には、それが面憎いを通り越して、恐ろしいものに映った。

「鬼のような女だと思いました」

平四郎は、また言いそうになって言葉を呑み込んだ。だからそれは、元はと言えばあんたの不徳だ。

「提灯屋には、もしもおふじから何か尋ねられたら、葵の亡骸は離れの床下に埋めた、自分たちとしてはおふじをかばうから、もう気にするなと答えるようにと言い含めておきました。もちろん、それに見合うだけのことは、私が充分にしてやると、約束したのです。おれんはそれですぐに納得しましたが、藤太郎は頑固でした……。やはり、おふじの縁者ですからね。おふじちゃんに本当のことを話して、二度とこんなことをしないように説いてあげた方がいいと言い張って、なかなか聞きませんでした。私は、おふじにそんなことをしても無駄だと突っぱねました」

結局、藤太郎を説きつけたのは、おれんの方だった。ここは湊屋さんの言うとおりにしておいた方が得だと言ったのだろう。

「藤太郎とおれんとは、同じその離れで二、三度密かに話し合いました。さすがにおふじは、すぐには提灯屋には近づきませんでした。丁稚《でっち》に手紙を持たせて様子を聞いたりさせていましたが、葵は離れに埋めたと聞いて、安心したのでしょう」

そしてその話し合いの折に、おれんがこんなことを口走った。

――葵さんが生きてるなんて教えたら、おふじさん、今度はし損じないように殺そうと思って追いかけてくるかもしれないよ。

「おれんにとっては、私の差し出す見返りが欲しいばっかりに、亭主を説きつけようと、並べた口実のひとつでしかなかったでしょう。しかし、その言葉は私の頭を打ちました。そうだ、そうなる、きっとそうなる。葵が生きていると、おふじに悟られてはならない」

悟られたら、今度こそ葵は殺される――

葵は出奔したという形になったがために、湊屋のなかでは、彼女に関していろいろと噂が立った。総右衛門はおふじの手前、そんな噂にいちいち腹を立てて見せ、葵がなぜ突然飛び出したのか、さっぱりわからないというふりをしなければならなかった。葵が淫奔だ、恩知らずの男狂いだという話が広がるのを、おふじは喜んでいたという。葵はおふじにいびり出されたのだという噂も、彼女の耳には入っていたのだろうが、憎い仇《かたき》はもうこの世にいない、自分がやっつけてやったのだという自信に裏付けられてか、いちいち目を吊り上げることはなかったそうである。

「佐吉に聞いた話じゃ、あいつは、おっかさんが出奔する時に湊屋の金を盗んだと――しかも、出奔の相手は、当時あんたが目をかけて育てていた松太郎という若い手代だったと信じ込んでいるようだった。それもただの噂かい？」

平四郎の問いに、総右衛門はゆるゆると首を振った。「どちらの話も、もちろん真実ではありません」

「だが佐吉は堅くそう思い込んでいたぞ」

「おふじにそう言い聞かされたからでしょう。ただ――」総右衛門はちょっと顔をしかめる。「あのころ松太郎という手代がおりまして、なかなかはしこいので、私が目をかけていたというのは本当のことでございます。その松太郎が、葵が帰らないというので騒ぎになり、家のなかも店のなかもざわざわと落ち着きなくさざめいているのを良い折と、手文庫の金を盗んで湊屋から出奔したという不始末もございました。あれはちょうど――葵が消えた二日ほど後のことでございましたか」

総右衛門は微笑した。

「私も至らないものですから、目下の者の素質を見間違うこともございます。松太郎のはしこさは、ただの狡《ずる》さでございました」

そうだったか――と、平四郎は腑に落ちた。〝黒豆〟が探っても、出奔手代松太郎の話が出てこなかったのも、これなら判る。お店者たちは、罪のない噂話はしても、自分たちのなかから主人に対する裏切り者が出たことについては、口をつぐんで語りたがらないものだからだ。

「そうするとおふじさんは、全然別の出来事である松太郎の一件と、葵がいなくなったこととをわざと結びつけて、まだ子供だった佐吉に、ありもしない作り話を聞かせたというわけなんだな」

「左様でございますな。あれなら、それぐらいのことはやりかねません」

「あんたそれを、黙って見てたのか？」

平四郎は問うた。久兵衛がうなだれる。

「佐吉のことは、心配でした」と、総右衛門は言った。口調だけでは、彼の心の動きはまったくわからなかった。商いの取引をするときも、きっとこんな具合なのだろう。

「葵という守り手を失った佐吉に、おふじは遠慮なく辛く当たるようになりました。悪いことに、葵が出奔したという噂を信じている者たちは、佐吉を哀れみはしても、おふじが葵に後足で砂をかけられた腹いせに、佐吉に当たり散らすのも仕方ないという態度をとるようになりましたので、ますますおふじはつけあがるようになりました」

だから佐吉を湊屋から出し、植木職の親方のところに預けたのだという。

「葵さんは——佐吉には会いたがらなかったのかね？」

平四郎の問いに、総右衛門はちょっと口元を歪めた。不用意な表情だった。

「もちろん会いたがりました。しかし、私はそれを禁じました。佐吉はまだ頑是無《がんぜな》い子供です。いつどんなときに、〝おっかさんは本当は生きてるんだ〟などと、誰に向かって口を滑らせるかわかりませんので、酷だとは思いましたが、葵に、佐吉にとっても、おまえはもう死んだ人間なのだと言い聞かせました」

筋道立てた考えというよりも、とっさの思いつきのような感じで、平四郎は（本当かね？）と思った。葵はもっとさばさばしていたんじゃないかというふうに思えて仕方がなかった。理由などないが、そんな気がした。

「井筒さまもご存じのとおり、その後も何度か、おふじに本当のことをうち明ける機会はございました」

そのうちの最大最良のそれは、言うまでもなく、提灯屋の藤太郎が目を病んで、その地所を湊屋が買い取ったときのことである。

「表向き、私はそこに葵の亡骸が埋められているなどと、まったく知らないことになっておりました。ですから、知らないふりをして話を進めて参りました。どこかでおふじが何か言い出すだろう、きっと言い出すだろう、地所を買うのはいいが、掘り返してはくれるなと。それを待って、後はいかようにもできると考えておりました」

総右衛門の側から言えば、腹のさぐり合いである。

しかし、おふじはぎりぎりまで黙っていた。買い取った地所に、長屋を建てるお許しが出て、それが公になるまでは。

「あれは――」

総右衛門はそこで、いったん言葉を切った。言いにくいというよりは、どの言葉でも言い足りないと感じたからだろう。次に彼の口をついて出た言葉を耳にして、平四郎はそう思った。

「本当に恐ろしい女です」

あの土地には葵の亡骸が埋まっているんですよ、ええ、あたしがあの女を殺したんです、七年前のことですよ。おふじは少しも臆《おく》することなく、総右衛門に告げたという。

あたしはそれをあなたに言いたくて、言いたくてたまらなかった。あなたの大事な葵がもうこの世にはいない、あたしの手にかかって死んでしまって、もうあなたの手には届かないところにいると聞かされて、あなたがどんなお顔をするか、この目で見たくて見たくって、たまりませんでしたのよ。

「さぞ私が苦しむだろう、いい気味だという顔でした。手柄顔でございましたよ、井筒さま。あれは葵を殺してもまだ飽きたらず、私を憎んでおりました」

だからそれも、その七年のあいだに、あんたとおふじさんのあいだが、何も、何ひとつ変わらなかったからだよ。平四郎は腹のなかで言った。今度は口に出さずにいるのが難しくはなかった。言っても無駄だ、この御仁には通じないと、判ってきたからである。

「一方で、私には仁平という五月蠅《うるさ》い男がつきまとっておりました」と、総右衛門は続けた。だんだん口調が滑らかになっている。

「仁平のことを考えるならば、この機会に、おふじに本当のことを話すのが得策でした。葵は死んではいないよ、とね。しかし、おふじの顔を見ていると、やはりそれは危ないと確信が湧いてきました。事実を教えたら、おふじは腕まくりをして、葵を探しにかかるでしょう。そして今度こそ、本当に殺してしまうでしょう。その方が、私には、仁平よりもよっぽど恐ろしかったのです」

平四郎たちが思うほど、総右衛門にとって仁平は重くなかったということか。いや、仁平が自負するほどには重くなかったと言った方がいいか。なんだ、あいつも道化だな。

総右衛門はおふじの告白を聞き、とっくに骨になっているであろう葵の亡骸が見つからないように、万事手配して長屋を建てると彼女に言った。だからおまえも、自分の身を滅ぼすようなことを口に出すものではない、と。

そして鉄瓶長屋はできたのだ。

「それから後のことは、井筒さまのお考えのとおりです」総右衛門は言って、久兵衛の方を見た。

「おふじは人殺しなどしておらず、葵は生きている。だが、私どもは葵が死んだことにしておかねばならなかった。おふじには、葵を殺したと思い込んでいてもらわねばならなかった。私にとっては、葵の命は何よりも大切です。だからその嘘をつき通した」

わずかだが、声が高くなった。自分でそれと気づいたのか、総右衛門は言葉を切って、口をつぐんだ。

それから、また静かな口調に戻って、言った。「それで首尾良く運んでいたのです」

美しく成長したみすずの顔が、次第次第に葵に似てきて、それがおふじの心を脅かすようになるまでは――

「店子たちを立ち退かせた後には、あそこに湊屋の屋敷を建て、おふじを住まわせるつもりでございました。そうすればあれも、気の済むだけ葵の供養をすることができて、心も鎮まるだろうと思ったのです」

「おふじさんを、葵さんの墓守にするってわけか」

「本人がそれを望みましたので」

「そして、みすずお嬢さんは遠方に嫁にやる」

「離れていた方が、娘は幸せです」

平四郎はじっと、湊屋総右衛門の顔を見た。

「今度こそ、おふじさんに本当のことを話してやってもいいかとは、思わなかったのかい?」

総右衛門はまばたきさえせず、迷いのない目で平四郎を見つめ返した。「一度も考えませんでした」

久兵衛が、ゆっくりと首を振っている。

「井筒さまも、おふじにお会いになれば、きっと私の気持ちがお判りになると存じます。あれは今でも葵を憎んでおります。生きていると知ったなら——自分が絶ってやったと信じていた命がまだ残っていて、自分が取り上げてやったと思っていた年月を、葵がずっと葵のものとして過ごしていたとわかったならば、おふじは今度こそなりふりかまわず、刺し違えてでも葵を殺すことでしょう」

今でも憎んでいる——というのは違うなと、平四郎は考えた。今だから、十七年も経ってしまったから、憎んでいるのだ。

「葵さんは生きている」

平四郎は呟いて、久兵衛を見た。

「それが本当だという証《あかし》は、どこにある？」

久兵衛は総右衛門を見た。総右衛門が答えた。「井筒さまがどうしてもとおっしゃるならば、葵にお引き合わせすることなど、造作もありません」

久兵衛がやっと口を開き、小さな小さな声で言った。「目のあたりが佐吉とよく似ておりますから、お会いになればすぐにわかります」

「つまり、あんたはこの十七年、ずっと葵さんを囲ってきたわけだ」と、平四郎は総右衛門に尋ねた。「あんたの女道楽は、おふじさんの目から葵さんを隠すための煙幕だったんだね？」

総右衛門はまたぞろ薄く笑った。「いかようにもお考えください。私は、一人の女も不幸にはしておりません」

「いや、してるよ」平四郎は言った。「おふじさんは不幸だよ」

そう言われると思ったと、総右衛門は笑みを消さずに応じた。「しかしあれは、私一人のせいで不幸になったわけではない。自分で自分を不幸にしてきたのです。そうではありませんか、井筒さま」

女など、浅はかなものですと、妙にしみじみとした口調で言った。

「佐吉はあんたたちの嘘のおかげで、自分の母親を男狂いの恩知らずのろくでなしだと思いこんで育ってきた。それはどうなんだ？　可哀想だと思わねえか？」

「佐吉が女の子なら、私も違う考えを持ったかもしれません。母の姿は――良きにつけ悪しきにつけ手本になりますので」

「男の子は違うって？」

「違いますとも」

湊屋総右衛門は、心なしか反り返った。

「井筒さま、この私とて、どこの馬の骨かわからないような男でございますよ。父も母も、屑のようなつまらない人間です。しかしそれを、私は自力で乗り越えた。男はそうでなくては困ります」

「だけど佐吉だって、本当のことを知りたいんだ。母親を嫌っていても、どこかで〝もしかしたら違うんじゃないか〟と思ってるんだ。それが人情じゃねえか」

平四郎は、このやりとりのなかで初めて声を強め、言葉を投げつけた。しかし湊屋総右衛門の前で、それらの言葉が、まるで霞網《かすみあみ》にひっかかるように、彼の心に届く前に、みんなからめとられてしまうのを目の当たりにしたような気がしただけだった。

「本当のことと、井筒さまはおっしゃる」総右衛門は言った。「この世の中に、どんな本当のことがあるのでしょうね？」

平四郎は返事ができなかった。

「井筒さまがどうしてもお気が済まないということならば、佐吉にうち明けてくだすってもよろしゅうございますよ。その場合には、佐吉はきっと、自分の母親の命を守り通した私に感謝こそすれ、詰《なじ》る言葉など吐きはしないと思いますが」

総右衛門自身が、佐吉をそういうふうに育ててきたのだから。

平四郎は、いろいろなことを言おうと試みた。だが、たくさんのところてんのなかを泳いでいるような感じがするだけだった。冷たくて、ぬるぬるしていて、何ひとつつかめない。みんな指をすり抜けてしまう。

「俺には、何も言うことはねえな」

そう言って、座り直した。

「葵は死んでねえ。人殺しがなかったんじゃ、町方役人の出番はねえ。あんたらが駒として使った正次郎はひどい死に様だったが、殺したのはあんたらじゃないんだから、責めようがねえしな」

自分でも、気の抜けたような声だと平四郎は思った。

「仁平の吟味にあたる与力には、俺から事情を話しておく。それぐらいは仕方あるまい。ちゃんとした役人だから、腹に呑み込んでおさめてくれるだろう。そうなりゃ、仁平が何をわめこうと、残るのはあいつの正次郎殺しだけだ。仁平は殺し損、正次郎は死に損」

平四郎は総右衛門の顔を見た。久兵衛の顔も見た。

「つくづく、正次郎は可哀想な役回りを背負わされたもんだよな。仁平はむろん人殺しの咎を免れられないだろうが、それだって、正次郎が差し違えてくれたようなもんだ。供養は充分にしてやんなよ」

結局、これでおつもりだなと、平四郎は呟いた。

総右衛門は慇懃《いんぎん》に、恐れ入りますと受けた。

「それはつまり、井筒さまから本当のことが外に漏れる気遣いはないと、お約束いただいたと解釈してよろしゅうございますね？」

平四郎は鋭く頭を上げ、総右衛門を見た。

「本当のこと？」

笑ってやった。

「本当のことなんて、どこにあるんだよ？」

平四郎は立ち上がった。あんまり勢い良く立ったので、頭を屋形の梁《はり》にぶつけた。いい音がしたが、腹が立っていたので何も感じなかった。

障子を開けて、狭い舳先に出た。

いっぱいの星空だった。舳先に吊した提灯が、水面でゆらゆら揺れて、歪んだ満月のように見えた。

岸が近づいていた。戻ってきたらしい。船宿の明かりを背にして、桟橋にあの影番頭が立っているのが見えた。

そして、彼の隣に女が一人。

最初はお律かと思った。湊屋か久兵衛に呼ばれて、瀬戸物町から逃げ出したことの詫びを言いに来たのかと。だが、船がぎいぎいと近づいてゆくうちに、その女の背格好には、とんと見覚えがないと気がついた。

だいぶ年増だ——星空をそのまま映したような、暗い色目にたくさんの白い模様を散らした着物を着ている。

ああ、おふじだと、やっとわかった。

女は船の方を見ていたが、平四郎を見てはいなかった。屋形の明かりを見ているようであり、水面を見つめているようでもあった。限られた明かりでは、実は細かな表情などわからない。きっと、平四郎がそこに見たいと思うものが、平四郎が見たいと思う形で浮かんでいるだけだろう。

それでも、平四郎は何が見たいのかわからなかった。何を期待しているのかもわからなかった。だからおふじは、おそらくはまだまだ美しい女であるはずなのに、どんなふうにも見えなかった。水に飛び込めば、そのまま水になってしまうだろう。

総右衛門を迎えに来たのだろうか。おふじは桟橋のいちばん端まで歩いて、船を迎えた。平四郎は、岸までまだ三尺以上あるときに、えいと飛んで船から降りた。おふじは平四郎に向かってお辞儀をしていたが、平四郎はすたすたと歩き出した。

そしてようやく気がついた。ああそうか、湊屋総右衛門はこの俺に、おふじがどんな顔形の女なのか、一度ぐらいは披露しないと申し訳が立たないと思ったんだな。

「あなた」と、彼女が総右衛門を呼ぶ声が聞こえてきた。そのあと短く何か言ったが、それは聞き取れなかった。

冷えた川風のせいだろうか。おふじの声が、心のどこかに触れたのだろうか。平四郎はふと、湊屋総右衛門の硬い表情の後ろ側に、ほんの少しではあるけれど、探さねば見つからないほど小さなものではあるけれど、おふじに対する慚愧《ざんき》の念が隠れているのではないか――と考えた。あんな手の込んだことをして、バカバカしい芝居のような真似をして、大勢の人間の手を煩わせ、金を使い、それでもおふじの目から事実を隠し、彼女の間違った思いこみに付き合ってきたのは、ただ葵を守るためだけではなく、総右衛門は総右衛門なりに、おふじを哀れと思う心があるからではないのかと。

あってほしいと、平四郎が思うだけなのかもしれないけれど。

平四郎がとっとと歩いて行くと、後ろから足音が追いついてきた。振り返りもせずに「駕籠は要らねえよ」と言い捨てると、

「井筒さま！」

息を切らして久兵衛が追いついてきた。

「話は済んだよ」

久兵衛ははあはあ言いながら立ち止まる。平四郎は歩調を緩めたが、停まらなかった。

「ンじゃあな」

どんどん距離が開いてゆく。

「お許しください」と、久兵衛が言った。

「許すことなんかねえよ」

平四郎は振り返らなかった。

「あんたには大切なお店のご主人じゃねえか。尽くして当たり前だ。俺に謝ることなんか、何もねえよ」

それが本当のことだよ――と、腹の底で言った。

腰が痛かった。

それから二日ほど後、千駄ヶ谷の木賃宿にいる佐吉から文を言付かったと、老人が一人訪ねてきた。老人は、身内の女を例の先生のところに預けて診てもらっている身の上で、家は浅草にあるという。平四郎は老人を労《ねぎら》い、細君に言って飯を食わせて、そのあいだに佐吉の文を読んだ。短いものだった。

おくめは預かってもらっている。お徳はそばに付ききりで、ついでに他の女たちの面倒を見たり、煮炊きの手伝いもしているという。何しろ患者が多く、世話をする手が足りないので、佐吉も薪《まき》割りなどの力仕事を助《す》けているという。それで帰りが遅れているらしい。

先生の診立てでは、おくめはあまり長いことはないらしい。お徳は、せめて最期までついていてやりたいと言っている。佐吉はひとまず、あと数日で深川に帰る。お徳の家移り先も探さなくてはならないから、湊屋に相談に行くという。

そのしっかりとした手筋、丁寧なひらがなを見つめているうちに、平四郎は心が決まるのを感じた。

佐吉は、佐吉の暮らしをすればいいんだ。それには、古いものはもう掘り起こさない方がいいんだ。あいつだって遠からず自分の所帯を持つんだし、そうなりゃ子供も産まれて、ますます一人前の男になって、そうしてもうあいつの人生はあいつのもので、だから今さら揺り動かす必要なんて、どこにもないのだ。願わくば、お恵って娘が、天から授かったみたいな、とびきりのいい女だといいんだがな。

老人は明日また千駄ヶ谷に行くというので、平四郎は万事判った、こちらは変わりないということだけさらりと書いて、それを託した。それから小平次を連れて、市中に出た。

夕刻、御番所に出仕して組屋敷に戻る途中で、平四郎はちょっとつまずいた。雪駄《せった》の先に、何があったのかもわからない。とにかく、ほんのちょっとしたものだ。

ところが、それで腰にぎくりときた。

「小平次」と、脂汗を流しながら呼んだ。「やっちまった」

「うへえ」と、小平次は恐れ入った。「戸板を探して参りますか？」

「それより荷車がいい」

荷車に乗せられて唸りながら帰宅すると、細君があらまああらまあと小鳥のように騒いで、小平次を幸庵先生のところに走らせた。

「あらまあ、あなた」細君はさえずるような良い声で言った。「今度は、いったい誰を助け起こそうとなすったんですの？」

一晩うんうん唸って、眠れずに夜が明けると、それを待っていたように弓之助がやって来た。風邪は治ったようである。

「何かお手伝いすることはありますか？」

と、例のつるりと整った顔で言う。

「何もねえ。おい弓之助、おまえもひょっとすると、ぎっくり腰の体質《たち》かもしれねえ。大人になったら、うっかり船には乗るんじゃねえぞ。あの揺れは、くるからなぁ」

細君や小平次がどたばたと出入りするのが収まるのを待って、もの問いたげな眼差しの弓之助を、平四郎は枕元に呼んだ。

「なんだか、いまわの際の遺言を残すようですね」

「縁起でもねえことを言うな。政五郎から、話は聞いたか?」

屋形船の翌日に、平四郎はまず早々に御番所へ出仕して、上役に願い出た。仁平のような扱いの難しい者のお調べは、自分の手には余る、他の者をあたらせていただきたい。上役はすぐに承知してくれた。

それから政五郎のところに回ると、湊屋総右衛門から聞いた話を、全部ぶちまけた。

「どのみち、俺は御番所のあぶれ者だから、関わってたって仁平を転がすことはできねえ。彼奴《きゃっ》をぎゃふんと言わせるには、おめえたち岡っ引き仲間と、おめえたちを信頼している役人に頼むしかねえんだが——」

政五郎は心得ていた。仁平の望む方向には転がしませんと、胸を叩いて請け合ったので、平四郎は安心した。

「でも旦那、そうおっしゃるということは、葵さんが生きているという本当の事は、表に出さず、旦那の胸の底にたたんでおかれると決めたんですね?」

「うん」平四郎は迷わずにうなずいた。「今さら葵を生き返らせることたぁねえ。死んだ者は死んだんだ」

「それでよろしいんですか?」

「うん」平四郎はうなずいた。「それでいいよ。俺はそれでいいと思う。佐吉が何を望んでいるのかなんてわからねえ。訊いてみるわけにもいかねえ。とにかく、こんなことはもう終わりにした方がいい」

政五郎は、にっと笑った。「そうですな」

平四郎は訊いた。「ところで、湊屋はおめえにいくら寄越した？」

政五郎はそっと指を立てて示した。平四郎はそれを見てから、自分も指を立てた。

「金持ちは違うぜ」と、笑った。「使っちまえ使っちまえ。俺もぱあっと使うから」

ふぶきを牢屋敷から出して、お咎めをせいぜい江戸ところ払いくらいで済ませるには、誰にどれくらい握らせたらいいか——二人で相談した。長くはかからなかった。なにせ、払うのは自分の金ではないのだから。使っちまえ、使っちまえ。

「まあ、それが相場でござんしょう」政五郎は言った。「ところで旦那、時分時《じぶんどき》です、蕎麦でもいかがです？」

平四郎は政五郎の女房の店で、たらふく蕎麦を食った。店でいちばんの大食い客に、あと、ざる一枚のところまで迫ったのだから、なかなかの健闘だった——

「叔父上の大食いのお話は聞きました」弓之助はわざと混ぜっ返した。「政五郎さんのおかみさんは、たいそう誉めておいででした」

「そいつは俺も、鼻が高い。ところでおめえ、まだこの家の跡取りになる気はあるか？」

弓之助はにっこりした。「私が決めることではありませんよ、叔父上」

「おめえは頭がいいからな。葵があすこに埋められているって、最初《はな》から見抜いてた。俺のような小役人の跡目を継いだりしなくても、何にでもなれるぞ」

弓之助は眉をひそめた。「叔父上、葵さんは埋められてはいないですよ」

「埋められてるんだ」平四郎は言った。「そうなんだよ。俺たちがそう思うんだから、そうなんだ」

俺なんざ、葵の亡骸になって地べたの下に埋められている夢まで見ちまったんだ。えらくはっきりした、怖い夢だった。だからあれは、本当なんだ。

弓之助はまだしばらく眉根を寄せていたが、やがて、日向《ひなた》の雪が解けるように、頬を緩ませた。

「わかりました」と、笑った。「跡目のことは、よく考えます」

「そうだ、考えた方がいいぞ」

「私はでも……佐々木先生みたいに、計測ばかりして暮らすのもいいかなと思い始めてます」

そうだよなぁと、平四郎も思った。計れるものを計って暮らす。計ればきれいに読みとれる。いいだろうなぁ。

「俺だって、今から間に合うならそうしたいな」

「ダメダメ、計測器は重いですから、叔父上には引っ張れません」

弓之助は、平四郎の腰をぽんと叩いた。平四郎はぎゃっと叫んだ。それを聞きつけた細君が顔を出し、あろうことか二人して手を打って笑った。平四郎は怒ると力が入って痛いので、横を向いて黙っていた。

それにしても誰が女房に、先のぎっくり腰のときのことを告げ口したのだろう、探り出したらただじゃおかねえと、考えながら。

幽霊

「とんでもない笑い話があるんだけどね」

お徳は、緩んできたたすきを締め直しながら肩越しに振り向いて、そう言った。古い話を思い出したのだ。

堅く絞った雑巾で、せっせと奥の四畳半の拭き掃除をしていた若い娘が、その声を聞いて手を止め、顔を上げる。

「煮売屋にとって、煮汁は命だからね。けっして捨てたりしない。毎日毎日火を入れて、灰汁《あく》をすくって、時にはこして濁りをとって、十年でも二十年でも同じ煮汁を使うわけさ。鰻屋《うなぎや》のたれと同じだよね」

若い娘は膝立ちになったまま、にっこりとうなずいた。ひところに比べればずいぶんと明るい顔になり、頬もふっくらとしてきたが、寂しい眼差しには変わりがない。

お露である。お徳がいよいよ鉄瓶長屋から家移りするというのを聞いて、猿江町の長屋から手伝いに来てくれたのであった。

「そういう商いだから、なかにはうんと手を抜いて、十日も半月も鍋の底をさらってみないで、ただ火だけ入れて澄ました顔していても、ちょっくらちょっとわからないんだよ。ひどい話だけどさ」

話をしながら、お徳はきれいに洗った空《から》の鍋を乾拭《からぶ》きしている。煮汁の方は、大きな瓶に移して蓋をして、一足先に新しい家に運んで行ってもらったところだ。

「それでさ、もうずいぶん前のことだけど、猿子橋の方にあった煮売屋でね——そこはあたしよりもっとしわくちゃのお婆さんが一人で切り回してたんだけどさ」

お露は微笑んだ。「お徳さんはちっともしわくちゃじゃありませんよ」

「お世辞を言うもんじゃないよ」お徳は笑った。「いよいよお婆さんがいけなくなって、商いを続けていかれなくなったときにね、煮汁がもったいないからって、近所の連中が分けてもらうことにしてね、みんなで鍋をさらったわけさ。そしたら、先《せん》に婆さんが失くした失くしたって騒いでた柘植《つげ》の櫛がね、その鍋の底から出てきたんだって」

「あら、まあ」お露は目を丸くした。

「柘植の櫛の出汁《だし》の煮売屋は、江戸中探したってこの婆さんの店だけだろうって、大騒ぎになったってさ。まったくねえ」

「だけど美味しい煮物だったんでしょうか」

「まあ、そうだったんじゃないの。知らないから、平気だったわけさ。見えなきゃね、わからないもの」

お徳はそう言ってあははと笑ったが、一緒になって笑いながらも、お露は少し、暗い目になった。それをお徳に悟られぬよう、急いで拭き掃除に戻った。

「さて、これで荷物はおしまいだ」

お徳は、拭き終えた大きな鍋を、戸口の外に止めてある大八車のところまで運んでいった。そこにはすでに、行李《こうり》だの木箱だのがたくさん積んである。お徳は今でこそ女一人の所帯だが、かつては亭主の加吉が、そしてごく最近まではおくめが一緒に住んでいたから、世帯道具は三人分ほどあるのである。

荒縄で鍋をしっかりと縛りつけ、お徳はふうと息を吐いて空を仰いだ。気持ちよく晴れている。お天道様に感謝だ。

それでも今朝はずいぶんと冷え込んだ。秋はすっかり深まって、起き抜けにはくしゃみが続けて飛び出して困ったものだ。ちょっと前までは、朝晩の冷え込みぐらい何でもなかったのに、あたしもやっぱり歳だね、気も身体も弱ったよと、お徳は考えた。

お徳は、鉄瓶長屋の最後の店子である。他の家には、表長屋にも裏長屋にも、もう誰もいない。それでいて、そこかしこにきれいに箒で掃いた跡があるだけで落ち葉一枚見えないのは、政五郎とかいう岡っ引きの手下が来て、毎日のように掃除をしているからだ。

空き家の戸障子はきちんと閉められている。ちょっと見ただけでは、すべての家が空っぽだなんて、わからないかもしれない。だが、かみさん連中の怒鳴り声もおしゃべりも、子供の歓声も泣き声も聞こえない長屋なんて、やっぱり死に体だ。夜には、怪しい者が入り込まないよう、頻繁に見廻りが歩き回る。木戸番の友兵衛だけでは骨《ほね》だからと、そちらの方にも政五郎の手下が助っ人に来ているようだ。岡っ引きなんてものはてんから信用できないと思っていたお徳だが、これには少し驚き、感心し、見直さざるを得なくなった。

そういえば昨日の午過《ひるす》ぎ、まだ鍋に火を入れているときに井筒の旦那が立ち寄って、ここで食う最後のこんにゃくだとか言いながらひとしきり油を売っていった。そして、佐賀町の方の仁平とかいう岡っ引きが、人殺しの疑いで小伝馬町の牢屋敷につながれて、えらい目にあっているとかいう話をした。その仁平というのは何しろこすからい嫌な奴で、お上の十手を与《あずか》っているのをいいことに、さんざん弱い者虐めをしてきたのだそうだ。それでもあんまり非道《ひど》い目にあわされると、やっぱり可哀想なような気もするなと、旦那はもごもご言っていた。

——娑婆《しゃば》にいるときは、牢屋敷にも繋ぎをつけていて、いい顔になっていた岡っ引きだったから、まさかあれほどえらい目に遭わされることになるとは、俺も思ってなかったんだ。かえって、牢屋敷になんぞ放り込んだら、すぐにも牢名主になっちまうんじゃないかと、逆の心配をしてたんだよ。

お徳は笑って、旦那はまだまだ甘いと思った。世の中はそれほど優しくできてない。小狡《こずる》く立ち回って甘い汁を吸ったり、弱いものを虐げたりする連中は、しょせん人望が無いのだから、身体ひとつに剝かれたらそれまでである。

——その仁平って奴、誰を殺《あや》めたの？

お徳が訊ねると、井筒の旦那は殊勝な顔をして、お店のために嫌な役回りも進んで引き受けて、よく働いてた若い奴を手にかけたんだよ、と言った。ふうん、そんなら牢屋敷で虐められたって、ちょうどいい罰じゃないかとお徳が言うと、旦那はちょっと考えてから、そうか、おめえがそう思うならそういうことにしておこうかなどと、いつものようにいいからかんなことを言って笑った。

「お徳さん、こっちはもういいですよ」

お露は座敷の拭き掃除を終えて、雑巾をゆすいでいた。ありがとう、世話をかけたねと、お徳は頭を下げた。

「そんな、お徳さんに頭を下げられたりしたら、罰が当たります」

お露はあわてたように言って、座敷の隅に置いてある、そこそこ古びた加吉の位牌《いはい》と、それよりもひと回りほど小さい、真新しい白木の位牌の方に目をやった。

「包みましょうか。お徳さん、抱いていかれるんでしょう？」

「そうだね。首からさげて行こうか」お徳はふたつの位牌に近づいて、声をかけた。「おまえさん、家移りだよ。今度のところはここよりちっと狭いけど、いいよね？」

お露がお徳の顔を見ている。お徳は、白木の位牌にも声をかけた。

「おくめさん、あんた幸せだろ。家移り先は幸兵衛長屋なんだからね。あんたまた、あの幸兵衛さんとこで暮らすんだよ。だけどあたしは、ちゃんと店賃払うんだからね。あんたと一緒にしておくれでないよ」

「このおくめさんて、幸兵衛長屋にいた人だったんですか」と、お露が訊ねた。

「うん、そうだよ。しょうがない遊び女でね。結局はそれで死ぬことになっちゃってさ」

お徳はおくめに立派な戒名をいただいてやりたかったのだが、井筒の旦那も、幸庵先生も、佐吉までもが揃って、おくめさんは字が読めないから、難しい戒名をいただいてもわからないだろう、名前のまんまがいいだろうと言うので、そういう形で落ち着いた。白木の位牌の裏には、ひらがなで「くめ」と書いてあるきりである。お徳も今ではそれで良かったと思っている。祥月命日《しょうつき》には、せいぜい匂いのいい線香でも焚《た》いてやろう。

「あたしたちが猿江に移った後に来た人ですね」

「あれからいろいろあったからね」

お徳はお露を励ますように、軽く肩を叩いてやった。

「あんただけじゃないよ」

お露は黙ってうなだれて、それから小さく言った。「お徳さん、痩せましたものね」

「そうかい？　自分じゃそうは思わないよ」

「だってたすきが――前と同じように締めたんじゃ駄目なんですよ、ほら」

お露は手を伸ばして、お徳のたすきを直してやった。なるほど、また緩んできている。

「嫌だねえ」お徳は笑った。「昔は、たすきが回りきらないくらいの腕をしてたのにさ、あたしも。これが歳をとるってことだね」

「もう、お徳さんはそんなに歳をとっちゃいませんてば」

お徳は明るい目でお露を見つめた。口元が自然とほころぶ。

「あんたは若いよね。羨ましいよ」

お露は目を伏せた。

「富平さんだってさ、最後まであんたに看取ってもらって、幸せな往生だったよ。あんた、娘としてできるだけの、精一杯のことをしたよ。だからこれからは、自分の幸せを見つけなくちゃ。誰にも気兼ねなんか要らないんだからさ」

お徳はお露がはいとうなずいてくれるものと思っていたのに、彼女はうつむいたままだった。富平が亡くなって、まだ十日ばかりである。寂しさが癒《い》えるには、まだ日がかかるということか。

――やっぱり兄さんとのことは忘れられないんだろうね。

お露が悪いわけじゃない。あたしだって、あんたと同じ立場に置かれたら同じようにしただろう。あの寒い夜に思ったのと同じことを、お徳はまた心のなかで繰り返したけれど、今さらそれを口に出しても、お露を慰《なぐさ》める足しになりはしないだろう、それどころか、お露が忘れられずに苦しんでいる思い出を、また言葉という形にしてお天道様の下に引き出すだけだと思って、何も言わなかった。

思えば、あれがすべての始まりだった。久兵衛は今ごろどこでどうしているだろう。あの律儀な人のことだから、きっと達者に暮らして、どこかで別の長屋の世話をしているに違いないけれど、二度と会えないだろうことを思うと、やっぱり寂しい。

「久兵衛さん、いい差配さんだったよね」

思わず、お徳は呟いた。お露は首をこっくりした。そして、下を向いたまま囁くような声で言った。

「お徳さん――」

「何だい?」

「ごめんなさいね」

お徳は笑って、お露の背中を叩いた。

「嫌だね、この娘《こ》は。今さら謝ることなんかないじゃないか」


木戸番の友兵衛のところで、お徳と手伝いの人たちのために、握り飯をこしらえていると呼びに来た。お徳は礼を言って、お露を先に行かせた。家移り先の掃除をして、瓶の煮汁を先に運んで行ってくれた佐吉が、そろそろ帰ってくるだろうと思ったからだ。

お徳が上がり框に腰をおろして、十年暮らした家のなかをぼんやり眺めていると、佐吉は忙しそうに戻ってきた。手に大きな土瓶をさげている。

「ああ、お徳さん」と、お徳の顔を見て笑った。「幸兵衛さんから差し入れです。飴湯だそうで」

「あの差配さん、あたしらを子供と間違えてるんじゃないのかね」

「でも、気持ちですから」佐吉はお徳に土瓶を渡すと、大八車の方に近寄った。

「これはもう運んでいいんですね？」

「それはあたしが自分で運ぶよ」

「何言ってるんですか。じゃ、俺ちょっと行ってきますから」

「だけど友兵衛さんところで炊き出ししてくれてるんだって」

「これを置いて、戻ってきたらにします」

お徳はあわてて出ていって、荷車に手をかけた。「そんなにあんたばっかり働かせちゃ悪いじゃないか。自分の家移りだってやったばっかりだろ？」

「俺なんか荷物少ないから、あんなもの家移りのうちにも入らないですよ」

佐吉は植木職に戻るのだそうだ。新しい家は大島の方だというから、確かに植木屋にはいい土地だろうが、ここよりはよほど鄙《ひな》びている。

「ねえ、あんた所帯持つんだって？」

どうしても佐吉が一人で荷車を引いていこうとするので、お徳は伝家の宝刀を抜いた。

「昨日、井筒の旦那に耳打ちで教えてもらったんだ。良かったねえ、おめでとさん」

佐吉は真っ赤になった。あれまあこの人は純だったんだねと、お徳は思った。ホントにね、バカみたいに真っ直ぐな人なんだよ。

「すっかり町の噂になってるけどさ、湊屋のあの近眼《ちかめ》のお嬢さん。あの娘も縁談が本決まりになったんだって？　御大名家だってねえ。お部屋さまとはいえ、大したもんだよね」

「はあ……」

「湊屋さんも鼻高々だろうさ。ま、あたしゃ総右衛門さんにはいろいろ言いたいことがあるけど、お嬢さんは可愛かったからね。お祝いする気持ちにもなろうってもんだよ」

お徳はさらに、佐吉が赤くなりそうなことを続けて言った。

「あのお嬢さん、何度かここへ来たろ？　あんたのこと、好きだったんだろうね。だけどさ、お嬢様育ちとあたしらじゃ、どうやったって、添えやしないよ。あんたもちょっとは惜しかったかもしれないけど、お嬢さんにとっちゃこれはいい縁談だよね」

佐吉は赤くなったまま、うんうんとうなずいた。「俺もそう思います。でもお徳さん、人聞きが悪いですよ。俺がみすずお嬢さんを逃して惜しかったなんて、めっそうもない」

「本当かい？　ちょっとはあのお嬢さんにぐらりと来たんじゃないのかい？」

お徳は笑ったが、佐吉があんまりもじもじするので、いい加減で矛《ほこ》を収めることにした。

「所帯を持つって、いいもんだよ。そりゃ苦労もあるけどさ。あたしだって——亭主と一緒になってさ、結構楽しかったもんね」

そう言って、加吉の位牌の方に手を振ってみせた。佐吉は荷車の引き棒に手をかけたまま、お徳と位牌を見比べて、ちょっと笑った。

「俺なんか、お徳さんみたいな所帯をつくれるかどうかわからないから……」

「何言ってんのよ。つくれるさ。あんた、その娘さんに惚れてんだろ？　だったら大丈夫さ。あんた、骨惜しみしない働き者だからね。働きもしないで惚れたはれたのばっかり言ってたら、尻を蹴っ飛ばしてやるところだけど」

「お徳さんらしいなぁ」と、佐吉は笑った。「それでも俺、お徳さんに誉められたのは初めてだから、嬉しいな」

言われてみればそうだった。お徳はバツの悪い思いをした。

「あんたには悪いことしちゃったね」

「いいえ、とんでもない」佐吉は目を見張った。「俺はお徳さんに、いろんなことを教わったんです」

「意地悪も？」

「そりゃないや」佐吉は吹き出した。「それに、差配人はやっぱり、俺みたいな若造には無理です。それがよくわかりました」

「亀の甲より年の功ってね」お徳はにっこりした。「だけどあんただって、湊屋さんに言われてしょうがなかったんだからさ」

「じゃ、それについては、言いっこなしにしましょうよ」

「そうだね」お徳はうなずいた。「ねえ、お律ちゃんがさ」

「桶屋の権吉さんの娘さんの？」

「そうそう」

博打のカタに売り飛ばされそうになって、家を飛び出していたのだが、半月ばかり前に権吉を迎えに戻ってきた。今は、日本橋通町《とおりちょう》の菓子屋で働いているということだった。

「いっぺんお店に来てくださいって言ってた。きんつばが美味しいんだって。安くしてくれるよ。あたしもこのあいだ、幸兵衛さんとこに挨拶に行くときに、買って持っていったんだ。ホントに美味しかったよ」

「そりゃ嬉しいですね」

「お律ちゃんね、正面切って言うとあんた照れちゃうから、なかなか口に出せなかったけど、あのときのあんたの台詞には、本当に目からウロコが落ちたみたいだったって」

佐吉は困ったように頭をかいた。「参ったなぁ」

「あんた人助けしたんだよ。立派だったさ」

佐吉は首をすくめると、大八車の引き手を持ち上げた。「さてと、じゃ、ちょっと運んできます」

「あら、だからそれはあたしも一緒に――」

「いいです、いいです、友兵衛さんのところで待っててください！」

佐吉はごろごろと行ってしまった。お徳も笑って、今度は本気では追いかけなかった。佐吉と荷車が見えなくなったところで、手を合わせてちょっと拝んだ。

し残したことはないかと確かめ、位牌をふたつ風呂敷で包んで大事に首からさげた。差し入れの飴湯の土瓶を持って、お徳はゆっくりと長屋の木戸へ歩いていった。

一歩ごとに、いろいろ思い出した。豆腐屋の豆坊たちの追いかけっこする声。魚屋の箕吉夫婦の愚痴っぽい商いぶり。駄菓子屋のあんころ餅のホカホカ。駕籠屋の夫婦喧嘩の凄まじかったこと。久兵衛が屋根の修繕の時に指図のしんばり棒を振りすぎて、四日も五日も腕があがらなかったこと。疱瘡《ほうそう》がいつにも増してひどく流行《はや》った年に、みんなで差配人の家に集まって、疱瘡の神様を拝んだこと。

ふと気がつくと、木戸の下に誰か立っていた。噂をすれば影で、お律でも様子を見に来てくれたのかと駆け寄ると、まったくあてが外れた。見知らぬ女だ。

髪を濃紫のおこそ頭巾ですっぽりと包み、金茶色の地に白菊模様を散らした小紋に、真新しい白足袋を履いている。歳はそう――四十は過ぎているだろう。人目に立つ美しい顔立ちだが、白粉も紅も濃い。近寄ると、白檀《びゃくだん》のような香りがふっと匂った。

「あの、どちらさまですかね」

お徳は女に声をかけた。女は、まるで誰かを探そうとしているみたいに、一心に路地の奥の方をのぞきこんでいたので、すぐにはお徳に気づかなかった。その目に、一種どきりとするような強い光があった。

「もし、おかみさん」

お徳が半歩近寄ってもう一度声をかけると、女は顔に水を受けたようにパチリとまばたきをして、お徳の顔を見た。

「あら、ごめんなさいね」

「この長屋の誰かに御用ですかね」

お徳の問いに、女はなぜかしら笑って、また路地の奥の方に視線を飛ばした。

「いえいえ、そうじゃござんせんのサ。人を訪ねて来たわけじゃないんですの」

「そんなら、何でしょう」

お徳は女の様子が気に障った。何をソワソワしているんだろう？

「ねえ、ここは鉄瓶長屋というんでしょう？」

問われて、お徳は素っ気なく答えた。「近所の人たちはそう呼んでますよ」

「何でも、井戸から鉄瓶が出たんですってね。それが謂《い》われなんでしょう？」

よく知ってる。何者だ、この女は。いつからここにいたのだろう？

「井戸はあの世に通じているし、亡者は金気を嫌いますもんね」

女は紅いくちびるをペラペラと動かして、訊ねられてもいないことをしゃべった。

「久兵衛さんにでもやらせたのかしら。よっぽど、誰かさんがあの世から舞い戻って来るのが怖かったんでしょうけどねえ。いっそ刃物でも投げ込んだらよかったろうに。面白いこと」

お徳はムッとした。あれこれ考える前に、持ち前の太い声を出していた。

「あんた誰だよ？」

女は小粋《こいき》な角度で首を傾《かし》げて、嫌《すか》した目でお徳を見た。

「まあ、いいじゃありませんか、あたしが誰かなんて」

また白檀が匂う。着物にしろ匂い袋にしろ化粧にしろ、さぞかし高価なものだろう。どこから来たのか知らないが、白足袋が少しの土埃もかぶっていないのは、駕籠に乗っていたからだろう。

間近に見れば見るほど美人だ。ほんの一瞬、この顔どこかの誰かに似てるな——という考えが頭をかすめたけれど、いやそれは思い違いだろう。お徳の暮らしのなかで、こんな女に縁はない。

最初に見立てたよりも、もうちょっと歳がいっているかもしれない。だが、それでもなお美しい。肌の一枚下にみずみずしい女の気のようなものが流れていて、それが漂い出てくるようだ。どうやって歳を重ねれば、こんなふうになれるのだろう。お徳などには、望んでも届かない贅沢な美しさだ。

だけど、嫌いだ。

た。

「あんた何者なんだよ」

もう一度訊ねた。女はお徳の語気の鋭さに、いささか怖いものを感じたのか、ちょっと後ずさった。

「あたしはね、何者でもありませんのよ」

「この長屋の縁者かい？」

「いいえ、とんでもない」女は白魚のような指をひらひらさせて手を振った。「ここには足踏みしちゃいけない者ですよ。でも、いっぺん来てみたくってね。ここが壊されると聞いたので、こっそりのぞきに来たんです」

女は三度《みたび》、路地の奥へ目をやり、なぜか、まぶしいものでも見るようにまぶたを細めた。

「失《な》くなるんですのね、ここは。まあまあ、やっとねえ」

懐かしんでいるような口調ではあるが、その瞳には、お徳たちが感じているような気持ちは、かけらも映っていなかった。やっと失くなるだと？　聞き捨てならない。

しかも――何か興《おもしろ》がっているようにも聞こえるじゃないか。

もう一度、刃物を突きつけるような鋭さで、お徳は訊いた。「あんた誰だい？」

女はお徳の顔を見ないまま、形の良いくちびるをほころばせて、そして言った。

「あたしは、そう――幽霊なんですよ」

薄気味悪いのと腹立たしいのと、いっぺんに強い気持ちが込み上がってきた。お徳は思わず手を振り上げて、女を追い払おうとした。ところがあいにく、その手には飴湯の土瓶がさげられていた。あっと思う間に、お徳は女の豪華な小菊模様の小紋の上に、飴湯をすっかりぶちまけていた。

「まあ、なんてことだろう」女はベトベトの着物と袖を見おろして、顔を歪めた。

「非道いじゃないの、どうしてくれるんだえ？」

「どうもしやしないよ！」

お徳はいっぺんで高揚してしまって、わっと言葉を吐き出した。飴湯をかぶった贅沢女め。

「この大年増、とっとと出て行け！　鉄瓶長屋は見世物じゃないんだよ！」

「何を生意気な！　あたしは――」

女は美しい目を吊り上げてお徳にかかってきたが、お徳は土瓶を盾にして凄んだ。

「飴湯で足らなきゃ、土瓶で殴ってやろうか。おまえみたいな莫連女《ばくれんおんな》はこうしてやる！　こう、こう、こうだ！」

お徳がぶんぶんと土瓶を振り回すと、女はあれえと叫んで逃げ出した。逃げるときに前のめりになって膝をつき、飴湯に濡れた着物が土埃で真っ黒になったが、それを気にする様子もない。ひたすらに逃げて行った。

「ざまあみやがれ！」

女が逃げて行った方に向かって、お徳は盛大にあっかんべえをした。それでさあっと気が晴れた。まるで今日の空のように。

「さ、行こうかおまえさん、おくめさん」

お徳は歩き出した。あらやだ、あたしも少し飴湯をかぶったみたいだよ、甘い匂いがするじゃないか。虫が寄ってきやしないかね。

この歳になって虫がつくのも、まあいいか。お徳は思って、あっはっはと一人で笑った。

木戸番の小屋の前では、井筒の旦那が相変わらず暇そうに懐手をして待っていた。中間の小平次も、いつもながらに律儀にちんまりとくっついている。

「おう、遅いじゃねえか。炊き出しと聞いちゃ、通り過ぎるわけにはいかねえ。だがおめえ抜きじゃ始められないからな。みんな待ってたんだよ」

旦那は言って、お徳のなりを見た。

「お徳、水でもかかったのかい？　いや、そうじゃねえや、何だこの匂いは」

「飴湯だよ」お徳は得意げに胸をそらした。「幸兵衛さんの差し入れさ」

「飴湯は旦那の好物です」と、小平次が口を挟む。

「そうだよね、旦那は子供みたいなもんが好きだから。でもあいにくだね、あたし、せっかくの差し入れをまいちまった」

井筒平四郎は目を剝いた。「もったいねえなあ。何でまたそんなことをしたんだよ？」

お徳はますますそっくり返った。「薄気味悪い幽霊を追っ払ってやったのさ。旦那にも見せたかったね」

「ふうん」と、旦那は唸った。「おまえ、すっかり元気になったようだな」

「旦那もね。さあ、みんなで炊き出しをいただきましょうよ。おっつけ佐吉さんも戻ってくるからさ」

木戸番小屋に入る前に、お徳は「はい」と言って、土瓶を小平次に差し出した。こぼれた飴湯に濡れた土瓶はベタベタで、小平次は「うへえ」と言った。

「でも、底の方にちっとは残ってますよ、旦那」

井筒平四郎は、小平次の言葉を聞いていなかった。お徳がやって来た方向に目をやっていたのだ。

「幽霊……なあ」

長い顎をかきながら、呟いた。それから、にんまり笑った。

「まあいいか。おおい、邪魔するよ」

障子戸をがらりと開ける。炊き出しの旨そうな匂いと湯気が、ふうわりと漂ってきた。

この作品は、一九九六年三月号から二〇〇〇年一月号までの小説現代に、十八回掲載されたあと、加筆・訂正したものです。最終章は書下ろしです。

N.D.C.913　514p　20cm

ぼんくら

二〇〇〇年四月二十日　第一刷発行
二〇〇〇年六月二日　第四刷発行

定価はカバーに表示してあります。

著　者　宮部《みやべ》みゆき
発行者　野間佐和子
発行所　株式会社講談社
東京都文京区音羽二―一二―二一　〒一一二―八〇〇一
電話　編集部　〇三―五三九五―三五〇五
　　　販売部　〇三―五三九五―三六二二
　　　製作部　〇三―五三九五―三六一五

印刷所　大日本印刷株式会社
製本所　島田製本株式会社

ISBN4-06-210088-6　（文2）